JOURNAL D'UN VAMPIRE

Tome 2

L.J. Smith a écrit de nombreux romans et séries best-sellers pour adolescents dont *Journal d'un vampire* (adapté à la télévision), *Le Cercle secret*, *Un jeu interdit*, *Night World* et *Prémonitions*, numéro 1 des ventes du *New York Times*. Elle adore rester assise devant un feu crépitant à Point Reyes, en Californie, et se balader sur les plages qui entourent cette région. Elle aime recevoir des commentaires de la part de ses lecteurs (info@ljanesmith.net) et espère qu'ils visiteront son site internet (www.ljanesmith.net).

Paru dans Le Livre de Poche :

JOURNAL D'UN VAMPIRE. Tome 1

L.J. SMITH

Journal d'un vampire

Tome 2

TRADUIT DE L'ANGLAIS (ÉTATS-UNIS)
PAR ISABELLE TOLILA

HACHETTE

Titre original :

THE VAMPIRE DIARIES : THE FURY AND DARK REUNION

Une première édition française en deux volumes a paru chez J'ai lu en 2000.

ISBN : 978-2-253-19500-9 – 1re publication LGF

À ma tante Margie,
et en souvenir de mes tantes Agnes et Eleanore, qui ont encouragé ma créativité.

À John et Marianne Vrabec, avec toute mon affection.
Encore merci à Julie pour sa précieuse contribution.

PREMIÈRE PARTIE

La furie

1

Lorsque Elena pénétra dans la clairière, la nuit était tombée, et l'orage s'éloignait.

Insensible au froid, elle avançait droit devant, faisant crisser les feuilles mortes dans la neige fondue. L'obscurité non plus ne la gênait pas : ses pupilles, dilatées à l'extrême comme celles d'un animal nocturne, parvenaient à capter d'infimes particules de lumière. Et elle distinguait parfaitement les deux garçons qui s'affrontaient sous le grand chêne.

L'un, légèrement plus grand que son adversaire, avait d'abondants cheveux noirs emmêlés par le vent. Elena n'eut pas besoin de voir son visage pour deviner qu'il avait les yeux verts. D'où lui venait cette certitude ? Elle l'ignorait. L'autre arborait la même chevelure brune, mais moins épaisse et sans boucles, ressemblant davantage au pelage luisant d'un animal. Ses lèvres étaient hargneusement relevées sur ses dents, et son corps à la grâce féline ramassé dans une posture de prédateur. Il avait les yeux noirs.

Elena les observa d'abord un moment, immobile. La tête vide de souvenirs, elle se demandait ce qu'elle était venue faire là. Pourquoi les bruits de leur lutte l'avaient-ils attirée ? À cette distance réduite, elle percevait au centuple leur rage, leur haine et leur souffrance. Couverts tous deux de sang, ils étaient visiblement engagés dans un combat à mort, dont l'issue était imprévisible.

Le plus grand propulsa soudain son adversaire contre un tronc, et ce malgré son bras gauche qui pendait de façon anormale. Ses forces étaient décuplées par une telle fureur qu'Elena en perçut le goût et l'odeur.

Alors, brusquement, elle se souvint. Comment avait-elle pu oublier ? Elle avait su qu'*il* était blessé : ses cris de haine et de douleur l'avaient guidée jusqu'à lui. Et elle était venue parce qu'elle lui appartenait.

Les deux adversaires luttaient maintenant à même le sol gelé, grondant comme des loups. D'un mouvement preste et silencieux, Elena s'approcha. Celui aux yeux verts – *Stefan*, souffla une voix dans sa tête – avait les doigts serrés autour de la gorge de l'autre.

À cette vue, une rage folle la submergea, et elle se jeta sur lui pour le séparer de sa victime. Il ne lui vint pas à l'esprit qu'elle n'était pas de taille à le battre. Elle se sentait invincible. Se propulsant sur lui de tout son poids, elle parvint à lui faire lâcher prise. Elle s'appuya ensuite violemment sur son bras blessé pour le clouer face contre terre, dans la neige mêlée de boue, et entreprit de l'étrangler.

Malgré l'effet de surprise, il était loin d'être vaincu. De sa main valide, il atteignit la gorge de son assaillante et lui enfonça durement le pouce dans la trachée. Elena, guidée par un instinct sauvage, lui déchira le bras d'un coup de dents.

Pourtant, la force du garçon était bien supérieure à la sienne. D'un mouvement brusque des épaules, il se dégagea pour se ruer sur elle. Son visage déformé par une rage bestiale la surplombait. Elena tenta de lui enfoncer les ongles dans les yeux. En vain. Même blessé, il allait la tuer… Ses lèvres retroussées dévoilaient des dents teintées de sang. Dressé comme un cobra, il s'apprêtait à lui assener le coup fatal.

Tout à coup, son expression se métamorphosa : ses yeux verts, quelques secondes plus tôt obscurcis par la haine, s'écarquillèrent. Pourquoi la fixait-il ainsi ? Qu'est-ce qui l'empêchait de l'achever ? Sa main d'acier lui lâcha l'épaule. Son air féroce avait laissé place à la stupeur et à l'émerveillement ; il s'écarta d'elle, s'assit, puis, sans la quitter du regard, l'aida à se redresser.

— Elena…, murmura-t-il d'une voix étranglée. Elena, c'est toi !

« *Elena ?* C'est mon nom, Elena ? » s'étonna-t-elle.

Mais cela lui était bien égal… Elle jeta un coup d'œil vers le grand chêne. *Il* était toujours là, adossé à l'arbre, le souffle court, et l'observait de ses yeux infiniment noirs, les sourcils froncés. « Ne t'inquiète pas, pensa-t-elle. Je vais lui régler son compte, à ce pauvre type. » Et elle s'élança de nouveau sur son adversaire pour le faire tomber en arrière.

— Elena ! cria ce dernier en la repoussant de sa main valide. Elena ! Regarde-moi ! C'est moi, Stefan !

Elle fixa enfin ses yeux sur lui. Et tout ce qu'elle vit, c'est la peau nue de son cou. Elle découvrit ses crocs dans un rugissement qui le fit tressaillir de tout son corps ; son regard devint trouble et son visage aussi blême que s'il venait de recevoir un coup de poing dans le ventre.

— Oh, non… ! murmura-t-il.

Il voulut lui caresser la joue ; elle tenta aussitôt de lui mordre la main.

— Oh ! Elena…

Il la contemplait maintenant d'un air hagard, plein d'une immense détresse.

Elena en profita pour chercher à atteindre sa gorge. Il leva son bras dans un réflexe de défense, mais le laissa aussitôt retomber, cessant toute résistance.

Gisant sur le sol glacé, des feuilles mortes plein les cheveux, il scrutait à présent le ciel noir au-dessus d'Elena. *Achève-moi...* Elle capta sa pensée aussi clairement que s'il s'était exprimé à voix haute.

Elle hésita ; quelque chose dans les yeux de sa victime réveillait en elle de vagues souvenirs. Une nuit de pleine lune, dans une chambre mansardée… Mais ces images étaient trop floues, et essayer de les faire resurgir lui donnait des maux de tête. De toute façon, ce type-là, Stefan, devait mourir. Il avait blessé *l'autre*, celui auquel Elena était destinée depuis sa naissance. Personne ne pouvait s'attaquer à *lui* et continuer à vivre.

Elle lui planta les dents dans le cou, et comprit aussitôt qu'elle s'y prenait mal, fouillant en vain la chair à la recherche d'une veine : le sang coulait à peine. Furieuse d'être à ce point inexpérimentée, elle tenta un nouvel assaut. Il eut un violent soubresaut ; Elena était tombée juste, cette fois. Sourde aux gémissements de sa victime, elle s'employa à lui déchiqueter la gorge. Elle allait toucher au but lorsque des mains la tirèrent en arrière.

Elle émit un rugissement furieux. Un bras lui encercla la taille, des doigts lui saisirent les cheveux. Mais ses dents et ses ongles restèrent obstinément enfoncés dans la chair de sa proie.

Écarte-toi ! Laisse-le tranquille ! lui ordonna une voix impérieuse qu'Elena reconnut aussitôt.

Elle cessa de se débattre, et fut remise d'aplomb. Lorsqu'elle leva les yeux vers *lui*, un nom lui vint à l'esprit. *Damon*. Il s'appelait Damon. Elle lui adressa un regard de reproche, puis baissa la tête, en signe de soumission.

Stefan se redressait, le cou et la chemise maculés de sang. À cette vue, Elena se passa la langue sur les lèvres. Une faim terrible lui tordait le ventre. Elle se sentit défaillir.

— Je croyais qu'elle était morte… C'est pas ce que tu m'as dit ? railla Damon.

Le visage exsangue de Stefan reflétait un immense désespoir.

— Elle est vivante… mais dans quel état !

Il n'eut pas la force d'en dire plus.

Damon souleva le menton d'Elena pour planter son regard dans le sien. Il effleura ses lèvres, puis les écarta et lui glissa les doigts dans la bouche. Instinctivement, Elena y planta les dents. Sans grande force, toutefois. Damon tâta la courbe acérée d'une canine, et Elena enfonça un peu plus profondément ses crocs.

Damon resta de marbre.

— Sais-tu où tu te trouves en ce moment ? demanda-t-il.

Elena jeta un coup d'œil autour d'elle. Elle ne voyait que des arbres.

— Dans la forêt, répondit-elle judicieusement.

— Qui est-ce ? demanda ensuite Damon en pointant le doigt vers son ennemi.

— Stefan, ton frère, dit-elle avec indifférence.

— Et moi, qui suis-je ?

— Tu es Damon, et je t'aime.

2

La voix de Stefan trahissait une rage mal contenue.

— Tu as eu ce que tu voulais, hein, Damon ! Tu as gagné ! La tuer ne t'a pas suffi : il fallait que tu la transformes…

Damon ne daigna même pas le regarder. Agenouillé près d'Elena, il la fixait avec intensité.

— C'est la troisième fois que tu me dis ça, et je commence à en avoir assez, dit-il posément.

Encore légèrement essoufflé par la lutte, il gardait néanmoins une complète maîtrise de lui-même.

— Elena, est-ce que je t'ai tuée ?

— Bien sûr que non ! répondit Elena, en entrelaçant ses doigts aux siens.

Elle commençait à perdre patience. À quoi rimait cette discussion ? Personne n'était mort !

— Tu mens ! rétorqua Stefan, de plus en plus amer. Je t'ai connu moins lâche ! Pourquoi refuses-tu de reconnaître ton acte ?

— Arrête, ou je vais finir par m'énerver ! prévint Damon.

— Qu'est-ce que tu peux de plus contre moi ? répondit Stefan. Tu me ferais un cadeau en me tuant.

— Il y a longtemps que j'ai décidé de ne plus t'en faire.

Enfin, Damon libéra le menton d'Elena.

— Dis-moi de quoi tu te souviens depuis ce matin, lui ordonna-t-il.

Elena répondit d'une voix lasse, comme si elle récitait une leçon détestée.

— Aujourd'hui, c'est l'anniversaire de la fondation du lycée.

Elle leva les yeux vers Damon. C'était tout ce qui lui revenait, et visiblement, ça ne suffisait pas… Elle essaya encore.

— Il y avait une fille à la cafétéria… Caroline.

Elle lui offrit ce prénom comme un présent, ravie d'avoir accédé à sa demande.

— Elle était sur le point de lire mon journal devant tout le monde, et c'était insupportable parce que…

Elle fouilla vainement sa mémoire.

— Je ne sais plus pourquoi. Mais on l'a bien eue ! conclut-elle en lui adressant un sourire complice.

— Ah bon ? *On* ?

— Oui, tu le lui as pris. Tu l'as fait pour moi…

Elle glissa une main à l'intérieur de la veste de Damon, à la recherche du petit carnet.

— … parce que tu m'aimes, continua-t-elle en caressant la couverture cartonnée du journal qu'elle venait de trouver. Tu m'aimes, pas vrai ?

Un léger bruit lui fit tourner la tête, lui rappelant soudain la présence de Stefan. Il avait détourné les yeux.

— Que s'est-il passé ensuite, Elena ? demanda Damon.

— Ensuite ? Ensuite… tante Judith m'a engueulée.

Elle parut réfléchir un moment, puis haussa les épaules.

— À propos de… je ne sais plus quoi. Mais ça m'a mise super en colère. C'est vrai, quoi ! C'est pas ma mère, elle n'a pas à me dire ce que je dois faire !

— Ne t'inquiète pas. Ce problème ne devrait plus se poser, affirma Damon d'un ton froid. Et ensuite ?

Elena poussa un profond soupir.

— Ensuite, j'ai pris la voiture de Matt. Matt…, répéta-t-elle d'un air pensif, en passant la langue sur une de ses canines.

Elle eut la vision d'un beau garçon blond à la carrure athlétique.

— Et où es-tu allée ?

Stefan se tourna enfin vers eux. Son regard était embué de chagrin.

— Au pont Wickery, répondit-il à la place d'Elena.

— Pas du tout ! À la pension, rectifia-t-elle avec agacement. Pour attendre… heu… j'ai oublié. Bref, j'ai poireauté là. Et puis… l'orage a éclaté. Il y avait un vent et une pluie terribles ! Je me suis réfugiée dans la voiture… Mais j'ai senti que quelque chose m'avait suivie…

— *Quelqu'un* t'a suivie, corrigea Stefan en fixant Damon avec colère.

— N'importe quoi ! C'était *quelque chose* ! répliqua Elena, profondément énervée.

Elle en avait plus qu'assez des interruptions de Stefan.

— Allons-nous-en rien que nous deux, chuchota-t-elle à Damon, son visage contre le sien.

— Attends encore une minute, dit-il. De quel genre de chose tu parles ?

Elle s'écarta, exaspérée par toutes ces questions.

— Mais je n'en sais rien ! Je n'avais jamais vu un truc pareil avant ! Et ça ne ressemblait ni à toi ni à Stefan, j'en suis sûre ! C'était…

Des images défilèrent dans son esprit. De la brume flottait au ras du sol. Puis une forme blanche, énorme et mouvante, semblait s'en détacher… et se mettre soudain à la poursuivre, comme un nuage poussé par le vent…

— Peut-être que ce n'était qu'un phénomène dû à l'orage, reprit-elle pensivement. Pourtant, j'ai eu l'impression que ce… machin me voulait du mal… Heureusement, j'ai réussi à m'échapper…

Jouant avec la fermeture Éclair du blouson de Damon, elle eut un sourire furtif, puis leva vers lui un regard tout innocent.

Pour la première fois, le visage de Damon parut exprimer une émotion. Un rictus tordit ses lèvres.

— Tu t'es échappée ?

— Oui. Je me suis souvenue de ce que… quelqu'un… m'avait dit sur l'eau courante : les forces maléfiques ne peuvent pas la traverser. J'ai donc roulé en direction du pont, jusqu'à Drowning Creek. Et puis…

Elle hésita, les sourcils froncés, fouillant de nouveau sa mémoire. Elle voyait l'eau… Et entendait des cris… Mais rien d'autre.

— Et puis… j'ai traversé le pont ! s'exclama-t-elle, toute contente. C'est forcément ça puisque je suis là !… Voilà… Alors, on peut y aller maintenant ?

Damon ne répondit pas.

— Mais… La voiture est *toujours* dans la rivière, fit observer Stefan.

De toute évidence, les hostilités étaient provisoirement suspendues : Damon et lui ressemblaient maintenant à deux adultes qui cherchaient une explication à un problème grave, en présence d'un enfant qui ne pouvait pas comprendre. Elena n'appréciait visiblement pas d'être ainsi mise à l'écart. Elle voulut interrompre la conversation qui s'engageait, mais, déjà, Stefan poursuivait :

— C'est Bonnie, Meredith et moi qui l'avons trouvée. J'ai plongé et j'ai remonté Elena, mais c'était déjà..., dit-il sans pouvoir achever.

Elena était perplexe : c'était déjà *quoi* ? Damon, en revanche, avait l'air de bien s'amuser.

— Et, donc, tu l'as abandonnée ? feignit de s'indigner celui-ci. Tu aurais pourtant dû te douter qu'elle n'était pas morte, toi plus qu'aucun autre... Mais peut-être que tu as compris ce qui s'était passé et ça t'a dégoûté, au point de ne plus avoir très envie qu'elle soit encore en vie, pas vrai ?

— Mais non ! Qu'est-ce que tu insinues ? Je ne sentais plus son pouls, elle ne respirait plus ! s'emporta Stefan. Et le peu de sang que je lui avais donné ne pouvait pas suffire à la transformer !

Son regard se durcit soudain.

— Remarque, peut-être que *quelqu'un d'autre* lui en a donné...

Elena ouvrit de nouveau la bouche, mais Damon lui ordonna le silence en y posant les doigts.

— Et justement ! Voilà le problème maintenant ! répliqua celui-ci. Regarde-la : elle est dans un tel état de manque qu'elle n'arrive même plus à émettre le moindre raisonnement !

Il se tut, un vague sourire flottant sur les lèvres, puis il reprit :

— Si l'on ne lui donne pas du sang humain très vite, son corps n'aura pas la force d'achever la transformation. Elle mourra.

Elena était indignée : comment ça « elle n'arrivait même plus à émettre le moindre raisonnement » ?

— Je vais bien, merci, marmonna-t-elle. Je suis fatiguée, c'est tout. J'allais dormir, quand je vous ai entendus vous battre. Alors je suis venue t'aider. Quand je pense que tu ne m'as même pas laissée le tuer ! conclut-elle, dégoûtée.

— C'est vrai, ça ! Pourquoi tu l'en as empêchée ? demanda Stefan, en fixant Damon avec une hostilité croissante. Ça aurait été si facile…

À ces mots, la colère submergea de nouveau Damon. Ses yeux étincelaient d'une animosité non dissimulée.

— Peut-être que je n'aime pas la facilité, répondit-il avec rage.

Puis il parut reprendre le contrôle de lui-même. Avec une voix moqueuse, cette fois, il ajouta :

— Fourre-toi bien ça dans le crâne, petit frère : si quelqu'un doit avoir la satisfaction de te tuer, ce sera moi, et personne d'autre ! Et j'ai bien l'intention de m'en charger personnellement !

— Je n'en doute pas… Tu as prouvé ton talent en la matière plus d'une fois…, répondit Stefan avec difficulté, comme si chaque mot lui coûtait.

— Mais cette fois, dit Damon en tournant vers Elena des yeux brillants, je *n'ai tué personne.* À quoi ça m'aurait servi ? J'aurais pu la transformer quand je voulais ! Ça aurait même été beaucoup plus intéressant…

— Tu as oublié qu'elle venait juste de se fiancer avec quelqu'un d'autre. Tu aurais pu la supprimer pour cette raison…

Damon examina alors la main d'Elena, toujours dans la sienne. Au majeur, un anneau d'or orné d'une pierre d'un bleu profond étincelait. Elena contempla la bague d'un air intrigué. Elle se rappelait vaguement l'avoir déjà vue… Mais elle s'en moquait, après tout ! Elle préféra se blottir contre Damon plutôt que de s'obliger à réfléchir.

— Eh bien, apparemment, le problème est réglé, dit Damon en la couvant du regard. Peut-être même qu'elle y gagne au change…

Un sourire moqueur étira ses lèvres.

— Mais nous pourrons toujours lui demander de choisir entre nous deux quand elle aura retrouvé ses esprits… Qu'est-ce que t'en penses ?

— Comment peux-tu me proposer une chose pareille ? répondit Stefan, écœuré. Après ce qui s'est passé avec…

Sa voix se brisa.

— … Katherine ? termina Damon. Tu n'oses pas prononcer son nom, peut-être ? Je vais te dire une bonne chose : Katherine a fait un choix stupide, et elle l'a payé de sa personne. Mais Elena est différente… Elle sait ce qui est bien pour elle… De toute façon, ton avis m'importe peu et ne changera rien au fait qu'elle a besoin de sang. Je vais lui en procurer. Ensuite, je m'occuperai de celui qui l'a mise dans cet état. Tu peux nous suivre ou pas, ça m'est égal !

Il se leva en entraînant Elena, ravie de quitter l'endroit. En jetant enfin un regard autour d'elle, elle s'aperçut à quel point la forêt était grouillante de vie, la nuit : des chouettes poussaient leurs ululements mélancoliques et obsédants, et des souris détalaient entre ses pieds. Elle remarqua également que l'air était plus froid par endroits, selon les déclivités du terrain. Tout occupée à savoir où elle mettait les pieds, elle ne pensa à un aucun moment à se retourner pour vérifier si Stefan les suivait.

Lorsqu'ils atteignirent l'orée de la forêt, elle reconnut aussitôt les lieux : elle s'y était trouvée un peu plus tôt dans la journée. Mais le décor avait radicalement changé. Des voitures de police, tous phares allumés, stationnaient là, et de gros projecteurs éclairaient l'endroit. Des silhouettes s'affairaient un peu partout.

Elena les observa avec intérêt : certaines lui étaient familières. Cette femme au visage étroit et à l'air anxieux, par exemple, n'était-ce pas tante Judith ? Et le grand, à côté d'elle ? Elle savait qu'il s'appelait Robert, et que c'était le fiancé de sa tante. Mais quelqu'un d'autre aurait dû se trouver avec eux… Une fillette blonde, dont elle ne parvint pas à se rappeler le nom. Elle reconnut aussi les deux filles qui se tenaient par le bras, au milieu des policiers. La petite rousse qui pleurait, c'était Bonnie, et la plus grande, Meredith.

— Mais elle n'est plus *dans* l'eau, disait Bonnie, au bord de la crise de nerfs, à l'un des hommes en uniforme. Stefan l'en a sortie, on l'a vu ! Combien de fois faudra-t-il vous le répéter ?

— Et vous l'avez laissée là avec lui ? s'étonna-t-il.

— On n'a pas pu faire autrement : l'orage empirait, et il y avait quelque chose qui nous poursuivait et…

— C'est pas le problème, interrompit Meredith, qui semblait presque aussi traumatisée que Bonnie. Stefan a dit qu'il la déposerait sous un saule au besoin.

— Et ce Stefan, où est-il maintenant ? demanda un autre policier.

— On n'en sait rien, répondit Bonnie. Nous, on est parties chercher de l'aide. Peut-être qu'il en a fait autant. Mais… pour ce qui est arrivé à… à… Elena…

Bonnie ne put achever. Elle éclata en sanglots, le visage enfoui au creux de l'épaule de Meredith.

« Mais c'est pour *moi* qu'ils s'inquiètent, pensa Elena. C'est trop bête ! Je vais les rassurer ! »

Comme elle faisait un pas en direction de la lumière, Damon la retint.

— Non ! Ne te montre surtout pas ! Tu n'as qu'à choisir ceux que tu veux et on les attirera, chuchota-t-il.

— Ceux que je veux ? Pour quoi faire ?

— Mais pour te nourrir, Elena ! Tu es un prédateur, maintenant. Et tu peux considérer ces gens comme tes proies…

Elena passa la langue sur ses dents d'un air dubitatif. Elle ne voyait rien ici qui ressemblât à une nourriture quelconque. Mais elle faisait confiance à Damon.

— Tu n'as qu'à choisir pour moi, dit-elle avec soumission.

Damon pencha la tête en arrière, les yeux à demi clos, scrutant le groupe tel un expert évaluant une œuvre d'art.

— Eh bien, que dirais-tu d'une paire d'ambulanciers ?

— Non ! dit une voix derrière eux.

Damon ne se retourna même pas vers Stefan.

— Et pourquoi pas ?

— Parce qu'il y a eu assez d'agressions comme ça ! D'accord, elle a besoin de sang humain. Mais elle n'est pas forcée de chasser.

Le visage de Stefan était fermé et hostile, et on y lisait une détermination à toute épreuve.

— T'as peut-être un autre moyen ? demanda moqueusement Damon.

— Tu sais très bien où je veux en venir. Il faut trouver quelqu'un de consentant, qui le ferait pour Elena, et qui soit assez fort mentalement.

— Et où trouver un tel modèle de vertu ?

— Il faut que tu l'emmènes au lycée. Je vous retrouve là-bas, dit simplement Stefan.

Damon et Elena rebroussèrent donc chemin. Mais, en jetant un regard en arrière, celle-ci remarqua quelque chose d'étrange : en plein milieu de la rivière, une voiture était immergée ; seul le pare-chocs avant pointait hors de l'eau.

« Quelle idée de se garer ici ! » pensa-t-elle en suivant Damon dans la forêt.

Stefan était enfin sorti de son apathie. Quand il avait tiré de l'eau le corps d'Elena, il s'était dit que plus rien ne pourrait l'atteindre après cette horreur. Il avait cru qu'il ne souffrirait plus, qu'il ne serait même plus capable de ressentir quoi que ce soit. Il s'était trompé.

Il s'appuya contre un arbre et s'efforça de respirer profondément. Quand les points rouges qui dansaient devant ses yeux eurent disparu, il reprit son chemin. Mais la douleur qui lui nouait l'estomac était toujours là.

« Arrête de penser à elle », s'ordonna-t-il. En vain.

Elena n'était pas morte ! Il pourrait encore entendre sa voix, toucher sa peau… Mais, non ! maintenant, rien ne serait plus comme avant… Quand elle l'approchait, c'était pour essayer de le tuer…

Il s'arrêta de nouveau avec l'envie de vomir. L'état dans lequel elle était lui semblait pire que la mort. Peut-être que Damon l'avait laissée vivre dans l'unique but de se venger de lui…

Et peut-être que Stefan agirait comme il l'avait prévu, une fois qu'il aurait éliminé Damon : il attendrait l'aube et il enlèverait l'anneau d'argent qui le protégeait de la lumière ; il baignerait dans son étreinte de flammes jusqu'à ce qu'elles consument sa chair et éteignent la douleur, une bonne fois pour toutes…

Pourtant, il savait qu'il n'en ferait rien. Tant qu'Elena serait sur terre, il ne la quitterait pas. Même si elle le haïssait, même si elle le chassait. Il tenterait tout ce qui était en son pouvoir pour la protéger.

Stefan fit un détour par la pension où il logeait : il devait se rendre présentable pour voir ses camarades de classe. Une fois dans sa chambre, il essuya les traces de sang sur son visage et sur son cou, puis il examina son bras : la cicatrisation avait déjà commencé et, en se concentrant, il pourrait en accélérer le processus. Pourtant, il sentait que ses pouvoirs étaient en train de diminuer, et le combat avec son frère n'avait pas arrangé les choses. Bien que sa blessure ne le fît pas souffrir, il était important qu'elle cesse : son apparence ne devait pas susciter de questions.

Damon et Elena attendaient devant le lycée.

— T'as intérêt à ce que ça marche, dit Damon, qui bouillait d'impatience.

Stefan ne répondit pas. Il observait l'effervescence qui régnait dans la salle des fêtes : les élèves qui étaient restés pendant l'orage avaient déserté la piste de danse et s'étaient rassemblés en petits groupes, discutant avec animation. Stefan eut recours à son don pour repérer instantanément la personne qu'il cherchait : une tête blonde, penchée sur une table, à l'autre extrémité de la salle.

Matt…

Le garçon se redressa brusquement, regardant autour de lui d'un air perplexe. Puis, il se leva, comme guidé par les pensées que Stefan lui envoyait : *Tu as besoin de prendre l'air... Va faire un tour dehors*.

Stefan s'adressa sur le même mode à Damon, resté en retrait dans l'obscurité : *Emmène-la au labo photo. Elle sait où c'est. Restez cachés jusqu'à mon retour.*

Lorsque Matt franchit le seuil de la porte, où Stefan l'attendait, son visage tourmenté était levé vers le ciel sans lune. Il sursauta violemment en apercevant son camarade.

— Stefan, tu es là !

L'espoir et l'horreur se mêlaient sur son visage, sans que Stefan sût lequel de ces sentiments l'emportait.

— Ils l'ont retrouvée ? Tu as du nouveau ?

— Et toi, qu'est-ce qu'on t'a raconté ?

Matt le regarda un moment avant de répondre.

— Bonnie et Meredith nous ont dit qu'Elena était partie au pont Wickery avec ma voiture. Elles m'ont appris que…

Il ne put achever.

— Stefan ! Dis-moi que c'est pas vrai !

Ses yeux l'imploraient. Stefan détourna le regard.

— Oh non ! dit Matt d'une voix étranglée.

Il tourna le dos à son camarade et s'enfouit le visage dans les mains.

— J'arrive pas à y croire… C'est pas possible…

— Matt…, murmura Stefan en lui touchant l'épaule.

— Excuse-moi, sanglota Matt en essayant de se ressaisir. Tu dois vivre un enfer… et moi, je ne fais qu'enfoncer le couteau dans la plaie.

« Plus que tu ne crois », pensa Stefan en laissant retomber sa main.

Il était venu avec l'intention d'utiliser ses pouvoirs pour se servir de Matt comme il le voulait. Mais il ne s'en sentait plus la force : il ne pouvait pas traiter de cette façon le seul ami qu'il avait ici. Il devait lui dire la vérité et le laisser décider en toute connaissance de cause.

— Si tu pouvais aider Elena, là, tout de suite, tu le ferais ? demanda-t-il.

Matt était trop bouleversé pour s'étonner d'une telle question.

— Je ferais n'importe quoi pour elle, affirma-t-il en s'essuyant rageusement les yeux.

La respiration saccadée, il regardait Stefan d'un air de défi.

Une nouvelle vague d'écœurement submergea celui-ci. « Félicitations. Tu viens de gagner un voyage pour les ténèbres », pensa-t-il amèrement.

— Viens avec moi. J'ai quelque chose à te montrer.

3

En ouvrant la porte du labo photo, Stefan sentit la présence d'Elena et de Damon dans l'ombre de la petite annexe. Il laissa Matt entrer le premier.

— Ces portes sont fermées à clé d'habitude, remarqua celui-ci tandis que Stefan allumait la lumière.

— Elles l'étaient.

Stefan ne savait pas trop quoi dire pour préparer Matt à ce qui allait suivre ; il était d'autant plus embarrassé qu'il allait devoir lui dévoiler sa vraie nature.

Il attendait que Matt se tourne vers lui. La pièce était froide et silencieuse, l'atmosphère y était oppressante. À mesure que le silence se prolongeait, l'expression de Matt se transforma, passant de l'expectative douloureuse à la perplexité.

— Je ne comprends pas, dit-il finalement.

— Je sais bien.

Stefan plongea alors son regard dans le sien, et le laissa pénétrer dans son esprit pour qu'il y capte ses pouvoirs. Les yeux de Matt s'agrandirent d'effroi ; son souffle s'accéléra.

— Qu'est-ce que…

— Tu te poses sûrement un tas de questions sur moi, le coupa Stefan : pourquoi je porte constamment des lunettes de soleil, même quand le temps est gris, pourquoi tu ne m'as jamais vu manger, et pourquoi mes réflexes sont si rapides.

Matt était livide. Grâce à ses sens aiguisés de prédateur, Stefan entendait les battements affolés de son cœur.

— Non..., dit Matt.

— Mais si. Tu t'es forcément demandé pourquoi j'étais si différent.

— Mais non... De toute façon, ça m'est égal... Je n'aime pas me mêler des affaires des autres.

Matt avait commencé à se rapprocher lentement de la porte.

— Reste là, Matt. Je ne vais pas te faire de mal... Mais je ne peux pas te laisser partir maintenant.

Matt s'immobilisa. Stefan sentait qu'Elena, dans l'annexe, avait du mal à retenir son appétit. *Attends*, lui ordonna-t-il par la pensée.

— Si tu voulais m'effrayer, c'est réussi, bafouilla Matt. Qu'est-ce que tu veux ?

Vas-y, ordonna Stefan.

— Maintenant, retourne-toi ! lança-t-il à Matt.

Celui-ci s'exécuta. Et étouffa un cri.

Elena se tenait devant lui, méconnaissable ; elle n'avait plus rien de la jeune fille qu'il avait vue l'après-midi même. Ses pieds nus dépassaient de sa robe de mousseline blanche. Les plis en étaient parsemés de cristaux de glace qui scintillaient dans la lumière ; son teint pâle avait un étrange éclat glacé, et ses cheveux dorés semblaient recouverts d'un voile argenté. Mais le plus atroce, c'était son expression : ses yeux d'un bleu profond étaient lourds, presque ensommeillés et, en même temps, ils semblaient aux aguets ; un air de jouissance anticipée flottait sur ses lèvres, comme si elle s'apprêtait à faire un festin. Elle était plus belle que jamais, mais d'une beauté terrifiante…

Tétanisé, Matt regarda Elena passer sur ses lèvres la pointe rose de sa langue.

— Maaatt…, dit-elle en s'attardant langoureusement sur la voyelle de son prénom.

Puis elle sourit.

Le garçon recula en laissant échapper un gémissement proche du sanglot.

N'aie pas peur, le rassura Stefan. Et comme Matt se tournait vers lui, les yeux agrandis de stupeur, il ajouta, à haute voix, cette fois :

— Maintenant, tu sais.

L'expression de Matt traduisait sa pensée : il ne voulait surtout pas savoir.

À cet instant, Damon sortit de l'ombre pour venir se placer au côté d'Elena. Matt était cerné. Et les créatures qui l'entouraient étaient d'une beauté inhumaine. Et terrifiante.

Stefan sentait la peur de Matt sourdre par tous les pores de sa peau. C'était la frayeur impuissante du lapin face au renard, de la souris face au hibou. Et il avait raison de les craindre. Ils étaient des chasseurs ; lui, la proie. Leur unique dessein était de le tuer. À ce moment précis, l'instinct de chacun d'eux était décuplé : celui de Matt le poussait à fuir ; celui de ses prédateurs, à le pourchasser. Si Matt décampait, l'assaut serait inévitablement donné.

Nous ne te voulons aucun mal, lui assura Stefan. *Elena a besoin de toi : ce qu'elle te fera ne te causera aucune lésion irréversible. Tu ne souffriras même pas.*

Mais tout le corps de Matt était encore tendu dans une amorce de fuite : les trois prédateurs s'étaient rapprochés sans s'en rendre compte.

Tu disais que tu ferais n'importe quoi pour Elena, lui rappela Stefan d'un ton presque suppliant.

Cette fois, l'argument fit mouche. Matt prit une profonde inspiration, et ses muscles se relâchèrent.

— Tu as raison. C'est ce que j'ai dit…

Rassemblant son courage, il reprit :

— De quoi a-t-elle besoin ?

Elena se pencha vers lui pour suivre du bout du doigt le tracé d'une veine sur son cou.

— Pas celle-là ! intervint aussitôt Stefan. Tu le tuerais. Explique-lui, Damon.

Explique-lui, insista-t-il en constatant que Damon ne faisait aucun effort dans ce sens.

— Tu peux essayer là… ou ici, conseilla celui-ci avec une précision clinique.

Il enserrait fermement le menton de Matt, dont la panique se réveilla.

Tu peux me faire confiance, Matt, dit Stefan en venant se placer derrière lui. *Tu sais, je ne veux pas te forcer, tu peux encore refuser.*

Matt hésitait. Finalement, il déclara, les dents serrées :

— Non, je veux t'aider, Elena.

— Matt…, murmura-t-elle, ses yeux mi-clos rivés aux siens.

Son regard glissa vers son cou, et ses lèvres s'ouvrirent avec avidité. Sa faim exigeait d'être rassasiée sur-le-champ.

— Matt…

Elle sourit une dernière fois, puis fondit sur lui avec la rapidité d'un rapace.

Stefan plaça une main dans le dos de Matt pour le soutenir. L'espace d'un instant, quand les dents d'Elena pénétrèrent sa chair, Matt essaya de se dérober. Stefan lui envoya alors un message : *Surtout, laisse-toi aller ; c'est la résistance qui provoque la douleur.*

Alors que Matt avait toutes les peines du monde à s'abandonner, le spectacle d'Elena lui fournit une aide inattendue. Elle irradiait le doux bien-être d'un louveteau en train de téter. Elle s'abreuvait, heureuse d'avoir atteint une veine du premier coup, cette fois. Et elle avait l'air reconnaissante envers Matt ; à cette vue, Stefan fut pris d'un brusque accès de jalousie. Elle ne haïssait pas Matt, contrairement à lui, parce qu'il ne représentait aucune menace pour Damon. Elle éprouvait même de l'affection pour lui.

Stefan la laissa s'abreuver jusqu'au moment où il estima que Matt était en danger. *Ça suffit, Elena.*

Mais il eut bien du mal à lui faire lâcher prise, en dépit de l'aide de Damon et de Matt, qui commençait à s'affaiblir.

— Elle a besoin de se reposer, maintenant, dit Damon. Je vais la mettre en sécurité.

Il ne demandait pas à Stefan sa permission : il l'informait simplement. Tout en emmenant Elena, il lui envoya un dernier message : *Je n'ai pas oublié que tu m'as attaqué, petit frère. On réglera ça plus tard.*

Stefan remarqua avec quelle docilité Elena suivait Damon, sans lui poser la moindre question… Mais il se consola avec l'idée qu'elle était hors de danger à présent : le sang de Matt lui avait donné l'énergie nécessaire à sa survie, et c'était tout ce qui comptait. Stefan essaya du moins de s'en convaincre.

Il se retourna vers Matt. Affalé sur une chaise, l'air égaré, celui-ci fixait un point invisible devant lui. Puis il leva les yeux vers Stefan, et tous deux se regardèrent gravement.

— Voilà, dit Matt. Maintenant, je sais.

Il secoua la tête dans un signe de dénégation.

— Mais je n'arrive toujours pas à y croire, murmura-t-il en tâtant doucement son cou. Sauf qu'il y a ça.

Il se tut soudain, plongé dans ses pensées.

— Ce type… ce… Damon, reprit-il enfin. C'est qui ?

— Mon frère aîné, répondit Stefan sans aucune trace d'émotion. Comment tu connais son nom ?

— Il était chez Elena la semaine dernière. D'ailleurs, le chat a craché dès qu'il l'a vu…

Matt s'interrompit : il se souvenait visiblement de quelque chose.

— Et Bonnie a eu une sorte de vision…

— Une prémonition ? Qu'est-ce qu'elle a dit ?

— Elle a dit… Elle a dit que la mort s'abattrait sur la maison…

Stefan regarda la porte par laquelle Elena et Damon venaient de sortir.

— Elle avait raison…

— Stefan, qu'est-ce qui s'est passé ? Je n'y comprends toujours rien ! Qu'est-ce qui est arrivé à Elena ? Est-ce qu'elle va rester comme ça ? Qu'est-ce qu'on peut faire ?

— Rester comment ? demanda brusquement Stefan. Tu veux dire : bizarre ? Ou tu parles de sa transformation ?

— Les deux, dit-il en se détournant.

— Maintenant qu'elle a bu ton sang, elle devrait retrouver un comportement plus normal. C'est du moins ce que Damon pense. Quant à la deuxième partie du problème, il n'y a qu'une solution…

Une lueur d'espoir s'alluma dans les yeux de Matt. Mais Stefan poursuivit implacablement :

— Prendre un pieu en bois et lui transpercer le cœur pour tuer le vampire qui est en elle. Après ça, elle mourra, tout simplement.

Matt se leva et alla à la fenêtre.

— De toute manière, elle est déjà morte, d'une certaine façon. Elle s'est bien noyée dans la rivière, Matt. Mais, comme elle a reçu une certaine quantité de mon sang et, semble-t-il, de celui de mon frère, elle s'est transformée au lieu de mourir. Et personne ne peut rien y changer.

— J'ai toujours su que tu étais différent, répondit Matt sans se retourner. Mais je pensais que c'était parce que tu étais étranger… Non… c'est faux : au fond, je savais qu'il y avait quelque chose d'autre. Et pourtant, j'avais l'impression que je pouvais quand même t'accorder ma confiance. Alors, c'est ce que j'ai fait.

— Comme quand tu es venu chercher des plantes avec moi ?

— Oui… À propos, c'était pour quoi ?

— Pour protéger Elena. J'ai essayé d'éloigner Damon d'elle. Mais, apparemment, elle en a décidément autrement…

Le ton de sa voix révélait une profonde amertume.

Matt se retourna enfin.

— Ne sois pas si sévère avec elle. Tu n'as peut-être pas tous les éléments pour comprendre… Je sais de quoi je parle, Stefan.

Celui-ci fut d'abord surpris. Puis un sourire sans joie apparut sur son visage. Matt était l'ex d'Elena : il s'était retrouvé exactement dans la même situation que lui à présent. Mais Stefan doutait de pouvoir accepter sa défaite aussi facilement, comme un gentleman.

Soudain, un long cri retentit au loin. Stefan fut le seul à le percevoir : il était inaudible pour un simple mortel. Alors, il se souvint de ce qu'il avait fait quelques heures auparavant à Tyler Smallwood et ses amis. La honte et l'horreur le submergèrent. Fou de douleur après la découverte du corps d'Elena, sa raison l'avait abandonné. Mais ça n'excusait en rien son acte… Il s'inquiéta brusquement de leur sort : est-ce qu'ils étaient tous morts ? Il avait pourtant juré de ne plus jamais tuer ! Était-il possible qu'il ait supprimé six personnes d'un seul coup ?

Il sortit précipitamment de la pièce.

— Stefan, attends ! Où tu vas ?

Comme il ne répondait pas, Matt lui emboîta le pas en courant pour ne pas se laisser distancer. Stefan prit la direction du terrain en construction.

M. Shelby, le gardien du lycée, se trouvait près de la baraque de chantier. Son visage était blême et figé dans une expression d'horreur. Il avait l'air de vouloir hurler, mais seuls de petits halètements rauques sortaient de sa bouche. Stefan le dépassa pour s'arrêter au seuil du bâtiment. Une étrange impression de déjà-vu le saisit.

On aurait dit la chambre du tueur fou – l'un des tableaux vivants que les élèves avaient imaginés pour la fête du lycée. Sauf qu'il ne s'agissait pas d'une scène fictive. Des corps gisaient au milieu des débris de bois et de verre de la fenêtre fracassée. Les murs et les sols étaient couverts d'éclaboussures de sang. L'origine de cette effusion sautait aux yeux : une horrible blessure se détachait sur le cou de chacune des victimes. Seule Caroline en était dépourvue. Mais ses yeux étaient figés et sans expression.

Derrière Stefan, Matt était au bord de l'évanouissement.

— Stefan, dis-moi qu'Elena n'a pas… n'a pas…

— Calme-toi, répliqua Stefan.

Il regarda de nouveau M. Shelby. Le gardien était en état de choc, à demi effondré sur un chariot à balais. Stefan s'avança vers Tyler en faisant crisser les éclats de verre sous ses pieds. Il constata avec un immense soulagement que sa poitrine bougeait faiblement. Il lui souleva la tête, et les yeux de son camarade s'entrouvrirent, vitreux et fixant le vide.

Tu ne te souviens de rien, lui ordonna Stefan, tout en se demandant pourquoi il se donnait cette peine. Le plus simple serait de quitter Fell's Chuch et de ne jamais revenir. Mais il savait qu'il ne partirait pas. Pas tant qu'Elena serait là.

Il ancra profondément le même message dans le cerveau des autres victimes : *L'après-midi entier s'est effacé de votre mémoire. Vous n'avez aucun souvenir de la personne qui vous a attaqués.*

Ses pouvoirs commençaient à lui faire défaut : il était proche de l'épuisement.

Dehors, M. Shelby avait retrouvé l'usage de la parole : il appelait à l'aide à pleins poumons. Stefan laissa glisser la tête de Tyler. En se retournant, il surprit Matt en train de le dévisager d'un air dégoûté.

— Elena n'a pas pu faire ça, déclara-t-il. C'est toi !

Tais-toi ! Stefan l'écarta de son chemin et sortit précipitamment : il voulait oublier au plus vite cette vision de cauchemar. Mais des bruits de pas précipités l'informèrent que quelqu'un avait enfin entendu les cris du gardien.

— Je suis sûr que c'est toi !

Matt avait suivi Stefan. Le ton de sa voix exigeait qu'il s'explique immédiatement.

— Oui, c'est moi, gronda ce dernier.

Il regardait Matt d'un air féroce, lui faisant comprendre qu'il n'avait pas cessé d'être dangereux.

— Je te l'ai dit, Matt. Nous sommes des chasseurs. Des tueurs. Tu es un agneau, nous sommes des loups. Et puis… Tyler n'a pas arrêté de me chercher depuis que je suis arrivé.

— Il voulait juste te provoquer… D'ailleurs, tu lui en avais fait passer l'envie en lui foutant un coup de poing, une fois. Mais… ça ! il ne le méritait quand même pas…

Matt se rapprocha de lui en le fixant droit dans les yeux. Il était courageux, Stefan devait bien l'admettre.

— Tu n'as même pas l'air de regretter ton acte ! Tu es un monstre !

— Je n'ai rien à regretter, répliqua Stefan d'une voix dénuée d'émotion. Est-ce que tu te frappes la poitrine de désespoir chaque fois que tu manges un steak ?

Stefan voulait achever de le dégoûter : mieux valait l'éloigner de lui définitivement, ou il risquait de finir comme ces types dans la baraque.

— Je suis ce que je suis, Matt. Tu ferais mieux de ne plus m'approcher, maintenant.

L'incrédulité plana encore un instant sur le visage de son camarade. Puis ses mâchoires se crispèrent, et il tourna les talons sans un mot.

Damon avait laissé Elena dans la clairière, lui ordonnant de ne pas bouger jusqu'à son retour. Mais elle n'avait aucune envie de rester là les bras croisés, d'autant plus que le sang frais dont elle venait de s'abreuver agissait comme de la caféine : elle ne tenait pas en place, et le spectacle alentour l'attirait comme un aimant.

Le cimetière tout proche, par exemple, grouillait de présences animales : un renard sortit furtivement de l'ombre en direction de la rivière ; des rongeurs creusaient des galeries avec des petits couinements et d'incessants bruits de pattes ; un hibou blanc comme neige prit silencieusement son envol vers l'église en ruine puis se posa sur le clocher en poussant un cri étrange.

Elena se dirigea dans cette direction. Ça ne lui ressemblait pas de rester plantée là comme une potiche ! Elle examina avec intérêt les vieilles pierres de l'église. La majeure partie du toit s'était effondrée, ainsi qu'un pan entier de mur. Seul le clocher demeurait intact ; il se dressait tel un monument solitaire dans les décombres.

La tombe de Thomas et Honoria Fell se trouvait à l'intérieur. Elena détailla avec curiosité leurs effigies de marbre blanc sur la dalle. Ils reposaient paisiblement, les yeux clos, les mains croisées sur la poitrine. Thomas Fell avait l'air sérieux, un peu sévère, et Honoria semblait triste. Elena pensa à ses propres parents, enterrés côte à côte dans le nouveau cimetière.

Alors le souvenir de sa maison lui revint, et elle eut envie de la revoir. Elle pouvait se la représenter parfaitement, jusqu'à sa chambre aux rideaux bleus, aux meubles en merisier, et à la petite cheminée. Et puis, surtout, elle se rappelait avoir caché sous le plancher de la penderie un objet auquel elle tenait énormément.

Elle retrouva instinctivement le chemin de Marple Street, et s'arrêta devant une très vieille maison pourvue d'un porche et de baies vitrées. La voiture de Robert était garée dans l'allée. Elena se dirigea vers la porte d'entrée, puis s'arrêta net. Une petite voix dans sa tête lui soufflait de ne pas se montrer.

Après un moment d'hésitation, elle grimpa avec agilité à un cognassier : les branches atteignaient la fenêtre de sa chambre. Mais en haut, elle comprit qu'elle ne pourrait pas entrer : une femme était assise sur son lit, les yeux baissés sur un kimono de soie rouge – le sien ! Tante Judith... Malgré la vitre, Elena perçut les murmures de Robert, debout près de la commode.

— ... retourneront demain s'il n'y a pas d'orage. Ils fouilleront chaque mètre carré de cette forêt, et ils la trouveront, Judith, tu verras !

Celle-ci ne répondant pas, il continua, d'un ton plus déterminé encore :

— Nous ne devons pas baisser les bras, quoi que disent les filles...

— Je n'y crois plus, Bob.

Tante Judith avait enfin levé la tête. Ses yeux étaient rouges, mais secs.

— Tout ça est inutile.

— Ne dis pas ça..., répondit-il en s'approchant d'elle.

— Je ne parle pas seulement des recherches... Même si je sais, au fond de moi, que nous ne la retrouverons pas vivante... Je fais allusion... à nous... Ce qui s'est passé aujourd'hui est notre faute.

— Mais, non, enfin ! C'était un horrible accident.

— Peut-être, mais nous en sommes en partie responsables. Si nous n'avions pas été si sévères avec elle, elle ne se serait jamais enfuie toute seule sous cet orage. Non, Bob, ne m'interromps pas… Écoute-moi plutôt.

Tante Judith prit une profonde inspiration et poursuivit :

— Ça ne date pas d'aujourd'hui. Elena avait des problèmes depuis longtemps, depuis la rentrée scolaire, je pense, et je n'ai pas su voir les signaux d'alarme. Parce que j'étais trop centrée sur moi – *sur nous* – pour y prêter attention. Et maintenant qu'Elena… est… partie, je ne veux pas qu'une telle chose se reproduise avec Margaret.

— Qu'est-ce que tu veux dire ?

— Je veux dire que je ne peux pas t'épouser, pas maintenant… Peut-être jamais…

Elle parlait avec douceur, sans le regarder.

— Margaret a perdu sa sœur ! reprit-elle. Je ne veux pas qu'elle ait la même impression avec moi.

— Ce sera tout le contraire ! Elle gagnera quelqu'un, parce que je serai là plus souvent. Tu sais bien que je l'adore !

— Je suis désolée, Bob, mais je ne vois pas les choses de cette façon.

— Tu plaisantes, j'espère ! Après tout le temps que j'ai passé ici… après tout ce que j'ai fait…

— Je suis très sérieuse, le coupa tante Judith d'un ton sans appel.

Depuis son perchoir, Elena observait Robert avec curiosité. Son visage avait viré au rouge, comme s'il avait du mal à contenir la violence de ses émotions.

— Attends au moins demain…, bafouilla-t-il. Tout ça t'apparaîtra sous un autre angle.

— Ça m'étonnerait.

— Tu ne penses pas ce que tu dis, c'est impossible…

— Si. Et il n'y a pas moyen de me faire changer d'avis.

Pendant un instant, il contempla les murs d'un air impuissant. Puis son regard s'assombrit. Quand il reprit la parole, sa voix était devenue froide et monocorde.

— Je vois… Eh bien, si c'est ton dernier mot, plus rien ne me retient ici.

— Bob ! s'écria tante Judith.

Mais il avait déjà passé la porte. Elle se leva, hésitante. Ses doigts pétrissaient le kimono de soie.

— Bob ! appela-t-elle encore, d'une voix plus forte, cette fois.

Elle se retourna pour jeter le vêtement sur le lit, visiblement décidée à se lancer à sa poursuite.

Son élan fut stoppé net. Elle porta la main à sa bouche, les yeux fixés sur la vitre et le visage d'Elena. Pendant un long moment, elles se regardèrent ainsi, sans bouger. Enfin, tante Judith laissa retomber sa main, et poussa un hurlement.

4

Elena se sentit brutalement tirée en arrière. Elle dut lâcher prise, non sans avoir lancé un cri de protestation. Aussi agile qu'un chat, elle atterrit sur ses pieds, mais ne put empêcher ses genoux de venir heurter violemment le sol. Tout son corps se tendit, prêt à bondir sur son assaillant. Damon para son attaque d'une tape sur la main.

— Qu'est-ce qui t'a pris de me faire tomber ? s'écria-t-elle.

— Et toi, qu'est-ce qui t'a pris de partir alors que je t'avais dit de ne pas bouger ? répliqua-t-il durement.

Il se mesurèrent du regard, aussi furieux l'un que l'autre. Mais le hurlement n'avait pas cessé dans la chambre, accompagné maintenant de coups à la fenêtre.

— Éloignons-nous de ce vacarme, jeta Damon avec mépris.

Il saisit Elena par le bras. Elle résista.

— Mais je dois entrer dans cette maison !

— Tu ne peux pas.

Il lui adressa un sourire féroce.

— Je veux dire…, se reprit-il, ce n'est pas seulement que je te l'interdise, c'est que c'est impossible : tu n'as pas été invitée.

Momentanément décontenancée, Elena se laissa entraîner quelques mètres plus loin.

— Mais il me faut mon journal !

— Quoi ?

— Il est dans ma penderie, sous le plancher. J'en ai absolument besoin… Je n'irai pas me coucher sans l'avoir trouvé !

Elena ignorait d'ailleurs pourquoi elle s'affolait à ce point. Elle savait juste que cet objet avait une importance capitale pour elle.

Damon, un instant plus tôt à bout de patience, se détendit aussitôt.

— Tiens, dit-il d'un ton magnanime. Le voilà.

Il avait sorti un carnet de son blouson. Elena le considéra d'un air dubitatif.

— C'est bien ton journal ? s'enquit-il.

— Oui, mais c'est l'ancien. Je veux le nouveau.

— Eh bien, tant pis, il faudra que tu te contentes de celui-ci ! Maintenant, viens avant qu'ils n'ameutent tout le quartier.

Sa voix était redevenue froide et impérieuse. Elena examina le petit livre. Il avait une couverture de velours bleu et une fermeture en cuivre. Ce n'était certes pas celui auquel elle pensait, mais c'était mieux que rien !

Elle suivit Damon dans la nuit sans même lui demander où ils allaient. Ça lui était égal. Elle reconnut cependant la maison devant laquelle ils s'arrêtèrent, dans Magnolia Avenue : c'était celle d'Alaric Saltzman, son prof d'histoire.

Il vint leur ouvrir la porte et les invita à entrer. Mais il avait vraiment l'air bizarre : les yeux fixes, il les regardait sans paraître les voir et se déplaçait comme un automate.

Elena se lécha instinctivement les lèvres.

— Non, dit aussitôt Damon. Ce type-là est trop louche, il vaut mieux ne pas y toucher. Mais tu devrais être en sécurité chez lui ; j'ai déjà dormi ici. Allez, viens.

Il la conduisit dans un grenier pourvu d'une seule petite fenêtre. L'endroit était jonché d'objets hétéroclites qui dépassaient de bâches : des luges, des skis, un hamac. À l'extrémité de la pièce, un vieux matelas était posé à même le sol.

— Demain matin, il ne se souviendra même pas que tu es là. Maintenant, couche-toi.

Elena obéit : elle s'allongea sur le dos, son journal serré contre la poitrine.

Damon la couvrit d'une toile cirée en guise de couverture.

— Dors…

Il se pencha sur elle, et l'espace d'un instant elle crut qu'il allait… Elle retint son souffle. Ses yeux noirs comme la nuit emplirent son champ de vision. Puis il s'écarta. Elle renonça à comprendre, car son esprit était trop confus.

L'obscurité du grenier l'enveloppa. Ses paupières devinrent lourdes, et elle s'endormit.

Elle émergea lentement du sommeil, prenant progressivement conscience de l'endroit où elle se trouvait. Un grenier, semblait-il. Mais elle ne se rappelait absolument pas ce qu'elle faisait là. Des rats ou des souris se querellaient quelque part dans les piles d'objets. Un pâle rai de lumière filtrait par les interstices des volets fermés. Repoussant sa couverture de fortune, elle se leva pour inspecter les lieux.

Elle se trouvait effectivement dans un grenier, mais celui-là lui était totalement étranger. Elle avait l'impression de sortir d'une longue convalescence. « Quel jour sommes-nous ? » se demanda-t-elle.

En bas, des voix résonnaient. Son instinct lui disait de rester prudente : elle ouvrit la porte sans bruit et descendit quelques marches avec précaution. En se penchant, elle vit un salon, qu'elle reconnut immédiatement. Elle s'était en effet assise sur ce canapé quand Alaric Saltzman avait donné sa petite fête.

D'ailleurs, elle aperçut les cheveux blonds vénitiens de celui-ci. Sa voix la déconcerta, sans qu'elle comprît d'abord pourquoi. Elle réalisa enfin qu'elle ne trahissait pas sa maladresse habituelle ; au lieu de débiter son jargon psy ordinaire, il parlait posément et avec fermeté aux deux hommes en face de lui.

— Elle peut se cacher n'importe où, et peut-être même sous notre propre nez. Mais le plus vraisemblable, c'est qu'elle se soit réfugiée quelque part dans la forêt.

— Pourquoi dans la forêt ? demanda l'un des hommes.

Elena reconnut finalement cette voix et cette tête chauve. C'était M. Newcastle, le proviseur.

— Enfin, c'est évident ! Les deux premières victimes ont été retrouvées tout près, dit l'autre homme.

« Mais c'est le Dr Feinberg ! s'étonna Elena. Qu'est-ce qu'il fait là ? Ou plutôt… qu'est-ce que je fais là ? »

— Ce n'est pas la seule raison, reprit Alaric, que les deux hommes semblaient écouter avec grand respect. Ils peuvent difficilement passer inaperçus ailleurs : ils y ont sans doute un repaire où ils se réfugient en cas de danger. S'il existe, je le trouverai.

— Vous êtes sûr ? demanda le Dr Feinberg.

— Oui.

— Mais Elena finira peut-être par revenir en ville…

— Je l'ignore.

Alaric fit quelques pas jusqu'à la table basse pour y prendre un livre. Il se mit à le feuilleter distraitement.

— Surveiller ses amies pourrait nous aider à le savoir, reprit-il. En particulier cette Bonnie McCullough et cette fille brune, Meredith. C'est probablement d'abord à elles qu'elle se montrera.

— Et qu'est-ce qui se passera quand nous l'aurons retrouvée ? demanda le Dr Feinberg.

— Je m'en charge, assura Alaric d'un ton grave.

Il referma le livre et le laissa retomber sur la table avec un bruit mat, comme pour mettre un terme à la conversation.

Le proviseur regarda sa montre.

— Je ferais mieux d'y aller : la cérémonie commence à dix heures. Vous y serez tous les deux, j'imagine.

Il s'arrêta à mi-chemin, soudain perplexe.

— Alaric, j'espère que vous réglerez cette affaire. Depuis que je vous ai fait venir, les choses vont en empirant…

— Je vous répète que vous pouvez compter sur moi, Brian ! Si je n'étais pas là, votre lycée ferait déjà la une de tous les journaux… Imaginez qu'ils se mettent à parler de… morts-vivants qui y rôdent… Je vois d'ici les gros titres : « Le lycée hanté du comté de Boone »… Je présume que vous vous passeriez bien de ce genre de publicité !

M. Newcastle se mordilla nerveusement la lèvre, puis hocha la tête dans un timide signe d'approbation.

— Très bien, Alaric. Mais que ce soit rapide et sans bavure. À tout à l'heure à l'église.

Le Dr Feinberg lui emboîta le pas jusqu'à la porte.

Alaric demeura un moment sans bouger, perdu dans ses pensées. Il parut soudain se décider à sortir à son tour.

Elena remonta prudemment les marches. Qu'est-ce que tout ça signifiait ? Elle devait comprendre pourquoi elle se trouvait ici, et pourquoi elle avait tellement peur de se montrer.

En faisant le tour du grenier, elle ne vit d'abord rien qui pût lui servir d'indice. Puis, elle aperçut le petit carnet bleu sur le matelas. Son journal ! Elle s'en empara vivement et l'ouvrit à la dernière page. Les notes s'arrêtaient au 17 octobre. Ça ne l'aidait pas à connaître la date actuelle… Mais, à la seule vue de son écriture, des images éparses commencèrent à défiler dans son esprit, se mettant peu à peu à s'assembler comme les pièces d'un puzzle.

Elle s'assit sur le matelas, intriguée au plus haut point, et commença à lire du début la vie d'Elena Gilbert.

Lorsqu'elle eut achevé sa lecture, un sentiment d'horreur indicible l'étreignait tout entière. Que de souffrance émanait de ces pages ! Que de complots, de secrets, et surtout, que de désirs insatisfaits ! Elle venait de lire l'histoire d'une fille qui se sentait étrangère dans sa ville natale, et même dans sa propre famille ! Elle était en quête de quelque chose qu'elle semblait ne jamais pouvoir atteindre. Pourtant, ce n'était pas cette souffrance qui l'angoissait à ce point… C'étaient les souvenirs engendrés par cette lecture.

Car elle se rappelait des moindres détails à présent : le pont ; la rivière déchaînée ; la terreur qui l'avait submergée lorsque l'eau lui avait empli les poumons ; l'atroce douleur ; et enfin, le dernier soubresaut qui avait mis un terme à ses souffrances ; tout s'était alors arrêté. Oui, tout était bel et bien fini…

« Oh, Stefan ! J'ai eu si peur… », pensa-t-elle. L'angoisse était revenue au galop. Stefan ! Comment avait-elle pu le traiter ainsi dans la forêt ? Comment en était-elle arrivée à l'oublier, lui qui était tout pour elle ? Qu'est-ce qui lui avait pris ?

Soudain, elle comprit. Personne ne pouvait survivre à une noyade… Non, personne, pas même elle… Elle se leva pour aller lentement à la fenêtre aux volets clos. C'est alors qu'elle remarqua son reflet dans la vitre obscurcie : il ne ressemblait en rien à celui qu'elle avait vu en rêve – le songe où son ombre se mouvait, indépendamment d'elle, dans une succession de miroirs. À présent, toute cruauté avait disparu de son visage. Oui, c'était bien celui qu'elle avait l'habitude de contempler… et pourtant quelque chose avait changé : sa peau était d'une blancheur translucide et ses yeux profondément cernés trahissaient les épreuves qu'elle venait de subir. En se palpant le cou, elle sentit sous ses doigts les entailles faites de chaque côté par Stefan et Damon. Leur avait-elle prélevé du sang également ? Sans doute, et en quantité suffisante, puisqu'elle avait survécu.

Maintenant, et pour le reste de son existence, elle devrait se nourrir comme Stefan… Elle n'avait pas le choix… Accablée par cette pensée, elle tomba à genoux, pressant son front contre le mur. « Je ne pourrai pas…, pensa-t-elle, désespérée. Oh, mon Dieu ! Je vous en prie… Je ne pourrai jamais ! »

Elle n'était pas particulièrement pieuse. Mais la terreur qui montait du plus profond d'elle-même la poussait à appeler à l'aide. « Oh ! Je vous en supplie ! S'il vous plaît, s'il vous plaît... Aidez-moi ! » Elle resta un long moment prostrée à implorer le Ciel, comme une enfant abandonnée qui ne sait plus vers qui se tourner.

Enfin, elle se releva. Son visage de porcelaine rayonnait d'une étrange beauté, comme s'il était éclairé de l'intérieur. Ses yeux brillaient à présent d'une détermination farouche. Elle devait retrouver Stefan. Lui seul saurait lui dire s'il y avait quelque chose à faire. Et, si c'était irrémédiable... eh bien, elle aurait d'autant plus besoin de sa tendresse. Elle ne voulait plus être séparée de lui.

Elle referma précautionneusement la porte derrière elle. Alaric Saltzman ne devait pas soupçonner que quelqu'un dormait là. Un calendrier suspendu au mur indiquait la date du 4 décembre. Quatre jours s'étaient écoulés depuis le samedi précédent... Elle avait dormi pendant tout ce temps !

En entrebâillant la porte d'entrée, la lumière du jour l'éblouit douloureusement. Elle ne supportait plus aucune clarté, pas même celle qui émanait faiblement du ciel chargé de nuages. Elle dut se faire violence pour quitter l'ombre de la maison et s'aventurer en terrain découvert.

Elle rasa les buissons des clôtures, prête à se faufiler sous leur feuillage à la moindre alerte. Elle avait l'impression d'être un spectre dans la longue robe blanche d'Honoria Fell. N'importe qui serait épouvanté en la voyant. Mais ses précautions lui parurent rapidement inutiles : il n'y avait absolument personne dans les rues, ni dans les maisons, ni dans les jardins, ni dans les magasins. La ville semblait abandonnée.

Et soudain, elle s'arrêta net. Un clocher blanc se détachait distinctement sur le ciel noir. Les jambes tremblantes, Elena s'avança craintivement vers le bâtiment. Elle connaissait cette église depuis toujours : elle avait vu un millier de fois la croix gravée dans la pierre. Pourtant, elle s'approcha pas à pas, comme si celle-ci allait se libérer et fondre sur elle. Elle posa finalement la main sur le mur et la glissa doucement vers le symbole. Quand ses doigts l'effleurèrent, ses yeux s'embuèrent. Elle s'appuya alors tout contre le mur et éclata en sanglots.

« Je ne suis pas complètement mauvaise, pensa-t-elle. J'aurais juste pu éviter certaines choses : j'ai été très égoïste, par exemple ; je n'ai jamais remercié Matt, Bonnie et Meredith de tout ce qu'ils ont fait pour moi ; j'aurais dû jouer davantage avec Margaret, et être plus gentille avec tante Judith. Mais je ne suis pas mauvaise. Non, je ne suis pas damnée… »

Elle sécha ses larmes en se rappelant que M. Newcastle avait parlé d'une église. Peut-être que c'était celle-ci…

Elle évita l'entrée principale et ouvrit une porte latérale qui menait à la galerie du chœur. Elle y grimpa sans bruit. Lorsqu'elle regarda en bas, elle comprit aussitôt pourquoi les rues étaient désertes. La ville entière semblait s'être rassemblée ici : les nombreux sièges n'avaient pas suffi à installer toute la foule, si bien qu'une partie s'était entassée au fond.

Elena reconnut les personnes installées au premier rang : il y avait des élèves de terminale, des voisins et des amis de tante Judith ; cette dernière était là aussi, vêtue de la robe noire qu'elle portait à l'enterrement des parents d'Elena.

Celle-ci, absorbée par sa contemplation, prit soudain conscience de la voix tranquille et monotone du révérend Bethea.

— … partager le souvenir de cette jeune fille exceptionnelle, dit-il en s'écartant.

Elena observa la suite des événements avec la sensation étrange d'assister à une pièce de théâtre, comme une spectatrice parfaitement étrangère à tout ce qui se passait sur scène. Et pourtant, c'était d'elle dont il était question…

M. Carson, le père de Sue, prit la parole. Il connaissait Elena depuis sa naissance, et il évoqua les jeux qu'elle et Sue avaient partagés dans leur jardin. Il parla de la belle jeune fille accomplie qu'elle était devenue. Puis l'émotion le submergea et il dut s'interrompre pour enlever ses lunettes.

Sa fille le remplaça. Elena et elle n'étaient plus très proches depuis l'école primaire, mais elles étaient restées en bons termes. Sue avait été l'une des rares personnes à la soutenir lorsque Stefan avait été suspecté du meurtre de M. Tanner. À présent, elle sanglotait comme si elle venait de perdre une sœur.

— Pas mal de gens n'ont pas été sympa avec Elena après Halloween, dit-elle en s'essuyant les yeux. Je sais qu'elle en a souffert. Mais elle avait une force de caractère incroyable : elle est restée elle-même, sans s'occuper de ce que disaient les autres. Et je la respectais tellement pour ça…

Elle fit une pause pour essayer de maîtriser les tremblements de sa voix.

— J'aurais voulu être élue reine du lycée, poursuivit-elle. Mais je savais bien que je ne le serais pas, et que ce serait juste. Parce que Robert E. Lee n'avait qu'une reine. Elena. Elle le restera pour toujours dans notre souvenir. Après nous, des générations d'élèves garderont en mémoire son intégrité et son…

Cette fois, Sue ne put continuer. Le révérend l'aida à rejoindre sa place.

Les filles de terminale pleuraient en se tenant la main, y compris celles qui lui avaient fait des crasses ou avaient comploté derrière son dos… Même celles qui la haïssaient ouvertement reniflaient. Elle était subitement devenue la meilleure amie de tout le monde ! Son étonnement fut à son comble lorsqu'elle vit certains garçons pleurer aussi…

Ce fut au tour de Frances Decatur de parler. La douleur enlaidissait son visage déjà dénué de charme.

— Elle a été tellement gentille avec moi ! dit-elle d'une voix chargée d'émotion. Nous avons même déjeuné ensemble !

« Qu'est-ce qu'elle raconte ? pensa Elena. Je me suis juste servie d'elle pour en savoir plus sur Stefan, c'est tout ! »

Les gens qui se succédèrent au pupitre rivalisèrent d'éloges à son égard.

— Je l'ai toujours admirée…

— Elle était mon modèle…

— C'était une de mes élèves préférées…

Lorsque Meredith se leva, le cœur d'Elena se serra. Elle ne supporterait pas la souffrance de son amie. Mais celle-ci, le visage grave et triste, faisait partie des rares personnes qui ne pleuraient pas.

— Quand je pense à Elena, commença-t-elle, ce sont les bons moments qu'on a passés ensemble qui me reviennent à l'esprit. Elena débordait toujours d'idées, et elle pouvait rendre amusant le travail le plus ennuyeux.

Ce qui me rend encore plus triste, c'est que je ne le lui ai jamais dit. J'aurais tellement voulu lui parler une dernière fois… Et si Elena pouvait m'entendre en ce moment…

Meredith embrassa l'église du regard et prit une profonde inspiration.

— … si elle pouvait m'entendre en ce moment, je lui dirais combien j'aimerais revivre ces bons moments qui ont tant compté pour moi. Si seulement nous pouvions nous réunir rien qu'une fois encore, comme on en avait l'habitude le jeudi soir, dans sa chambre, pour préparer le débat du cours de philo…

Meredith poussa un long soupir.

— Mais je sais que c'est impossible…

Elena était trop stupéfaite pour être émue : « Qu'est-ce qu'elle raconte ? On ne se réunissait pas le jeudi mais le mercredi. Et ce n'était pas dans ma chambre, mais dans la sienne. Et de toute façon, on avait abandonné depuis longtemps ces réunions parce qu'on détestait ça toutes les deux… »

Soudain, en étudiant le visage impassible de Meredith et son expression si soigneusement composée, Elena eut un coup au cœur : et si son amie lui envoyait un message ? Si elle savait qu'elle était vivante et en mesure de l'entendre ? … Mais comment avait-elle pu deviner ? Stefan avait dû tout lui raconter… En parcourant du regard les bancs de l'église, Elena réalisa pour la première fois qu'il ne s'y trouvait pas. Pas plus que Matt d'ailleurs. Mais non, c'était inconcevable ! Stefan n'aurait pas révélé un tel secret, même à Meredith…

Alors, Elena se souvint du regard de son amie, la nuit où elles avaient tiré Stefan du puits. Et elle se rappela toutes les fois, ces dernières semaines, où elle l'avait surprise en train de la dévisager. Les étranges requêtes d'Elena n'avaient pas laissé Meredith indifférente : elles l'avaient rendue chaque fois plus pensive et plus silencieuse. Ce devait être ça : Meredith avait deviné. Mais jusqu'à quel point ?

Ce fut Bonnie qui prit ensuite la parole. Elle était en larmes… Elena ne comprenait pas : si Meredith savait, pourquoi n'avoir rien dit à Bonnie ? Mais Meredith n'avait peut-être eu qu'une intuition, un espoir qu'elle ne voulait pas partager avec son amie tant qu'il ne s'avérait pas fondé.

Le discours de Bonnie fut aussi pathétique que celui de Meredith avait été contenu : sa voix ne cessait de se briser dans les sanglots, et son visage était inondé de larmes. Finalement, le révérend vint à son aide en lui tendant un mouchoir.

— Merci, dit Bonnie en se tamponnant les yeux.

Elle leva la tête et contempla un moment le plafond, sans doute pour se ressaisir ou pour trouver l'inspiration. C'est alors que son visage se transfigura d'une façon qui n'était que trop familière à Elena : il était étrangement figé et blême.

« Oh non ! Pas ici ! s'affola celle-ci. Oh ! mon Dieu, n'importe où mais pas ici ! » Mais ses protestations intérieures furent vaines : le regard vide de Bonnie se tourna soudain vers l'assemblée, et une voix qui n'était pas la sienne lui sortit de la gorge :

— Méfiez-vous des apparences, elles sont trompeuses. Vous entendez, les apparences sont trompeuses !

Elle restait là, immobile, avec son regard d'hallucinée, et les gens commencèrent à échanger des coups d'œil embarrassés. Un murmure d'inquiétude parcourut l'église.

— Vous entendez, les apparences sont trompeuses…

Le révérend se précipita vers Bonnie en la voyant vaciller. Un autre homme accourut de l'autre côté. Elena reconnut son crâne chauve et luisant : M. Newcastle… Et là-bas, au fond de l'église, elle avait repéré Alaric Saltzman. Bonnie s'effondra avant que les deux hommes aient pu l'atteindre. Au même instant, Elena perçut des pas dans l'escalier derrière elle qui lui firent tourner la tête.

5

« Le Dr Feinberg ?! » Paniquée, Elena se dissimula dans l'ombre. Mais au lieu du nez en bec d'aigle du médecin, un beau visage aux traits fins apparut. Après une seconde de stupeur, elle se jeta dans les bras du nouveau venu.

— Stefan !

Il était tellement abasourdi qu'il n'osa la serrer contre lui, se demandant si elle ne le confondait pas avec son frère.

Elena, percevant sa froideur, nicha sa tête au creux de son épaule.

— Stefan..., murmura-t-elle désespérément.

Elle se blottit davantage contre sa poitrine comme pour disparaître en lui, en priant pour qu'il ne la rejette pas... Il devait la haïr après ce qui s'était passé... Et ça, elle ne le supporterait pas...

— Elena... Tout va bien... Je suis là, répondit-il enfin en refermant les bras sur elle.

Pour la première fois depuis son réveil, la jeune fille, bercée par les paroles rassurantes de Stefan, commença à sentir son angoisse se dissiper. Elle resta de longues minutes la tête sur son épaule, à savourer sa présence, bien en sécurité dans ses bras.

Enfin elle leva le menton et perdit son regard dans ses yeux verts. Toutes ses peurs s'envolèrent. Un peu plus tôt dans la journée, elle s'était imaginée le supplier de la sauver de ce cauchemar et de lui rendre son état normal. À présent, elle était résignée.

— Il n'y a rien à faire, hein ? demanda-t-elle doucement.

— Non, répondit-il sur le même ton.

Elle avait franchi une frontière invisible, sans aucun espoir de retour… Elle se tut quelques instants avant de reprendre :

— Pardonne-moi de t'avoir traité comme ça dans la forêt. Je ne sais pas ce qui m'a pris…

— Te pardonner ? À *toi* ? répliqua-t-il d'une voix profondément émue. Après tout ce que je t'ai fait, tout ce qui t'est arrivé par ma faute…

Il n'eut pas la force de continuer, et se laissa étreindre.

— Comme c'est touchant…, commenta une voix railleuse. Il ne manque plus que les violons !

Elena avait violemment sursauté. Damon ! Son charme envoûtant et ses ardents yeux noirs lui étaient totalement sortis de la tête.

— Qu'est-ce que tu fais là ? demanda Stefan.

— La même chose que toi, je présume. Tu n'es pas le seul à avoir entendu le vibrant appel de détresse de la belle Elena.

Derrière son calme apparent, Damon bouillait de rage. Elena ne put s'empêcher de penser à sa prévenance des derniers jours. Il lui avait trouvé un abri et avait pris soin d'elle. Et il n'avait même pas profité de sa vulnérabilité pour l'embrasser. Oui, elle devait bien l'avouer : il avait été gentil avec elle, aussi incroyable que ça puisse paraître.

— Au cas où ça vous intéresserait, il se passe quelque chose en bas, signala Damon.

— Je sais, c'est encore Bonnie, dit Elena en s'écartant de Stefan.

— Je ne parle pas de ça, mais des événements dehors.

Elena, perplexe, le suivit dans l'escalier, où une fenêtre avait vue sur le parking. Stefan vint se placer derrière elle.

Une foule de gens se tenait juste devant l'église, bloqués par une meute de chiens qui leur faisait face sur le parking lui-même. On aurait dit deux armées sur le point de s'affronter. Sauf que les deux groupes étaient parfaitement immobiles : les gens n'osaient pas avancer, et les chiens paraissaient attendre quelque chose.

Il y avait toutes sortes de races et de tailles : des petits corgis aux gueules anguleuses, des terriers au pelage soyeux, des épagneuls, des airedales, un magnifique samoyède au pelage blanc comme neige, un gros rottweiler au poitrail puissant, un chien-loup et un immense schnauzer noir. Elena en reconnut certains.

— C'est le boxer de M. Grunbaum et le berger allemand des Sullivan. Mais qu'est-ce qui leur arrive ?

Les gens avaient l'air terrorisé. Ils se tenaient serrés les uns contre les autres sans qu'aucun n'ait le courage de franchir l'entrée du parking. Pourtant, les chiens ne les menaçaient pas : la langue pendante pour la plupart, ils restaient étrangement calmes, au point que le moindre frémissement de queue ou d'oreille sautait aux yeux.

La présence de Robert, un peu en retrait de la foule, surprit Elena : elle ne l'avait pas vu dans l'église. Il disparut aussitôt de son champ de vision.

— Chelsea !

Quelqu'un s'était enfin avancé, une main timidement tendue. C'était Douglas Carson, le frère aîné de Sue. Un épagneul aux longues oreilles marron tourna la tête. Le bout de sa queue s'agita légèrement, sans qu'il obéisse pour autant. Le jeune homme s'approcha davantage.

— Chelsea… tout doux, Chelsea. Allez, viens !

Il claqua des doigts.

— Est-ce que tu arrives à capter quelque chose chez ces chiens ? demanda Damon à mi-voix.

— Non, répondit Stefan sans quitter la fenêtre des yeux.

— Moi non plus, avoua son frère.

La tête penchée, il tentait visiblement de comprendre la situation. Avec ses canines qui dépassaient légèrement de sa lèvre supérieure, il avait un air de ressemblance avec le chien-loup de la meute.

— C'est bizarre, chaque fois que j'essaie de sonder leur esprit, je me heurte à un mur, continua-t-il.

Elena ne comprenait rien à leur conversation.

— Qu'est-ce que tu entends par « sonder leur esprit » ? Ce ne sont que des animaux !

— Les apparences sont souvent trompeuses, riposta Damon d'un ton moqueur.

Comme les couleurs de l'arc-en-ciel sur le plumage du corbeau, ce volatile sinistre… En regardant de plus près la chevelure soyeuse de Damon, Elena y décela les mêmes reflets multicolores.

— Les émotions des animaux sont perceptibles pour qui a des pouvoirs assez puissants.

Ceux d'Elena ne l'étaient visiblement pas. Alors que quelques heures plus tôt, elle aurait tout donné pour redevenir une simple mortelle, elle commençait à envier les dons de Damon. Il avait décidément une bien étrange emprise sur elle.

— En tout cas, à la place de Doug, je n'irais pas plus loin, déclara-t-elle.

Stefan approuva d'un signe de tête.

— Allez, Chelsea, viens ici, s'obstinait le jeune homme.

Il avait atteint la meute. Tous les protagonistes – chiens et humains – retenaient leur souffle, aussi immobiles que des statues de cire. Doug s'arrêta et fit claquer sa langue en direction de Chelsea, qui le regardait par-dessus le corgi et le samoyède. Il déploya la main, hésita une seconde, puis la tendit plus loin encore.

— Non, souffla Elena.

Elle fixait les flancs luisants du rottweiler qui ne cessaient de se gonfler et de se vider.

— Stefan, il faut faire quelque chose. Essaie de le persuader…

— D'accord.

Au bout de quelques secondes d'intense concentration, il dut abandonner, essoufflé comme s'il s'était acharné à soulever un poids trop lourd.

— Ça ne marche pas, je ne peux rien faire d'aussi loin.

Chelsea retroussa les babines, l'airedale se dressa sur ses pattes, et le rottweiler se ramassa en position d'attaque. Puis tous les chiens bondirent en même temps sur Doug, qui fut renversé par terre avant de disparaître dans la mêlée. Un vacarme infernal s'ensuivit, ponctué d'aboiements furieux et de grondements sourds. La foule s'éparpilla en hurlant.

Dans ce chaos indescriptible, seul Alaric Saltzman, à l'extrémité du parking, restait aussi raide qu'un piquet. Elena s'étonna de voir ses lèvres et ses mains bouger.

Quelqu'un s'était décidé à inonder le gros de la meute à l'aide d'un tuyau d'arrosage. En vain. Les chiens semblaient possédés. Chelsea s'écarta du corps de son maître, la truffe maculée de sang, sous les yeux épouvantés d'Elena.

— Il faut aller les aider, s'écria-t-elle en s'élançant dans l'escalier à la suite de Stefan.

Mais, à mi-chemin, elle s'arrêta : si elle se montrait, elle provoquerait l'hystérie collective. En dépit de sa compassion pour les victimes, elle décida de rebrousser chemin.

La nef n'était pas non plus exempte de remue-ménage, résonnant de bruits de pas nerveux et de cris. Jetant un coup d'œil prudent, elle aperçut le Dr Feinberg, M. McCullough et le révérend s'affairer autour de Bonnie, allongée sur un banc. Meredith, tante Judith et Mme McCullough étaient penchées sur elle.

— Quelque chose de maléfique…, gémit Bonnie.

À cet instant précis, tante Judith leva la tête vers Elena. Celle-ci remonta l'escalier à toute allure, priant pour que sa tante ne l'ait pas vue. Damon n'avait pas quitté la fenêtre.

— Je ne peux pas descendre ! Ils pensent que je suis morte ! crut bon de lui expliquer Elena.

— Tiens donc, ça t'est revenu ? ironisa-t-il.

— Si le Dr Feinberg m'examine, il verra que quelque chose cloche, non ?

— Il pensera que tu es un spécimen intéressant, en effet.

— Alors, je ne peux pas y aller. Mais toi, oui. Pourquoi est-ce que tu restes là les bras croisés ?

— Et pourquoi pas ?

— Pourquoi pas ??? explosa Elena, brûlant d'envie de le gifler. Parce qu'ils ont besoin d'aide. Et toi, tu peux les aider. Il n'y a donc que ta petite personne qui t'intéresse ?

Damon affichait son masque le plus impénétrable. Pourtant, son inaction ressemblait fort à une vengeance : Elena savait qu'il était furieux de l'avoir trouvée dans les bras de Stefan.

Elle se jeta sur lui dans un mouvement de rage impuissante. Lorsqu'il lui saisit les poignets pour la maintenir à distance, la dardant de son regard noir, elle laissa échapper une sorte de feulement involontaire. Surprise, elle baissa les yeux sur ses doigts : ils étaient recourbés comme des serres.

« Qu'est-ce qui m'arrive ? se demanda-t-elle. Je suis en train de l'agresser parce qu'il ne veut pas aider ces gens ? Ça n'a aucun sens ! »

Quand Damon sentit qu'elle se calmait, il la lâcha. Ils se regardèrent longuement.

— Je descends, l'informa Elena.

— Non.

— Ils ont besoin d'aide.

— Comme tu voudras… Mais je t'aurai prévenue !

Son poing alla s'abattre rageusement sur le rebord de la fenêtre, faisant vibrer la vitre. Mais il se ressaisit aussitôt et, le regard tourné vers l'extérieur, reprit d'un ton détaché :

— Les secours sont arrivés.

Les lances à eau des pompiers, bien plus puissantes que le tuyau d'arrosage, vinrent à bout des chiens enragés. Un policier sortit son arme et visa le grand schnauzer, qui s'effondra. Affolée par le coup de feu, une partie de la meute se mit à courir vers la rivière. Une seconde détonation acheva de disperser les bêtes aux quatre coins du parking.

Elena poussa un soupir de soulagement en voyant Stefan, sain et sauf, repousser un chien du corps de Doug. C'était Chelsea, qui regardait son maître d'un air abattu, la queue basse.

— Tu vois, tout est rentré dans l'ordre, commenta froidement Damon.

La colère d'Elena en fut ravivée : elle chercha un moyen de le pousser dans ses retranchements.

— Damon…, commença-t-elle en posant la main sur son bras.

Il se retourna.

— Quoi ?

Ils se mesurèrent de nouveau du regard. Mais des pas les interrompirent. Stefan revenait.

— Stefan… tu es blessé ! s'écria la jeune fille.

— Ce n'est rien, la rassura-t-il en essuyant sa joue maculée de sang avec sa manche déchiquetée.

— Et Doug ?

— Il est vraiment mal en point… Je n'avais jamais rien vu d'aussi bizarre.

Elena remonta la galerie du chœur. Elle avait besoin de réfléchir, seule. Si Stefan n'avait rien vu de pareil auparavant, alors il y avait de quoi s'inquiéter.

Elle s'assit par terre, derrière la dernière rangée de sièges. Au milieu de l'imbroglio des derniers événements, un point lui paraissait terriblement clair : il se passait quelque chose de vraiment étrange à Fell's Church. À une certaine époque, la ville et ses habitants étaient le cadet de ses soucis. Mais la cérémonie lui avait montré que ces gens comptaient pour elle, et l'attaque des chiens n'avait fait que le confirmer. Pour la première fois de sa vie, elle avait l'impression d'avoir son rôle à jouer dans l'avenir de sa ville.

Elle relégua son désarroi au second plan. Ce qui se passait ici était bien plus grave que ses problèmes personnels. C'était du moins l'idée à laquelle elle se raccrochait pour les oublier. Elle n'arriverait pas à les surmonter… jamais…

Un sanglot lui échappa. Elle leva les yeux. Stefan et Damon étaient là, en train de la regarder.

— Elena…, murmura Stefan.

Mais celle-ci se tourna vers Damon.

— J'ai quelque chose de très important à te demander, et j'espère que tu me diras la vérité, commença-t-elle d'une voix tremblante. Je sais que ce n'est pas toi qui m'a poursuivie jusqu'au pont. J'ai senti que c'était autre chose, une force inconnue. Mais est-ce que tu as jeté Stefan dans le puits ?

— Dans le puits ? répéta Damon en croisant les bras sur la poitrine.

— La nuit où Tanner est mort, Stefan est venu te trouver dans la forêt. Quand il a voulu partir, quelqu'un l'a frappé par derrière. Il s'est réveillé au fond d'un puits, et il serait mort si Bonnie n'était pas arrivée à le localiser. J'ai toujours cru que c'était toi qui l'avais attaqué, et lui aussi. Est-ce que c'est le cas ?

Manifestement, Damon n'appréciait pas d'être ainsi questionné. Son regard moqueur passa nonchalamment d'elle à Stefan. Il fit durer l'attente de manière insupportable. Enfin, il eut un petit haussement d'épaules et détourna les yeux.

— Non.

Elena laissa échapper un soupir de soulagement.

— Tu ne vas quand même pas croire une chose pareille ! s'écria Stefan. Il raconte n'importe quoi !

— Pourquoi mentirais-je ? rétorqua Damon, ravi de voir son frère perdre son sang-froid. J'admets volontiers avoir tué Tanner. J'ai bu son sang jusqu'à ce qu'il se ratatine comme un pruneau. Et j'aurais pu en faire autant avec toi, frérot. Mais te jeter dans un puits ? Ce n'est vraiment pas mon style.

— Je te crois, dit Elena.

Puis, se tournant vers Stefan :

— Tu n'as pas senti une présence étrangère à Fell's Church ? Il y a une force inhumaine ici. C'est elle qui a fait basculer ma voiture du pont, et poussé les chiens à attaquer. C'est une puissance terrifiante, le Mal incarné…

Elle revit Bonnie, couchée sur le banc.

— Quelque chose de maléfique…, répéta-t-elle doucement.

Elle se sentit soudain affreusement seule et vulnérable.

— La seule incarnation du Mal que je connaisse est devant nous, déclara durement Stefan.

— Ne te fais pas plus stupide que tu n'es, répliqua Damon. Je crois t'avoir déjà dit que je n'ai pas tué Elena et que je retrouverai l'auteur de sa mort pour lui régler son compte. C'est d'ailleurs ce que je vais faire de ce pas.

Elena avait frissonné à ces mots. Elle était morte ! Elle ne pourrait jamais s'y habituer…

Damon feignit de partir :

— Je vous laisse reprendre votre petite conversation là où je l'ai interrompue.

— Damon, attends…, dit Elena. Cet être est incroyablement fort. Quand il m'a poursuivie, il occupait le ciel entier… Aucun d'entre nous ne peut l'affronter seul.

— Et alors ?

— Alors…

Elena n'avait pas eu le temps de pousser sa réflexion plus loin. Elle se fiait simplement à son intuition, qui lui dictait de ne pas laisser partir Damon.

— Alors… je crois qu'on ne devrait pas se séparer tous les trois. On aurait plus de chances de retrouver cette chose si on faisait équipe. Elle va sans doute frapper de nouveau…

— Franchement, ma chère, je me fiche complètement du sort des autres, rétorqua Damon avec un sourire glacial. Est-ce une manière de nous dire que tu veux nous garder tous les deux ? C'est donc ton choix ?

Elena était abasourdie. Il n'était pas question de ça ! Elle portait la bague offerte par Stefan. C'était tout vu.

Soudain, elle se revit dans la forêt, les yeux plongés dans ceux de Damon, habitée par une telle passion, ressentant un tel attrait pour lui… Elle avait eu l'impression que lui seul la comprenait. Qu'ensemble, ils incarnaient la perfection, et que tout leur était possible : conquérir le monde ou le détruire.

Elle essaya de chasser cette image qui n'avait plus aucun sens. Mais elle ne put s'empêcher de penser à la façon dont Damon s'était occupée d'elle cette nuit-là. Il s'était montré doux, presque tendre…

Stefan la regardait avec une expression de crainte mêlée d'amertume. Une part d'elle-même avait envie de le rassurer, de le prendre dans ses bras et de lui dire qu'elle lui appartenait pour toujours. Que rien ne comptait en dehors de lui. Ni Fell's Church, ni Damon, ni personne d'autre.

Mais elle s'en garda, car l'autre moitié d'elle-même lui disait que, s'il y avait bien une chose importante à ses yeux, c'était sa ville. Ces deux idées contradictoires la plongeaient dans un horrible état de confusion.

Un tremblement monta du plus profond d'elle-même. C'était trop d'émotions d'un seul coup. Beaucoup trop. Désemparée, elle s'enfouit la tête entre les mains.

6

— Elle a déjà choisi, déclara Stefan. Tu l'as toi-même constaté tout à l'heure. Pas vrai, Elena ?

Il n'avait pas dit ça avec orgueil, ni sur le ton de l'injonction, mais dans une sorte de bravade désespérée.

— Je…, commença Elena en levant les yeux vers lui. Stefan, je t'aime. Mais tu ne comprends pas. Pour l'instant, on n'a pas d'autre choix que de rester groupés. Tu es d'accord ?

Devant le visage de marbre de Stefan, elle se tourna vers Damon :

— Et toi ?

Il lui adressa un sourire radieux.

— Stefan est très égoïste de vouloir te garder pour lui tout seul. Des frères devraient tout partager.

— Ce n'est pas ce que je voulais dire.

— Vraiment ? susurra Damon sans rien perdre de sa joie.

— Non, intervint Stefan. Je ne suis pas d'accord, et je me demande comment tu peux t'imaginer une seule seconde que je fasse équipe avec lui ! Il est le Mal incarné, Elena. Il tue par plaisir, il n'a aucune conscience, et se fiche royalement du sort des habitants de cette ville. Il l'a dit lui-même. C'est un monstre…

Elena lui prit doucement la main.

— Peut-être, mais il est plus coopératif que toi pour le moment. Stefan, j'ai besoin de toi. Et on a tous les deux besoin de lui. Fais un effort !

Comme il ne répondait pas, elle ajouta :

— Stefan, est-ce que tu as l'intention de haïr ton frère pour l'éternité ?

— Parce que tu t'imagines qu'il voudrait que ça change ?

Elena laissa passer quelques secondes de silence à contempler leurs mains jointes.

— Il m'a empêchée de te tuer…, reprit-elle.

Une lueur furieuse enflamma les yeux de Stefan. Puis, lentement, elle alla en s'éteignant. Il baissa la tête, comme s'il venait d'admettre sa défaite.

— C'est vrai, reconnut-il. Et de toute façon, je suis mal placé pour le juger. Je ne vaux pas mieux que lui…

Elena supportait difficilement de le voir se détester ainsi. Ils devaient parler tous les deux. Mais ce n'était ni l'heure ni l'endroit.

— Alors ? Qu'est-ce que t'en penses ? lui demanda-t-elle d'une voix pressante.

— Je pense que tu n'en fais qu'à ta tête, comme d'habitude.

Ses pupilles dilatées à l'extrême réduisaient l'iris à un mince anneau vert. La colère avait laissé la place à une grande lassitude.

Ce que Stefan n'avait pas compris, c'est que, pour la première fois, Elena n'agissait plus dans son propre intérêt. Et elle avait bien l'intention de le lui prouver plus tard.

— Alors, tu es d'accord ? répéta-t-elle doucement.

— Oui. Je suis… d'accord.

— Et moi de même, déclara Damon d'un ton exagérément mondain en capturant la main d'Elena. Quel plaisir de nous voir enfin réunis ! continua-t-il ironiquement.

Le ton employé ne plaisait certes pas à Elena. Pourtant, elle partageait sa joie : elle était enfin parvenue à les convaincre. Leur union les rendait forts.

Dans le silence qui suivit, Elena prit conscience des secours, dehors, s'affairant bruyamment autour des victimes. Elle aperçut par la fenêtre le Dr Feinberg aller de groupe en groupe pour dispenser ses conseils. On aurait dit les rescapés d'un tremblement de terre.

— Les apparences sont trompeuses, murmura Elena.

— Quoi ? s'étonna Stefan.

— C'est ce qu'a dit Bonnie pendant la cérémonie. Elle a eu une vision. Et je pense qu'effectivement nous devons nous méfier de certaines personnes, comme Alaric Saltzman.

Elle leur rapporta les propos qu'elle avait surpris chez ce dernier.

— Il cache certainement bien son jeu, mais j'ignore dans quel but. Il faut l'avoir à l'œil. Et comme je ne peux pas me montrer, c'est à vous deux de vous en charger, le plus discrètement possible, et…

Damon l'interrompit d'un signe. Quelqu'un appelait en bas :

— Stefan ? Tu es là ?

Puis, s'adressant à quelqu'un d'autre :

— Je pensais l'avoir vu monter.

On aurait dit la voix de M. Carson.

— Vas-y, souffla Elena. Surtout, fais comme si de rien n'était. Ne t'inquiète pas pour moi.

— Où iras-tu ?

— Chez Meredith. Je t'expliquerai. Allez, sauve-toi.

Stefan parut hésiter, puis se décida à descendre.

— J'arrive ! cria-t-il.

Il rebroussa aussitôt chemin.

— Je ne peux pas te laisser avec lui.

Elena eut l'air exaspéré.

— Alors, allez-y tous les deux, suggéra-t-elle.

Et défiant Damon du regard :

— Vous n'allez pas remettre en cause l'accord que nous venons de conclure, j'espère ?

Celui-ci haussa les épaules, puis finit par dire :

— Très bien. Une dernière chose : tu as faim ?

— Je… non, répondit-elle avec un haut-le-cœur en réalisant à quoi il faisait allusion. Non, pas du tout.

— Parfait. Mais ça risque de t'arriver bientôt…, la prévint-il en suivant Stefan dans l'escalier.

Alors qu'ils s'éloignaient ensemble, Elena entendit Stefan lui adresser mentalement un dernier message. *Je reviendrai plus tard. Attends-moi.*

Elle regretta de ne pas pouvoir lui répondre de la même façon.

Elle avait été trop bouleversée depuis le matin pour se rendre compte d'un fait frappant : par quel miracle Stefan parvenait-il à utiliser la transmission de pensée ? Elle se rappela la première fois qu'elle l'avait entendu : dans la clairière lorsqu'elle s'était jetée sur lui. Mais le plus curieux, c'était que sa voix mentale semblait maintenant considérablement affaiblie… Qu'est-ce qui avait bien pu se passer ?

En attendant la tombée de la nuit, Elena eut tout le loisir de réfléchir : avait-elle eu raison de vouloir réconcilier Stefan et Damon ? La dernière fois qu'elle avait fait un vœu, celui de ne jamais les laisser se battre pour elle, il avait été rompu. Qu'en serait-il de ce serment ?

Quand il fit nuit noire, elle décida de s'aventurer dehors. L'écho de ses pas résonna lorsqu'elle traversa l'église à la recherche d'une issue. Par chance, la porte latérale était seulement verrouillée de l'intérieur. Elle se faufila dans l'entrebâillement.

Comme c'était bon de se retrouver à l'air libre sans être agressée par la lumière du jour ! Elle se sentait comme délivrée… et invisible. La faune nocturne trahissait sa présence par d'imperceptibles mouvements et de subtils effluves : un renard à l'affût, des grignotements de mulots, des papillons de nuit envoyant leurs phéromones.

Le trajet jusqu'à la maison de Meredith fut sans incident : tout le monde semblait calfeutré chez soi. Une fois devant le porche de son amie, elle hésita : était-elle réellement attendue ? Parce que, si ce n'était pas le cas, celle-ci allait avoir un sacré choc !

De toute façon, elle ne pouvait pas frapper à la porte. Quelqu'un d'autre pourrait ouvrir. Elle évalua la distance qui séparait le toit de la fenêtre ouvrant sur sa chambre : elle était juste en dessous, à l'angle, un peu difficile d'accès…

Se hisser sur le toit fut un jeu d'enfant pour Elena, qui trouva facilement des appuis entre les briques du mur. En revanche, la lumière qui sortait à flots de la pièce l'aveugla : se pencher pour jeter un œil au travers lui fut très pénible.

Meredith était assise sur son lit, les coudes sur les genoux, le regard perdu dans le vide. De temps en temps, elle passait une main dans ses cheveux noirs. Un réveil sur la table de nuit indiquait 18 h 43.

Elena tapa doucement au carreau.

Meredith sursauta et tourna la tête vers la porte. Elle se leva pour attraper un oreiller, visiblement sur la défensive. Comme la porte ne s'ouvrait pas, elle osa un pas en avant.

— Qui est-ce ? demanda-t-elle.

Elena frappa de nouveau à la vitre. Meredith fit volte-face.

— Laisse-moi entrer, dit Elena en articulant exagérément pour que Meredith puisse lire sur ses lèvres.

Celle-ci, affolée, jeta des regards éperdus autour d'elle, comme pour chercher de l'aide. Enfin, elle se résolut à s'approcher prudemment de la fenêtre.

— Ouvre-moi, insista Elena. Si tu ne voulais pas que je vienne, pourquoi tu m'as donné rendez-vous ?

À ces mots, Meredith se détendit un peu. Elle s'exécuta avec une maladresse inhabituelle, et recula aussitôt.

— Maintenant, invite-moi à entrer. Sinon, je ne peux pas.

— En…

La voix de Meredith se déroba. Elle fit un nouvel essai.

— Entre.

Quand Elena se fut propulsée à l'intérieur – non sans une grimace de douleur en recevant la lumière en plein visage –, Meredith ajouta d'une voix tremblante :

— Ça ne peut être que toi. Tu n'as pas ton pareil pour donner des ordres.

— C'est moi, confirma Elena en regardant son amie droit dans les yeux. C'est vraiment moi.

Meredith hocha la tête, déglutissant avec difficulté. Elena aurait tant voulu qu'elle la prenne dans ses bras. Mais ce genre d'effusions n'était pas du tout le style de son amie, qui alla à reculons se laisser tomber sur le lit.

— Assieds-toi, dit-elle d'une voix mal assurée.

Elena tira une chaise, s'assit, et prit sans s'en rendre compte la position de Meredith un peu plus tôt, coudes sur les genoux, tête baissée. Enfin, elle leva les yeux.

— Comment as-tu su ?

— Je…

Meredith la contempla d'un air hébété avant de se ressaisir.

— Tu… Ton corps n'a pas été retrouvé. J'ai trouvé ça bizarre. Et puis j'ai associé certains détails concernant toutes les agressions antérieures… Mais je ne savais pas. Pas avec certitude. Jusqu'à maintenant.

Sa phrase s'était achevée dans un murmure.

— Eh bien, ta supposition était juste.

Elena essayait de se comporter avec son assurance habituelle, comme si de rien n'était, tout en sachant que ça n'avait aucun sens dans une telle situation. Quant à Meredith, elle osait à peine la regarder. Elena se sentit plus seule que jamais.

Un coup de sonnette retentit en bas.

— Tu attends quelqu'un ? demanda-t-elle. On sonne à la porte.

— C'est sans doute Bonnie. Je lui ai demandé de venir à sept heures. Je descends voir.

Son empressement évident à quitter la pièce blessa Elena.

— Attends ! Est-ce qu'elle sait ?

— Non… Je vais essayer de la préparer en douceur.

— Éteins le plafonnier, suggéra Elena en allumant la lampe de chevet. Cette lumière me fait mal aux yeux.

Elena se dissimula dans l'ombre en attendant ses amies. Elle avait eu tort de se manifester : si même l'imperturbable Meredith avait du mal à cacher sa panique, qu'en serait-il de Bonnie ?

— Surtout, ne hurle pas, répétait la première à la seconde en franchissant le seuil de la chambre.

— Qu'est-ce qui te prend ? s'exclama Bonnie, stupéfaite. Lâche-moi. Je commence à regretter d'avoir tanné ma mère pour venir ! Elle voulait absolument m'emmener à l'hôpital.

Meredith ferma la porte d'un coup de pied.

— Bon, dit-elle. Maintenant, je vais te montrer quelque chose qui va… enfin, ça va te faire un choc. Mais tu ne dois pas hurler, tu entends ? Je te lâche que si tu promets.

— Mais… comment veux-tu que je voie quoi que ce soit dans ce noir ? Tu me fous la trouille, Meredith ! Qu'est-ce qui t'arrive ? Bon… Je promets, mais de quoi…

— Elena, appela Meredith.

Celle-ci fit un pas en avant.

La réaction de Bonnie fut inattendue. Elle se pencha pour scruter l'obscurité, et resta une seconde bouche bée en apercevant Elena. Enfin, elle applaudit en poussant un cri de joie.

— Je le savais ! J'étais sûre qu'ils s'étaient trompés ! Tu vois, Meredith, Stefan et toi pensiez qu'elle s'était noyée. Mais je savais que vous aviez tort ! Oh Elena ! Qu'est-ce que tu m'as manqué ! Tout le monde va être si…

— Du calme, Bonnie ! lui ordonna Meredith. Je t'ai dit de ne pas hurler ! Écoute-moi : pourquoi crois-tu qu'Elena soit obligée de se cacher des autres et de venir nous voir au beau milieu de la nuit ? Tu vois bien qu'elle n'est pas dans son état normal !

— Quoi ? Mais si, elle a l'air d'aller parfaitement bien… Pas vrai, Elena ? demanda-t-elle en s'avançant vers son amie.

— Oui, je vais bien, répondit celle-ci.

Elle avait l'impression de se retrouver au milieu d'une comédie surréaliste, sauf qu'elle ne connaissait pas ses répliques. Et Bonnie qui avait l'air si contente !

— Ça va, mais, tu sais…, reprit-elle en cherchant ses mots, je ne suis plus tout à fait la même…

Bonnie fronça les sourcils.

— Qu'est-ce que c'est que cette histoire ? Vous pourriez m'expliquer ?

Elena hésitait entre le rire et les larmes.

— Écoute, Bonnie… Je ne sais pas comment te dire ça… Est-ce que ta grand-mère voyante t'a déjà parlé des vampires ?

Un silence de plomb s'abattit sur la pièce. Les yeux démesurément écarquillés, Bonnie se tourna vers Meredith. Elle resta à la fixer en silence. Les secondes s'égrenèrent, interminables. Enfin, elle recula en direction de la sortie.

— Euh… Écoutez, les filles, vous me foutez vraiment les boules…

Elena devait trouver un moyen de la convaincre.

— Regarde mes dents.

Elle retroussa la lèvre supérieure et appuya légèrement sur l'une de ses canines, qui s'allongea mécaniquement.

Meredith s'approcha, et détourna les yeux.

— À toi, Bonnie. Jette un coup d'œil.

L'enthousiasme de celle-ci était retombé comme un soufflé. Elle semblait sur le point de vomir.

— Non…

— Allez, regarde. Fais un effort…, dit Meredith en la poussant vers Elena. Je croyais que t'adorais les histoires paranormales.

— J'ai changé d'avis ! s'écria Bonnie, au bord de l'hystérie. Laisse-moi tranquille, Meredith. J'ai pas envie de voir ça !

Elle se libéra brutalement.

— O.K., laisse tomber, murmura Elena en retenant ses larmes. Ce n'était pas une bonne idée, Meredith. Je m'en vais.

— Non, ne pars pas !

Bonnie fit volte-face et se jeta dans les bras d'Elena.

— Pardon, Elena, pardon. L'essentiel, c'est que tu sois de retour. Ça m'est égal si tu n'es pas tout à fait la même. C'était horrible sans toi, dit-elle en sanglotant.

Elena fut à son tour gagnée par les larmes, si longtemps refoulées. Puis les bras de Meredith les enlacèrent toutes les deux. Son amie, d'ordinaire si impassible, pleurait elle aussi silencieusement – à la différence de Bonnie dont les sanglots avaient redoublé. Ceux d'Elena venaient du plus profond de son être : elle se morfondait sur les moments d'angoisse passés et à venir, sur tous les instants de solitude qu'elle allait devoir affronter.

Elles se retrouvèrent finalement assises par terre, serrées les unes contre les autres, comme lorsque, petites, elles complotaient avant de se mettre au lit.

— Tu es tellement courageuse, Elena, hoqueta Bonnie. Je me demande comment tu arrives à supporter tout ça…

— Je ne le suis pas tant que ça, tu sais. Je n'ai pas le choix, c'est tout.

— Tes mains ne sont pas si froides, murmura Meredith en les pressant contre les siennes. Juste un peu fraîches.

— Celles de Stefan non plus, commenta Elena.

— Stefan ??? s'écria Bonnie.

Elena et Meredith la regardèrent.

— Ne fais pas l'idiote ! répliqua cette dernière. On ne devient pas vampire par hasard. Quelqu'un d'autre est forcément responsable de la transformation.

— Mais tu veux dire que… Stefan… ? Tu veux dire que c'est un…

Sa voix se brisa.

— Il est temps de nous raconter, Elena, reprit Meredith. Y compris ce que tu nous as caché la fois où tu étais censée tout nous dire.

— D'accord, acquiesça Elena.

Elle prit une profonde inspiration avant de se lancer :

— Bonnie, tu te souviens quand tu m'as lu les lignes de la main, le jour de la rentrée ? Tu m'as dit que je rencontrerais un garçon brun, pas très grand, mais qu'il l'avait été un jour. Eh bien, effectivement, Stefan est de taille moyenne, mais… comparé aux gens du XVe siècle… il est plutôt grand.

Contrairement à Meredith, qui hocha la tête d'un air entendu, Bonnie poussa un gémissement.

— Tu veux dire que…

— … qu'il a vécu en Italie à l'époque de la Renaissance, et que les gens étaient plus petits que de nos jours. Et attends avant de tomber dans les pommes. Il faut que tu saches autre chose : Damon est son frère.

Meredith n'en parut pas étonnée.

— Je m'en doutais, affirma-t-elle. Mais pourquoi le cacher ?

— Ils ne s'entendent pas très bien, expliqua Elena. Pendant longtemps, Stefan ne savait même pas que Damon était là.

Elena hésita. Elle abordait un sujet qui concernait Stefan, et lui seul était en droit d'en parler. Mais, d'un autre côté, Meredith avait raison : elle devait raconter toute la vérité cette fois.

— Voilà ce qui s'est passé : Stefan et Damon étaient amoureux de la même fille, Katherine. Au début de l'année, Stefan m'évitait parce que je lui rappelais cette personne, blonde aux yeux bleus. Comme moi. Oh, et cette bague lui appartenait.

Elle leur montra l'anneau doré orné d'un lapis-lazuli.

— Katherine avait été changée en vampire par un certain Klaus. C'était la seule façon de la sauver d'une maladie mortelle. Stefan et Damon le savaient, mais ça leur était égal. En revanche, ils voulaient qu'elle choisisse entre eux deux.

Elena s'interrompit, un sourire pensif au coin des lèvres. Tanner avait raison : l'histoire se répétait. Elle espérait juste ne pas finir comme Katherine…

— Mais elle a échangé son sang avec les deux frères : c'était une façon de les élire tous les deux. Elle espérait que ça les réconcilierait.

— Plutôt tordu, commenta Bonnie.

— Complètement débile, tu veux dire, renchérit Meredith.

— C'est vrai, reprit Elena. Katherine était très jolie mais pas très futée. Stefan et Damon ne s'aimaient déjà pas beaucoup ; quand elle leur a demandé de la partager, ça a été un non catégorique, et elle s'est enfuie en courant. Le lendemain… ils ont retrouvé son corps, ou plutôt ce qu'il en restait. En fait, un vampire a besoin d'un talisman, comme cet anneau, pour sortir en plein jour sans risques. Katherine s'est exposée au soleil après avoir enlevé sa bague. En comprenant ce qui s'était passé, Stefan et Damon ont tiré l'épée pour s'entre-tuer. Oui, j'ai bien dit « s'entre-tuer ». Voilà comment ils se sont changés en vampires, et pourquoi ils se haïssent à ce point. C'est dire si je suis dingue de vouloir les faire coopérer…

7

— Coopérer ? répéta Meredith.

— Je vous expliquerai plus tard, quand vous m'aurez raconté ce qui s'est passé à Fell's Church depuis ma... noyade.

— Ça a été l'hystérie ! expliqua Meredith. Ta tante, surtout, a carrément disjoncté : figure-toi qu'elle a cru te voir... Mais j'y pense, ce n'était pas une hallucination, pas vrai ? Et elle a quasiment rompu avec Robert.

— Je sais. Quoi d'autre ?

— Tout le lycée est anéanti. Quand j'ai commencé à douter de ta mort, j'ai essayé de mettre la main sur Stefan pour le forcer à parler. Il était introuvable. Quant à Matt, c'est un vrai zombie, il ne parle plus à personne. J'ai essayé de lui dire que tu étais peut-être encore en vie, dans l'espoir de lui remonter le moral. Mais il n'a pas voulu m'écouter. J'ai même cru qu'il allait me frapper. Il était super bizarre.

— Oh, mon Dieu..., murmura Elena.

Le souvenir de ce qui s'était passé avec Matt lui revint en force. C'était vraiment horrible ! Ce n'était pas le moment de repenser à ce cauchemar. Son nouvel état était bien assez traumatisant comme ça !

— Tu sais, je n'étais pas la seule à avoir des doutes sur ta mort, reprit Meredith. C'est pour ça que j'ai rusé, à l'église, pour te donner rendez-vous. Je ne voulais pas qu'Alaric se doute de quelque chose et te tende un piège. Figure-toi qu'il n'arrêtait pas de poser des questions. Heureusement que Bonnie ne savait rien…

— T'exagères ! protesta Bonnie. Alaric s'intéresse aux autres, c'est tout. Il cherche juste à nous réconforter. Il est Poissons…

— C'est un espion, la coupa Elena. Et peut-être pire. Et Tyler ? Je ne l'ai pas vu à la cérémonie.

Meredith parut stupéfaite.

— Tu n'es pas au courant ?

— Imagine-toi que j'ai dormi dans un grenier pendant quatre jours. Je ne suis au courant de rien.

— Eh bien…, commença Meredith, très embarrassée. Tyler et ses copains viennent de sortir de l'hôpital. Ils ont été attaqués le soir de la commémoration du lycée, dans la baraque de chantier. Ils ont perdu beaucoup de sang…

Elena comprit aussitôt d'où venait la vigueur soudaine de Stefan, de même que la cause de son affaiblissement : il ne s'était probablement pas nourri depuis.

— Est-ce que Stefan est suspecté ? demanda-t-elle.

— Le père de Tyler a voulu le faire arrêter, mais la police s'est heurtée à un problème de temps. Ils connaissent à peu près l'heure de l'agression parce que Tyler avait rendez-vous avec son père et qu'il ne s'est pas montré. Et comme Stefan se trouvait avec nous au bord de la rivière, il n'a pas pu aller attaquer Tyler aussi rapidement. Du moins, aucun être humain normal n'en serait capable. Évidemment, les flics n'envisagent pas un phénomène surnaturel.

— C'est déjà ça, dit Elena, un peu soulagée.

— Et lui et ses copains ne se souviennent pas de leur agresseur, continua Meredith. Caroline non plus.

— Caroline était avec eux ???

— Oui, mais on n'a trouvé aucune trace sur son cou. C'est la seule. Elle était juste en état de choc. J'ai presque de la peine pour elle tellement elle fait peur à voir.

— En plus, après ce qui s'est passé devant l'église, intervint Bonnie, peu de gens pensent qu'un homme a fait le coup. Mon père dit qu'un gros chien aurait très bien pu casser la vitre de la baraque et attaquer Tyler et ses copains. Leurs blessures ressemblent à des morsures. C'est en tout cas l'opinion de pas mal de monde.

— C'est l'explication rêvée, commenta froidement Meredith. Ils n'ont plus besoin de se torturer les neurones.

— Mais c'est complètement ridicule, déclara Elena. Ces animaux ont eu une réaction anormale, et personne ne se demande pourquoi…

— À vrai dire, la plupart s'en sont débarrassés, répliqua Meredith. On les soupçonne d'avoir attrapé la rage. Mais c'est faux, hein, Elena ?

— C'est ce que je crois. Stefan et Damon sont de mon avis. En fait, c'est de ça que je suis venue parler avec vous.

Elena leur raconta les événements qui l'avaient conduite à soupçonner la présence d'une force mystérieuse.

— En plus, Bonnie a parlé d'une chose maléfique tout à l'heure, continua-t-elle. Et c'est exactement ce que j'ai ressenti. C'était à la fois étrange et terrifiant. Est-ce que tu as une idée de ce dont il s'agit, Bonnie ?

Mais les pensées de celle-ci suivaient un autre cours.

— Alors, Damon n'a peut-être pas commis ces trucs horribles dont tu l'accusais ! s'écria-t-elle d'un air triomphant. Comme la mort de Yang-Tsê, les agressions de Vickie et de Tanner, et tout le reste. Je t'avais bien dit qu'il était trop canon pour être psychopathe !

— Tu aurais quand même intérêt à ne pas t'approcher de lui de trop près, si tu vois ce que je veux dire, l'avertit Meredith en jetant un regard à Elena.

— Bonnie, il a tué Tanner, ça ne fait aucun doute, affirma cette dernière. Et il est sans doute responsable d'autres agressions. Et crois-moi, il n'a pas bon caractère. Oublie-le.

— C'est ça ! Alors, je dois tirer un trait sur tous les mecs : Alaric, Damon… Et pendant ce temps, Elena les garde pour elle toute seule ! C'est pas juste !

— Eh oui, c'est la vie, lui rappela Meredith d'un ton moqueur avant de se tourner vers Elena. À quoi ressemble cette force, à ton avis ?

— Je ne sais pas. Ses pouvoirs sont tellement inouïs qu'elle n'a sans doute aucun mal à se transformer pour passer inaperçue. En être humain, par exemple. Et c'est justement pour ça que j'ai besoin de votre aide : il faut m'aider à le trouver parmi les habitants de Fell's Church. Bonnie l'a bien dit : « Les apparences sont trompeuses. »

— Je ne me rappelle pas avoir dit ça, déclara Bonnie.

— Et pourtant, c'est la pure vérité, dit Elena.

Elle jeta un regard à Meredith, qui avait l'air perdu dans ses pensées.

— Donc, si je comprends bien, tout le monde est suspecté, conclut celle-ci.

— Oui, acquiesça Elena. Il faudrait établir une liste des coupables potentiels. Damon et Stefan ont accepté d'enquêter et, si vous vous y mettez aussi, on aura plus de chances d'aboutir.

Elena se sentait enfin revivre : elle avait toujours eu le sens de l'organisation, que ce soit pour attirer les garçons dans ses filets, ou pour réunir des fonds pour un événement quelconque. Cette fois-ci, c'était juste plus sérieux.

Meredith tendit un stylo et du papier à Bonnie, qui fixa successivement ses amies.

— Bon, dit-elle finalement. Je commence par qui ?

— Tous ceux qui ont eu un comportement étrange ces derniers temps, répliqua Elena.

— Matt ! décréta Bonnie en écrivant son nom. Et Vickie. Et Robert.

— Bonnie ! s'exclamèrent en chœur les deux autres.

— Ben quoi ? s'étonna l'intéressée en levant les yeux. Matt est très bizarre en ce moment. Quant à Vickie, ça fait des mois qu'elle ne tourne pas rond. Et Robert traînait devant l'église avant la cérémonie, mais il n'est pas entré…

— Tu délires, ma pauvre ! la coupa Meredith. Vickie est une victime, pas le coupable. Et Matt ne ferait pas de mal à une mouche… Quant à Robert…

— O.K. ! Je les barre tous, puisque tu y tiens ! répliqua Bonnie, vexée. Vous avez sans doute de meilleures idées…

— Non, attends, intervint Elena d'un air pensif.

Quelque chose lui revenait. Quelque chose qui l'avait intriguée peu de temps auparavant.

— L'église ! s'écria-t-elle en revoyant la scène. Moi aussi j'ai vu Robert juste avant que les chiens attaquent. Il avait l'air de fuir, comme s'il savait ce qui allait se passer.

— Mais, Elena…, protesta Meredith.

— Non, écoute-moi. Je l'ai aperçu un soir avec ma tante. Quand elle lui a dit qu'elle ne l'épouserait pas, il a eu une drôle d'expression… je ne sais pas. Mais je crois que tu devrais le remettre sur la liste, Bonnie.

Après avoir hésité un instant, celle-ci s'exécuta avec le plus grand sérieux.

— Qui d'autre ? demanda-t-elle.

— Eh bien, je suis désolée, ma pauvre Bonnie, mais Alaric doit y figurer. Je crains fort qu'il soit notre suspect numéro un.

Elle relata la conversation qu'elle avait surprise entre celui-ci et le proviseur.

— Son métier de prof n'est qu'une couverture, continua-t-elle. Ils l'ont fait venir dans un but bien précis : me retrouver. Il sait que je suis un vampire… Et pendant l'attaque des chiens, je l'ai vu faire des gestes bizarres. Il a certainement des choses à cacher. Reste à savoir quoi. Tu m'écoutes, Meredith ?

— Mais oui… je me disais juste que Mme Flowers n'était pas non plus très nette. Vous vous rappelez, quand on a ramené Stefan du puits, elle est restée à la fenêtre sans vouloir nous ouvrir. C'est louche, non ?

— Oui, consentit Elena. Sans compter qu'elle me raccrochait au nez chaque fois que je voulais parler à Stefan. Ce n'est peut-être qu'une vieille folle, mais inscris-la quand même, Bonnie.

Elle passa la main sur sa nuque moite. Elle avait très chaud. Ou plutôt, l'étrange sensation d'avoir attrapé un coup de soleil.

— Bon, faudra aller jeter un œil à la pension, décida Meredith. En attendant, voyons cette liste.

Elles se penchèrent pour lire :

~~Matt Honneycutt~~

~~Vickie Bennett~~

Robert Maxwell (Que faisait-il devant l'église quand les chiens ont attaqué ? Qu'est-ce qui s'est passé avec la tante d'Elena ?)

Alaric Saltzman (Pourquoi pose-t-il autant de questions ? Pour quelles raisons l'a-t-on fait venir ici ?)

Mme Flowers (Pourquoi ne nous a-t-elle pas laissés entrer la nuit où on a retrouvé Stefan ?)

— Parfait, conclut Elena. Nous devons aussi nous renseigner sur les propriétaires des chiens. Et surveiller Alaric, au lycée.

— Ça, je m'en charge ! déclara fermement Bonnie. Et je le laverai de tout soupçon, vous verrez.

— O.K., approuva Elena. Meredith, tu peux t'occuper de Mme Flowers ? Moi, je vais filer Robert. Quant à Stefan et Damon, on leur attribue tous les autres. Rien de plus facile pour eux : ils n'auront qu'à lire dans leurs pensées. Je leur demanderai d'être à l'affût du moindre signe louche. Cette liste reste ouverte…

Elle humecta ses lèvres déshydratées. Elle mourait vraiment de soif. Elle fixa pour la première fois les lignes bleutées, à l'intérieur du poignet de Bonnie. Sa peau était si fine qu'on voyait nettement le parcours des réseaux sanguins. Elena regretta de ne pas avoir été plus attentive en cours de bio. Comment s'appelait cette veine qui formait une sorte de fourche ?

— Elena !

Elle leva brusquement les yeux : Meredith l'observait d'un air méfiant, et Bonnie semblait inquiète. Alors, seulement, elle se rendit compte que son doigt, sur le bras de son amie, remontait lentement le tracé d'un sillon sanguin.

— Désolée, murmura-t-elle en reculant d'un pas.

Mais la pointe tranchante de ses canines sur sa lèvre inférieure était particulièrement sensible. Et le sourire qu'elle voulut rassurant à l'adresse de Bonnie n'eut pas l'effet escompté. Celle-ci paraissait effrayée. C'était ridicule : Elena ne lui ferait jamais de mal. De toute façon, elle pouvait se maîtriser. Elle n'avait jamais eu gros appétit. Cette petite veine, qu'elle n'arrivait pas à quitter des yeux, suffirait à la soulager…

Soudain, elle reprit ses esprits et bondit à la fenêtre. Appuyée contre le rebord, elle se laissa envelopper par l'air frais de la nuit. La tête lui tournait, et elle avait du mal à respirer.

Qu'est-ce qui lui avait pris ? Elle se retourna, et découvrit Bonnie blottie contre Meredith, l'air terrorisé. C'était horrible de faire peur à ses propres amies !

— Je suis désolée, répéta-t-elle. C'était plus fort que moi, Bonnie. Je ne t'approcherai plus, promis… J'aurais dû me nourrir avant de venir ici. Damon m'avait prévenue.

— Te nourrir ? demanda Bonnie au bord de la nausée.

— Me nourrir, oui ! s'emporta Elena.

Les veines lui brûlaient. Stefan lui avait décrit le phénomène : c'était le signe qu'elle avait faim. Elle ne comprenait que maintenant par quelles souffrances il devait passer. C'était une sensation terrible, irrépressible.

— Qu'est-ce que tu crois ? ajouta-t-elle avec agressivité. Je suis obligée de chasser si je ne veux pas mourir de faim. Et je ferais mieux d'y aller tout de suite.

Ses amies essayaient de rester de marbre, mais elle voyait bien la répulsion au fond de leurs yeux.

Elle se concentra pour repérer la présence de Stefan et Damon grâce à ses nouvelles facultés. C'était difficile, mais elle crut capter une faible présence au cœur de la ville. Comment entrer en contact ? Pour le moment, elle en était incapable. La frustration accentua la désagréable brûlure dans son corps. Elle devait se résoudre à se débrouiller sans eux…

Soudain, un coup de vent fit claquer le rideau. Bonnie se dressa d'un bond, heurtant la lampe de chevet qui alla rouler par terre. La pièce fut plongée dans le noir. Meredith poussa un juron en remettant l'objet en place.

Lorsque la lumière revint, elle révéla Damon, nonchalamment assis sur le rebord de la fenêtre. Il arborait un de ces sourires narquois qui n'appartenaient qu'à lui.

— Puis-je entrer ? demanda-t-il. Cette position est assez inconfortable.

Elena jeta un œil vers ses camarades, agrippées l'une contre l'autre, l'air à la fois horrifié et fasciné. Elle secoua négativement la tête.

— Et moi qui croyais avoir fait une entrée théâtrale…, constata-t-elle avec une pointe d'agacement.

C'était très amusant, Damon. Maintenant, allons-nous-en.

— En abandonnant tes si charmantes amies ? susurra-t-il en leur adressant un nouveau sourire. Et puis, je viens juste d'arriver. Quelqu'un aurait-il la politesse de m'inviter à entrer ?

Les yeux de Bonnie, rivés sur Damon, se radoucirent comme par enchantement, et sa bouche s'ouvrit un peu plus. Elena reconnut les signes d'une reddition imminente.

— Stop ! ordonna-t-elle en s'interposant entre lui et les filles. Ne t'avise jamais de t'en prendre à elles, Damon !

Elle ajouta en affrontant son regard plein de défi :

— De toute façon, je partais. Je ne sais pas toi, mais moi, je vais chasser.

La présence de Stefan, qu'elle sentit tout proche – probablement sur le toit –, la rassura. Surtout lorsqu'elle l'entendit rectifier : *Nous allons chasser, Damon. Tu peux rester assis là toute la nuit, si tu y tiens.*

Damon abdiqua de bonne grâce : avant de se précipiter dans le vide, il salua Bonnie d'un clin d'œil amusé. Celle-ci s'élança aussitôt vers la fenêtre avec Meredith, craignant qu'il ne se soit écrasé en bas.

— Ne vous inquiétez pas pour lui, les rassura Elena d'un ton détaché. Et ne vous en faites pas, je ne le laisserai pas revenir. On se retrouve demain à la même heure. Salut.

— Mais… Elena, l'arrêta Meredith. Tu… ne veux pas te changer ?

Celle-ci examina sa robe, en piteux état. Mais elle devait se nourrir immédiatement.

— Je verrai ça plus tard. À demain.

Avant de sauter par la fenêtre à la manière de Damon, elle eut le temps d'apercevoir les yeux écarquillés de ses amies.

Elle réussissait de mieux en mieux ses atterrissages : cette fois, elle ne s'écorcha pas les genoux. Stefan, qui l'avait rejointe, l'enveloppa dans un vêtement.

— C'est ton manteau ! murmura-t-elle avec un petit sourire complice.

La première fois qu'il le lui avait prêté, il venait de la délivrer des sales pattes de Tyler. Ils s'étaient ensuite retrouvés dans sa chambre, où Elena avait fini par briser la glace. Elle était fière d'avoir réussi si vite.

Une voix la tira de sa rêverie.

— Je croyais qu'on allait à la chasse, disait Damon.

Sans lâcher la main de Stefan, Elena se tourna vers lui.

— On en a bien l'intention. Quel endroit tu proposes ?

— Une des maisons de cette rue fera très bien l'affaire, déclara-t-il.

— Je suggère plutôt la forêt, intervint Stefan.

— D'accord, approuva Elena. Pas question de toucher aux êtres humains, pas vrai Stefan ?

— Tout à fait, dit-il en lui pressant tendrement la main.

Damon prit une mine dégoûtée.

— Et qu'est-ce qu'on va chasser là-bas ? Des rats musqués ? Des moufettes ? Des termites ?

Il lança un regard pénétrant à Elena.

— Viens avec moi. Tu verras ce qu'est une vraie chasse.

— On n'a qu'à passer par le cimetière, dit-elle en ignorant sa proposition.

— La nuit, les daims sortent à découvert pour se nourrir, l'informa Stefan. Mais il faut les approcher avec précaution : leur ouïe est aussi fine que la nôtre.

Une autre fois, alors, susurra Damon dans l'esprit d'Elena.

8

— Qu'est-ce que… ? s'exclama Bonnie en sentant quelqu'un lui effleurer le coude. Ah, c'est toi ? Tu m'as fichu une de ces peurs. Je ne t'ai pas entendu arriver.

Depuis quelque temps, Stefan avait repris ses habitudes de chasseur, si bien qu'il en oubliait de se déplacer comme un simple mortel. Il tâcherait de corriger ça…

— Désolé, dit-il en s'engageant avec elle dans le couloir.

— Pas grave, répliqua Bonnie, feignant la décontraction. Qu'est-ce que tu fais là ? Meredith et moi, on est passées te chercher à la pension ce matin, mais personne ne nous a ouvert. Et t'étais pas en bio tout à l'heure…

— Je ne suis là que depuis cet après-midi. Je reviens en cours pour les besoins de l'enquête.

— Pour surveiller Alaric, tu veux dire, murmura Bonnie. J'ai pourtant dit à Elena que je m'en chargeais !

À ce moment-là, les deux élèves qui les croisèrent la dévisagèrent, ahuris.

— Oh, zut ! s'étrangla Bonnie.

Elle regarda Stefan d'un air entendu : ils n'eurent pas besoin de se concerter pour emprunter un couloir latéral et se diriger vers une cage d'escalier déserte. Bonnie s'adossa au mur en soupirant.

— C'est si difficile de ne pas prononcer son nom ! se plaignit-elle. Ma mère m'a demandé comment j'allais ce matin, et j'ai failli lui répondre « en pleine forme ! »... Je ne sais pas comment vous arrivez à garder votre secret depuis si longtemps, si tu vois de quoi je parle...

La sincérité de Bonnie fit sourire Stefan. Elle disait toujours spontanément ce qu'elle pensait. Et même si c'était en totale contradiction avec ce qu'elle avait déclaré l'instant d'avant, c'était attendrissant. Elle avait le cœur sur la main.

— Je te rappelle que tu es dans un lieu désert avec un... tu sais quoi, déclara-t-il soudain, un rictus faussement diabolique au coin des lèvres.

— Ahhh, gémit-elle, les yeux écarquillés.

Mais elle se reprit aussitôt :

— De toute façon, tu ne ferais rien... parce qu'Elena te tuerait.

Elle se hâta de changer de sujet, non sans avoir dégluti :

— Alors... comment ça s'est passé cette nuit ?

— Bof, répondit-il en se rembrunissant. Mais Elena va bien. Elle dort en sécurité.

Des bruits de pas retentirent : trois filles passaient dans le couloir. L'une d'elles se détacha du groupe pour venir à leur rencontre. C'était Sue Carson. En dépit de son visage livide et de ses yeux rouges, elle leur adressa un sourire.

— Comment ça va, Sue ? demanda Bonnie. Et Doug ?

— Je vais bien. Mon frère aussi : il se rétablit lentement. Stefan, je voudrais te parler, s'empressa-t-elle d'ajouter. Mon père t'a déjà remercié d'avoir secouru Doug, mais moi pas encore. Je sais que les gens d'ici t'ont plutôt mal accueilli et… pour tout t'avouer… j'ai été surprise que tu te sois donné tant de peine pour nous aider. Je trouve génial ce que tu as fait. Ma mère dit que tu as sauvé la vie de Doug, alors je voulais juste te remercier, et te dire que je suis désolée… pour tout.

Sa voix tremblait d'émotion. Bonnie, qui s'était mise à renifler, farfouillait dans son sac à la recherche d'un mouchoir. Stefan, se voyant déjà avec deux filles en larmes sur les bras, chercha un sujet de diversion.

— De rien, dit-il. Et Chelsea ?

— Elle est à la fourrière, expliqua Sue en s'essuyant les yeux. Les chiens qui ont pu être rattrapés doivent rester en quarantaine.

Un silence gêné s'installa.

— Tu sais si le bal d'hiver a toujours lieu ? finit par demander Bonnie.

— Le comité se réunit aujourd'hui pour décider, répondit Sue. Je crois qu'ils vont le maintenir, mais j'ai entendu dire qu'ils allaient mettre un flic à l'entrée… Ça sonne ! On ferait mieux de se grouiller sinon Alaric va nous engueuler.

— Attends ! dit Stefan. C'est quand ce bal ?

— Le 13, vendredi soir, précisa Sue en tressaillant. Oh ! mon Dieu, j'avais même pas réalisé ! Mais ça me rappelle que je voulais te dire autre chose : j'ai rayé mon nom de la liste des candidates au titre de reine de l'hiver. Ça… ça m'a paru plus juste. C'est tout.

Elle s'éclipsa en toute hâte.

— Bonnie, c'est quoi ce bal d'hiver ?

— C'est pour fêter Noël. Après ce qui s'est passé la dernière fois, et cette attaque de chiens, ils ont voulu l'annuler. Apparemment, ils ont changé d'avis.

— Un vendredi 13…, murmura Stefan en fixant Bonnie d'un air lugubre.

— Stefan, arrête de me regarder comme ça ! l'implora-t-elle. Tu me fous la trouille… Tu crois qu'il va se passer quelque chose ce soir-là ?

— Je ne sais pas, mentit-il.

Il était persuadé que la force mystérieuse allait de nouveau frapper. Depuis la rentrée, il ne s'était pas passé une fête sans qu'il y ait de victime. Pourquoi celle-ci ferait-elle exception ?

— Viens, ordonna-t-il. On est vraiment en retard, maintenant.

Lorsqu'ils entrèrent en classe, Alaric avait effectivement commencé son cours. S'il fut surpris de leur retard – ou de la présence de Stefan – il n'en exprima rien, et leur adressa un sourire amical.

Stefan alla s'asseoir au premier rang pour mieux l'observer. Alors, c'était lui, le traqueur de vampires… Mais pouvait-il être la force mystérieuse qui hantait Fell's Church ? Stefan avait peine à le croire : ses cheveux blond vénitien – certes un peu longs pour un prof –, son sourire enfantin, et sa bonne humeur à toute épreuve lui donnaient l'air parfaitement inoffensif. Cette façade anodine pouvait néanmoins cacher quelque chose. Mais de là à avoir agressé Elena et commandité l'attaque des chiens… Dans ce cas, il détenait la palme du déguisement parfait !

À la pensée d'Elena, les mains de Stefan se crispèrent. S'il avait supporté l'épreuve de sa transformation, c'était en occupant son esprit à autre chose. Et, de ce point de vue, cette salle de classe, et ce cours qui ne l'intéressait pas, étaient pires que tout : il n'avait rien de mieux à faire que de laisser ses pensées divaguer.

Il s'efforça de respirer calmement. L'essentiel était qu'elle aille bien. C'était du moins ce qu'il se disait pour tenter de chasser sa jalousie cuisante. Parce que, dorénavant, il ne pourrait plus jamais songer à Elena sans que le visage de Damon ne surgisse…

Son frère pouvait très bien se trouver avec elle en ce moment… Cette éventualité le rendait fou de rage. D'autant plus qu'il n'était toujours pas convaincu de l'innocence de Damon : il avait sûrement quelque chose à voir avec sa propre agression et la mort d'Elena. Il était diabolique, il ne connaissait ni pitié ni scrupules. Par conséquent, Stefan avait du mal à croire en l'hypothèse d'une autre force.

Mais tout compte fait, il ne valait pas mieux que son frère : lui-même avait cherché à tuer. Son regard se tourna vers un bureau vide au fond de la salle.

Bien que Tyler fût sorti de l'hôpital la veille, il n'avait pas réintégré le lycée. Aucun danger, cependant, qu'il se souvienne de ce macabre après-midi. Il lui faudrait un bout de temps pour retrouver la mémoire, si du moins quelqu'un l'aidait en ce sens.

Stefan prit soudain conscience qu'il fixait sans la voir la place de Tyler. En détournant enfin le regard, il croisa celui de Matt, qui baissa aussitôt la tête, feignant de s'absorber dans son livre d'histoire. Stefan fut frappé par son expression de souffrance.

Il s'efforça d'évacuer sa culpabilité en se concentrant sur Alaric, en train de pérorer sur la guerre des Deux-Roses.

5 décembre, probablement en début d'après-midi

Damon m'a rapporté mon journal ce matin. Je veux parler du second.

J'ai changé de cachette : Stefan ne veut plus que j'aille dans le grenier d'Alaric. J'utilise son stylo parce que je n'ai pas pu récupérer mes affaires, sinon tante Judith remarquerait leur disparition.

Je suis dans une grange, derrière la pension. Elle est pleine de rats qui dorment sous le foin. Il y a même un hibou perché sur une poutre. Je suppose donc que les animaux sont les seuls êtres chez qui on peut pénétrer sans être invité... Pour l'instant, nous nous ignorons.

C'est tellement dur de ne pas craquer ! J'essaie de me raccrocher à une activité normale et familière. C'est pour ça que j'écris.

Damon penserait que j'ai tort : il dit qu'il faut arrêter de regretter mon ancienne vie pour m'habituer au plus vite à mon nouvel état. Il est convaincu que je vais finir par lui ressembler : un prédateur pleinement satisfait de sa nature.

J'ai attrapé un daim la nuit dernière. C'était assez facile, parce qu'il faisait pas mal de bruit en heurtant ses bois contre les arbres pour provoquer les autres mâles. J'ai bu son sang.

En relisant ce journal, je me suis rendu compte que ce que je recherchais dans mon ancienne existence était introuvable. En même temps, je suis terrifiée à l'idée que la nouvelle puisse finir par me plaire. Oh, mon Dieu, quelle horreur !

Le hibou est d'un blanc presque immaculé, surtout quand il étend les ailes : l'intérieur est comme neige. Il a juste un peu de doré sur la tête. Il me fixe en ce moment, probablement intrigué par mes reniflements. C'est bizarre que je puisse encore pleurer. J'avais dans l'idée que les vampires en étaient incapables. Mais je dois confondre avec les sorcières.

La neige commence à tomber. Heureusement, mon manteau me tient chaud.

Elena referma son petit carnet et remonta le col de son vêtement. Le silence de la grange était à peine troublé par des petits bruits d'animaux. Le monde extérieur était tout aussi calme : la neige tombait sans bruit, modifiant lentement le paysage. Elena la contemplait sans la voir, sans même sentir les larmes qui lui roulaient sur les joues.

— Bonnie et Caroline, pourriez-vous rester une minute ? demanda Alaric à la fin du cours.

Stefan se mit aussitôt en alerte. La présence de Vickie, qui rôdait devant la salle, ne le rassurait pas non plus.

— Je reste dans le couloir, lança-t-il à Bonnie en l'incitant à la prudence d'un signe discret.

Elle lui décocha en réponse un coup d'œil indigné : comme si elle était capable de gaffer !

En sortant, Stefan croisa Vickie qui entrait. Il dut s'écarter pour la laisser passer, ce qui le plaça dans la trajectoire de Matt, visiblement très pressé de partir. Stefan lui prit le bras sans réfléchir.

— Attends, Matt.

— Lâche-moi, gronda celui-ci en levant le poing.

— Je veux juste te parler une minute, d'accord ? demanda Stefan.

— J'ai pas le temps, siffla Matt.

Ses yeux bleu clair croisèrent enfin ceux de Stefan : ils étaient étrangement vides, comme ceux d'une personne sous hypnose. Mais ce dernier comprit immédiatement qu'il n'était sous l'emprise d'aucune force : Matt s'était tout simplement déconnecté de la réalité tant elle lui paraissait insoutenable. Par réflexe d'autodéfense.

— Je voudrais qu'on discute d'hier soir…, commença prudemment Stefan.

— Je ne vois pas de quoi tu parles. Je dois partir, t'es sourd ou quoi ?

— Je comprends que tu sois en colère, s'obstina Stefan. À ta place, je serais furax. Je sais ce que tu ressens, crois-moi : faire le vide dans sa tête est parfois la seule chose qui empêche de devenir dingue.

Comme Matt avait l'air plus buté que jamais, Stefan décida de risquer le tout pour le tout. Après s'être assuré que personne ne les écoutait, il poursuivit à voix basse :

— J'ai une nouvelle qui devrait te réconforter : Elena a retrouvé ses esprits, et elle va…

— Elena est morte ! hurla Matt, faisant tourner les quelques têtes dans le couloir. Et je te répète de me lâcher ! ajouta-t-il en poussant brutalement Stefan.

Celui-ci s'attendait tellement peu à cette réaction qu'il n'eut aucun réflexe : il fut violemment projeté contre les casiers. Matt s'éloigna à grands pas, sans un regard en arrière, et Stefan, hébété, resta les yeux rivés au mur d'en face, où une affiche présentait le bal d'hiver. Lorsque les filles sortirent de la classe, il pouvait la décrire dans les moindres détails.

Caroline ne lui inspirait plus aucune haine : avec ses traits tirés et ses cheveux ternes, elle lui faisait plus pitié qu'autre chose. Elle avait même perdu son port de tête altier et semblait ratatinée comme si le monde entier pesait sur ses épaules.

— Tout s'est bien passé ? demanda-t-il à Bonnie en remontant l'escalier avec elle.

— Évidemment ! Alaric voulait juste nous assurer de son soutien.

Sa sympathie envers le professeur semblait quand même un peu forcée.

— De toute façon, c'est surtout lui qui a parlé : il organise une petite fête chez lui la semaine prochaine.

« Super ! » pensa Stefan. Mais il n'eut pas le temps de faire de commentaires : son attention fut attirée par une silhouette lointaine.

— Tiens, voilà Meredith ! s'exclama-t-il.

— Elle nous attend, signala Bonnie. Ah, tiens non ! Elle descend vers la salle d'histoire. Je lui avais dit de nous retrouver ici… C'est bizarre…

Stefan trouva le qualificatif faible tant l'expression calculatrice de Meredith était inhabituelle : elle avait vraiment l'air de manigancer quelque chose.

— Elle va revenir tout de suite quand elle verra qu'on n'est plus en bas, assura Bonnie.

Mais Meredith mit un temps fou à réapparaître : presque dix minutes. Elle parut très étonnée de voir ses amis l'attendre.

— Désolée, j'ai été retenue, dit-elle sans plus d'explications.

Stefan admira son sang-froid. Mais une telle maîtrise de soi devait sûrement cacher quelque chose. Lorsqu'ils quittèrent ensemble le lycée, seule Bonnie était d'humeur à bavarder.

— La dernière fois, tu n'as utilisé qu'une bougie…, s'étonna Elena.

— Oui, mais ce n'était pas la même chose, répliqua Bonnie : on était à la recherche de Stefan. Cette fois, on essaie de connaître l'avenir. Si je voulais prédire le tien, je te lirais les lignes de la main. Mais là, ça concerne tout le monde.

Meredith entra avec précaution dans la pièce, un bol chinois rempli d'eau dans une main, une bougie dans l'autre.

— Voilà ce que tu m'as demandé, dit-elle à Bonnie.

— L'eau était sacrée pour les druides, expliqua celle-ci tandis que Meredith posait le récipient par terre.

Les trois amies s'assirent autour.

— Apparemment, tout était sacré chez eux, railla Meredith.

— Chuuut…, lui ordonna Bonnie. Allume la bougie. Après, je verserai de la cire fondue dans l'eau, et les formes qui se dessineront donneront les réponses à vos questions. Ma grand-mère utilisait du plomb fondu, et la sienne de l'argent, mais elle m'a garanti que la cire ferait l'affaire.

Une fois la flamme sous les yeux, Bonnie n'eut plus l'air très sûre d'elle : elle la regardait comme s'il s'agissait d'un cobra prêt à mordre.

— J'ai de plus en plus la trouille de faire ce genre de trucs, avoua-t-elle à mi-voix.

— T'es pas obligée, tu sais, dit doucement Elena.

— Je sais. Mais je vais quand même le faire. Au moins cette fois. De toute façon, ce ne sont pas les rituels qui m'effrayent, mais les transes. J'ai horreur de ça. C'est comme si quelqu'un prenait possession de mon corps…

Elle poussa un soupir avant de poursuivre :

— Bon on y va. Éteins la lumière, Meredith, et laissez-moi une minute pour me concentrer.

Dans le silence qui suivit, Elena contempla les ombres mouvantes projetées par la flamme sur les paupières closes de Bonnie et le visage grave de Meredith. Puis elle baissa les yeux sur ses mains, dont la pâleur ressortait sur le collant noir prêté par cette dernière.

— On peut commencer, annonça Bonnie en s'emparant de la bougie.

— Qui se cache sous la force maléfique de Fell's Church ? demanda aussitôt Elena en baissant la voix.

Bonnie pencha le bâtonnet de cire pour que la flamme en lèche les bords, et des pastilles rondes allèrent se former dans le bol.

— C'est ce que je craignais, murmura Bonnie. Il n'y a pas de réponse… Essaie une autre question.

Mais Elena était trop déçue pour continuer. Meredith prit la parole :

— Est-ce que nous arriverons à démasquer la force ? Et arriverons-nous à la vaincre ?

— Ça fait deux questions, fit remarquer Bonnie en renversant de nouveau la bougie.

Cette fois, la cire forma une sorte d'anneau blanc.

— C'est le symbole de l'unité… Ça veut dire qu'on y arrivera tant qu'on restera unies !

Elena releva brusquement la tête : elle était tout à fait de cet avis, et c'était d'ailleurs ce qu'elle avait dit à Stefan et Damon. Elle sourit en rencontrant les yeux brillants d'excitation de Bonnie.

— Regardez ! intervint Meredith. Ça coule encore !

Bonnie redressa vivement la bougie et observa le bol, où une fine ligne droite s'était modelée.

— C'est une épée, interpréta-t-elle. Elle représente le sacrifice… Notre réussite ne sera pas sans souffrance…

— Comment ça ? demanda Elena.

— J'en sais rien…, répondit Bonnie, visiblement troublée. C'est tout ce que je peux vous dire pour aujourd'hui.

Elle souffla la flamme.

— Waouh ! s'exclama Meredith en allant rallumer la lumière.

— Au moins, on sait qu'on peut la vaincre, conclut Elena.

Elle se leva à son tour et remonta son collant, un peu trop grand pour elle.

Apercevant son reflet dans le miroir de Meredith, elle fut frappée par son allure : son visage blême, ses cheveux emmêlés et ses vêtements sombres lui donnaient un air menaçant. Elle contrastait radicalement avec la jeune fille au top de la mode qu'elle avait été.

— Ils ne me reconnaîtraient pas au lycée, bougonna-t-elle avec un pincement au cœur.

C'était incroyable : les cours lui manquaient maintenant. Et dire qu'elle ne voulait plus y mettre les pieds quand elle en était la reine !

— Tu pourrais aller ailleurs, suggéra Bonnie. Je veux dire, quand toute cette histoire sera finie, tu pourrais faire comme Stefan : poursuivre tes études quelque part où personne ne te connaît.

— Non. Je n'en aurai pas le courage…

Cette journée à ruminer dans la grange n'avait pas arrangé son humeur.

— Bonnie, tu veux bien me lire les lignes de la main ? demanda-t-elle soudain. J'aimerais connaître mon avenir.

Bonnie s'exécuta sans difficulté.

— O.K. J'espère juste ne pas voir un troisième « ténébreux inconnu ». Tu as eu ta dose, pas vrai ? glousse-t-elle en prenant la paume d'Elena. Tu te rappelles quand Caroline t'a demandé ce que tu ferais de deux mecs ? Je crois que t'as trouvé, hein ?

— Contente-toi de lire dans ma main, tu veux ?

— Bon, d'accord. Voilà ta ligne de vie…

Bonnie s'arrêta net. Elle contemplait, stupéfaite, la paume de son amie.

— Elle devrait aller jusqu'en bas, reprit-elle. Mais elle est si courte…

Elena regarda Bonnie sans rien dire. La panique monta en elle.

— C'est normal qu'elle soit courte, intervint Meredith, puisqu'Elena s'est noyée.

— Oui, bien sûr, ça doit être ça, murmura Bonnie en libérant la main de cette dernière.

Elena rencontra de nouveau son reflet dans le miroir. Il lui renvoyait l'image d'une belle fille aux grands yeux tristes et résignés. Une expression qu'elle voyait chez elle pour la première fois.

— C'est sûrement ça, déclara-t-elle avec un sourire en se rendant compte que Bonnie et Meredith l'observaient.

Mais son regard resta sans joie.

9

— Au moins, je n'ai pas eu de vision ! s'exclama Bonnie. Franchement, je commence à en avoir marre de la voyance ! À partir de maintenant, j'arrête !

— O.K., changeons de sujet dans ce cas, proposa Elena. Tu as découvert quelque chose aujourd'hui ?

— J'ai discuté avec Alaric : il nous invite de nouveau chez lui, et… il nous a proposé une séance d'hypnose, à Caroline, Vickie et moi. Pour nous aider à surmonter ce qui s'est passé. Mais je suis sûre qu'il n'est pas la force que nous recherchons. Il est trop sympa.

Elena commençait à partager son avis : Alaric ne pouvait pas être dangereux, non pas parce qu'il se montrait amical, mais parce qu'elle avait passé quatre jours à dormir dans son grenier en toute sécurité. S'il avait été le monstre qui se cachait à Fell's Church, Damon n'aurait jamais pu l'influencer pour qu'il oublie sa présence chez lui… À moins que ses pouvoirs ne soient temporairement affaiblis, comme ceux de Stefan. Ou qu'Alaric ait feint d'être manipulé…

— On va quand même le garder sur notre liste pour l'instant, déclara Elena. On ne sait jamais. Et Mme Flowers ? Vous avez du nouveau ?

— Non, répondit Meredith. On a sonné chez elle ce matin, mais elle n'a pas ouvert. Stefan a dit qu'il irait la voir cet après-midi.

— Si quelqu'un m'invitait à entrer chez elle, je pourrais la surveiller moi aussi, soupira Elena. Je suis la seule à ne rien faire…

Elle eut l'air de réfléchir.

— Je vais aller à la maison, décida-t-elle. Je veux dire, chez tante Judith. Je surprendrai peut-être Robert en train de rôder dans le coin.

— On vient avec toi, proposa Meredith.

— Non, il vaut mieux que je m'y rende seule. Je passe très bien inaperçue ces derniers temps…

— Alors, sois prudente, conseilla Meredith. Il neige encore beaucoup…

Elena hocha la tête et disparut par la fenêtre.

Quand elle parvint aux abords de chez elle, un véhicule était en train de sortir de l'allée. Elle se dissimula dans l'ombre et contempla le tableau féerique qu'éclairaient les phares : un hibou blanc était posé sur la silhouette sombre d'un arbre dénudé. La voiture passa devant Elena : c'était une Oldsmobile bleue. Celle de Robert !

Très intéressant… Elle fut tentée de le suivre, mais il lui sembla plus urgent de vérifier que tout allait bien chez sa tante.

Elle fit discrètement le tour de la maison. Les rideaux jaunes de la cuisine n'étaient pas tirés : elle aperçut tante Judith fermer la porte du lave-vaisselle. Robert était-il venu dîner ?

La jeune femme se dirigea vers l'entrée. Elena contourna le bâtiment pour la suivre. Un mince interstice entre les tentures du salon lui permit d'observer la pièce. Après un bruit de verrous dans l'entrée, sa tante apparut dans son champ de vision : elle alla s'asseoir dans le canapé, alluma la télé et se mit à zapper paresseusement.

Depuis combien de temps Elena n'avait-elle vraiment apprécié le confort de cette pièce, désormais interdite ? L'étagère en acajou qui croulait sous les porcelaines de Chine, la lampe de chez Tiffany près de sa tante, les coussins brodés sur le canapé : tout lui paraissait si précieux à présent. Elle aurait tant voulu entrer, juste un petit moment.

Tante Judith avait maintenant la tête rejetée en arrière et les yeux fermés. Elena la contempla un instant, le front appuyé contre la vitre, puis se détourna.

Elle grimpa au cognassier donnant sur la fenêtre de sa chambre pour constater, déçue, que les rideaux étaient tirés. Il restait l'érable, devant la chambre de Margaret, plus difficile à escalader. Une fois en haut, ses efforts furent cependant récompensés : les voilages étaient ouverts. Sa sœur dormait la bouche ouverte, la couette remontée jusqu'au menton, ses cheveux blonds étalés sur l'oreiller.

« Salut p'tite sœur », murmura Elena en ravalant ses larmes. C'était un spectacle tellement mignon : la fillette semblait veillée par ses peluches, du haut de leur étagère ; le petit chat blanc qui se faufilait par la porte entrouverte rajoutait du charme à la scène.

Flocon sauta sur le lit. Il bâilla, montrant sa langue rose, et s'étira en sortant ses griffes minuscules. Enfin, il alla nonchalamment s'installer sur la poitrine de la fillette.

Un picotement désagréable parcourut Elena. Elle ne savait pas s'il s'agissait de son instinct de prédateur ou bien d'une intuition, mais tous ses sens étaient en alerte : un danger planait dans la pièce, au-dessus de Margaret.

La queue du chaton fouettait l'air à présent. Alors, Elena comprit. Flocon ressemblait à Chelsea avant qu'elle ne bondisse sur Doug ! Personne n'avait pensé à mettre les chats en quarantaine !

Elena imaginait avec horreur ce que pouvait faire un félin à coups de griffes et de canines. Sa petite sœur endormie était si vulnérable !

Soudain, les poils de Flocon se hérissèrent, sa queue tripla de volume, ses oreilles s'aplatirent, et il se mit à cracher en direction de Margaret.

— Non !

Elena chercha désespérément quelque chose à lancer contre la vitre pour faire du bruit. Elle ne pouvait pas s'approcher davantage : l'extrémité des branches de l'arbre ne supporterait pas son poids.

— Margaret, réveille-toi ! hurla-t-elle.

Mais la neige qui tombait abondamment étouffait ses cris. Lorsque Flocon aperçut Elena, il commença à feuler. Puis il ramena son regard sur le visage de la petite fille.

— Margaret ! cria de nouveau Elena, sans plus de succès.

Quand elle vit le chaton lever la patte avant, prêt à frapper, elle se jeta sans réfléchir contre la fenêtre. Ce fut un vrai miracle qu'elle ne tombe pas : ses ongles se plantèrent dans le vieux bois ramolli de la fenêtre tandis que la pointe d'une de ses chaussures trouvait appui plus bas. Elle cogna à la vitre de toutes ses forces.

— Margaret ! Sauve-toi !

La fillette ouvrit enfin les yeux et se dressa sur son séant, bousculant Flocon. Celui-ci enfonça ses griffes dans la couette pour se rattraper.

— Margaret, éloigne-toi de lui ! cria Elena. Ouvre-moi, vite !

Sa petite sœur, encore endormie, eut l'air étonné, mais pas effrayé le moins du monde. Elle se leva pour trottiner jusqu'à Elena.

— Voilà, c'est bien, continua celle-ci. Maintenant, dis « Entre ». Dépêche-toi !

— Entre, répéta docilement Margaret.

En voyant Elena pénétrer dans la pièce, le chat s'élança vers la fenêtre en lui filant entre les mains. Une fois dehors, il dégringola les branches de l'arbre et disparut dans la neige.

Une petite main tira Elena par le pull.

— Tu es revenue ! s'écria l'enfant en s'agrippant à elle. Tu m'as manquée.

— Oh, Margaret, toi aussi, tu sais…

La voix de sa tante résonna en bas de l'escalier :

— Margaret ? Tu es réveillée ? Qu'est-ce qui se passe ?

Elena devait trouver une cachette en toute hâte.

— Ne lui dis surtout pas que je suis ici, chuchota-t-elle en s'agenouillant. C'est un secret entre nous, tu entends ? Réponds que tu as fait sortir le chat, mais ne parle pas de moi…

Elle se précipita sous le lit et se mit à prier. Lorsque tante Judith pénétra dans la chambre, Elena retint son souffle, les yeux fixés sur ses pieds.

— Margaret ! Qu'est-ce que tu fais debout ? Retourne tout de suite te coucher !

Le lit couina sous le poids de la petite fille, puis Elena entendit sa tante arranger la couette.

— Tu es glacée ! Pourquoi as-tu ouvert cette fenêtre ?

— Pour faire sortir le chat, répondit Margaret.

Elena poussa un discret soupir de soulagement.

— Il y a de la neige partout, maintenant. C'est quand même incroyable ! Ne t'amuse plus à ça, tu m'entends ?

Il y eut encore quelques tapotements sur la couverture, puis les pieds firent demi-tour, et la porte se referma. Elena s'extirpa de sa cachette.

— C'est bien, petit chou. Je suis fière de toi. Demain, il faudra expliquer à tante Judith que tu ne veux plus du chaton. Dis-lui qu'il te fait peur. Je sais que tu l'aimes bien… mais il le faut. Cet animal risque de te faire du mal… Tu comprends ?

— Oui, approuva Margaret, les yeux remplis de larmes. Mais…

— Et il peut s'en prendre à tante Judith, aussi. Tu lui expliqueras que tu ne veux plus aucun animal : ni chat, ni chien, ni oiseau jusqu'à ce que… bref, pendant un moment. Mais ne lui raconte pas que ça vient de moi. Ça doit rester entre nous deux, tu entends ? Dis-lui juste que tu as peur à cause de ce qui s'est passé avec les chiens.

Mieux valait donner des cauchemars à sa sœur que de la laisser en proie à un tel danger.

La petite bouche de Margaret s'affaissa tristement.

— Je suis désolée, dit Elena en prenant la petite fille dans ses bras, mais on n'a pas le choix.

— Tu es toute froide, murmura celle-ci en levant les yeux vers elle. Tu es un ange ?

— Euh… pas vraiment.

« C'est même le contraire », pensa-t-elle cyniquement.

— Tante Judith dit que tu es allée retrouver papa et maman. Tu les as vus ?

— Non, pas encore… C'est… difficile à expliquer, Margaret. Mais même si je ne suis pas un ange, je vais veiller sur toi, d'accord ?

— D'accord. Ça veut dire que tu ne peux plus vivre ici ?

Elena détourna les yeux pour contempler la chambre rose et blanc, les peluches, le petit bureau et, dans un coin, le cheval à bascule qui lui avait appartenu avant d'être à sa sœur.

— Non, murmura-t-elle.

— Quand ils ont dit que tu étais avec papa et maman, j'ai voulu y aller aussi.

— Oh ! ma chérie, tu ne peux pas partir. Tu as encore plein de choses à vivre ici… Et tante Judith t'aime très fort. Elle serait trop seule sans toi.

Margaret hocha la tête. Ses paupières étaient lourdes de sommeil. Alors qu'Elena la recouchait, elle posa une nouvelle question :

— Et toi, tu ne m'aimes pas ?

— Bien sûr que si ! Je t'aime beaucoup. Mais tante Judith a plus besoin de toi que moi. Et puis…

Elle dut s'arrêter un instant pour maîtriser son émotion. Quand elle se tourna de nouveau vers Margaret, celle-ci dormait paisiblement.

« Qu'est-ce que je suis bête ! » se reprocha Elena une fois dehors. Elle avait oublié de demander à sa sœur si Robert avait dîné là !

Ce n'était pas la première fois qu'il se trouvait dans les parages au moment où un animal se montrait agressif. D'abord les chiens, ensuite ce chat... On verrait bien ce qu'il dirait lorsque Elena l'interrogerait...

Les pensées de la jeune fille devinrent soudain mélancoliques. La maison chaleureuse qu'elle venait de quitter lui était maintenant inaccessible, et elle ne verrait plus jamais tout ce qui lui avait appartenu : ses vêtements, ses bibelots, ses bijoux... Qu'est-ce que sa tante allait faire de tout cela ?

Elena ? appela une voix dans son esprit.

Reconnaissant la silhouette de Stefan à l'autre bout de la rue, elle s'élança vers lui. Il lui prit les mains pour les réchauffer dans les siennes.

— Meredith m'a dit où tu étais.

— Oui... Je suis retournée chez moi..., dit-elle simplement.

Elle se blottit contre lui et sentit qu'elle n'avait pas besoin d'en dire davantage pour qu'il ressente sa nostalgie.

— Trouvons un endroit où nous serons tranquilles, proposa-t-il tout en réalisant, frustré, que leurs lieux de prédilection leur étaient désormais interdits.

Ils se rabattirent finalement sur le lycée, désert à cette heure-ci, et s'assirent à l'abri de l'avancée du toit pour regarder la neige tomber. Elena lui raconta alors ce qui s'était passé dans la chambre de Margaret.

— Je vais dire à Bonnie et Meredith de mettre en garde les gens à propos des chats. Quant à Robert, il faut le surveiller de près.

— On le filera, affirma Stefan.

Elena ne put s'empêcher de sourire :

— Tu parles comme un vrai Américain maintenant ! On croirait que tu as vécu ici toute ta vie ! Rien à voir avec ce que tu étais en arrivant…

— Je n'ai pas le choix, tu sais. Nous autres, nous devons sans cesse nous adapter à d'autres pays, à d'autres époques et à d'autres situations. Toi aussi, tu passeras par là.

— Tu crois ? demanda pensivement Elena, les yeux fixés sur les cristaux de neige. Je ne sais pas si j'y arriverai…

— Tu auras tout le temps pour apprendre. Le seul avantage de notre existence, c'est que nous avons de l'éternité à revendre…

— L'éternité…, répéta Elena. Ce n'était pas le vœu de Katherine : vous voir réunis pour toujours, Damon, toi et elle ?

Elena sentit Stefan se crisper.

— Ce n'était pas mon souhait ! répliqua-t-il sèchement. Et si tu insinues que tu veux faire la même chose avec nous…

— Oh ! Stefan, s'il te plaît, ne te fâche pas. Ce n'est pas ce à quoi je pensais ! Je songeais juste au futur, et à l'éternité qui m'attend. Ça me fait peur… à tel point que, parfois, je n'ai qu'une envie : m'endormir pour ne plus jamais me réveiller…

Seul le cercle des bras de Stefan autour d'elle la rassurait. Maintenant que ses sens avaient gagné en acuité, elle entendait chacune des pulsations de son cœur, et même le flux de son sang dans ses veines. Elle percevait aussi l'odeur de sa peau, mêlée à celles de la neige et de l'étoffe de ses vêtements.

— Fais-moi confiance, reprit-elle. Tu dois donner une chance de se racheter à Damon. Il n'est pas aussi monstrueux que ça, j'en suis sûre. Et nous avons besoin de son aide pour vaincre la force. Je ne veux rien d'autre de lui, tu sais.

Elle était parfaitement sincère en disant cela : ce soir-là, ses instincts de prédateur s'étaient envolés, et les ténèbres n'avaient plus aucun attrait pour elle. Elle aurait tout donné pour être chez elle devant un bon feu de cheminée ! Néanmoins, même sous la neige, l'étreinte de Stefan valait bien la chaleur d'un foyer : le souffle de ses baisers la réchauffait agréablement. Il n'était visiblement plus en colère.

Et maintenant qu'ils appartenaient au même monde, elle ne craignait plus le contact de sa bouche dans son cou : ses pulsions de carnassier envers elle avaient disparu. Leur relation était différente désormais. Elle comprenait Stefan comme jamais auparavant, à tel point que son esprit communiquait avec le sien sans avoir besoin de mots.

— Je t'aime, murmura le jeune homme à son oreille.

Elle se serra un peu plus contre lui. Elle savait à présent pourquoi il avait mis si longtemps à le lui dire. Quand la seule idée du lendemain est terrifiante, on refuse de se lier : on a trop peur d'entraîner l'autre avec soi vers le fond. Surtout quand on l'aime.

— Moi aussi, déclara-t-elle en plongeant son regard dans le sien. Tu me promets de donner une dernière chance à Damon ? De faire équipe avec lui ?

— C'est d'accord, même si je n'ai absolument pas confiance en lui. Je sais parfaitement à quoi m'en tenir avec lui.

— Je ne suis pas sûre que quelqu'un le connaisse vraiment… Bref, on n'a qu'à le charger de filer Robert.

— J'ai surveillé Mme Flowers tout l'après-midi et une partie de la soirée. Et tu sais ce qu'elle a fait ?

— Quoi ?

— Trois lessives – dans une très vieille machine qui semblait sur le point d'exploser. Ça, c'était dans sa cave. Ensuite, elle est sortie remplir des tas de mangeoires pour oiseaux. Puis, retour à la cave pour nettoyer des bocaux. Elle y passe presque tout son temps à parler à voix haute.

— Ça ne m'étonne pas : c'est une vieille folle. Meredith a sans doute raison de la soupçonner.

Elle remarqua aussitôt l'expression grave de Stefan.

— Qu'est-ce qu'il y a ? demanda-t-elle.

— Meredith nous cache quelque chose. J'ai pensé qu'il valait mieux que tu l'interroges toi-même. Figure-toi qu'elle est allée parler en douce à Alaric tout à l'heure.

— Et ?? dit Elena, le cœur battant d'appréhension.

— Et quand on lui a demandé où elle était, elle a éludé le sujet. J'ai essayé de lire dans ses pensées, mais mes pouvoirs sont quasiment réduits à néant. Sans compter sa volonté à toute épreuve.

— Tu n'avais pas le droit ! s'indigna Elena. Je suis sûre que Meredith serait incapable de nous trahir ! Même si elle nous cache quelque chose…

— Tu admets donc qu'elle peut nous mentir ?

— C'est possible, reconnut-elle. Mais pas pour nous faire du mal. Je connais Meredith depuis le primaire…

Une pensée l'arrêta. Caroline ! Leur vieille amitié ne l'avait pas empêchée de vouloir l'humilier devant tout le monde… Et d'ailleurs, qu'avait-elle lu dans son journal ? *Meredith reste là à observer, comme si elle était incapable d'agir.* Peut-être que l'inertie de celle-ci dissimulait quelque chose, finalement…

Elena leva les yeux vers Stefan.

— Peu importe, reprit-elle tranquillement. Je ferai confiance à Meredith jusqu'au bout.

— J'espère que tu ne te trompes pas, Elena.

10

12 décembre, dans la matinée

Depuis une semaine qu'on file nos trois suspects, voilà ce qu'on a conclu : Robert a des activités d'homme d'affaires ; Alaric, de prof d'histoire, et Mme Flowers passe le plus clair de son temps dans sa cave... Bref, on n'est pas très avancés...

Stefan a vu Alaric parler avec le proviseur, mais il n'a pas pu s'approcher suffisamment pour entendre leur conversation.

Meredith et Bonnie ont prévenu les gens que les animaux de compagnie étaient potentiellement dangereux. Elles n'ont pas eu de mal à les convaincre : tout le monde frôle l'hystérie. Plusieurs personnes se sont plaintes depuis d'avoir été attaquées... Difficile, néanmoins, de savoir quels cas prendre au sérieux. Des gamins ont été mordus par un écureuil, mais il faut dire qu'ils l'embêtaient. Le lapin des Massase s'en est pris à leur petit garçon. La vieille Mme Comber a vu des serpents dans son jardin alors qu'ils sont censés hiberner à cette époque.

Le seul témoignage vraiment important est celui du véto qui gardait les chiens en quarantaine : certains l'ont agressé, et la plupart se sont enfuis. Les gens disent : « Qu'ils aillent crever dans la forêt ! » Moi, ça m'étonnerait qu'on s'en débarrasse comme ça.

Et cette neige qui n'arrête pas ! Je n'en ai jamais vu autant.

Stefan s'inquiète au sujet du bal de demain soir. Il y a de quoi, étant donné qu'on est toujours à la case départ : aucun de nos suspects ne se trouvait près de la maison des Massase, de Mme Comber ou de la clinique vétérinaire...

C'est ce soir qu'a lieu la réunion chez Alaric. Meredith nous conseille d'y aller. De toute façon, on n'a pas grand-chose d'autre à faire.

Damon parcourut la grange d'un regard nonchalant en étendant ses longues jambes.

— Tes amies ne risquent rien, déclara-t-il à Elena. Ça ne sert à rien qu'on y aille.

— Tu as sans doute raison, admit celle-ci. Mais, ce serait l'occasion de sortir un peu…

— Parce que tu t'ennuies ? Figure-toi que j'ai plein d'idées pour tuer le temps…, reprit-il. Tu veux savoir lesquelles ?

Son ton sarcastique déplut à Elena, qui l'interrompit d'un geste exaspéré.

— Qu'est-ce qu'on peut faire de plus de toute façon ? Robert n'est pas en ville, Mme Flowers est…

— À la cave, termina en chœur le reste du groupe.

— Venez avec nous, suggéra Meredith. Il suffit de vous cacher dans le grenier. En cas de danger, vous entendrez nos cris.

— Je ne vois vraiment pas pourquoi on crierait, intervint Bonnie. Il ne va rien se passer !

— Mieux vaut être prudent, insista Meredith. Alors ?

— C'est une bonne idée, déclara Elena.

Elle se tourna vers ses compagnons dans l'attente d'une objection, mais Stefan se contenta de hausser les épaules, et Damon murmura quelque chose qui fit pouffer Bonnie.

— Puisque tout le monde est d'accord, allons-y, conclut-elle.

Ils sortirent sous la neige.

— Bonnie et moi, on y va en voiture, dit Meredith. Vous trois…

— Oh ! On trouvera notre chemin, ne t'inquiète pas, lui assura Damon en lui adressant son plus charmant sourire.

Meredith resta de marbre, nullement séduite. « Bizarre », pensa Elena en la regardant s'éloigner avec Bonnie. Le charme de Damon n'avait jamais opéré sur Meredith.

Elena eut soudain faim. Elle voulut en informer Damon, mais Stefan ne lui en laissa pas le temps.

— Tu pourras rester avec Elena pendant la fête ? demanda-t-il.

— Je crois bien, oui ! répondit Damon d'un ton moqueur.

Il redevint tout à coup sérieux.

— Pourquoi ?

— Parce que j'ai quelque chose à faire. Ça ne sera pas long. Je vous rejoindrai après.

Il entraîna Elena à l'écart.

— Qu'est-ce qu'il y a ? interrogea celle-ci.

— Caroline m'a envoyé un message : elle veut que je la retrouve au lycée avant d'aller chez Alaric. Pour s'excuser.

Elena retint la remarque acerbe qui lui montait aux lèvres. D'après ce qu'elle savait, Caroline n'était pas belle à voir en ce moment. Et c'était plutôt positif pour le moral de Stefan que quelqu'un reconnaisse ses torts envers lui.

— En tout cas, toi, tu n'as aucune raison de lui demander pardon, reprit-elle. Tout ce qui s'est passé est entièrement sa faute. J'espère juste qu'elle ne va pas te faire un sale coup.

— Mais non, rassure-toi. De toute façon, il me reste assez de forces pour me défendre contre elle.

— Sois prudent ! lui cria quand même Elena en le regardant s'éloigner sous la neige.

Le grenier était toujours aussi sombre, poussiéreux et plein de formes mystérieuses recouvertes de bâches. Damon, entré conventionnellement par la porte, avait ouvert les volets pour qu'Elena puisse passer par la fenêtre. Ils s'étaient assis côte à côte sur le vieux matelas et écoutaient les voix qui leur parvenaient d'en bas.

— Il y a plus romantique comme endroit, murmura Damon en ôtant d'un air dégoûté une toile d'araignée sur sa manche. Tu ne préférerais pas…

— Chuuut, le coupa Elena.

C'était assez amusant, finalement, d'essayer d'attribuer un visage aux bribes de conversations qui montaient vers eux.

— Alors j'ai dit : « Je m'en fous de savoir depuis combien de temps tu as cette perruche ; débarrasse-toi d'elle ou j'irai au bal avec Mike Feldman. » Et il a dit…

— … il paraît que la tombe de M. Tanner a été ouverte cette nuit…

— … tu sais que Caroline est toujours candidate au titre de reine de l'hiver, alors que toutes les autres se sont retirées du concours ? Tu crois pas que…

— … morte, mais je te dis que je l'ai vue. Je ne rêvais pas ! Elle portait une sorte de robe argentée et ses cheveux étaient tout scintillants…

Elena regarda Damon d'un air interloqué et baissa les yeux sur ses vêtements sombres.

— Tu me plais beaucoup en noir, déclara-t-il avec un sourire.

— Je sais que c'est ta couleur préférée…

Elle se sentait beaucoup plus à l'aise avec Damon ces jours-ci. Toute à son bien-être, elle écoutait maintenant d'une oreille distraite les bavardages, perdant peu à peu la notion du temps. Soudain, une voix familière résonna tout près d'eux :

— D'accord, d'accord, j'y vais.

Damon et elle échangèrent un coup d'œil et se levèrent brusquement : la poignée de la porte tournait. Bonnie glissa la tête dans l'entrebâillement.

— Meredith a insisté pour que je monte, je ne sais pas pourquoi. Elle monopolise Alaric. C'est nul cette soirée !

Elle s'assit sur le matelas, imitée par Elena, qui commençait à trouver longue l'absence de Stefan. La porte s'ouvrit de nouveau, livrant passage à Meredith.

— Qu'est-ce qui se passe ? demanda Elena.

— Rien, rien, ne t'inquiètes pas. Où est Stefan ?

Meredith avait les joues toutes rouges, chose inhabituelle de sa part. Elle semblait sur des charbons ardents.

— Il ne devrait pas tarder, commença Elena.

Damon l'interrompit aussitôt :

— Peu importe. Qui est en train de monter ?

— Comment ça ? Il y a quelqu'un qui vient ? s'affola Bonnie en se levant.

— Gardez votre calme, déclara Meredith en se postant devant la fenêtre, comme pour leur barrer toute issue. C'est bon ! cria-t-elle ensuite.

La porte s'ouvrit, et Alaric entra.

D'un mouvement fulgurant, Damon attrapa le poignet d'Elena pour la tirer derrière lui, tout en se préparant à l'attaque.

— Arrête ! s'écria Bonnie en se jetant contre Alaric, qui avait reculé d'un pas.

Il faillit perdre l'équilibre mais se rattrapa à la porte, avant de glisser une main vers sa ceinture.

Sa veste dessinait un renflement qui ne laissait pas de doute sur l'objet dissimulé : une arme !

Damon lâcha aussitôt le bras d'Elena pour s'emparer en un éclair de celui d'Alaric. Celui-ci se retrouva assis par terre, abasourdi, tandis que Damon vidait le chargeur du revolver, balle après balle.

— Je vous avais bien dit de venir sans arme, lui lança Meredith.

À ce moment-là, Elena se rendit compte qu'elle avait immobilisé son amie. Elle avait dû réagir dans le feu de l'action, instinctivement.

— Ces pointes en bois sont une vraie saloperie, dit Damon avec dégoût. Elles peuvent causer de sacrés dégâts.

Il remit en place l'une des cartouches, referma le chargeur et visa Alaric avec concentration.

— Non ! Pas ça ! cria Meredith.

Elle se tourna vers Elena.

— Dis-lui d'arrêter, Elena. Alaric ne vous veut pas de mal, je te le promets. J'ai passé un temps fou à le convaincre que vous ne lui feriez rien.

— Résultat : j'ai le poignet en miettes, signala Alaric.

— La faute à qui ? lui rétorqua Meredith.

Bonnie, qui soutenait son professeur avec compassion, fut stupéfaite du ton familier employé par cette dernière.

— Est-ce qu'on peut m'expliquer ce qui se passe ? marmonna-t-elle.

Meredith se tourna vers Elena sans se soucier d'elle.

— Tu dois me croire ! implora-t-elle.

Elena regarda son amie droit dans les yeux. Elle avait affirmé à Stefan qu'elle lui ferait toujours confiance, quoi qu'il arrive.

— Damon, lâche cette arme, demanda-t-elle.

Celui-ci s'exécuta avec désinvolture. Pourtant, son regard farouche montrait bien qu'il était tout aussi dangereux sans.

— Écoutez-moi, reprit Meredith. Vous allez comprendre.

— J'attends ça avec impatience, lança Bonnie.

Elena s'approcha alors d'Alaric, qui n'eut pas l'air très rassuré. Elle s'accroupit en face de lui et planta ses yeux dans les siens.

— Bonsoir.

— Bonsoir, répondit-il en déglutissant.

Elena jeta un nouveau regard à Meredith, puis se retourna vers le jeune homme :

— On ne vous fera pas de mal, assura-t-elle.

— C'est ce que je n'ai pas arrêté de lui répéter, renchérit Meredith. Je lui ai expliqué que vous étiez différents des… créatures de votre genre. Il sait que

Stefan a essayé de lutter contre sa nature. Je lui ai aussi dit ce qui t'était arrivé malgré toi, Elena.

Mais pourquoi Meredith avait-elle été si bavarde ?

— Maintenant que vous êtes renseigné sur nous, commença Elena, on aimerait bien savoir ce que vous cachez sous votre couverture de prof d'histoire.

— C'est un chasseur, affirma Damon d'un ton menaçant. Un chasseur de vampires.

— C'est faux ! se défendit Alaric. Ou du moins, pas dans le sens où tu l'entends... Écoutez, d'après mes informations...

Il se mit à lancer des coups d'œil à la ronde comme s'il venait de remarquer quelque chose :

— Où est Stefan ?

— Il ne va pas tarder : il est passé prendre Caroline au lycée.

— Caroline Forbes ? s'écria Alaric.

— Oui..., confirma Elena, stupéfaite. Elle lui a donné rendez-vous pour s'excuser.

— Il ne doit pas y aller ! continua le professeur en se levant péniblement. Vous devez l'arrêter !

— Il y est déjà, répliqua Elena. Pourquoi ne devrait-il pas s'y rendre ?

— Parce que j'ai hypnotisé Caroline. Avec Tyler, ça n'a pas marché, mais avec elle, très bien : elle s'est souvenue partiellement de ce qui s'est passé dans la baraque de chantier. Et elle a identifié Stefan comme étant l'agresseur.

— Mais Caroline ne peut rien contre..., commença Bonnie.

— Vous ne saisissez pas ? s'impatienta Alaric. D'autres gens sont au courant désormais : le père de

Caroline et celui de Tyler. Et ils sont convaincus que Stefan est dangereux…

— Chuuut ! interrompit Elena, qui essayait de se concentrer.

Elle sondait les alentours à la recherche de Stefan, essayant de surmonter sa panique. Et ses pouvoirs qui s'affaiblissaient de jour en jour ! Il ne pourrait pas se défendre… Elle finit par percevoir une faible présence : Stefan était en très mauvaise posture.

— Ça tourne mal pour lui, confirma Damon, qui avait lui aussi repéré Stefan. Allons-y.

— Attendez ! intervint Alaric. Vous n'avez même pas de plan. La situation mérite réflexion !

Mais Damon s'élançait déjà par la fenêtre, escorté d'Elena. La voix du professeur les poursuivit :

— On vient avec vous ! Surtout, attendez-nous avant de faire quoi que ce soit ! Il faut d'abord que je leur parle. Je peux régler ça…

Elena l'avait à peine écouté. Elle était folle de rage à l'idée que Stefan puisse être blessé. Elle était prête à tout pour se venger.

Damon aussi vibrait de fureur : elle était contente de le sentir sur la même longueur d'onde qu'elle. Soudain, elle s'arrêta net :

— Je te ralentis, déclara-t-elle.

Ils filaient certes à grande allure, mais elle se rendait bien compte qu'aucune paire de jambes ne pouvait égaler la vitesse d'un oiseau.

— Pars devant, je te rejoins, proposa-t-elle.

Damon ne se le fit pas dire deux fois : lorsque Elena leva les yeux, un corbeau battait des ailes devant elle. *À tout de suite*, lança-t-il avant de piquer vers le lycée. *À tout de suite*, répondit Elena en redoublant de vitesse.

Stefan gisait sur le dos, perclus de douleurs. Tout était flou autour de lui. Un filet de sang coulait de son crâne.

Pourquoi n'avait-il pas inspecté les abords du lycée ? Ça lui aurait permis de voir les voitures garées de l'autre côté ! Et surtout, pourquoi avait-il accepté ce rendez-vous ? Il avait commis deux énormes erreurs, et il allait le payer.

Si seulement il pouvait appeler à l'aide… Ces hommes l'avaient cloué au sol en un tour de main tant il était faible. Il s'était à peine nourri depuis Tyler. Par remords. Quelle ironie ! Voilà où ça l'avait mené ! Ça n'avait servi à rien de lutter contre ses instincts. Ils étaient aussi mauvais les uns que les autres : Alaric, Caroline, tous ! Il aurait dû s'abreuver de leur sang sans aucun scrupule.

La seule chose qui le réconfortait un peu, c'était que Damon prendrait soin d'Elena. Il était fort et impitoyable : elle serait en sécurité avec lui ; il lui apprendrait à survivre.

Mais au fond de lui, l'idée de la perdre le rendait inconsolable.

Le corbeau plongea vers les faisceaux des phares, guidé par l'infime instinct de survie émanant de son frère.

Toujours aussi stupide ! lui lança-t-il. *Tu mériterais que je t'abandonne à ton sort.*

À l'instant où il toucha le sol, l'oiseau prit la forme d'un animal autrement plus menaçant : un loup noir. Il était temps : un homme brandissait un pieu en bois au-dessus de Stefan. La bête envoya l'assaillant rouler au sol, et son arme fut projetée en l'air. Damon, se retint de lui déchiqueter la gorge. Il devait aller au plus urgent et neutraliser les autres membres du groupe.

Son attaque les dispersa, mais c'était sans compter le fusil que l'un d'eux épaula. L'arme était probablement chargée avec les mêmes cartouches que celles d'Alaric : des projectiles en bois. Impossible d'atteindre son adversaire qui le tenait en joue. Le loup se ramassa en grognant, et l'homme grimaça un sourire.

En un éclair, une main surgie de l'obscurité envoya valdinguer le fusil. Damon jubilait : Elena était arrivée à la rescousse.

11

L'expression effarée de M. Smallwood arracha un sourire à la jeune fille : il cherchait de tous côtés d'où l'attaque avait pu venir. Elle se sentait comme un louveteau capturant sa première proie sous le regard attendri de son père. Et en effet, Damon rayonnait de fierté.

Soudain, l'œil d'Elena se posa sur Stefan, allongé dans la neige. Elle s'élança vers lui.

— Que personne ne bouge !

L'injonction lui parvint sur un fond de crissement de pneus : la voiture d'Alaric faillit déraper lorsqu'elle bifurqua sur les chapeaux de roues vers le parking. Le professeur en jaillit sans même prendre le temps de couper le contact.

— Qu'est-ce qui se passe ici ? demanda-t-il.

Elena avait instinctivement reculé dans l'ombre, si bien qu'elle put observer à loisir les visages tournés vers le nouvel arrivant. M. Smallwood était accompagné des pères de Caroline et de Vickie. Les autres devaient être les parents des copains de Tyler.

L'un d'eux répondit d'un ton qui contenait mal sa colère :

— On a décidé de prendre les choses en main nous-mêmes. Cette histoire traîne depuis trop longtemps.

Sa déclaration fut ponctuée par un grognement sourd et menaçant : les hommes tournèrent la tête vers le loup et reculèrent ; Alaric écarquilla les yeux.

Adossée à une voiture, recroquevillée sur elle-même, Caroline pleurait silencieusement.

— Ils m'ont dit qu'ils ne lui feraient pas de mal, et qu'ils voulaient juste lui parler, affirma-t-elle entre deux sanglots.

— Vous comptiez la laisser assister à cette scène ? s'indigna Alaric. Elle n'est pas assez choquée comme ça, peut-être ?

— Et quand elle aura la gorge tailladée ? répliqua son père. C'est là qu'elle sera vraiment traumatisée !

Ses compagnons approuvèrent bruyamment.

— Dans ce cas, vous feriez mieux de vous occuper du vrai coupable, continua Alaric. Caroline, je voudrais que tu réfléchisses bien : je sais que tu penses avoir reconnu Stefan. Mais en es-tu absolument sûre ? Ce pourrait être juste quelqu'un qui lui ressemble…

La jeune fille leva vers lui son visage inondé de larmes. Elle fixa son regard sur Stefan, qui tentait de se relever, puis le reporta sur Alaric.

— Je…

— Réfléchis, Caroline, insista celui-ci. Est-ce que ça ne pourrait pas être quelqu'un d'autre, comme…

— Comme ce Damon Smith, compléta Meredith. Tu te souviens de lui ? Il est venu à la première soirée d'Alaric, et il ressemble beaucoup à Stefan.

Caroline hocha lentement la tête.

— Oui, peut-être. C'est tout à fait possible… Tout s'est passé si vite…

— Peux-tu affirmer catégoriquement avoir reconnu Stefan ? demanda le professeur.

— Non… Je n'en suis plus très sûre maintenant.

— Vous voyez ! conclut-il en se dirigeant vers le garçon.

Le loup s'était éloigné, laissant les hommes revenir à la charge.

— Qui est ce Smith ? demanda le père de Vickie. Je n'en ai jamais entendu parler.

— Votre fille l'a sûrement déjà vu…, déclara Alaric. Je le lui demanderai au cours de ma prochaine séance d'hypnose. Pour l'instant, je vais conduire Stefan à l'hôpital.

Les cris de protestation fusèrent.

— Alors là c'est un comble ! s'énerva M. Smallwood.

— Si je comprends bien, rétorqua Alaric, vous voulez faire justice vous-mêmes ? Peu vous importe que ce garçon soit innocent ! Il vous faut absolument un coupable ! Vous n'avez aucune preuve qu'il ait des pouvoirs surnaturels. S'est-il seulement défendu ?

— Un loup a surgi de nulle part pour nous attaquer, riposta M. Smallwood, rouge de fureur. Ils sont sûrement de mèche !

— Un loup ? J'ai n'ai vu qu'un chien… Sans doute l'un de ceux qui se sont échappés. C'est juste une coïncidence. Vous faites fausse route, croyez-en mon expérience !

Son assurance sembla ébranler celle de ses interlocuteurs.

— Les premières attaques de vampires ont eu lieu bien avant l'arrivée de Stefan, déclara soudain Meredith, à la surprise générale. Mon grand-père en a été victime, comme certains le savent déjà, ajouta-t-elle en se tournant vers Caroline.

Sa révélation fit l'effet d'une bombe : les hommes échangèrent des regards angoissés, puis se décidèrent en même temps à regagner leur voiture, tout à coup très pressés de partir. M. Smallwood se tourna une dernière fois vers Alaric :

— Je veux être là la prochaine fois que vous hypnotiserez mon fils. On verra bien ce qu'il dira !

Le père de Caroline entraîna sa fille vers son véhicule. Une fois qu'ils eurent tous disparu, Elena sortit de sa cachette pour se précipiter vers Stefan.

— Ça va ? Tu es blessé ?

— Quelqu'un m'a frappé par-derrière pendant que je parlais à Caroline. Mais ça va à peu près, maintenant.

Il se tourna vers Alaric :

— Pourquoi m'avez-vous aidé ?

— Parce qu'il est de notre côté, déclara Bonnie. J'en étais sûre. Ça va, Stefan ? J'ai cru que tu étais mort. J'ai failli tomber dans les pommes…

— Partons d'ici, dit Meredith. Stefan doit aller à l'hôpital.

— Mais non, assura celui-ci sous le regard inquiet d'Elena. J'ai juste besoin de repos.

— Allons dans notre classe, proposa Alaric. J'ai les clés.

Bonnie scruta l'obscurité.

— Et le loup ? demanda-t-elle.

Elle fit un bond en arrière en voyant une ombre tournoyer. Damon se matérialisa devant elle.

— Quel loup ? lança-t-il d'un air innocent.

Stefan se tourna vers lui en grimaçant de douleur.

— Merci, dit-il simplement.

Dans le couloir menant à la salle d'histoire, Elena lui glissa à l'oreille :

— Stefan, qu'est-ce qui s'est passé pour que tu sois aussi faible ?

Elle se heurta à un silence.

— Ça fait combien de temps que tu n'as pas chassé ? insista-t-elle. Tu sais bien que tu ne peux pas continuer comme ça !

— Je vais très bien, Elena. Je me nourrirai plus tard.

— Promis ?

— Promis.

Elle se laissa entraîner sans avoir le temps de se demander ce que voulait dire « plus tard ».

Elle eut l'impression d'entrer dans une pièce inconnue tant les lumières y étaient inhabituellement vives : elles changeaient complètement l'ambiance. Les tables furent disposées sur le côté, et cinq chaises placées devant le bureau d'Alaric. Celui-ci s'empressa d'offrir à Stefan son propre siège, bien plus confortable.

— Bon, commença-t-il en s'asseyant à son tour.

— Bon, répéta Elena, qui avait récupéré une trousse de premiers soins. Je pense qu'il est temps qu'on ait une petite explication, ajouta-t-elle en tamponnant la tête de Stefan.

— En effet. Vous avez tous deviné que je ne suis pas prof d'histoire…

— À la seconde où je vous ai vu, déclara Stefan d'une voix menaçante.

Elena sursauta : il ressemblait terriblement à Damon à ce moment-là.

— Alors, qu'est-ce que vous cachez sous cette fausse identité ? continua-t-il sur le même ton.

— En vérité, je suis psychologue, avoua Alaric d'un air contrit. Plus exactement, chercheur en psychologie à l'université Duke. Vous savez, là où ont eu lieu les premières expériences sur la perception extrasensorielle.

— Comme celles pendant lesquelles des gens devinent une carte sans l'avoir vue ? demanda Bonnie.

— Oui. Enfin, nos recherches vont plus loin que ça. Je serais d'ailleurs très curieux de faire ce test avec toi. Surtout quand tu es en transe.

Il s'éclaircit la voix.

— Tout a commencé il y a deux ans, alors que j'écrivais un article sur la parapsychologie. Mon but n'était pas de prouver l'existence de pouvoirs surnaturels, mais d'étudier leurs conséquences psychologiques sur des personnes censées en avoir. Comme Bonnie.

Il prit un ton professoral :

— Quels effets peuvent avoir ces dons sur le psychisme, sur les émotions de…

— Des effets abominables, l'interrompit Bonnie avec véhémence. Je ne veux plus entendre parler de ces pouvoirs. Je les hais.

— Vous voyez, reprit Alaric, comme si la réaction de Bonnie illustrait parfaitement son propos. Tu aurais fait un sujet d'étude remarquable ! Mon problème, justement, était de ne pas trouver de cas vraiment sérieux. Les charlatans sont très nombreux : guérisseurs, radiesthésistes, et j'en passe. Jusqu'au jour où un ami policier me signale une femme de Caroline du Sud qui prétend avoir été attaquée par un vampire et être depuis victime d'horribles cauchemars. Après vérification, il s'est avéré qu'elle ne simulait pas, du moins pas en ce qui concernait les morsures. Je n'ai en revanche jamais pu savoir si elle avait des dons de voyance.

— Comment pouviez-vous être sûr qu'elle avait été agressée par un vampire ? demanda Elena.

— Ce fut médicalement attesté : ses blessures contenaient des traces de salive d'une composition légèrement différente de celle d'un humain ; un anticoagulant très puissant y a été décelé… C'est ce qui m'a convaincu. À partir de ce moment-là, je me suis mis en quête de cas semblables. Mais ils sont tellement rares ! J'ai abandonné mes autres travaux pour me consacrer entièrement aux victimes de vampires. Et, au risque de paraître orgueilleux, je suis devenu le plus grand expert en la matière. J'ai rédigé de nombreux articles…

— Mais vous n'aviez jamais vu de vampire, le coupa Elena. Je me trompe ?

— Eh bien… non. Pas en chair et en os. Mais j'ai écrit des monographies… et certaines autres choses.

Une question brûlait les lèvres d'Elena :

— On peut savoir à quoi rimaient vos gestes bizarres lorsque les chiens ont attaqué ?

— Oh…, fit-il, l'air embarrassé. J'ai glané pas mal de petits trucs au fil de mes rencontres : un montagnard m'avait montré un rituel pour repousser les forces du mal, alors j'ai essayé.

— Il vous reste beaucoup à apprendre, souligna Damon.

— C'est juste, reconnut Alaric, un peu vexé. À vrai dire, j'en ai pris conscience à peine arrivé ici. Votre proviseur avait entendu parler de moi. Quand Tanner a été découvert vidé de son sang et avec des traces de morsures au cou… eh bien, ils m'ont appelé. J'étais plein d'enthousiasme : j'allais enfin étudier un cas où le vampire était encore dans les parages. Sauf qu'il y a eu un malentendu : tous pensaient que j'allais me charger de lui. Ils ignoraient que je n'avais eu affaire qu'aux victimes… Mais j'ai espéré pouvoir m'en sortir sans rien leur dire. J'ai présumé de mes capacités, sans doute…

— Vous avez fait semblant d'être maître de la situation ! l'accusa Elena. Je vous ai entendu parler de nous comme si vous connaissiez parfaitement nos habitudes : nous avions, soi-disant, un repaire dans la forêt. Vous n'avez fait qu'improviser.

— Pas complètement, se défendit Alaric. Je suis un expert… en théorie, du moins.

Il sembla soudain réaliser ce qu'elle venait de dire.

— Comment sais-tu que j'ai dit ça ?

— Pendant que vous cherchiez sa cachette, elle dormait paisiblement dans votre grenier, l'informa Damon avec malice.

Alaric en resta bouche bée.

— Et moi, j'aimerais connaître le rôle de Meredith dans cette histoire, intervint sévèrement Stefan.

Celle-ci était perdue dans la contemplation des papiers sur le bureau d'Alaric.

— Je l'ai reconnu, expliqua-t-elle calmement. Sa tête me disait vaguement quelque chose. Puis ça m'est revenu : je l'avais croisé à l'hôpital, il y a trois ans, en rendant visite à mon grand-père. Comme je l'ai dit tout à l'heure, il a été attaqué par un vampire.

Meredith observa un moment de silence.

— Ça s'est passé avant ma naissance, reprit-elle, et il ne s'en est jamais vraiment remis. Il est devenu… un peu comme Vickie, en plus violent. On a eu peur qu'il agresse quelqu'un. Alors il a été interné.

— Dans un hôpital psychiatrique…, compléta Elena, émue. Oh ! Meredith, pourquoi tu ne nous en a jamais parlé ?

— Je sais… j'aurais dû… Mais je ne pouvais pas. Ma famille garde ce secret depuis si longtemps… Ou du moins ils essayent. Personne n'a cru ce que racontait mon grand-père, même pas moi… Pourtant, au moment où Stefan est arrivé ici, j'ai remarqué que certaines choses concordaient avec l'histoire de mon grand-père. Mais j'avais toujours un doute, jusqu'à ce que tu reviennes, Elena.

— Tu aurais dû me haïr avec ce qui lui est arrivé…, s'étonna Elena.

— Impossible : je te connais, et je connais Stefan. Vous ne feriez pas de mal à une mouche.

Cette déclaration ne s'adressait visiblement pas à Damon, auquel elle ne lança pas même un regard.

— Et quand je me suis rappelé qu'Alaric avait parlé à mon grand-père, j'ai deviné qu'il n'était pas méchant non plus. Il fallait que je trouve un moyen pour vous réunir.

— Moi, je n'ai pas fait le rapprochement entre lui et toi, avoua Alaric. Vous n'avez pas le même nom, et puis… je ne t'aurais pas reconnue. Je me souviens certes d'une petite fille chétive dans la salle d'attente… Mais tu as tellement changé ! ajouta-t-il d'un ton admiratif.

Bonnie se mit à toussoter.

— Ce que je ne comprends pas, intervint Elena, c'est la raison pour laquelle ces hommes étaient armés d'un pieu. Vous leur avez forcément dit quelque chose…

— Absolument pas. Je n'ai rien à voir avec ce qui s'est passé ce soir. Tout ce que j'ai fait, c'est hypnotiser Caroline et rapporter le résultat des séances à ses parents.

— Je lui ai expliqué qu'une force inconnue était apparue dans la région, expliqua Meredith. Il veut nous aider à la retrouver.

— J'ai dit « peut-être », rectifia prudemment Alaric.

— Il n'y a pas de « peut-être », décréta Stefan. Ceux qui ne sont pas avec nous sont contre nous. Même si je vous suis reconnaissant de m'avoir aidé tout à l'heure, vous êtes en partie responsable des événements. Vous devez prendre une décision maintenant : êtes-vous de notre côté ou du leur ?

Alaric les regarda tour à tour : Meredith avait son air imperturbable habituel, Bonnie semblait suspendue à ses lèvres, et Elena, agenouillée près de Stefan, examinait sa blessure. Enfin, Damon, adossé au mur, arborait une mine sombre et indéchiffrable.

— Je vous aiderai, décida Alaric. De toute façon, ce sera très utile à mes recherches.

— Alors, bienvenue parmi nous, se réjouit Elena. À propos, que ferez-vous si le père de Tyler insiste pour que vous hypnotisiez son fils ?

— J'essaierai de gagner du temps. Je lui dirai que je dois donner un coup de main pour l'organisation du bal et que…

— Ce bal ne doit pas avoir lieu, le coupa Stefan. Il y a un moyen très simple de l'empêcher : vous êtes en bons termes avec le proviseur ; vous pouvez prendre la parole au comité. Faites-les changer d'avis.

— Tu penses qu'il va se passer quelque chose ? demanda Alaric, stupéfait.

— Oui, répondit Stefan. Il y a comme une tension tout autour de nous, comme si un être invisible remplissait l'atmosphère de sa force. Et c'est de pire en pire chaque jour.

— Je ressens exactement la même chose, renchérit Elena.

Elle comprenait enfin l'origine de cette sensation oppressante qui ne la quittait plus. Elle avait cru que ça venait d'elle. En réalité, c'était la présence de cette énergie malfaisante dans l'air ambiant !

— Le danger est imminent, insista-t-elle.

— Bon, soupira Alaric. Je vais essayer de les convaincre, mais ça ne va pas être facile : le proviseur tient à ce que tout continue normalement. Et je ne vois pas quel argument je pourrais trouver…

— Faites tout votre possible, le pressa Elena.

— Entendu. Mais toi, tu dois être particulièrement prudente : la plupart des agressions tournaient autour de toi et de tes proches. Je n'ai pas besoin de te rappeler que ton petit ami a été jeté dans un puits, et que les chiens ont attaqué pendant ta messe de souvenir… Meredith m'a appris que même ta petite sœur avait été menacée. À mon avis, il vaut mieux que tu quittes la ville.

Ce fut au tour d'Elena d'être stupéfaite.

— Il a raison, affirma Stefan en lui prenant la main. Tu dois partir. Je resterai jusqu'à…

— Non ! s'exclama Elena. Je ne m'en irai pas sans toi ! D'ailleurs, je ne bougerai pas d'ici tant qu'on n'aura pas mis cet être hors d'état de nuire.

Elle leva vers lui un regard grave :

— Tu n'as pas compris que nous sommes les seuls à pouvoir défier cette chose ? Le père de Tyler et ses amis n'ont pas la moindre idée de ce qu'elle peut faire. Ni eux ni Alaric ne se rendent compte.

Stefan hésita. Pourtant, à mesure qu'il réfléchissait, Elena le voyait céder peu à peu : ce qu'elle avait dit était la pure vérité.

— Très bien, finit-il par murmurer. Mais dès que toute cette histoire sera finie, nous partirons. Cette ville n'est plus vivable pour nous.

— D'accord, dit-elle en lui pressant la main.

Stefan s'adressa alors à Alaric :

— Si vous n'arrivez pas à annuler le bal, il faudra mettre au point un plan pour surveiller les événements.

— C'est une bonne idée, approuva le jeune homme en se levant. Retrouvons-nous ici demain soir. De cette salle, nous pourrons surveiller ce qui se passe.

— Ça veut dire qu'on va rater la fête ! objecta Elena en lançant un coup d'œil à Bonnie. Enfin… pour ceux qui peuvent y aller, bien sûr !

— Franchement, on s'en fout complètement du bal ! s'indigna cette dernière en se levant.

— Très juste, dit gravement Stefan. Le problème est donc réglé.

Il tressaillit soudain, victime d'une violente douleur.

— Il faut que tu te reposes, déclara Elena. Alaric, vous pouvez nous conduire ? Ce n'est pas très loin.

Après avoir affirmé qu'il était capable de marcher, Stefan finit par se laisser entraîner.

Quand Alaric les déposa devant la pension, Elena se pencha par la portière.

— Les victimes de vampires…, commença-t-elle, qu'est-ce qu'elles sont devenues ? Est-ce que ces gens sont tous devenus fous ?

— Ça dépend, répondit Alaric. Le profil psychologique de la victime est déterminant, de même que les circonstances des attaques. Certains parviennent à s'en sortir, d'autres pas.

Elena regarda la voiture démarrer jusqu'à la voir disparaître derrière le rideau de neige. Enfin, elle se tourna vers Stefan.

— Matt…, murmura-t-elle.

12

Stefan la dévisagea d'un air étonné.

— Quoi, Matt ?

— Je crois me souvenir de quelque chose. Le soir de mon réveil, tu sais, quand je n'étais pas dans mon état normal, j'ai vu Matt, non ? Est-ce que je…

Un profond sentiment d'horreur l'empêcha d'achever. En regardant Stefan au fond des yeux, elle sut qu'il avait compris sa suggestion.

— Il n'y avait pas d'autre solution, Elena. Tu serais morte… Et c'était toujours mieux que d'attaquer le premier passant venu. Tu l'aurais peut-être tué : la soif de sang peut conduire au pire. C'est ce que tu aurais voulu ?

— Non ! répliqua Elena avec véhémence. Mais pourquoi Matt ? Pourquoi lui ?… Mais tu as raison : personne d'autre n'aurait pu convenir… Je suis si inquiète pour lui. Est-ce qu'il va bien ? Qu'est-ce qu'il t'a dit ?

— Pas grand-chose, répondit Stefan en détournant la tête. En gros, il affirme que tu es morte, et il veut que je le laisse tranquille.

— Apparemment, lui ne s'en sortira pas, commenta Damon.

— Oh, ferme-la, gronda Elena. Tu ferais mieux de te soucier de l'état de santé de Vickie. Elle me paraît particulièrement mal en point, elle.

— Pourquoi me parles-tu sans cesse de cette Vickie que je ne connais pas ?

— Ne te fous pas de moi, Damon. La fille que tu as abandonnée en sous-vêtements dans le cimetière, ça ne te dit rien, peut-être ?

— Absolument pas. Et crois-moi, je me souviens toujours de celles que je vois en petite tenue…

— Dans ce cas, ça doit être Stefan, dit-elle, sarcastique.

Une lueur de colère passa l'espace d'un instant dans les yeux de Damon. Puis il eut un sourire narquois.

— Peut-être. À moins que ça ne soit toi ! Quoi qu'il en soit, vos discussions commencent à me fatiguer. Je m'en vais.

— Attends, le retint Stefan avec une douceur inattendue. Il faut qu'on parle…

— Excuse-moi, mais j'ai à faire.

Il disparut dans un bruissement d'ailes.

— Quelle idiote ! s'exclama Elena. Je l'ai vexé. Il était presque devenu civilisé.

— Ne t'inquiète pas. Il aime bien qu'on le mette en colère. Tu voulais me dire quelque chose à propos de Matt ? demanda-t-il d'un ton fatigué.

— Juste te proposer d'aller le voir demain. Pour lui expliquer…

Elle eut un geste d'impuissance : elle n'avait pas la moindre idée de ce qu'elle lui dirait. Mais il fallait bien tenter quelque chose…

— Je crois que tu devrais y aller seule, déclara Stefan après un instant de réflexion. Moi, il ne voudra pas m'écouter. Je le comprends, d'ailleurs… Tu pourrais même t'y rendre tout de suite.

— Tu crois ?

— Oui.

— Mais… je ne peux pas te laisser seul…

— Rassure-toi, Elena, tout ira bien pour moi. Vas-y.

Elena hésita encore, puis se décida.

— Je ne serai pas longue, promit-elle.

Elena contourna sur la pointe des pieds la maison aux murs décrépis. La fenêtre de Matt n'était même pas verrouillée. Elle l'ouvrit, et se heurta à une barrière invisible.

— Matt…, chuchota-t-elle.

En dépit de l'obscurité presque totale, elle aperçut une forme sur le lit. Un réveil indiquait 12 h 45 en chiffres vert pâle.

— Matt, appela-t-elle encore.

— Hmmm ? grogna-t-il.

— Matt, n'aie pas peur, dit-elle le plus doucement possible, dans la crainte de le réveiller en sursaut. C'est moi, Elena. Je voudrais te parler. Seulement, il faut que tu m'invites à entrer.

— Hmmm… Entre.

Elena n'en revenait pas : il n'avait même pas hésité. Mais, une fois dans la chambre, elle se rendit compte qu'il dormait encore.

— Matt… Matt…, chuchota-t-elle sans oser s'approcher.

Il faisait une chaleur étouffante : le chauffage était au maximum. Un pied nu et des cheveux blonds dépassaient d'une pile de couvertures.

— Matt ?

Elle s'approcha, posant la main sur lui très délicatement.

D'un bond, le garçon se retrouva assis dans son lit, les bras battant l'air et les yeux exorbités. Elena recula lentement, faisant de son mieux pour paraître fragile et inoffensive. En vain : les cheveux dressés sur la tête, Matt semblait prêt à prendre ses jambes à son cou.

Finalement, sa respiration devint plus profonde, ses épaules parurent se détendre, et il ferma les yeux.

— Elena.

— Oui, souffla-t-elle.

— Tu es morte.

— Non. Je suis là.

— Les morts ne reviennent pas. Je n'ai jamais revu mon père.

— Je ne suis pas vraiment morte… Je ne suis plus tout à fait la même, c'est tout.

Matt gardait les yeux obstinément fermés, au grand désespoir d'Elena, qui y vit un signe de rejet.

— Mais c'est ce que tu voudrais, sans doute…, murmura-t-elle. Que je sois morte…

Avant qu'elle ait esquissé un geste vers la fenêtre, Matt fondit en larmes.

— Oh, non ! s'écria-t-elle. Ne pleure pas !

Elle le prit dans ses bras, luttant contre sa propre émotion.

— Pardon, Matt. Je n'aurais pas dû venir.

— Ne t'en va pas, sanglota-t-il. Ne me laisse pas…

— Non, ne t'inquiète pas.

Elle ne put retenir ses larmes plus longtemps.

— Je ne te ferai plus jamais souffrir, promit-elle. Je regrette tellement toute la peine que je t'ai causée…

Elle le berçait en silence, comme un enfant, et la respiration de Matt finit par s'apaiser : il se redressa pour s'essuyer les yeux avec le bord du drap. Il évita toutefois le regard d'Elena, l'air à la fois gêné et méfiant.

— Alors, qu'est-ce que tu veux ? demanda-t-il brutalement.

Elena était stupéfaite.

— Réponds, continua-t-il. Qu'est-ce que tu attends encore de moi ?

Au prix d'un effort gigantesque, elle ravala ses larmes.

— Je sais que je mérite que tu me traites comme ça. Mais, pour une fois, Matt, je ne te demande absolument rien. Je suis venue m'excuser de t'avoir utilisé, pas seulement l'autre nuit, mais toutes les autres fois. Je t'aime beaucoup, et je ne veux pas que tu souffres.

Le silence se fit gênant.

— Je m'en vais, dit-elle enfin.

— Non, attends.

Matt se frotta le visage avec le drap.

— Écoute, j'ai été con…

— Pas du tout, tu es tout le contraire. Tu ne m'as même pas envoyée balader.

— Non. Je suis nul. J'aurais dû hurler de joie en te voyant vivante… Écoute.

Il lui attrapa le poignet.

— Peu importe que tu sois Godzilla et Frankenstein réunis. Mais je…

— Matt…

— Je sais. Tu es fiancée à Stefan, ce mec que je trouve sympa malgré moi, va savoir pourquoi.

Matt inspira profondément avant de continuer.

— Stefan m'a dit des trucs vraiment horribles : qu'il est une créature du Mal, et qu'il ne regrette pas ce qu'il a fait à Tyler.

— Tu sais, répliqua Elena en fermant les yeux, il s'est à peine nourri depuis cette nuit-là. Il est tellement faible qu'il a failli être tué tout à l'heure.

— Ah… Est-ce que tu sous-entends que saigner les gens fait partie de votre routine ?

— Oui et non. On a parfois tellement faim que c'est impossible de lutter contre.

D'ailleurs, les veines commençaient à la brûler, comme chaque fois qu'elle manquait de sang.

— Matt, il faut que je parte… Au fait, si le bal a lieu demain soir, surtout n'y va pas. Ça risque de mal tourner, même si on va tout tenter pour éviter le pire.

— Qui ça « on » ?

— Stefan, Damon – s'il n'a pas changé d'avis – et moi. Et puis Meredith, Bonnie et… Alaric. Oui, je sais, ça peut paraître étonnant… Bref, c'est une longue histoire.

— Mais de quoi avez-vous peur exactement ?

— Ça aussi, c'est compliqué… Pour résumer, de l'être qui m'a tuée, et qui a poussé les chiens à attaquer. C'est une force maléfique qui rôde dans le coin depuis un moment. Nous allons tout essayer pour l'empêcher de nuire une nouvelle fois.

La faim la torturait.

— Je dois vraiment partir.

Elle avait posé les yeux malgré elle sur la grosse veine bleue qui battait dans le cou de Matt. Quand elle parvint à s'arracher à cette vue, elle rencontra la mine épouvantée du garçon. Un silence pesant s'ensuivit.

Peu à peu, le visage de celui-ci changea d'expression : il parut comprendre, et même se résigner.

— C'est d'accord, dit-il simplement.

Elle n'était pas sûre de bien saisir.

— Matt ?

— J'ai dit d'accord. Ça ne m'a pas fait mal la première fois.

— Non, Matt. Je ne suis pas venue pour ça…

— Je sais. C'est bien pour cette raison que je te le propose. Pour une fois, je veux te donner quelque chose que tu ne m'as pas demandé.

Après un silence, il ajouta :

— Au nom de notre amitié.

L'image de Stefan apparut à Elena avec un brin de culpabilité. Mais il lui avait dit d'y aller sans lui. Il devait se douter de ce qui allait se passer… D'ailleurs, on ne pouvait pas concevoir ça comme une infidélité.

— Je viendrai avec vous, demain, reprit Matt tandis qu'elle se penchait vers lui. Même si je ne suis pas invité…

Puis les lèvres d'Elena se posèrent sur son cou.

Vendredi 13 décembre

La nuit où tout va se jouer arrive. Je sais que ce n'est pas la première fois que j'écris ça. Mais maintenant, c'est la bonne. Stefan en est persuadé lui aussi. Il m'a appris tout à l'heure que le bal était maintenu : M. Newcastle craignait de provoquer la panique en l'annulant. Ils ont dit qu'ils allaient « assurer la sécurité » autour du lycée. Avec des flics, je suppose. Peut-être même que le père de Tyler et ses amis vont venir leur prêter main-forte... Mais je doute qu'ils puissent changer grand-chose. Je ne sais même pas si on en est nous-mêmes capables.

Il a neigé toute la journée, à tel point que toutes les routes sont bloquées jusqu'à l'arrivée du chasse-neige, demain matin. C'est-à-dire beaucoup trop tard...

L'atmosphère est de plus en plus oppressante, et il fait un froid mortel... C'est comme si la force se préparait à déferler sur nous...

J'ai eu envie d'aller récupérer mon autre journal aujourd'hui. Celui qui se trouve sous le plancher de ma penderie. Mais tout bien réfléchi, je ne supporterais pas de revoir ma chambre. De toute façon, tante Judith risquerait de me griller.

Je suis étonnée que tout le monde ait si bien tenu le coup. Surtout Bonnie. Et Meredith, qui nous avait caché ce secret de famille depuis tout ce temps ! Ça a dû être très dur pour elle. Sans parler de Matt. Ce sont des amis formidables. C'est drôle, moi qui pensais que je ne survivrais pas sans ma foule d'admirateurs. Leur fidélité à eux trois me suffit largement, finalement !

Maintenant je réalise à quel point mes proches comptent pour moi : Margaret et tante Judith, bien sûr, mais aussi tous mes copains du lycée. Et dire qu'il n'y a pas si longtemps, j'écrivais qu'ils pouvaient tous tomber raides morts, ça m'était complètement égal ! C'est faux. La preuve : je ferai tout pour les protéger ce soir.

En me relisant, je me rends compte que je saute sans cesse du coq à l'âne. Mais j'essaie de noter toutes les choses importantes. Une sorte de bilan des événements. Au cas où.

Bon, c'est l'heure. Stefan m'attend.

Il faut qu'on gagne. On va y arriver. En tout cas, on fera tout pour ça.

La salle d'histoire était un excellent observatoire : ils voyaient parfaitement la cafétéria, toute scintillante de décorations, comme un sapin de Noël. Les couples qui y affluaient devaient montrer patte blanche aux policiers postés à l'entrée.

En arrivant, Elena avait désigné une fille aux cheveux châtains à Damon.

— C'est Vickie Bennett.

— Si tu le dis.

Maintenant, elle promenait son regard sur leur quartier général : le bureau d'Alaric avait été débarrassé pour y étaler un plan du lycée. Il était en train de l'étudier attentivement, tandis que Meredith, penchée à ses côtés, lui balayait la manche de ses longs cheveux. Matt et Bonnie s'étaient mêlés aux invités ; Stefan et Damon patrouillaient à l'extérieur.

— Tu devrais rester dans cette salle, avait conseillé Alaric à Elena. C'est plus prudent.

— J'ai parcouru la ville toute la semaine : je sais parfaitement me rendre invisible, avait-elle rétorqué avec une pointe d'amusement.

Elle avait pourtant accepté la proposition d'Alaric pour se charger de la coordination des tâches. Le professeur, qui marquait sur la carte les positions de chacun, lui donnait l'impression de vouloir défendre un château fort.

Chaque fois que l'un de ses « chevaliers » entrait ou sortait, Elena consultait la pendule. Elle écoutait les nouvelles qu'il lui rapportait et lui proposait du café qu'elle gardait au chaud dans une Thermos.

— Rien à signaler au nord.

— Caroline vient d'être couronnée reine de l'hiver !!

— Quelques casseurs sur le parking. Les flics les ont embarqués.

Enfin, minuit arriva, et rien ne se passa.

— On s'est peut-être inquiétés pour rien, supposa Stefan vers une heure du matin.

Ils se retrouvaient tous ensemble pour la première fois de la soirée.

— Et si quelque chose s'était produit ailleurs ? demanda Bonnie. Comment savoir ?

— Je connais bien un moyen, déclara pensivement Alaric.

Comme tout le monde le regardait d'un air interrogateur, il ajouta :

— Il suffirait d'une séance de spiritisme.

Tous les yeux se tournèrent vers Bonnie.

— Oh, non ! gémit-elle. Je déteste ça.

— Tu as tort, commença Alaric. C'est un don tellement rare…

— C'est un vrai supplice, oui. Et c'est encore plus horrible quand on m'utilise pour parler à leur place. D'autant plus que je ne me souviens de rien après.

— Comment ça, on t'utilise ?

Bonnie poussa un soupir.

— Comme dans l'église… Je peux prédire toutes sortes de choses en lisant dans l'eau ou dans les lignes de la main… Mais, il y a des fois où… quelqu'un entre dans mon corps et se sert de moi pour transmettre des messages.

— C'est ce qui est arrivé au cimetière, intervint Elena. Quand tu disais que quelqu'un m'attendait. Ou quand tu m'as prévenue de ne pas m'approcher du pont. Ou encore, quand tu as vu que la Mort était entrée chez moi.

Ses yeux se posèrent aussitôt sur Damon, qui lui rendit impassiblement son regard. Cela s'était révélé faux : Damon ne l'avait pas tuée. Alors, que signifiait cette prophétie ?

— Quelqu'un s'exprime à travers Bonnie, expliqua Meredith à Alaric. Même son visage se transforme. Vous n'étiez peut-être pas assez près, à l'église, pour vous en apercevoir.

— Mais pourquoi ne pas m'en avoir parlé plus tôt ? s'écria Alaric, enthousiasmé. C'est extraordinaire ! Cet être pourrait nous aider à connaître l'identité de la force maléfique. Ou au moins nous mettre sur la piste.

Bonnie secoua la tête avec véhémence.

— Non. Ce phénomène ne m'arrive pas quand je veux, et surtout, cet être ne répond pas aux questions. Je subis tout contre ma volonté, et j'ai horreur de ça.

— Donc, tu ne peux pas me dire ce qui favorise sa venue ?

Elena et Meredith échangèrent un coup d'œil : elles connaissaient fort bien la réponse. Mais Bonnie avait seule le droit de décider de la lui donner ou non. Celle-ci, la tête entre les mains, lança un regard en biais à Elena avant de fermer les yeux avec un petit gémissement.

— Des bougies, grommela-t-elle.

— Quoi ?

— Des bougies ! Je crois que la flamme l'attire. Mais je ne suis pas sûre.

— Que quelqu'un aille au labo de chimie en rapporter, ordonna Alaric.

Les chaises furent disposées en cercle, comme lors du premier cours d'histoire. À la lueur étrange des bougies, chacun arborait une expression différente : Matt avait l'air tendu, Meredith, imperturbable, comme d'habitude, et Alaric, penché en avant, concentré. Seuls Damon et Stefan attendaient patiemment. Quant à Bonnie, elle paraissait terrorisée.

Elena repensa avec émotion au mince anneau de cire flottant dans le bol d'eau, lors de leur dernière séance : il signifiait que leur réussite était possible s'ils s'unissaient. Et justement, ce soir-là, leur alliance était très forte.

— Je vais me concentrer, annonça Bonnie d'une voix tremblante. Et faire le vide dans mon esprit.

Les yeux rivés à la flamme, elle se mit à respirer profondément.

Et tout se passa comme ils l'espéraient : toute expression s'effaça de son visage, et son regard devint vide comme celui d'une statue. Mais aucune voix ne monta de sa gorge. Elena réalisa soudain qu'ils n'avaient convenu d'aucune question. Il fallait en trouver une avant que Bonnie perde le contact.

— Où se trouve la force maléfique ? demanda Elena au moment où Alaric lançait :

— Qui êtes-vous ?

Bonnie parcourut lentement leur cercle de ses yeux morts.

— Venez avec moi, dit-elle enfin.

Elle se leva comme un automate pour se diriger vers la porte.

— Hé ! Où elle va ? s'exclama Matt.

— Ne la touchez surtout pas, prévint Alaric en la suivant d'un bond.

Après s'être concertés du regard, Elena, Stefan et Damon lui emboîtèrent le pas.

— Où est-ce qu'elle va ? répéta Matt. Tu crois qu'elle compte répondre à ta question, ou à celle d'Alaric ? demanda-t-il à Elena.

Celle-ci ne put que secouer la tête dans un signe d'ignorance.

Une fois dehors, Bonnie sembla hésiter, puis se dirigea vers le véhicule d'Alaric pour s'immobiliser devant.

— Il n'y a pas assez de place pour nous tous, observa Meredith. Matt et moi, on vous suit avec ma voiture.

Tandis qu'Elena se glissait à l'arrière entre Stefan et Damon, Bonnie prit place à côté d'Alaric. Comme elle regardait droit devant elle sans un mot, celui-ci décida de quitter le parking. À ce moment-là, elle désigna Lee Street, à droite. Elle continua de les guider en silence jusqu'à ce qu'ils prennent la direction d'Old Creek. C'est à cet instant qu'Elena comprit où elle les conduisait.

Ils empruntèrent le nouveau pont : l'ancien avait été détruit lors de la tempête qui avait causé sa noyade.

Enfin, ils s'arrêtèrent devant le cimetière, à l'endroit précis où Tyler s'était garé lors de leur visite nocturne : Elena suivit Bonnie sur le chemin de la vieille église avec une horrible impression de déjà-vu. Elle ne parvenait pas à se détourner du clocher dressé comme un doigt vers le ciel.

Devant le trou béant qui constituait l'entrée de l'édifice, elle recula.

— Où tu nous emmènes ? demanda-t-elle. Dis-nous au moins à quelle question tu réponds !

— Venez.

Elena pénétra dans l'église avec un geste d'impuissance. Bonnie s'avança lentement vers le tombeau de marbre blanc. Elena, encore incrédule, contempla le monument funéraire. Puis elle leva les yeux vers le visage spectral de Bonnie.

— Oh, non ! Pas ça…, gémit-elle.

— Qu'est-ce qu'il y a ? demanda Meredith.

Elena fixait de nouveau les effigies de Thomas et Honoria Fell.

— Cette tombe peut s'ouvrir…, murmura-t-elle.

13

— Tu crois qu'on est censés… regarder là-dedans ? demanda Matt.

— Je n'en sais rien, répondit Elena, au supplice.

Pour rien au monde elle ne voulait voir ce que contenait cette tombe. Pas davantage qu'au moment où Tyler avait voulu la vandaliser.

— De toute façon, on n'arrivera pas à l'ouvrir. Tyler et Dick n'ont pas réussi. La dalle s'est juste un peu déplacée quand je me suis appuyée contre.

— Dans ce cas, recommence, suggéra Alaric. Il y a peut-être un mécanisme caché.

Elena s'exécuta… sans le moindre résultat.

— Bon, on va la soulever tous ensemble, décréta Alaric.

Il s'était accroupi, sous le regard amusé de Damon.

— Vous permettez, lança celui-ci.

Alaric s'écarta pour lui laisser la place. Stefan et lui firent glisser sans difficulté la pierre sur le côté, dans un grincement sinistre.

Elena n'osa pas s'avancer, tant l'idée qu'elle se faisait du contenu de la tombe l'horrifiait : elle imaginait des corps momifiés, des cadavres putréfiés et des squelettes ricanants. Elle préféra laisser Stefan s'approcher seul de l'ouverture et attendre sa réaction. Mais au lieu d'une mine dégoûtée, il afficha un air profondément étonné. Elena n'y tint plus.

— Alors ? Qu'est-ce qu'il y a dedans ? demanda-t-elle.

— Venez voir !

Elle alla se pencher prudemment au-dessus de la tombe, et redressa aussitôt la tête, les yeux écarquillés.

— Qu'est-ce que c'est que ça ?

— Je ne sais pas, avoua-t-il en se tournant vers Meredith et Alaric. L'un de vous a-t-il une torche ou une corde dans sa voiture ?

Tous deux se hâtèrent d'aller vérifier.

Elena n'en croyait toujours pas ses yeux. Ce n'était pas une tombe, mais une entrée : une sorte de cave voûtée avait été creusée là. Sur l'une de ses parois, des barreaux d'acier étaient fixés en guise d'échelle.

— Voilà deux torches, annonça Meredith en revenant. On a aussi une corde.

L'étroit faisceau de sa lampe balaya la cavité.

— Je ne vois pas grand-chose, déclara Stefan, mais ça a l'air vide. Je vais descendre.

— Quoi ? s'étonna Matt. Bonnie ne nous a rien dit… Hein, Bonnie ?

Celle-ci avait toujours le même regard dénué d'expression. Sans un mot, elle enjamba la tombe, pivota et se mit à descendre.

— Tu vois ! lâcha Stefan.

Il fourra la lampe dans sa poche, prit appui sur le rebord et sauta.

— Ça va ? lui cria Elena.

— Très bien.

Une lumière clignota vers elle depuis le fond.

— Les échelons vont jusqu'en bas. Apporte la corde, on ne sait jamais.

Elena était sur le point de rejoindre Stefan et Bonnie, lorsqu'une main se referma sur son poignet :

— Attends ! dit Meredith d'un ton grave. Et si l'être qui parle à travers Bonnie est la force maléfique ?

— Figure-toi que j'y ai déjà pensé…

Elle tapota la main de Meredith et sauta pour atterrir dans les bras de Stefan. Le décor autour d'elle lui coupa le souffle.

— Mon Dieu…

Elle n'avait jamais rien vu d'aussi étrange : les parois de pierre avaient un aspect lisse, comme poli. Des chandeliers en métal y étaient enfoncés à intervalles réguliers. Certains contenaient encore des restes de cire. L'extrémité de la pièce était plongée dans le noir, mais une grille de fer forgé toute proche était visible à la lueur de la torche. Elle ressemblait à celles utilisées dans les églises pour isoler l'autel.

Bonnie venait d'atteindre le dernier échelon. Elle attendit silencieusement que Matt, Meredith et Alaric les rejoignent. Quant à Damon, il était invisible.

— Damon ? appela Elena en levant la tête.

Sa silhouette se découpa dans le rectangle noir de l'ouverture.

— Oui ?

— Tu viens ?

Le silence qui s'ensuivit lui parut interminable. Puis, il y eut un coup de vent, et Damon atterrit en souplesse près d'elle. Il semblait curieusement distant, et son visage restait insondable.

— C’est une crypte ! s’émerveilla Alaric en balayant l’espace avec sa lampe. Elles sont utilisées comme lieux de sépulture.

Bonnie se dirigea droit sur la grille et la poussa sans rencontrer de résistance. Elena dut se faire violence pour la suivre. Ses sens, pourtant décuplés, ne lui laissaient rien détecter de particulier. Elle ne voyait devant elle que le sol balayé par le faisceau de Stefan, et la silhouette de Bonnie. Cette dernière s’immobilisa brusquement.

« On touche au but », pensa Elena en retenant son souffle. Elle avait l’impression de se retrouver au beau milieu d’un rêve sans pouvoir maîtriser le cours des événements… ni se réveiller.

La lampe éclairait à présent un amas confus d’objets. Soudain, quelque chose se détacha distinctement : un visage d’une blancheur cadavérique, grotesquement penché sur le côté. Elena plaqua la main contre sa bouche pour étouffer un hurlement.

Ce n’était qu’une statue, dont les traits lui étaient familiers : elle était l’exacte réplique de celle qui ornait la tombe en surface. Sauf que cette sépulture avait été saccagée : la dalle brisée gisait au pied du mur, et des espèces de bâtonnets qu’Elena crut d’abord en ivoire étaient éparpillés par terre.

Elle s’approcha et vit ce que c’était : des os humains broyés…

Bonnie fit volte-face et sembla passer en revue les membres du groupe. Son regard inexpressif s’arrêta finalement sur Elena, s’y attarda quelques instants, puis un tremblement la parcourut. Elle bascula brutalement en avant comme un robot à court de batterie. Elena bondit pour la rattraper juste avant qu’elle n’atteigne le sol.

— Bonnie ? Bonnie ?

Celle-ci leva vers elle des yeux aux pupilles dilatées. Elle était visiblement redevenue elle-même.

— Qu'est-ce qui s'est passé ? demanda Elena. Où est passé l'esprit ?

— Je suis là.

Au-dessus de la tombe profanée, une lumière voilée apparut. Ou du moins, une sorte d'aura telle qu'Elena n'en avait jamais vu.

— Vous êtes la force maléfique…, marmonna-t-elle, glacée d'épouvante.

— Non, Elena, répondit la voix, qui semblait surgir de nulle part.

Le halo sembla tournoyer tout à coup et, l'espace d'un instant, Elena distingua un visage triste et doux. Alors elle comprit. C'était le spectre d'Honoria Fell.

— Je t'attendais, reprit-elle. Ici, je n'ai pas besoin de l'aide de Bonnie : je peux apparaître devant toi. Écoute-moi bien. Ton temps est compté, et le danger qui plane au-dessus de vous est terrible.

— Mais pourquoi nous avoir fait venir ici ? demanda Elena.

— Tu m'as demandé où se cachait votre ennemi. Voici ma réponse : ton champ de bataille se trouve ici même, Elena.

— Je ne comprends pas.

— Cette crypte a été construite pour moi par les habitants de Fell's Church. Un lieu de repos pour ma dépouille. Un lieu secret pour une personne dotée de pouvoirs occultes. Comme Bonnie, je voyais des choses que les autres étaient incapables de percevoir.

— Vous êtes médium, dit Bonnie.

— À l'époque, on appelait ça de la sorcellerie. Pourtant, je n'ai jamais utilisé mes dons pour nuire, et à ma mort, ce monument a été construit pour que mon mari et moi reposions en paix. Et ce fut le cas, jusqu'à ces derniers temps…

La lueur vacilla.

— … jusqu'à ce qu'une créature remplie de haine arrive dans notre ville. Elle a profané ma tombe et dispersé mes os pour s'installer ici et semer le mal autour d'elle. C'est pour cela que je me suis réveillée. J'ai essayé de te prévenir dès le début, Elena : cet être vit ici même, et il n'a cessé de t'épier. Parfois sous la forme d'un hibou…

Un hibou ! Elle se rappela en avoir vu un tout blanc à plusieurs reprises : sur le clocher de l'église, dans l'arbre devant sa maison, dans la grange.

Le hibou était de la famille des oiseaux de proie… C'était un chasseur, qui se nourrissait de chair… La vision d'immenses ailes blanches cachant l'horizon lui revint : un grand volatile tout de brume et de neige, qui la poursuivait, vibrant d'une haine démesurée, avide de sang…

— Non ! s'écria-t-elle, submergée par la puissance de ce souvenir.

Les mains de Stefan sur ses épaules la ramenèrent au présent.

— Et il te guettait aussi, Stefan, continua Honoria. Il t'a haï bien avant Elena. Il a joué avec toi comme avec une souris, car il déteste ceux qui aiment : lui-même est plein d'un amour empoisonné.

Elena se tourna vers ses compagnons, derrière elle : Meredith, Alaric et Matt étaient pétrifiés. Mais Damon… Où se trouvait Damon ?

— Il tue aveuglément tous les êtres qui croisent son chemin, se plaisant infiniment à faire couler leur sang. En ce moment même, les animaux qu'il contrôle se dirigent vers la ville…

— Le bal ! s'écria Meredith.

— Oui, le bal… Et cette fois, personne ne sera épargné.

— Il faut y aller, s'écria Matt, affolé. Il faut…

— Vous devez d'abord détruire l'esprit qui dirige cette meute…, interrompit Honoria. Sans cela, vous ne pourrez rien pour arrêter la tuerie. Vous êtes capables de l'anéantir : c'est pour ça que je vous ai appelés.

Le halo sembla décliner un peu plus.

— Vous avez tous en vous assez de courage pour vous battre contre lui. Je ne peux pas vous aider davantage.

— Attendez… S'il vous plaît…, implora Elena.

Mais la voix continua inexorablement :

— Bonnie, l'heure du choix est arrivée. Les dons que tu possèdes sont à la fois un terrible fardeau et une chance inestimable. Tu peux les refuser, ou les accepter. Que décides-tu ?

— Je…, commença Bonnie, paniquée. Je ne sais pas. J'ai besoin de réfléchir.

— Tu n'as pas le temps. Tu dois faire ton choix maintenant.

La lueur s'affaiblissait de seconde en seconde. Bonnie tourna les yeux vers Elena.

— Désolée…, murmura celle-ci. Mais je ne peux pas t'aider : cette décision n'appartient qu'à toi.

Bonnie leva lentement la tête vers la lueur.

— Je vais les garder, déclara-t-elle d'une voix tremblante. Comme ma grand-mère.

Le halo s'agita légèrement.

— Ton choix est sage. Puisses-tu faire bon usage de tes dons. C'est la dernière fois que je m'adresse à toi.

— Mais…

— J'ai accompli ma mission, maintenant, et j'ai le droit de retrouver le repos. À votre tour.

La lueur s'éteignit définitivement.

L'atmosphère se mit alors à vibrer d'une tension inouïe, comme si une puissance monstrueuse planait au-dessus de leur tête, prête à fondre sur eux.

— Stefan…, souffla Elena.

— Vite ! cria Bonnie. Il faut sortir d'ici !

— Il faut aller aider les autres ! ajouta Matt, le visage blême.

— J'ai une idée ! lança Bonnie : le feu pourra tenir les bêtes à distance…

— Tu n'as pas entendu ? s'énerva Elena. On doit combattre la force. Et elle est ici ! Il faut rester !

L'effroi avait semé la plus grande confusion dans son esprit : une profusion d'images et de souvenirs s'y télescopaient… ainsi qu'un redoutable pressentiment.

— Alaric ! Partez avec les autres, ordonna Stefan. Je reste…

— Il faut tous décamper d'ici ! s'écria Alaric par-dessus le bruit assourdissant qui avait empli les lieux.

Elena remarqua soudain quelque chose dans le mur, à côté d'elle : un trou donnant sur un tunnel obscur dont on ne voyait pas le bout.

Alors brusquement, elle eut un horrible doute : le corbeau n'était-il pas un carnassier, comme le hibou ?

— Où est Damon ? demanda-t-elle en se tournant de tous côtés.

— Sortons, vite ! répéta Bonnie, au bord de l'hystérie.

Elle se précipita vers la grille au moment même où un effroyable grondement déchira l'air. On aurait dit celui d'une bête monstrueuse, enragée et sanguinaire ; il résonna avec une telle force dans la poitrine d'Elena qu'elle faillit tomber à genoux.

Il retentit encore, mais comme un immense cri de victoire, cette fois. Des bruits de pas ébranlèrent le tunnel.

Bonnie laissa échapper un pitoyable petit bruit strident sans trouver la force de crier. Une forme avançait avec souplesse dans l'obscurité. Elena reconnut le rugissement, cette fois : c'était celui du plus grand des félins. Deux yeux jaunes apparurent. Ceux d'un énorme tigre.

Tout se passa en un éclair : Elena se sentit vainement tirée en arrière, car ses muscles raidis la clouaient sur place ; l'animal bondit, et elle eut juste le temps d'apercevoir sa silhouette blanche et longiligne, toute en puissance, son échine souple et ses flancs luisants…

— Damon ! Non ! hurla-t-elle.

Au même instant, un loup noir surgit de l'ombre et se jeta sur le tigre, laissant à Stefan le réflexe d'entraîner Elena hors de sa portée. Tous deux se servirent de la dalle brisée comme d'un bouclier, mais la fuite était impossible : la grille se trouvait au-delà des deux bêtes.

Elena était à la fois épouvantée et stupéfaite : l'instant d'avant, elle croyait dur comme fer que Damon était la force maléfique…

Elle reconnaissait la haine qui sourdait par tous les pores du félin : c'était la même qui l'avait poursuivie dans le cimetière, qui l'avait prise au piège sur le pont et plongée dans la rivière. Cet esprit, contre lequel le loup se battait à mort, était doté d'immenses pouvoirs : ce dernier n'avait aucune chance, aussi déterminé et agressif fût-il.

Le tigre, après lui avoir lacéré l'épaule d'un coup de griffe, s'apprêtait à lui sauter à la gorge. Stefan lui braqua aussitôt sa lampe sur les yeux, et profita de son éblouissement pour pousser le loup sur le côté.

Elena aurait voulu sortir de sa stupeur, mais c'était comme si le rêve se poursuivait : elle était incapable de bouger, tétanisée au point de ne même plus pouvoir réfléchir. Une seule chose lui apparaissait : Stefan était en danger.

— Sortez ! ordonna-t-il. Dépêchez-vous !

Tout en maintenant le faisceau lumineux dans les pupilles de son adversaire, il parvint à esquiver un coup de patte. Meredith avait franchi la grille, suivie de près par Matt, qui entraînait Bonnie. Alaric avait atteint l'autre côté depuis longtemps.

Le tigre, qui avait bondi à leur poursuite, fut bloqué par la grille refermée avec fracas.

— On ne partira pas sans toi ! proclama Alaric à Stefan.

— Partez ! insista Stefan. Allez secourir les autres !

Le loup s'était relevé. Il chargea de nouveau le félin ; leurs grondements se mêlèrent dans un vacarme assourdissant.

Stefan s'apprêtait à intervenir.

— Non ! cria Elena d'une voix tremblante.

Elle ne supporterait pas de le voir mourir sous ses yeux sans rien faire. Cette fois, ses jambes lui répondirent : elle s'élança vers lui, décidée à se servir de son propre corps comme rempart. Mais ce fut lui qui l'enlaça pour la protéger. Pourtant, aussi têtue que lui, elle se libéra de son étreinte, et pivota pour faire face au danger.

Le loup baignait dans une flaque de sang. Le tigre le surplombait de toute sa masse, et approchait déjà de sa gorge ses crocs formidables. Soudain, il s'arrêta, levant la tête vers Stefan et Elena.

Celle-ci ne put s'empêcher de le détailler, et ce, avec un calme dont elle fut elle-même étonnée. Ses moustaches fines et raides ressemblaient à des fils d'argent ; sa fourrure d'un blanc éclatant était délicatement striée de rayures dorées. Blanc et or… Comme le hibou dans la grange. Ce souvenir en évoqua un autre, à la lisière de sa mémoire. C'était quelque chose qu'elle avait vu… ou entendu…

De son immense patte, le tigre envoya valdinguer la lampe de Stefan, qui poussa un hurlement de douleur. Ce fut l'obscurité totale. Agrippée à lui, Elena attendit le coup fatal.

Au lieu de ça, elle fut prise d'un grand vertige. Un épais brouillard l'enveloppa, la séparant de Stefan, et prit possession de son esprit. Dans un ultime sursaut de conscience, elle se rendit compte que la force était en train de la terrasser.

Elle entendit le corps de Stefan s'affaisser à ses côtés, puis culbuter au loin. Elle fut alors précipitée dans le vide.

14

Le hibou blanc… un oiseau de proie… un chasseur… Comme le tigre. Il a joué avec Stefan… avec toi… comme un chat avec une souris. Un petit félin blanc ! De la même robe que le tigre… Un petit chat couleur neige. Comme celui de ta sœur…

La mort a bien frappé à la porte de ta maison… Sous la forme d'un chaton… Il s'est enfui devant Damon. Parce qu'il a eu peur d'être démasqué… De même qu'il s'est échappé par la fenêtre en te voyant entrer dans la chambre de Margaret.

Elena émit un faible gémissement en reprenant conscience, l'espace d'un instant. Puis le brouillard la happa de nouveau.

Un amour empoisonné… Cet être a détesté Stefan avant de te haïr… Le blanc et l'or… Stefan t'a parlé de quelque chose de blanc parsemé d'or… Un objet qu'il avait vu… sous un arbre…

Elle fit un effort surhumain pour ouvrir les yeux. Et avant même de distinguer clairement l'être auréolé de lumière devant elle, elle comprit.

La silhouette en robe blanche se tourna vers elle : Elena avait sous les yeux le reflet presque exact de son propre visage. Pâle et beau, mais tordu par la haine. Il était tel que dans les miroirs de la galerie qu'elle avait longée en rêve : grimaçant, cruel et ricanant.

— Katherine…, murmura-t-elle.

Le spectre eut un sourire sadique.

— Bravo. Tu es moins stupide que je le pensais…

Sa voix était limpide et douce. Des reflets argentés miroitaient sur ses cils et son vêtement. Ses cheveux étaient dorés, et ses yeux ressemblaient à ceux du chaton : ronds et bleus. De la même couleur que la pierre précieuse qui pendait à son cou.

Elena avait la gorge en feu, comme si elle avait hurlé pendant des heures. Elle tourna douloureusement la tête de côté.

Stefan, à quelques centimètres d'elle, avait les bras attachés aux barreaux de la grille, la tête tombant mollement sur la poitrine. Il était d'une pâleur cadavérique. Son cou portait des traces de morsures, et du sang séché maculait le col de sa chemise.

Elena tourna la tête si brusquement vers Katherine qu'elle en eut le vertige.

— Pourquoi as-tu fait ça ? demanda-t-elle.

Katherine découvrit dans un rictus des dents blanches et pointues.

— Parce que je l'adore, répondit-elle d'une voix de petite fille. Pas toi ?

Elena comprit enfin pourquoi elle ne pouvait pas bouger et d'où lui venait cette douleur dans les bras : elle-même était ligotée à la grille.

Tordant péniblement le cou de l'autre côté, elle découvrit Damon. Il était dans un état encore plus alarmant que son frère. La manche déchirée de sa veste laissait voir une affreuse plaie. Sous la chemise en lambeaux, sa poitrine se soulevait imperceptiblement – seul signe qu'il était encore en vie. Du sang lui coulait de la tête jusqu'à ses paupières closes.

— Lequel préfères-tu ? demanda Katherine sur le ton de la confidence. Allez, tu peux bien me le dire…

Elena essaya de surmonter son dégoût.

— Katherine, écoute-moi…

— Alors ? Tu ne veux pas répondre ?

La jeune femme s'approcha si près d'Elena qu'elle sentit son souffle sur ses lèvres. Ses yeux bleus brillaient de manière extraordinaire.

— Moi, je les trouve tous les deux très savoureux. Qu'est-ce que tu en penses ?

Elena, révulsée, ferma les paupières. Si seulement ce vertige pouvait cesser !

Katherine s'écarta dans un éclat de rire cristallin.

— Je sais, c'est tellement difficile de choisir !

Elle pivota sur elle-même, ce qui permit à Elena de découvrir sa cascade de cheveux d'or qui se répandait sur le sol comme une traîne.

— C'est une question de goût…, poursuivit-elle en se déplaçant d'un gracieux pas dansant.

Elle s'arrêta devant Damon, puis jeta un coup d'œil espiègle à Elena.

— De toute façon, ma morsure est si douce…, susurra-t-elle en lui plantant les crocs dans le cou.

— Non ! Arrête !

Elena tenta vainement de se défaire de ses liens. Et la grille était solidement ancrée dans la pierre. Damon, bien qu'inconscient, gémissait sous l'assaut féroce de Katherine, le corps secoué de spasmes.

— Je t'en supplie ! Arrête !

Katherine leva un menton sanguinolent.

— Impossible : j'ai trop faim, et c'est si bon.

Elle plongea de nouveau les dents dans la chair de sa victime, qui s'arc-bouta sous la violence de l'attaque. C'était un spectacle insupportable de cruauté, et Elena éclata en sanglots.

Elle avait fait exactement la même chose à Stefan dans la forêt. Elle avait voulu le tuer… Les ténèbres se refermèrent sur elle, comme une échappatoire au pire des cauchemars.

La voiture d'Alaric dérapa sur une plaque de verglas en approchant du lycée : Meredith faillit l'emboutir. Les deux occupants en jaillirent sans prendre le temps de fermer les portières, Matt et Meredith à leur suite.

— Les autres habitants sont aussi en danger ! cria cette dernière en les rattrapant.

— La famille d'Elena ! s'écria Bonnie.

En dépit de sa peur, elle tenta de se concentrer, la tête levée vers le ciel comme pour y chercher une solution.

— Tu n'as qu'à t'en occuper, finit-elle par décider. Emmène-les dans une cave. Ils seront à l'abri des chiens.

— D'accord ! répondit Meredith. Vous trois, chargez-vous du bal !

Tandis que Bonnie courait rejoindre Alaric, Meredith regagna sa voiture à toute allure.

La fête se terminait : bon nombre de gens se dirigeaient déjà vers le parking.

— Retournez à l'intérieur ! cria Alaric. Que tout le monde rentre et ferme les portes !

Ce dernier ordre s'adressait aux policiers. Trop tard. Au moment où le professeur atteignit la porte, un chien bondit des ténèbres pour se jeter à la gorge de l'un d'eux. Une série de coups de feu éclata, et les élèves se précipitèrent en hurlant vers le parking. Alaric partit à leurs trousses, leur criant de faire demi-tour.

De nouveaux attaquants surgirent de tous côtés, portant la panique à son paroxysme, tandis que le professeur tentait désespérément de ramener les fuyards vers le bâtiment.

Bonnie n'avait pas lâché son idée.

— Il faut faire un feu ! dit-elle à Matt.

Celui-ci courut à la cafétéria à la recherche de vieux papiers. Il en ressortit avec une boîte pleine des programmes de la soirée qu'il vida par terre tout en cherchant des allumettes dans sa poche.

La pile s'enflamma immédiatement. Protégé par cette barrière de sécurité improvisée, Matt put manœuvrer pour pousser un groupe affolé à l'intérieur du lycée. Bonnie s'y rua à son tour.

Il y régnait une ambiance d'émeute. Aucun adulte capable de rétablir l'ordre n'était présent.

La vue des décorations en papier crépon donna une idée à Bonnie. Seulement, il fallait qu'elle s'adresse à l'assemblée, et avec ce vacarme, elle n'avait aucune chance d'être entendue. Elle joua des coudes pour se frayer un chemin parmi ses camarades affolés jusqu'à la personne qu'elle cherchait : Caroline, livide sous son diadème de reine. Bonnie l'entraîna jusqu'au micro.

— Écoute, commença-t-elle. Tu es plus douée que moi pour les discours. Alors convaincs-les qu'ils sont en sécurité ici. Ils ne doivent pas chercher à partir. Dis-leur de mettre la main sur tout ce qui peut brûler : les guirlandes en papier, les chaises, le contenu des poubelles… C'est notre seule chance de nous en sortir.

Caroline la regardait sans comprendre, d'un air tétanisé.

— C'est toi la reine, maintenant, ajouta Bonnie. C'est le moment d'utiliser ton autorité !

Bonnie plongea dans la foule sans attendre de voir si Caroline obtempérait. Cependant, il ne se passa pas longtemps avant que sa voix résonne dans les haut-parleurs. D'abord hésitante, puis de plus en plus pressante.

Elena rouvrit les paupières. Un silence de mort planait autour d'elle.

— Elena ?

Des yeux verts la regardaient.

— Stefan…

Elle tenta un mouvement vers lui. Elle aurait tant voulu le sentir contre elle ! C'était sans doute absurde, mais elle avait l'impression que tout irait moins mal s'ils pouvaient se blottir l'un contre l'autre.

Un rire enfantin retentit, et Stefan tourna la tête. Elena vit alors une foule d'émotions se succéder sur son visage : le choc, l'incrédulité, la joie naissante et, enfin, une horreur telle que ses yeux se révulsèrent.

— Katherine, murmura-t-il. Je dois rêver… Tu es morte…

— Stefan…, commença Elena.

Elle s'aperçut tout de suite que les paroles de réconfort étaient inutiles : il était plongé dans un profond état d'hébétude.

Katherine étouffa un petit gloussement amusé.

— Toi aussi, tu es réveillé, dit-elle en se tournant vers Damon.

Celui-ci dressa lentement la tête. Il n'y avait pas la moindre trace d'étonnement sur son visage. Il observa longuement Katherine, puis esquissa un faible sourire.

— Notre mignon petit chaton blanc…, devina-t-il. J'aurais dû m'en douter…

— Tu en as mis du temps ! railla Katherine avec une insouciance enfantine. Même toi tu n'as pas deviné ! Je vous ai tous bien eus !

Un nouvel éclat de rire vint ponctuer ses sarcasmes.

— C'était tellement drôle de t'épier pendant que tu surveillais Stefan ! Aucun de vous n'a soupçonné ma présence ! Je t'ai même griffé une fois !

Elle mima le coup de patte d'un chat.

— Je m'en souviens, approuva tranquillement Damon. C'était chez Elena.

Il semblait même vaguement amusé.

— Après tout, ça n'a rien de surprenant, continua-t-il. Le chat… le tigre… ça ne pouvait être que toi !

— C'est moi qui ai jeté Stefan dans le puits, se vanta Katherine. Je me suis bien amusée en vous regardant vous battre… Après, j'ai suivi Stefan jusqu'à la lisière du bois, et alors…

Elle referma ses deux mains d'un coup sec, comme si elle capturait un papillon. Puis elle les rouvrit avec précaution et en regarda le contenu imaginaire.

— Je voulais le garder pour jouer un peu avec, confia-t-elle avec un petit rire.

Son expression changea soudain du tout au tout : elle leva des yeux furieux vers Elena.

— Mais tu me l'as pris. C'était méchant. Tu n'aurais pas dû…

Son air de malice enfantine avait laissé place à une expression plus adulte : la haine implacable d'une femme blessée dans son amour-propre.

— La gourmandise est un vilain défaut, décréta Katherine en se dirigeant droit sur sa rivale. Et toi, tu es beaucoup trop gourmande…

— Katherine !

Stefan était enfin sorti de sa torpeur.

— Je serais très curieux de savoir ce que tu as fait d'autre, s'empressa-t-il de dire.

Katherine parut d'abord surprise, puis flattée.

— Puisque tu y tiens…

Elle croisa les bras sur sa poitrine, et pirouetta de nouveau en faisant virevolter sa cascade de cheveux dorés. Elle se retourna aussitôt.

— Finalement, non, décida-t-elle. À vous de deviner. Allez-y, je vous dis « vrai » ou « faux ».

Elena jeta un coup d'œil discret à Stefan : gagner du temps ne servait à rien. Au bout du compte, le résultat serait le même. Mais ces quelques minutes de vie supplémentaires étaient peut-être bonnes à prendre…

— C'est toi qui as attaqué Vickie, commença-t-elle.

— Bien ! s'enthousiasma Katherine. Elle était dans mon église. Et ce garçon et elle étaient en train de… On ne fait pas ça dans ce genre d'endroits ! Alors, je l'ai écorchée !

Elle avait prononcé ce dernier mot en détachant chaque syllabe.

— Et… j'ai bu son sang !

Elle passa la langue sur ses lèvres pâles. Puis elle désigna Stefan.

— À ton tour !

— Et depuis, tu la harcèles…, commenta-t-il sans se prêter au jeu des devinettes.

Elle se mit à tripoter les boutons de sa robe d'un air rêveur, comme Vickie lorsqu'elle s'était à moitié dénudée devant tout le monde.

— Je lui ai fait faire un tas de bêtises, reconnut Katherine avec un petit sourire espiègle. Qu'est-ce que j'ai ri !

Elena avait les bras tout engourdis. Si seulement elle pouvait trouver un moyen de desserrer ses liens ! Elle ignorait à quoi ça l'avancerait, mais ça valait la peine d'essayer.

— Au suivant ! claironna Katherine avec une note menaçante dans la voix.

— Pourquoi dis-tu que c'est ton église ? demanda Damon d'un air narquois. Honoria Fell était là avant toi.

— Ce vieux tas d'os ? marmonna Katherine.

Elle fixait un point derrière Elena, la bouche crispée, les yeux étincelants de haine. Ils se trouvaient face à son tombeau. Honoria viendrait peut-être à leur secours… Mais non, elle les avait bien prévenus : elle ne pouvait plus rien pour eux.

— C'est une vieille incapable, elle ne sait que radoter, déclara Katherine, comme si elle avait lu dans les pensées d'Elena.

Le visage de Katherine s'était dangereusement assombri. Aiguillonnée par la peur, Elena lança au hasard, dans l'espoir de faire diversion :

— Tu as tué le chien de Bonnie.

— Exact ! C'était jouissif ! Vous êtes sorties de la maison en courant et vous êtes mises à geindre, et à sangloter…

Katherine mima la scène en la caricaturant de façon grotesque : le chien gisant les quatre pattes en l'air, les filles se précipitant en se tordant les mains de désespoir.

— Il avait un goût immonde, mais c'était quand même drôle. Quant à Damon, je l'ai suivi plus d'une fois quand il se changeait en corbeau. J'aurais pu l'attraper et… couic.

Elle fit le geste de lui tordre le cou.

— Le rêve de Bonnie !

Stefan et Katherine la fixaient d'un air étonné. Elena ne s'était même pas rendu compte qu'elle avait parlé tout haut.

— Bonnie a rêvé de toi…, continua-t-elle. Mais elle a pensé que c'était moi. Elle m'a vue sous un arbre, différente, toute pâle et scintillante. Je l'effrayais. Un corbeau est passé, je l'ai attrapé et lui ai brisé le cou.

Elle déglutit péniblement.

— En fait, c'était toi, conclut-elle.

Katherine avait l'air absolument ravie.

— Beaucoup de gens rêvent de moi, déclara-t-elle d'un ton suffisant. Ta tante, par exemple. Je lui ai dit que tu étais morte par sa faute. Elle a cru que c'était toi qui lui parlais.

— Non…, gémit Elena.

— J'ai beaucoup regretté ta « résurrection », poursuivit Katherine d'une voix fielleuse. Je t'avais pourtant maintenue sous l'eau assez longtemps… Tu aurais dû mourir. Si tu n'avais pas bu leur sang… Eh bien, qu'à cela ne tienne.

Elle lui adressa un sourire cruel.

— J'aurais aimé jouer avec toi plus longtemps… Mais, vois-tu, le jour où Stefan t'a donné ma bague, j'ai perdu mon sang-froid. Ma bague ! Il avait osé te l'offrir en cadeau, à toi ! Il méritait de mourir.

Stefan avait l'air accablé.

— Mais tu avais disparu depuis si longtemps !

— Ça, c'était ma première supercherie : j'ai tout arrangé avec ma femme de chambre.

Elle regarda tour à tour Stefan et Damon d'un air furieux.

— Vous n'aviez pas accepté mon choix ! explosa-t-elle. Je voulais que nous soyons heureux ensemble. Je vous aimais tous les deux. Mais ça ne vous convenait pas !

L'expression de Katherine était à présent celle d'une jeune fille triste, ce qu'elle avait été à l'époque. Ses grands yeux bleus étaient remplis de larmes.

— Je voulais juste que vous vous aimiez..., poursuivit-elle. Votre refus m'a tellement blessée. J'ai cru que ma mort vous rapprocherait. Alors Gudren et moi avons tout organisé.

Elle s'interrompit, perdue dans ses souvenirs.

— Je me suis fait faire un autre talisman et je lui ai confié ma bague. Elle a pris ma plus belle robe blanche et l'a brûlée dans la cheminée en y ajoutant de la graisse pour que l'odeur soit vraisemblable. Puis elle a apporté les cendres dans le jardin, accompagnées d'un mot. Je n'étais pas sûre que ça marcherait. Mais vous avez tout gobé ! Ensuite, vous avez tout fait de travers. Vous étiez censés éclater en sanglots et tomber dans les bras l'un de l'autre. Au lieu de quoi vous avez tiré l'épée. Pourquoi ? s'écria-elle, sincèrement chagrinée. Pourquoi avez-vous refusé mon cadeau ? J'avais écrit dans la lettre que je voulais vous réconcilier. Mais vous avez méprisé mon vœu et vous êtes entre-tués. Pourquoi ?

Son visage était baigné de pleurs. Celui de Stefan aussi.

— Nous avons été stupides, murmura-t-il. Nous nous sommes bêtement accusés mutuellement de ta mort. Écoute-moi, Katherine. Tout est ma faute : c'est moi qui ai attaqué le premier. Tu ne peux pas savoir à quel point je l'ai regretté, combien de fois j'ai revécu la scène en rêvant de pouvoir la changer. J'aurais donné n'importe quoi pour revenir en arrière, pour ne pas tuer mon frère…

Sa voix se brisa. Elena se tourna vers Damon : il n'avait plus l'air amusé du tout et ne quittait pas Stefan des yeux.

— Katherine, je t'en prie, écoute-moi, reprit ce dernier d'une voix tremblante d'émotion. Nous avons tous assez souffert comme ça. Laisse-nous partir. Ou garde-moi, si tu veux, mais libère-les. Je suis le seul coupable. Fais de moi ce que tu voudras…

Une infinie tristesse voilait le regard de Katherine. Lorsqu'elle se dirigea vers Stefan, le visage radouci et vibrant de passion, ses cheveux d'or balayant le sol, Elena retint sa respiration. Mais le charme fut vite brisé : les yeux de Katherine avaient repris leur éclat froid quand elle arriva à la hauteur de Stefan. Ses larmes se figèrent sur ses joues.

— Trop tard, cingla-t-elle. Au début, j'ai été bouleversée par votre disparition. Je me suis enfuie en abandonnant Gudren. Mais je n'avais nulle part où aller, et j'avais faim et froid. Je serais morte sans Klaus.

Klaus. Elena se rappelait ce nom. C'était l'homme qui avait transformé Katherine en vampire. Les villageois disaient qu'il était l'incarnation du Mal.

— Klaus m'a fait comprendre où se trouve la vérité, poursuivit Katherine. Il m'a montré comment le monde marche réellement. Il faut être fort et prendre ce que l'on convoite sans s'occuper des autres. J'ai bien appris ma leçon : j'ai acquis des pouvoirs prodigieux. Vous voulez savoir comment ?

Elle enchaîna sans attendre leur réponse :

— Grâce à toutes les vies dont je me suis gavée. Il y en a eu tellement... Des être humains, bien sûr, mais aussi des vampires... Et toutes ces existences sont en moi maintenant. J'ai même tué Klaus il y a une centaine d'années. Il ne s'y attendait vraiment pas ! Il ne se doutait pas jusqu'où son enseignement avait porté ! J'étais pleinement satisfaite de mon sort, jusqu'à ce que je repense à vous deux, et à ce que vous m'aviez fait. Comment vous aviez traité mon cadeau. Vous méritiez d'être punis. C'est moi qui vous ai attirés ici : je t'ai guidé dans cette ville sans que tu t'en aperçoives, Stefan. Et j'ai agi de la même façon avec Damon, un peu plus tard. J'avais remarqué Elena, et sa ressemblance frappante avec moi. Nous sommes peut-être de lointaines parentes... Je savais que votre culpabilité se réveillerait en la voyant. Mais vous n'étiez pas censés tomber amoureux d'elle !

Le ton de Katherine redevint furieux.

— Vous n'étiez pas censés m'oublier ! Tu n'étais pas censé lui donner ma bague, Stefan !

— Katherine..., gémit-il.

— Vous m'avez trahie. Et vous allez le regretter. Surtout toi, Stefan. C'est toi que j'aimais le plus. C'est pour ça que je te hais tant maintenant.

Elle essuya les dernières traces de larmes sur son visage et se redressa d'un air digne.

— Quant à Damon, je n'éprouve pas pour lui la même répulsion. Il se pourrait même que je l'épargne…

Elle parut réfléchir. Et soudain, ses yeux s'écarquillèrent.

— Écoute Damon, commença-t-elle en baissant la voix. Tu n'es pas aussi niais que ton frère. Tu sais choisir ton camp quand il le faut. Et tu es capable de bien des choses…

Elle se pencha un peu plus vers lui.

— Je me sens seule depuis la mort de Klaus. Tu pourrais me tenir compagnie. Dis-moi que tu m'aimes plus que tout, comme autrefois, et nous partirons ensemble… Après les avoir tués, bien sûr. Je te laisse te charger de la fille, si tu veux. Tu es d'accord ?

Les yeux plongés dans ceux de Katherine, Damon semblait sonder son âme. Au bout de quelques secondes interminables, son petit air amusé réapparut sur son visage.

« Oh, non…, geignit intérieurement Elena. Pitié, non… »

Et lentement, il sourit.

15

Elena contemplait Damon d'un air terrorisé. Elle ne connaissait que trop bien ce rictus… Ça ne changeait rien pour elle et pour Stefan, de toute façon. Ils allaient mourir. Et il était logique que Damon sauve sa peau. Sa vraie nature ressortait, elle aurait dû s'y attendre.

Elle n'avait qu'un regret : celui de ne pas avoir réussi jusqu'au bout sa conversion.

Katherine était aux anges. Elle rendit son sourire à Damon.

— Nous serons si heureux ensemble ! Une fois que nous nous serons débarrassés d'eux, tu seras libre. Tu sais, je ne te voulais pas vraiment de mal. Je me suis juste laissée emporter par la colère…

Elle avança une main gracile pour lui caresser la joue.

— Pardonne-moi.

— Katherine, susurra-t-il, souriant toujours.

— Oui.

Elle s'approcha encore un peu plus.

— Katherine…

— Oui, Damon ?

— Va te faire voir.

L'air s'emplit aussitôt d'une redoutable menace. Le beau visage de Katherine était défiguré par une rage formidable, et ses yeux flamboyaient d'une lueur rouge qui la rendait monstrueuse. Elena ne put retenir un cri d'effroi. Katherine se rua sur Damon pour lui déchiqueter la gorge, tout en lui lacérant la poitrine : des serres effilées étaient apparues au bout de ses doigts.

Elena hurlait à pleins poumons, se débattant tellement que la corde lui sciait les poignets. Stefan criait aussi, pas assez fort néanmoins pour couvrir la voix stridente de Katherine qui s'adressait mentalement à Damon :

Tu vas le regretter ! Tu vas me supplier d'arrêter. Mais je te tuerai ! Je te tuerai ! Je te tuerai !

Les mots transperçaient Elena comme autant de poignards. La haine de Katherine était si terrible qu'Elena la ressentait dans tout son être : elle se répercutait en elle comme un écho, lui martelant violemment le crâne. *Je vais te tuer ! Je vais te tuer ! Je vais te tuer !* Elena s'évanouit.

Accroupie à côté de tante Judith dans la buanderie, Meredith essayait de discerner les allées et venues des chiens dans la cave toute proche. Ils avaient visiblement réussi à y pénétrer en brisant les fenêtres. Meredith n'aurait su dire ce qu'ils étaient en train de faire : un inquiétant silence régnait.

Margaret, blottie sur les genoux de Robert, se mit à pleurnicher.

— Chuuut, lui souffla-t-il. Tout va bien, ma chérie, n'aie pas peur.

Meredith croisa son regard déterminé. Et dire qu'ils l'avaient suspecté d'être la force maléfique…

— Je veux Elena…, gémit Margaret. Elle a dit qu'elle me protégerait…

Tante Judith lui posa un doigt sur la bouche.

— Mais elle te protège ! déclara Meredith. Je suis là parce qu'elle me l'a demandé, je t'assure !

Robert lui adressa un froncement de sourcils plein de reproches.

Des coups de griffes et de crocs retentirent contre le bois de la porte, et il pressa un peu plus Margaret contre sa poitrine.

Bonnie avait l'impression que l'assaut durait depuis des heures. Les chiens étaient parvenus à défoncer les vieilles portes. Jusqu'ici, cependant, seuls une demi-douzaine d'entre eux avaient franchi les barrières de feux, et des hommes armés de fusils s'étaient chargés de les accueillir.

Mais M. Smallwood et ses amis étaient à court de munitions, et les matériaux de combustion commençaient à manquer.

Vickie avait fait une crise d'hystérie, hurlant la tête entre les mains comme si quelque chose d'invisible l'attaquait. Lorsqu'on essaya de la maîtriser, elle perdit connaissance.

Bonnie rejoignit Matt, dont le regard était perdu vers l'extérieur. Elle savait bien à quoi il pensait.

— Tu n'avais pas le choix, Matt, lui dit-elle. Tu n'aurais rien pu faire si tu étais resté.

Il demeura sans réaction.

— Le jour va bientôt se lever : peut-être que les chiens partiront…, suggéra-t-elle sans grande conviction.

Comme Matt restait muet, elle lui mit la main sur l'épaule.

— Ne t'inquiète pas. Stefan est avec elle…

Enfin, Matt hocha la tête.

— Oui…

Soudain, un autre chien jaillit des ténèbres.

Ce fut bien plus tard qu'Elena reprit connaissance : elle s'en rendit compte grâce à la faible lueur du jour qui filtrait par l'ouverture.

Damon gisait sur le sol, ses vêtements en lambeaux, au milieu de ses liens tranchés. Il était affreusement blessé, au point qu'Elena douta qu'il fût encore en vie.

Damon ? appela Elena, sans tout de suite se rendre compte qu'elle utilisait la transmission de pensée. Les hurlements de Katherine devaient avoir réveillé ses pouvoirs. Ou était-ce le sang de Matt ? Comme elle ne recevait pas de réponse, elle tourna la tête de l'autre côté. *Stefan ?*

Elena… Son visage ravagé par la douleur faisait peine à voir.

Où est-elle ? demanda Elena en parcourant prudemment la pièce du regard. Stefan lui indiqua l'entrée des yeux.

Elle est montée... Peut-être pour voir où sont les chiens.

Les autres ! Elena les avait oubliés… Quelle horreur ! Qu'est-ce qui allait leur arriver ?

Elena, je suis désolé... Sa détresse était indicible.

Tu n'y es pour rien, Stefan. Ce n'est pas ta faute si elle est devenue comme ça. Et... ce n'est peut-être pas la sienne non plus...

Elena se rappelait trop bien la façon dont elle-même avait attaqué Stefan, et la haine qui l'avait submergée en face de M. Smallwood.

Qui sait ? J'aurais peut-être agi comme ça, à sa place...

Non ! Tu n'aurais jamais été jusque-là !

Elena ne répondit pas. Qu'est-ce qu'elle infligerait à Katherine si elle avait ses pouvoirs ? Mais ne voulant pas attrister davantage Stefan, elle changea de sujet.

J'ai vraiment cru que Damon allait nous lâcher.

Moi aussi, répliqua-t-il en contemplant son frère.

Tu le détestes toujours ?

Non, répondit-il sans hésitation. *C'est fini, je ne le hais plus.*

Même si ça ne les empêcherait pas de mourir, Elena était soulagée.

Soudain, elle aperçut une ombre se profiler à l'entrée. Tous ses sens furent en alerte.

Elle revient, Elena..., la prévint Stefan.

Je t'aime, conclut celle-ci en voyant une forme brumeuse s'approcher.

Katherine se matérialisa devant eux.

— Tiens, je vous avais presque oubliés..., commença-t-elle. Figurez-vous que votre présence ici me contrarie grandement : vous bloquez mon tunnel.

Elle jeta un coup d'œil par-delà Elena, vers le trou dans le mur.

— J'emprunte ce couloir d'habitude, poursuivit-elle en ignorant le corps de Damon gisant à ses pieds. Il se prolonge sous la rivière. Comme ça, je ne passe pas au-dessus de l'eau courante, mais en dessous !

Sa ruse semblait beaucoup la réjouir.

En dépit de sa terreur, le cerveau d'Elena fonctionnait à toute allure : comment avait-elle pu soupçonner Damon ! Il avait traversé la rivière avec eux dans la voiture d'Alaric en venant ! Il n'aurait pas pu être la force maléfique…

— Je vais vous tuer, annonça tranquillement Katherine. Ensuite, j'irai en faire autant avec vos amis. Les chiens ne s'en sont pas encore chargés. J'irai terminer le travail avec un plaisir infini !

— Laisse au moins partir Elena…, implora Stefan.

— Je me demande comment je vais m'y prendre avec vous, continua-t-elle sans se soucier de celui-ci. Pourquoi ne pas vous faire brûler vifs ? Il y a presque assez de lumière maintenant. Et… j'ai ceci.

Elle brandit le poing.

— Tintintin…, claironna-t-elle en ouvrant la main.

Trois bagues allèrent rouler par terre : une en or et deux en argent, toutes serties d'une pierre bleue identique à celle qui ornait son cou.

Elena porta par réflexe la main à son doigt : il était nu. Elle n'aurait jamais cru se sentir aussi démunie sans son anneau…

— Pourtant…, continua Katherine en effleurant les bijoux du bout du pied. J'hésite encore… Cette mort me paraît trop douce pour vous…

Elle arpenta la pièce, sa robe scintillant de reflets argentés dans le clair-obscur.

Elena se rendit alors compte que ses liens s'étaient légèrement desserrés, assez en tout cas pour ne plus avoir les mains engourdies. L'espoir lui revint… Certes, même libre, elle ne pourrait pas grand-chose contre Katherine, mais il fallait quand même essayer.

Elle se mit à agiter les poignets : la corde se détendit imperceptiblement.

— Je pourrais vous ouvrir les veines et vous regarder vous vider de votre sang. J'adore le voir couler…

Elena tira violemment sur le lien, ce qui lui martyrisa le poignet. Au bout de quelques instants de lutte acharnée, la corde glissa en lui brûlant la peau.

— Il y a aussi les rats… Ça pourrait être très drôle de leur ordonner de vous grignoter lentement.

Libérer l'autre main fut beaucoup plus facile. Elle essaya de ne rien laisser paraître sur son visage, résistant à l'envie d'appeler mentalement Stefan. Katherine risquerait de l'entendre.

Celle-ci vint se planter devant lui.

— Je vais commencer par toi, dit-elle en se penchant sur son visage. J'ai encore faim… et tu as si bon goût.

Un rectangle de lumière se dessinait sur le sol. Katherine était sortie tout à l'heure dans la lueur de l'aube. Seulement, elle était protégée par son talisman…

Ses yeux pétillèrent d'excitation.

— J'ai une idée ! s'exclama-t-elle. Je vais boire ton sang jusqu'à ce que tes forces s'évanouissent, et juste avant que tu meures, je la tuerai sous tes yeux. Qu'est-ce que vous en dites ?

Elle se mit à gambader joyeusement en applaudissant.

Elena ne la quittait pas des yeux, priant pour qu'elle fasse encore un pas. Juste un petit pas… Elle ne fut pas longue à être exaucée.

— Prépare-toi à mourir ! lança Katherine à Stefan.

Elle se retournait déjà, lorsque Elena se rua sur elle dans une tentative folle. C'était l'ultime bond d'un chat sautant sur plus fort que lui…

Percutant Katherine de tout son poids, elle fut projetée avec elle dans le rectangle de lumière. Une douleur atroce l'envahit aussitôt, comme si elle était plongée dans un bain d'acide : tout son corps la brûlait insupportablement.

— Elena ! hurla Stefan.

L'effet de surprise passé, Katherine revint à la charge : sa bouche se tordit de rage, et d'immenses crocs en jaillirent dans un grondement sinistre.

Elena parvint à lui saisir la gorge : ses doigts se refermèrent sur son collier. Elle tira comme une forcenée, et la chaîne céda. Katherine lui laboura la main de ses griffes pour qu'elle lâche le talisman, qui finit par lui échapper, allant se perdre dans un coin obscur.

— Elena ! cria de nouveau Stefan.

Elle avait l'impression que son corps était éclairé de l'intérieur : la lumière dont elle était traversée la faisait terriblement souffrir. Quant à Katherine, son monstrueux visage baignait en plein soleil, et un horrible cri transperçait sa gorge.

Elena, trop affaiblie pour se relever, ne la quittait pas des yeux : sa peau était en train de se fissurer, et des sillons de feu s'ouvraient dans sa chair. Ses hurlements étaient assourdissants. Enfin, ses cheveux s'enflammèrent, et sa peau fut carbonisée.

Elena sentit qu'on l'attrapait par les épaules pour la tirer hors du rectangle de lumière. La fraîcheur de l'ombre lui fit l'effet d'une source glacée. On l'enlaça, on la berça. Les bras de Stefan lui apparurent : ils étaient rouges là où ils avaient été exposés à la lumière, et portaient les profondes marques des cordes. Son visage penché sur le sien exprimait la plus grande horreur. Puis la vue d'Elena se brouilla, et ce fut le noir.

Meredith et Robert luttaient courageusement contre les mâchoires déchiquetant la porte. Au plus fort de la bataille, l'agressivité des chiens disparut comme par enchantement : les yeux vitreux, ils s'immobilisèrent dans le plus grand silence.

Meredith jeta un coup d'œil perplexe à Robert. Elle n'osait y croire…

Le cri de Vickie s'arrêta net, et l'animal qui avait planté ses crocs dans la cuisse de Matt se raidit. Un soubresaut l'agita, puis il desserra son étreinte. Bonnie, à bout de souffle, pivota vers le feu mourant : de l'autre côté, leurs attaquants ne bougeaient plus.

Matt et Bonnie s'appuyèrent l'un contre l'autre, regardant autour d'eux avec stupeur. La neige avait cessé.

Elena rouvrit lentement les yeux. La pièce était claire et calme. Elle était soulagée que le vacarme ait cessé. Elle ne souffrait plus du tout à présent, en dépit de son corps de lumière. Elle avait même l'impression de flotter librement dans l'air, comme débarrassée de son enveloppe charnelle. Ce bien-être la fit sourire.

Tournant la tête, elle distingua, dans la tache de soleil, les restes fumants d'une robe. Le mensonge de Katherine était finalement devenu réalité, cinq cents ans plus tard…

— Stefan…, soupira-t-elle en souriant.

Comme c'était bon de prononcer son nom !

— Je ne voulais pas que les choses se passent comme ça, dit-elle tristement.

Il souriait à travers ses larmes.

— Je sais, Elena.

Elle était heureuse qu'il la comprenne si bien. Elle savait clairement ce qui comptait vraiment maintenant.

Et être en symbiose avec Stefan était ce qui lui importait le plus au monde.

Il lui semblait qu'elle ne l'avait pas vraiment regardé depuis une éternité. Qu'il était beau ! C'était comme si son âme scintillait au fond de ses pupilles. Ça valait la peine d'avoir sacrifié sa vie pour lui, même si elle aurait bien profité encore un peu de l'existence. Elle ne regrettait rien…

— Je t'aime, murmura-t-elle.

— Je t'aime, dit-il en lui étreignant la main.

Elle flottait toujours en apesanteur… Quelle impression étrange ! Elle sentait à peine les bras de Stefan autour d'elle. Ça avait quelque chose de terrifiant, mais tant qu'il était là, elle ne craignait rien.

— Les gens du bal, ils sont hors de danger maintenant ? demanda-t-elle.

— Oui. Ils sont sains et saufs. Grâce à toi.

— Je n'ai pas dit au revoir à Bonnie et à Meredith. Ni à tante Judith… Tu leur diras que je les aime, hein ?

— Promis.

— Attends, souffla une voix rauque.

Damon s'était traîné jusqu'à eux. Sur son visage écorché, strié de sang, ses yeux sombres brillaient intensément.

— Tout n'est pas encore perdu, Elena… Tu dois t'accrocher. Il suffit de le vouloir très fort…

Elle lui adressa un faible sourire. Cet épilogue entrait dans l'ordre des choses. Les quinze jours écoulés depuis sa noyade n'avaient été qu'un sursis pour accomplir les tâches qui lui restaient : rétablir la paix parmi les habitants, se racheter auprès de Matt, faire ses adieux à Margaret, et dire à Stefan qu'elle l'aimait. Voilà tout. La période de grâce s'achevait.

Pourtant, elle ne voulait pas blesser Damon. Elle éprouvait de l'affection pour lui.

— Je vais essayer…

— On te ramène à la surface, décida-t-il.

— Pas tout de suite, l'implora-t-elle. Tout à l'heure…

L'étincelle s'éteignit au fond de ses yeux noirs. Damon avait compris.

— Je n'ai pas peur, assura-t-elle. Enfin, pas trop.

Elle glissait dans une sorte d'agréable somnolence. Ce qui l'entourait lui semblait flou, lointain. Mais en pensant à toutes les choses qu'elle aurait pu faire encore, son cœur se serra. Elle était triste de quitter ce monde.

— Oh…, souffla-t-elle. Comme c'est étrange…

Les murs de la crypte s'étaient effacés, laissant place à une masse nuageuse dans laquelle une porte s'entrouvrait. Une lumière éblouissante filtrait derrière.

— Que c'est beau… Stefan, je suis si fatiguée…

— Tu peux te reposer maintenant.

— Tu restes là ?

— Oui.

— Alors, je n'ai pas peur.

Quelque chose brillait sur le visage de Damon. Elle tendit la main pour l'effleurer.

— Ne sois pas triste, lui dit-elle en sentant une larme au bout des doigts.

Elle s'inquiétait pour lui : qui serait là pour le comprendre ? Qui l'aiderait à chasser ses démons ?

— Vous prendrez bien soin l'un de l'autre…

Un soupçon de force lui revint, comme la flamme mourante d'une bougie se ravivant au vent.

— Tu me le promets, Stefan ?

— Oui, promis. Oh ! Elena…

La fatigue lui fermait les paupières, le sommeil cherchait à l'engloutir.

— Alors, je pars tranquille…

Elle s'était rapprochée de la porte au point de pouvoir la toucher. Ses parents l'attendaient peut-être derrière…

— Cette fois, je m'en vais…, murmura-t-elle.

Et elle entra dans la lumière.

Stefan, le visage baigné de larmes, resta un long moment à contempler ses paupières fermées. Il était rempli d'un amour infini, sans colère ni haine, comme le jour où il l'avait sortie de la rivière. La souffrance n'en était que plus grande.

Il posa enfin les yeux sur le rectangle de soleil. Il suffirait de faire un pas de côté pour la rejoindre… Il se leva sans un regard pour sa bague, par terre, et se dirigea vers la tache aveuglante.

Une main le tira par le bras. Stefan se tourna pour rencontrer les yeux sombres et farouches de son frère. Celui-ci lui passa au doigt l'anneau qu'il venait de ramasser. Enfin, il le libéra.

— Maintenant, tu peux aller où tu veux, déclara-t-il en se rasseyant péniblement.

La bague que Stefan avait donnée à Elena gisait à son côté : il la lui tendit.

— Celle-ci aussi est à toi. Prends-la et va-t'en, ordonna-t-il en se détournant.

Stefan fixa un long moment le bijou dans sa paume. Puis ses doigts se refermèrent dessus, et son regard se reporta sur Damon. Les paupières de son frère étaient closes, sa respiration difficile, ses traits marqués par la souffrance. Il avait l'air épuisé. La promesse faite à Elena résonnait encore dans l'esprit de Stefan.

— Viens, dit-il en glissant la bague dans sa poche. Cherchons un endroit où tu pourras te reposer.

Il saisit Damon à bras-le-corps pour l'aider à se relever.

16

Lundi 16 décembre

Stefan m'a donné ce carnet. Il est en train de vider sa chambre, alors il se débarrasse de ce qu'il peut. Au début, je n'en voulais pas. Et puis j'ai changé d'avis en constatant que pas mal de gens disaient n'importe quoi sur les derniers événements...

Ou bien ils ont la mémoire courte, ou bien c'est leur imagination qui s'emballe. Le pire, c'est qu'ils sont persuadés de pouvoir tout expliquer de façon rationnelle. Ils ne veulent rien entendre de la version « surnaturelle ».

Les adultes, surtout. Ils sont convaincus que les chiens étaient atteints d'hydrophobie... Le vétérinaire a même trouvé une nouvelle maladie, une sorte de rage qui serait transmise par les chauves-souris ! Meredith trouve ça drôle parce que ce n'est pas si éloigné que ça de la vérité. Moi je dis que c'est débile.

Ceux qui se trouvaient au bal sont moins bornés... Certains d'entre eux, comme Sue et Vickie, ont compris qu'il s'était passé quelque chose d'anormal. Vickie a tellement changé en deux jours que ça relève du miracle. Et elle n'a plus rien à voir avec la pétasse qu'elle était avant son agression. Maintenant, c'est une fille vraiment super.

Même Caroline est transformée. Dans son discours, lors de l'enterrement, elle a déclaré que seule Elena méritait le titre de reine. D'accord, elle a presque repris mot pour mot le précédent éloge de Sue. Mais ça partait d'un bon sentiment.

Elena paraissait si sereine. Comme si elle dormait. Je sais que ça fait un peu cliché d'écrire ça, mais c'est vrai.

Après la cérémonie, j'ai entendu des gens parler « de la façon extraordinaire dont elle avait échappé à la noyade ». Ils ont prétendu qu'elle était morte d'une embolie... Ridicule ! C'est en les entendant déblatérer ces conneries que j'ai eu mon idée.

Je vais récupérer le second journal d'Elena et demander à Mme Grimesby de mettre les deux carnets à la bibliothèque. Pas au fond d'un rayon, comme celui de Honoria Fell, mais à la disposition de tous. Comme ça, la vérité éclatera au grand jour. Et elle ne risque pas de tomber dans l'oubli...

Comme je sais qu'Elena aurait tenu à un épilogue, voici des nouvelles des autres.

Tante Judith va plutôt bien. Même si elle ne croit pas du tout à notre version des faits. Il lui faut du rationnel. Robert et elle vont se marier à Noël. Ce sera bien pour Margaret.

Elle est drôlement futée pour une gamine de quatre ans ! Elle m'a dit qu'elle reverrait Elena et ses parents un jour, mais pas tout de suite, parce qu'elle avait encore plein de choses à vivre ici. Je ne sais pas qui lui a mis cette idée en tête...

Quant à Alaric et Meredith, on peut dire qu'ils vont bien. Très bien même. Une fois le calme revenu, ils se sont pratiquement tombés dans les bras... Meredith dit pourtant qu'elle attendra ses dix-huit ans pour passer aux choses sérieuses...

C'est toujours pareil : je suis la seule à ne pas trouver de mec. Je crois que je vais essayer un des rituels de ma grand-mère, histoire de voir si je vais quand même finir par me marier ! En tout cas, pour l'instant, je n'ai personne en vue.

Enfin... Il y a bien Matt. Il est super mignon. Mais, en ce moment, il a une autre fille en tête...

Il a foutu son poing en plein dans la tronche de Tyler après la cérémonie. Ce salaud avait dit quelque chose d'ignoble sur Elena. Il ne changera jamais, celui-là, c'est certain. Il restera toujours un pauvre con.

Mais Matt... Il a de super beaux yeux bleus... et un sacré coup droit.

Stefan n'a pas tabassé Tyler pour la bonne raison qu'il n'était pas là. Pas mal de gens pensent qu'il a tué Elena, vu qu'il n'y avait que lui quand les secours sont arrivés. Et les cendres de Katherine étaient déjà éparpillées. Stefan croit qu'Elena n'est pas partie en fumée parce qu'elle était jeune, contrairement à Katherine. Il n'y a que les « vieux » vampires qui se consument, apparemment ! S'il avait su ça il y a cinq cents ans, il ne se serait pas fait avoir...

Certains, comme M. Smallwood et sa clique, voudraient bien accuser Damon. Seulement, Stefan l'avait aidé à se cacher avant qu'ils rappliquent. Sans doute dans la forêt. Ensuite, Damon a quitté Fell's Church. C'est en tout cas ce que Stefan m'a dit, et ça n'avait pas l'air de lui faire plaisir. Il est sans doute parti sans le prévenir. Je me demande comment il a tourné... S'il se régale du sang d'innocentes jeune filles en ce moment même... Difficile de savoir. C'était un mec étrange. Bien que canon.

Stefan aussi va s'en aller. Sans doute pour retrouver son frère. Il a promis de veiller sur lui, et il n'est pas du genre à revenir sur sa parole.

J'espère que Damon ne va pas l'envoyer bouler. Ça le rendrait très malheureux de ne pas pouvoir exaucer le dernier vœu d'Elena. Il n'y a que ça qui pourrait lui apporter un peu de consolation. Il porte sa bague à son cou, au bout d'une chaîne.

J'ai peut-être l'air détaché, mais c'est tout le contraire. Si quelqu'un lit ce journal, il pensera sans doute que je n'en ai rien à faire d'Elena. Et ça, ça m'énerve rien que d'y penser. ~~Qu'il vienne me le dire en face, s'il ose~~. Meredith et moi n'avons pas arrêté de pleurer pendant deux jours. J'étais tellement en colère que j'ai failli tout casser. Je n'arrêtais pas de me demander pourquoi c'est Elena qui a dû payer pour les autres. C'est tellement injuste !

Elle s'est sacrifiée pour sauver tous ces gens ! Voilà, je me remets à pleurer. C'est toujours comme ça quand on trouve la vie dégueulasse. J'ai envie d'aller trouver Honoria Fell pour lui demander le sens de tout ça. Mais je sais qu'elle ne me dira rien. Personne ne peut répondre à cette question.

Elena va terriblement me manquer. Comme à tout le monde ici, d'ailleurs. Une lumière s'est éteinte. Selon Robert, son prénom signifie « éclat du soleil » en grec. Désormais, une partie de moi est plongée dans l'obscurité.

J'aurais tant voulu lui dire adieu. Elle l'a fait par l'intermédiaire de Stefan. C'est comme un dernier cadeau, comme une petite flamme qui me console un peu.

Voilà, c'est tout ce que je voulais écrire. Stefan est sur le point de s'en aller. Nous allons lui dire au revoir. Je ne m'attendais pas à en raconter autant : c'est la première fois que je tiens un journal. Mais je veux qu'on sache la vérité sur Elena.

Ce n'était pas une sainte. Elle n'était pas toujours douce, ou bonne, ou honnête, ou agréable. Mais elle était forte, passionnée et loyale avec ses amis. Et elle a fini par faire don de sa vie... Elle a choisi la lumière contre les ténèbres, comme dit Meredith. Et ça, les gens doivent le savoir et s'en souvenir.

Moi, je n'oublierai jamais.

Bonnie McCullough

DEUXIÈME PARTIE

Les ténèbres

1

Caroline tentait de réconforter Bonnie.

— Ce sera comme au bon vieux temps, tu verras, lui assura-t-elle.

Pourtant, depuis la mort d'Elena, plus rien n'était comme avant. Et la soirée que Caroline voulait donner n'y changerait rien, au contraire. Bonnie ne la sentait pas du tout, cette fête.

— De toute façon, protesta-t-elle, l'anniversaire de Meredith est passé. Je ne vois pas pourquoi tu tiens tant à lui fêter…

— Parce qu'elle n'a pas eu de soirée digne de ce nom ! Et mes parents nous laissent la maison toute la nuit ! Allez, Bonnie, elle va être super surprise !

Justement, Meredith détestait ce genre d'imprévus… Elle allait étriper Bonnie pour lui avoir monté un coup pareil !

— Écoute, Caroline, si elle n'a rien organisé, c'est parce qu'elle n'a pas envie de s'amuser en ce moment. Tu trouves pas ça un peu déplacé dans les circonstances actuelles ?

— Parce que tu crois qu'Elena aimerait qu'on se morfonde jusqu'à la fin de notre vie ? Elle qui adorait les fêtes ! Je suis sûre qu'elle voudrait qu'on s'amuse !

Pour une fois, Caroline avait l'air profondément sincère.

— J'aimerais tellement qu'on redevienne amies comme avant, continua-t-elle. Tu te souviens : les mecs cherchaient tout le temps à s'incruster à nos soirées d'anniversaire. Peut-être qu'ils essaieront encore cette fois-ci…

La ténacité de Caroline désarmait Bonnie : elle parlait du passé de façon si nostalgique qu'elle avait presque envie de lui faire plaisir. Pourtant son projet ne lui disait rien qui vaille.

— Je te rappelle qu'on n'est plus que trois…, objecta-t-elle quand elle put placer un mot.

— Eh bien, je vais inviter Sue Carson. Meredith s'entend bien avec elle, hein ?

Bonnie ne pouvait pas dire le contraire : tout le monde aimait cette fille. Pourtant, l'obstination de Caroline l'énervait. Comme si Elena pouvait être remplacée !

Une idée lui passa soudain par la tête.

— C'est d'accord pour la surprise, mais à une condition : tu dois inviter Vickie Bennett.

Caroline ouvrit des yeux ronds.

— Cette tarée qui a voulu se foutre à poil devant tout le monde ? Tu rigoles, j'espère ?

— C'est pas sa faute, la pauvre. Et puis, elle a beaucoup changé, tu sais. Rien à voir avec la pétasse qu'elle était avant. D'ailleurs, ses anciens copains ont peur d'elle, maintenant. Bref, elle n'a plus d'amis, et nous, on a besoin de monde. Alors, proposons-lui de venir.

Caroline ne semblait pas convaincue. Mais Bonnie la regardait sans ciller.

— Bon… O.K., soupira-t-elle finalement. Elle peut venir… Mais t'as pas intérêt à faire de gaffe avec Meredith. Elle ne devra se douter de rien quand tu l'amèneras chez moi samedi soir. Je tiens absolument à lui faire la surprise.

— Elle va pas être déçue, ironisa Bonnie.

— Génial ! s'écria Caroline en se jetant littéralement sur elle. Je suis tellement contente qu'on soit d'accord !

Elle s'éloigna à toutes jambes sans laisser à Bonnie le temps d'émettre la moindre objection.

« Me voilà dans un sacré pétrin, pensa-t-elle. Elle est plus têtue qu'une bourrique, ma parole. Mieux vaut aller tout raconter à Meredith. »

Pourtant, après réflexion, elle décida de n'en rien faire. Ça ne servait à rien de stresser son amie. Autant que ce soit une surprise, finalement, puisque Caroline y tenait.

Elle écrivit à ce propos dans son journal :

Je suis peut-être injuste avec Caroline. Ses regrets paraissent sincères, après tout. C'est vrai qu'elle a fait les pires crasses à Elena et Stefan. Mais tout le monde a droit à une deuxième chance. Et puis, sa fête sera peut-être sympa...

« Et peut-être que des extraterrestres me kidnapperont avant la catastrophe, se dit-elle. On peut toujours rêver… »

Elle referma son journal, un carnet tout simple à la couverture imprimée de minuscules fleurs. Elle ne pouvait plus s'en passer depuis qu'elle avait commencé à écrire dedans, après la mort d'Elena. C'était la seule façon de raconter tout ce qu'elle avait sur le cœur sans choquer personne.

Lorsqu'elle éteignit la lumière pour se pelotonner dans son lit, toutes ses pensées allèrent à son amie disparue.

Elle était assise dans une prairie verdoyante qui s'étendait à l'infini. Le ciel était d'un bleu uniforme, l'air chaud et délicieusement parfumé. Les oiseaux gazouillaient.

— Je suis si contente que tu aies pu venir, déclara Elena.

— Euh… moi aussi…, répliqua Bonnie en jetant des coups d'œil autour d'elle.

Son regard se porta de nouveau sur Elena.

— Encore un peu de thé ? proposa celle-ci.

Elle tenait entre ses doigts graciles une tasse aussi fine qu'une coquille d'œuf.

— Euh… oui. Merci.

Elena portait une robe de mousseline blanche vaporeuse qui lui collait au corps, révélant son extrême minceur. Elle servit le breuvage lentement, sans en verser une seule goutte à côté.

— Veux-tu une souris ?

— Comment ?

— J'ai dit : veux-tu un canapé avec ton thé ?

— Ah ! Un canapé. Oui, je veux bien.

Elle lui tendit une tranche de pain moelleux, sans croûte, recouverte de mayonnaise et de fines rondelles de concombre.

Bonnie avait l'impression d'être au beau milieu d'un tableau de Seurat tant la scène était charmante. Elle venait de reconnaître Warm Springs, leur lieu de pique-nique habituel. Pourtant le sujet de leur discussion lui paraissait incongru ; elles avaient certainement des choses plus importantes à se dire.

— Qui t'a coiffée ? demanda Bonnie.

Elena n'avait jamais été capable de s'occuper toute seule de ses cheveux.

— Ça te plaît ? s'enquit-elle en posant la main sur la torsade soyeuse et dorée de sa nuque.

— Très joli, la complimenta Bonnie.

Elle se serait crue à une réunion Tupperware.

— Tu sais, les cheveux, c'est capital, déclara son amie en plantant son regard dans le sien.

Ses yeux, aussi purs que des lapis-lazuli, brillaient d'une lueur étrange. Bonnie passa la main sur ses propres boucles d'un air décontenancé.

— Mais le sang est tout aussi important, continua Elena.

— Le sang ? répéta Bonnie, d'un air ahuri. Oui… bien sûr.

Qu'est-ce qu'elle racontait ? Cette conversation sans queue ni tête la mettait sérieusement mal à l'aise. Elle eut soudain l'impression d'avancer en terrain miné.

— Oui… tu as raison, reprit-elle prudemment, du bout des lèvres.

— Un autre canapé ?

— Oui. Merci.

Elle lui en offrit un au fromage et à la tomate, puis mordit elle-même délicatement dans le sien. Bonnie l'observait avec une inquiétude grandissante.

Et pour cause : un liquide boueux se mit à dégouliner du sandwich.

— Qu'est… Qu'est-ce que c'est que ça ? bafouilla-t-elle, terrorisée.

Elle aurait voulu s'enfuir en criant mais elle était paralysée. Une épaisse goutte marron tomba sur la nappe à carreaux. C'était bien de la boue.

— Elena… Qu'est-ce que…

— Oh, tu sais, on mange tous ça ici, rétorqua celle-ci en découvrant des dents maculées de terre.

Ce n'était pas sa voix, mais celle d'un homme – désagréable et déformée.

— Tu t'y feras…

L'air, devenu soudain oppressant, véhiculait une écœurante odeur de pourriture. Des fosses obscures étaient apparues dans le paysage ; la prairie avait laissé place à un terrain vague envahi de mauvaises herbes et de ronces. Elle ne se trouvait plus à Warm Springs mais dans le vieux cimetière ! Les tombes semblaient fraîchement creusées.

— Une autre souris ? proposa Elena en ricanant.

Bonnie regarda son sandwich à moitié entamé et hurla : une queue rose en pendait. Elle le jeta aussi loin qu'elle put ; il alla s'écraser mollement contre une pierre tombale. Elle se leva, au bord de la nausée, se frottant fébrilement les mains sur son jean.

— Ne t'en va pas, intervint son amie. Les autres viennent d'arriver.

Le visage d'Elena enlaidissait à vue d'œil : ses cheveux tombaient par poignées, et sa peau devenait grise et parcheminée.

Des créatures indistinctes grouillaient dans l'assiette de sandwichs, d'autres émergeaient des trous béants. Bonnie s'était mis les mains sur les yeux pour faire cesser cette vision d'horreur.

— Tu n'es pas Elena ! cria-t-elle en s'enfuyant.

Une violente rafale lui rabattit les cheveux sur le visage, obstruant sa vue. Elle se dirigea vers le pont à l'aveuglette, sa poursuivante sur les talons. Enfin, elle buta sur quelque chose.

— Je t'attendais, souffla un squelette gris aux longues dents tordues.

Il portait la robe d'Elena.

— Écoute-moi, Bonnie, reprit-t-il en lui saisissant le bras avec une force démesurée.

— Tu n'es pas Elena ! Tu n'es pas Elena ! cria Bonnie, au comble de l'hystérie.

— Écoute-moi, Bonnie !

C'était la voix de son amie, cette fois, ni odieusement moqueuse, ni masculine, ni dissonante, mais pressante. Elle semblait venir de derrière elle, traversant son rêve comme un souffle froid.

— Bonnie, écoute, vite…

Les images se brouillèrent : les mains osseuses sur ses bras, le cimetière rempli de formes mouvantes. La voix d'Elena, d'abord très claire, se troubla comme dans une communication parasitée. Bonnie ne parvint qu'à en saisir quelques bribes :

— … il tord les choses, les change. Il est beaucoup plus fort que moi…

Bonnie manqua certains mots.

— … mais c'est très important. Tu dois te dépêcher… Tu dois trouver…

Le son de sa voix diminuait.

— Elena ! Je ne t'entends plus ! s'affola Bonnie.

— … un rituel simple… seulement deux ingrédients… je te les ai indiqués…

— Elena ! hurla Bonnie en se redressant dans son lit.

2

— Voilà, je ne me souviens de rien d'autre, conclut Bonnie.

Meredith et elle descendaient Sunflower Street, une rue tranquille bordée de hautes demeures victoriennes.

— T'es sûre que c'était Elena ?

— Certaine. Elle essayait de me dire quelque chose. À la fin, je ne l'entendais presque plus, mais j'ai compris que c'était très important pour elle. Qu'est-ce que t'en penses ?

— Ton histoire de canapés à la souris et de tombes ouvertes, ça ressemble à un mélange de Stephen King et de Lewis Caroll…, répondit Meredith en haussant un sourcil joliment arqué. Tu as trop lu, c'est tout.

Elle avait probablement raison. Pourtant, Bonnie était obsédée par ce rêve depuis le matin, au point d'en oublier ses autres préoccupations. Et maintenant qu'elles s'approchaient de la maison de Caroline, l'appréhension de la veille revint à la charge. Elle regrettait de ne pas avoir mis Meredith au courant…

Celle-ci leva les yeux vers les fenêtres éclairées de la façade.

— Je ne comprends toujours pas pourquoi tu veux absolument récupérer ces boucles d'oreilles ce soir…, lança-t-elle.

— Elles sont super jolies, tu verras ! répliqua Bonnie, une note de joie forcée dans la voix.

Il n'était plus temps de revenir en arrière. Meredith la dévisagea un instant. Puis elle frappa à la porte.

— J'espère que Caroline est sortie. Sinon, on va se la coltiner toute la soirée.

— Caroline chez elle un samedi soir ? Ne sois pas ridicule ! s'esclaffa Bonnie d'un rire terriblement faux.

— On dirait qu'il n'y a personne, fit remarquer Meredith.

Elle frappa de nouveau. Prise de panique, Bonnie sortit la première chose qui lui traversa l'esprit :

— Je t'ai bien eue !

La main sur la poignée, Meredith s'arrêta dans son élan et se tourna vers elle :

— Qu'est-ce que tu racontes ? Tu disjonctes ou quoi ?

Tandis que la porte s'ouvrait, Bonnie lui agrippa le bras en la regardant d'un air désolé.

— Meredith, s'il te plaît, ne m'étripe pas !

— Surprise !!!

— Essaie d'avoir l'air content, souffla Bonnie en la poussant dans la pièce.

Une pluie de confettis les accueillit. Affichant elle-même un grand sourire, elle marmonna entre ses dents :

— Tu me tueras plus tard. Pour l'instant, souris.

La salle était décorée de ballons, et des cadeaux s'entassaient sur la table basse, où se dressaient des orchidées – parfaitement assorties au foulard imprimé de feuilles de vigne de Caroline. « Pourquoi ne pas se mettre carrément des fleurs sur la tête ! » pensa Bonnie.

— J'espère que t'avais pas un super plan pour ce soir, dit Sue d'un air inquiet.

— Rien d'immanquable, répliqua laconiquement Meredith.

Elle finit par sourire, au grand soulagement de Bonnie. Le pire était passé.

Sue était une des rares personnes à ne pas s'être retournée contre Elena. À l'enterrement, son discours avait ému l'assistance. Personne ne pouvait la haïr.

— On va faire une photo de groupe ! s'exclama Caroline en plaçant ses amies derrière les orchidées. Vickie, tu nous prends ?

Jusqu'à cet instant, celle-ci s'était tenue discrètement à l'écart.

— Euh… oui, répondit-elle en repoussant nerveusement ses longs cheveux châtains.

Elle s'empara de l'appareil photo avec empressement. « Caroline la traite vraiment comme la domestique de service ! » ne put s'empêcher de penser Bonnie au moment où le flash l'éblouissait.

Vickie vint leur faire admirer la photo. Tandis que Sue et Caroline papotaient sous le regard froidement poli de Meredith, Bonnie contempla le résultat : Caroline était resplendissante, son éclatante chevelure auburn en cascade sur les épaules ; à côté d'elle, la belle et ténébreuse Meredith affichait un air à la fois résigné et ironique ; elle-même, plus petite que les autres, avec ses boucles rousses ébouriffées, arborait une expression penaude ; quant à Sue, assise à ses côtés, elle dégageait une expression vraiment étrange. C'était bien elle, et pourtant… l'espace d'un instant, ses cheveux blonds et ses yeux bleus semblèrent appartenir à quelqu'un d'autre. Une amie chère qui la fixait avec intensité et semblait vouloir lui dire quelque chose. Bonnie cligna des paupières.

Non, c'était seulement Sue. Elle avait dû avoir une hallucination. Ou alors, elle s'était laissé influencer par le désir de Caroline : être à nouveau réunies…

— À moi de vous prendre ! annonça-t-elle en se levant d'un bond. Assieds-toi, Vickie. Rapproche-toi un peu. Encore… Voilà !

Celle-ci était visiblement mal à l'aise, nerveuse même. Quand le flash jaillit, elle sursauta comme un animal effarouché.

Caroline jeta un coup d'œil dédaigneux à la photo, puis se dirigea vers la cuisine.

— Devinez ce qu'on a comme gâteau ! claironna-t-elle. Je vous prépare une recette au chocolat qui va vous tuer sur place. D'ailleurs, ça s'appelle « Death by Chocolate ». Vous allez m'aider à touiller le mélange.

Sue lui emboîta le pas, et, après un instant d'hésitation, Vickie les suivit également.

Une fois seule avec Bonnie, Meredith perdit son expression joyeuse.

— Tu aurais pu me prévenir !

— C'est vrai, répliqua Bonnie en baissant humblement la tête.

Puis elle la releva, un sourire espiègle au coin des lèvres.

— Mais tu n'aurais pas goûté le délicieux dessert de Caroline…

— Tu appelles ça une bonne raison ?

— Ben, oui… Tu sais, elle a vraiment changé, et puis… ça fait du bien à Vickie de sortir un peu de chez elle…

— On dirait pas ! riposta Meredith avec sa franchise habituelle. On croirait qu'elle va tomber dans les pommes d'une minute à l'autre…

— Elle doit être un peu anxieuse.

Il y avait de quoi ! Elle avait passé plusieurs mois dans un état second, dominée par une force occulte… Bonnie trouvait qu'elle ne s'en sortait pas si mal, après ce qu'elle avait vécu.

En dépit des arguments de celle-ci, la mine maussade de Meredith ne disparut pas.

— De toute façon, ce n'est pas aujourd'hui ton anniversaire…, tenta de la consoler Bonnie.

Meredith prit l'appareil photo, le tourna entre ses mains et, sans lever les yeux, déclara :

— Si, ça l'est.

— Quoi ? s'écria Bonnie, ébahie. Qu'est-ce que tu racontes ?

— C'est ma vraie date d'anniversaire. La mère de Caroline a dû l'apprendre par la mienne.

— Mais, non, enfin. C'était la semaine dernière, le 30 mai…

— Non, c'est aujourd'hui, le 6 juin. Je t'assure. C'est sur mon permis de conduire. Mes parents ont pris l'habitude de le fêter huit jours plus tôt, parce que cette date leur rappelle de très mauvais souvenirs. C'est le jour où mon grand-père a été attaqué et est devenu fou.

Bonnie la regardait bouche bée.

— Il a essayé de tuer ma grand-mère, tu sais, ajouta-t-elle calmement. Et moi aussi…

Elle finit par poser l'objet qu'elle manipulait au centre de la table basse.

— Allons dans la cuisine, conclut-elle. Ça sent bon.

Bonnie eut du mal à se remettre de sa stupeur. Elle se rappelait vaguement avoir déjà entendu Meredith parler de cet événement. Mais elle avait omis certains détails. Comme cette histoire de date.

— Attaqué… tu veux dire… comme Vickie ? voulut-elle savoir.

Elle n'eut pas besoin de lâcher le mot « vampire » pour que Meredith comprenne.

— Oui, affirma celle-ci sans trace d'émotion. Viens. Elles nous attendent. Je ne voulais pas te traumatiser, tu sais.

« Faut que je me calme, se dit Bonnie en versant le chocolat fondu sur la dernière couche du gâteau. Quand je pense qu'on est amies depuis si longtemps et qu'elle ne m'avait rien dit… »

Elle eut soudain en mémoire les mots qu'Honoria Fell, parlant par sa bouche, avait prononcés quelques mois auparavant : « Les apparences sont trompeuses. » Un frisson la parcourut. La prophétie s'était révélée exacte et… elle était peut-être toujours valable…

Bonnie tenta de chasser ses appréhensions. Ce n'était ni le moment ni l'endroit. Elle participait à une fête après tout ! Et elle s'était promis qu'elle ferait tout pour qu'elle soit réussie.

D'ailleurs, en dépit du silence de Meredith et de Vickie, ce ne fut pas si difficile de réchauffer l'ambiance. Il suffit à Bonnie de se montrer sympa avec cette dernière, et Meredith finit par se dérider en déballant ses cadeaux. Quand elle arriva au dernier, l'atmosphère s'était complètement détendue, au point que toutes montèrent en riant admirer la chambre de Caroline. Lorsqu'elles se glissèrent dans leur sac de couchage, aux alentours de minuit, elles discutaient toujours avec animation.

— Tu as des nouvelles d'Alaric ? demanda soudain Sue.

— Il est en Russie, répondit Meredith. Il étudie comment on utilisait les médiums pendant la guerre froide.

— Qu'est-ce que tu comptes lui dire à son retour ? s'enquit Caroline.

Bonnie était curieuse d'entendre la réponse. Alaric avait quatre ans de plus qu'elle, et Meredith lui avait demandé d'attendre qu'elle passe son bac avant d'envisager leur avenir. Elle venait d'avoir dix-huit ans – le jour même ! – et le bac aurait lieu dans environ deux semaines.

— Je n'ai pas encore décidé, déclara Meredith. Alaric aimerait que je poursuive mes études à Duke pour que nous soyons ensemble. Ma candidature a été acceptée, mais j'hésite encore.

Bonnie espérait bien qu'elle refuserait. Elle voulait qu'elle aille au Boone Junior College avec elle, pas qu'elle parte se marier – ou même vivre avec ce type. Elle était beaucoup trop jeune ! Elle-même ne risquait pas de se fixer de si tôt. Elle avait bien l'intention de continuer à papillonner à droite à gauche. Elle tombait amoureuse facilement, et se lassait tout de suite.

— Moi, ce n'est pas demain la veille que je me caserai ! assura-t-elle gravement. Ou alors, il faudrait vraiment qu'il en vaille la peine.

Tous les regards se tournèrent vers elle.

— Et Stefan ? interrogea Sue d'un air de conspiratrice.

L'heure était aux confidences : à la faible lumière de la lampe de chevet, et dans le silence à peine troublé par le frémissement des feuilles dehors, la conversation prit inévitablement un tour plus intime.

— Stefan n'oubliera jamais Elena, murmura Bonnie.

L'atmosphère s'était assombrie, tout à coup.

— Je n'arrive toujours pas à croire qu'elle soit partie pour toujours, marmonna Sue en fermant les yeux. Elle débordait tellement d'énergie…

— Sa flamme brillait intensément, ajouta Meredith en contemplant les formes que la lampe projetait sur le plafond.

Ces mots traduisaient si bien ce qu'avait été Elena !

— C'est vrai que je l'ai détestée, confessa Caroline, mais ça prouve qu'elle ne laissait personne indifférent.

— Sa disparition m'a fait prendre conscience d'une chose importante, reprit Sue. La valeur de la vie. Ça aurait pu arriver à n'importe laquelle d'entre nous… Notre temps est compté, alors autant ne pas le gaspiller…

— C'est vrai, renchérit Vickie. On peut mourir du jour au lendemain. Cette nuit, si ça se trouve…

— C'est dingue de se dire qu'on ne la reverra jamais, insista Sue. Parfois, j'ai l'impression de sentir sa présence tout près de moi.

— Moi aussi, confia Bonnie.

L'image de Warm Springs apparut dans son esprit, plus réelle que la chambre de Caroline.

— J'ai rêvé d'elle cette nuit, poursuivit-elle en regardant Meredith. Elle avait l'air plus vraie que nature et essayait de me dire quelque chose. J'ai l'impression que c'était plus qu'un songe…

Les autres la fixaient silencieusement. Il n'y a pas si longtemps, elles se seraient moquées de ses dons présumés. Mais elle avait prouvé depuis qu'ils étaient bien réels et… effrayants.

— C'est vrai ? souffla Vickie.

— Qu'est-ce qu'elle voulait te dire ?

— Aucune idée. C'était bizarre ; comme si notre conversation était brouillée…

Un ange passa.

— Tu crois… tu crois que tu pourrais entrer en contact avec elle ? demanda finalement Sue d'une voix hésitante.

C'était la question qu'elles se posaient toutes. Bonnie dévisagea Meredith : il n'y avait plus aucune trace d'ironie dans ses yeux.

— Je ne sais pas, répondit-elle lentement.

Le souvenir du tour cauchemardesque qu'avaient pris ses retrouvailles avec Elena était encore vivace.

— Je risque de me mettre en transe et d'être de nouveau possédée par un esprit…

— Mais, il y a peut-être un autre moyen de parler aux morts, suggéra Sue. On peut utiliser un Ouija, par exemple… Vous savez, ce jeu qui permet de communiquer avec les morts.

— Mes parents en ont un ! s'écria vivement Caroline.

Son excitation gagna aussitôt les autres, qui se lancèrent des coups d'œil interrogateurs. Même Vickie, en dépit de sa peur, semblait sur des charbons ardents.

— Qu'est-ce que t'en penses ? interrogea Meredith.

— Ça peut marcher, réfléchit tout haut Sue.

— Reste à oser, commenta Meredith.

Les regards revinrent se poser sur Bonnie.

— Pourquoi pas, finit-elle par dire en haussant les épaules. On n'a rien à perdre, de toute façon.

Caroline se tourna vers Vickie :

— Le Ouija se trouve dans le placard au pied de l'escalier. Sur l'étagère du haut.

Elle ne crut pas utile d'ajouter de termes de politesse. Bonnie n'eut pas le temps d'intervenir : Vickie était déjà sortie de la pièce.

— Tu pourrais être un peu plus aimable, fit-elle remarquer à Caroline. Tu joues à la méchante sœur de Cendrillon, ou quoi ?

— Oh ! Ça va, rétorqua celle-ci. Elle sait très bien la chance qu'elle a d'avoir été invitée…

— Et moi qui croyais qu'elle était venue pour nos beaux yeux, ironisa Meredith.

— En plus…, commença Bonnie.

Un cri aigu l'interrompit, suivi d'un silence. Enfin, une série de cris perçants retentit.

Les trois filles restèrent un moment pétrifiées avant de se précipiter dans l'escalier.

— Vickie !

Meredith arriva la première en bas. Vickie, devant le placard, se protégeait le visage à l'aide de ses bras. Elle s'accrocha aussitôt à son amie, hurlant toujours.

— Vickie ! Qu'est-ce qui se passe ? lança Caroline d'un ton furieux.

Des boîtes de jeux étaient tombées, leur contenu éparpillé par terre.

— Qu'est-ce qui te prend de hurler comme ça ? continua-t-elle.

— Quelque chose m'a agrippée ! Quand j'ai touché l'étagère du haut, une chose m'a saisie par la taille !

— De derrière ?

— Non ! De l'intérieur du placard !

Bonnie, stupéfaite, inspecta l'endroit : des manteaux y étaient suspendus en rang serré, certains touchant le sol. Meredith écarta doucement Vickie et attrapa un parapluie pour l'enfoncer entre les vêtements.

— Non, ne fais pas ça…, s'écria Bonnie.

Mais l'objet ne rencontra aucune résistance anormale. Enfin, Meredith poussa les manteaux d'un côté et découvrit le bois du meuble, au fond.

— Tu vois, il n'y a personne, commenta-t-elle. Les manches ont dû te frôler, et tu as eu l'impression que c'était deux bras se renfermant sur toi.

Vickie s'avança pour palper un des vêtements, puis leva les yeux vers l'étagère. Soudain, elle s'enfouit le visage dans les mains. L'espace d'un pénible instant, Bonnie crut qu'elle pleurait.

— Oh, mon Dieu ! finit par glousser Vickie. J'ai vraiment cru. Je suis trop bête… Je vais ranger tout ça.

— Plus tard, décréta Meredith en prenant le Ouija. Allons au salon.

Après avoir baissé la lumière, elles allèrent s'installer autour de la table basse. Bonnie posa délicatement un doigt sur l'indicateur en forme de triangle. Elle n'avait jamais utilisé ce jeu, mais elle en connaissait les principes : le petit instrument se déplaçait pour désigner des lettres et former un message – si les esprits voulaient bien parler, bien sûr !

— Faites comme moi, expliqua-t-elle.

Toutes l'imitèrent, tendant leur index qu'elles pressèrent légèrement dessus : celui de Meredith était long et fin, celui de Sue soigneusement limé, celui de Caroline coloré d'un vernis cuivré, et celui de Vickie rongé.

— Maintenant, fermons les yeux et concentrons-nous, murmura Bonnie.

Ses amies obéirent docilement, déjà captivées par la séance.

— Pensez très fort à Elena, continua-t-elle. Elle finira par se manifester.

Dans le silence qui suivit, Bonnie se représenta les cheveux dorés et les yeux couleur lapis-lazuli de la défunte.

— Viens, Elena, souffla-t-elle. Es-tu là ?

L'indicateur se mit à bouger. Tout seul. Aucune d'elles ne pouvait le déplacer, car elles appuyaient toutes à un endroit différent. Cependant, le petit triangle glissait sans à-coups. Bonnie ferma les yeux quelques secondes. Lorsqu'elle les rouvrit, il était pointé sur le « oui ».

À cette vue, Vickie étouffa un sanglot. Caroline fixait la planchette d'un air apeuré. Quant à Sue, elle n'osait visiblement pas rouvrir les paupières. Meredith était blême.

— Restez concentrées, leur suggéra Bonnie.

Elle ne savait pas du tout ce qu'il convenait de faire ensuite, et se sentait un peu stupide de s'adresser au vide. Mais elle était censée être l'experte. Elle décida d'improviser.

— C'est toi, Elena ?

L'indicateur effectua un petit cercle avant de revenir au « oui ». Bonnie, le cœur battant à tout rompre, sentait l'objet vibrer d'une intense énergie. L'émotion lui noua la gorge. Elle jeta un coup d'œil entendu à Meredith, qui avait les larmes aux yeux.

— Attendez ! intervint Caroline. Qui nous dit que c'est bien elle ?

Décidément, cette fille n'était pas du tout réceptive au paranormal… Elle ne captait pas la présence d'Elena.

L'indicateur bougea de nouveau, désignant si vite les lettres que Meredith eut à peine le temps de suivre. Mais, même sans ponctuation ni accents, c'était très clair.

CAROLINE TU AS DEJA DE LA CHANCE
QUE JE T ADRESSE LA PAROLE

— Ça c'est du Elena tout craché, déclara Meredith d'un ton grave. Aucun doute là-dessus.

— D'accord, ça lui ressemble, mais…, continua Caroline.

— Oh, toi la ferme ! s'énerva Bonnie. Elena, je suis si contente…

Elle fut coupée par un sanglot.

BONNIE LE TEMPS PRESSE ARRETE
DE PLEURNICHER ET ECOUTE MOI

Ça aussi c'était bien son style.

— J'ai rêvé de toi l'autre nuit, confia-t-elle en reniflant.

THE

— Oui, confirma Bonnie, le cœur battant. J'ai pas pu te dire ce que je voulais à cause des trucs bizarres qui se sont passés.

BONNIE PAS DE TRANSE PAS DE TRANSE PAS
DE TRANSE

— D'accord.

Elle était soulagée de ne pas devoir passer par là pour communiquer avec son amie.

DES INFLUENCES NEGATIVES ONT BROUILLE
NOTRE COMMUNICATION DE MAUVAISES
CHOSES SE PREPARENT TRES MAUVAISES

— Comme quoi ? demanda Bonnie en se penchant sur l'indicateur.

PAS LE TEMPS

Le triangle se déplaça ensuite de lettre en lettre par brusques saccades. Elena était visiblement au comble de l'impatience.

IL EST OCCUPE ALORS JE PEUX TE PARLER MAIS ON N A PAS BEAUCOUP DE TEMPS QUAND ON ARRETERA SORTEZ VITE DE LA MAISON VOUS ETES EN DANGER

— En danger ? répéta Vickie en bondissant sur sa chaise, prête à s'enfuir.

ATTENDEZ ECOUTEZ MOI D ABORD TOUT LE MONDE DANS CETTE VILLE EST EN DANGER

— Qu'est-ce qu'on doit faire ? intervint Meredith.

VOUS NE POURREZ RIEN TOUTES SEULES IL EST INCROYABLEMENT PUISSANT JE VAIS VOUS AIDER VOUS DEVEZ FAIRE UN RITUEL AVEC DES CH...

L'indicateur s'écarta brusquement des lettres et se mit à parcourir le plateau en tous sens, désignant à folle allure la représentation de la lune, puis du soleil, et même la marque du jeu.

— Elena ! Qu'est-ce qui se passe ? s'écria Bonnie.

UNE AUTRE SOURIS UNE AUTRE SOURIS UNE AUTRE SOURIS

Sue s'était levée, les yeux remplis d'effroi. Quant à Bonnie, elle était terrifiée par le combat qui se livrait sous son doigt : l'objet s'emballait, tiraillé entre une force malfaisante d'un côté, et l'énergie d'Elena de l'autre.

— N'enlevez surtout pas vos mains ! hurla Bonnie.

SOURIS BOUE TE TUER SANG SANG SANG
BONNIE VA T EN COURS IL EST ICI...

Le triangle fut agité de soubresauts furieux. Échappant à l'emprise de Bonnie, il glissa sur le plateau à toute allure pour voler à travers la pièce, comme lancé par une main invisible. Vickie poussa un hurlement, Meredith bondit sur ses pieds, puis toutes les lumières s'éteignirent, plongeant la maison dans l'obscurité.

3

Vickie était devenue hystérique.

— Calme-toi ! s'écria Meredith par-dessus ses hurlements. Il faut sortir d'ici, vite ! On va toutes se donner la main, et Caroline nous guidera jusqu'à la porte d'entrée.

— D'accord, approuva celle-ci d'un ton relativement calme.

C'était l'avantage de n'avoir aucune imagination ! Elle ne se représentait absolument pas les horreurs que les autres présageaient.

Le contact de la main de Meredith sur la sienne réconforta un peu Bonnie. En revanche, elle eut une sensation désagréable lorsque les ongles longs de Caroline l'effleurèrent.

Il faisait noir comme dans un four. Aucune lumière ne perçait de l'extérieur. Tout le quartier semblait touché par la panne de courant. Caroline se cogna à un meuble en poussant un juron et Bonnie trébucha sur elle. Vickie sanglotait silencieusement en bout de file.

— Ne t'inquiète pas, lui chuchota Sue. On va s'en sortir.

Leur progression n'en finissait pas. Enfin, Bonnie devina du carrelage sous ses pieds.

— On est dans l'entrée, annonça Caroline. Ne bougez pas, le temps que je trouve la porte.

Elle lâcha Bonnie.

— Caroline ! Attends… Où es-tu ? Caroline, reviens ! appela celle-ci en brassant le vide.

Une main lui attrapa les doigts. Elle était humide – et énorme. Rien à voir avec celle de Caroline.

Bonnie poussa un cri perçant. Vickie prit aussitôt le relais, braillant comme une folle. La paume chaude et moite tira violemment Bonnie, qui se débattit en donnant des coups de pieds désespérés. Meredith, volant à sa rescousse, lui encercla la taille pour la traîner en arrière. Bonnie se mit alors à courir en hurlant, jusqu'à aller buter dans un fauteuil.

— Bonnie, tais-toi ! lui ordonna Meredith en la secouant.

Elles avaient glissé par terre contre le dos du siège.

— Quelqu'un m'a agrippée ! hoqueta Bonnie. Quelqu'un m'a agrippée, Meredith !

— Je sais. Calme-toi, je crois qu'il est toujours là…

Bonnie, la tête enfouie contre l'épaule de son amie, étouffa un sanglot. Dire que cet individu était peut-être dans la pièce avec elles…

Les secondes s'étirèrent dans un profond silence, mais Bonnie avait l'impression que les violents battements de son cœur faisaient un bruit d'enfer.

— Il faut trouver la porte de derrière, chuchota Meredith. On doit se trouver dans le salon. La cuisine est juste à côté. Allons-y.

Bonnie, résignée, s'apprêtait à lui obéir lorsqu'elle se figea, l'air inquiet.

— Où est Vickie ?

— Je n'en sais rien. Je lui ai lâché la main pour t'aider. Allez, viens.

Bonnie la retint.

— Mais pourquoi on ne l'entend plus ?

Un frisson parcourut Meredith.

— Aucune idée.

— Oh mon Dieu ! On ne peut pas partir sans elle, Meredith.

— On n'a pas le choix.

— Il faut la récupérer. J'ai demandé à Caroline de l'inviter. Elle ne serait pas venue autrement. On doit l'aider à sortir.

Meredith finit par capituler.

— D'accord. Mais tu choisis mal ton moment pour avoir des scrupules…

Une porte claqua soudain, suivie d'un craquement dans l'escalier. Puis une voix s'éleva :

— Vickie ? Arrête… Vickie, non ! Non !

— C'est la voix de Sue ! s'exclama Bonnie en se redressant d'un bond. Elles sont là-haut !

— Si seulement on avait une lampe de poche ! ragea Meredith.

Il n'y avait rien de plus effrayant que cette obscurité totale. Bonnie était tétanisée rien qu'à l'idée de s'aventurer dans cette nuit d'encre.

Surmontant sa peur, elle s'arracha à sa cachette. Elle devait venir en aide à ses amies.

— Viens, dit-elle à Meredith.

Elles s'avancèrent à tâtons, Bonnie tremblant de sentir de nouveau le contact moite de la grosse main. Pour couronner le tout, les images de son cauchemar surgirent malgré elle dans son esprit : elle imagina des créatures immondes grouillant par terre et le visage d'Elena, gris et déformé, ses lèvres hideusement retroussées sur des dents couvertes de boue. L'écœurante odeur de pourriture la submergea. Et cet être qui attendait, tout près peut-être, de les happer au passage.

Elle s'accrocha plus fermement à Meredith, regrettant déjà son acte de bravoure.

Soudain, un effroyable vacarme retentit à l'étage.

— Vickie ! Vickie ! Non ! cria Sue.

Aussitôt après, il y eut un énorme fracas de verre cassé accompagné d'un horrible hurlement de terreur.

Puis ce fut le silence.

— Qu'est-ce que c'était ? Qu'est-ce qui s'est passé, Meredith ? s'affola Bonnie.

— Quelque chose de grave, répondit celle-ci d'une voix sombre. Bonnie, lâche-moi. Je vais monter.

— Je viens avec toi.

Elles tâtonnèrent jusqu'à l'escalier. Quand elles atteignirent le palier, un drôle de tintement se fit entendre. On aurait dit que des tessons tombaient en cascade dans une des chambres.

La lumière revint. Bonnie s'y attendait tellement peu qu'elle poussa un cri strident. Se tournant vers Meredith, elle en étouffa un autre : son amie faisait peur à voir, avec ses cheveux emmêlés et son visage blême.

Le bruit de verre n'avait pas cessé. Bonnie appréhendait tant ce qu'elle allait voir qu'elle regrettait l'obscurité. Elle suivit à contrecœur son amie vers la dernière pièce du couloir.

Celle-ci ouvrit la porte. Elle se figea un instant sur le seuil, puis s'engouffra dans la pièce, Bonnie s'élança à sa suite… et s'arrêta net.

Tout un pan de mur s'était volatilisé : les portes-fenêtres donnant sur le balcon avaient explosé ; leurs cadres de bois étaient déchiquetés, leurs vitres pulvérisées. Des bouts de verre en équilibre précaire chutaient un à un avec un bruit cristallin.

Les voilages voletaient devant le trou béant. À quelques mètres de là se profilait la silhouette de Vickie, les bras le long du corps, aussi immobile qu'une statue.

— Vickie ! Est-ce que ça va ? demanda Bonnie, paniquée.

La jeune fille resta sans réaction. Bonnie s'avança doucement vers elle jusqu'à lui faire face : elle avait le regard perdu devant elle, mais sa poitrine se soulevait violemment.

— Il a dit que je serai la prochaine, gémit-elle sans paraître s'adresser à Bonnie, sans même la voir. La prochaine fois ce sera mon tour, martela-t-elle.

Bonnie s'écarta en chancelant et rejoignit Meredith sur le balcon.

— Ne regarde pas en bas, lui ordonna cette dernière.

En bas ? Elle s'avança, repoussant le bras de Meredith qui lui barrait le passage. Le garde-corps avait lui aussi volé en éclats. Bonnie avait une vue plongeante sur le jardin éclairé : une forme disloquée gisait sur le sol, telle une poupée cassée, ses cheveux blonds déployés en éventail. C'était Sue.

— Je suis désolé, Meredith. Je ne crois pas qu'elle soit en état, fit la voix de M. McCullough dans l'entrée.

Bonnie, occupée à remuer mollement une tasse de camomille dans la cuisine, lâcha la cuiller. Contrairement aux dires de son père, elle n'était pas d'humeur à rester une minute de plus dans cette maison. Elle avait besoin d'air.

— Je reviens tout de suite, papa, déclara-t-elle en se précipitant vers son amie.

Meredith n'avait pas meilleure mine qu'elle : ses traits tirés et ses yeux cernés lui donnaient un air d'épouvantail.

— On va juste faire un tour, ajouta-t-elle. Peut-être voir des copines. Tu m'as dit toi-même qu'il n'y avait pas de danger…

Elle soutint son regard, l'air plus obstiné que jamais.

— Il est bientôt quatre heures, constata-t-il. Reviens avant la nuit.

— Mes parents profitent de la situation pour m'interdire de sortir, se plaignit Bonnie en se dirigeant vers la voiture de Meredith.

Elles verrouillèrent aussitôt les portières.

— Ils ne nous croient pas, comme les miens, constata Meredith en tournant la clé de contact.

— Oh ! ils sont prêts à gober tous mes mensonges, mais quand il s'agit de la vérité, il n'y a plus personne ! Ils sont vraiment trop bêtes !

Meredith eut un rire nerveux.

— Faut dire que notre version des faits n'est pas très facile à croire. Tout ce qu'ils ont constaté, c'est un cadavre sans aucune autre lésion que celles causées par la chute, et une panne générale de courant. Pour eux, pas de quoi devenir hystériques, comme nous en répondant à leurs questions… Qui a fait ça ? Un monstre aux mains moites. Comment on le sait ? Notre défunte amie Elena nous l'a affirmé par l'intermédiaire d'un Ouija. J'aurais les mêmes doutes à leur place.

— Mais enfin, Meredith, ce n'est pas la première fois que des choses étranges se produisent par ici !

s'emporta Bonnie avec un coup de poing rageur dans la portière. Est-ce qu'on a inventé l'attaque des chiens ? Est-ce que l'un d'entre eux a su expliquer les circonstances de la mort d'Elena ?

— Tu sais, ils ont déjà oublié tout ça, répliqua doucement Meredith. Ce qu'ils cherchent à tout prix, c'est que la vie reprenne son cours normal. Ils ne veulent surtout pas replonger dans le cauchemar dont ils viennent de sortir.

Bonnie eut l'air écœuré.

— Tu as raison : ils se voilent la face. C'est tellement plus facile de croire qu'une bande d'écervelées se sont monté la tête pendant une séance de spiritisme. Ils pensent qu'on a paniqué quand le courant a sauté, au point que Sue s'est balancée par la fenêtre…

— Si seulement Alaric était là…, murmura Meredith après un silence.

En temps normal, Bonnie lui aurait répliqué, avec une bourrade amicale : « Oh, oui, alors ! » Alaric était vraiment craquant, même pour un vieux de vingt-deux ans. Mais l'ambiance n'était pas à la fête : elle se contenta de presser le bras de Meredith pour la réconforter.

— Tu n'as aucun moyen de le joindre ?

— En Russie ? Je ne sais même pas où il est exactement.

Bonnie cherchait vainement une solution à ce problème, lorsque son attention fut attirée par un attroupement de jeunes dans la rue qu'elles longeaient, devant le lycée. Elle lança un coup d'œil à Meredith, qui hocha la tête d'un air entendu.

— O.K. Allons voir s'ils sont moins bornés que leurs parents.

Lorsque leur voiture s'engagea sur le parking, toutes les têtes se retournèrent. Elles en descendirent, et le groupe se scinda en deux pour leur livrer passage, jusqu'à Caroline.

— On attend que la maison soit réparée pour y dormir à nouveau, disait-elle, toute tremblante. Mon père cherche un appartement à louer pour le moment.

— Ça ne sert à rien ! intervint Meredith. Où que tu ailles, il te suivra.

Caroline tourna légèrement la tête, sans oser regarder la nouvelle arrivante dans les yeux.

— Qui ça « il » ? demanda-t-elle.

— Ah, non ! Tu ne vas pas t'y mettre toi aussi ! explosa Bonnie.

— Je veux me barrer d'ici, souffla Caroline d'un ton larmoyant. J'en peux plus…

Elle tourna aussitôt les talons et disparut. Comme Bonnie fit un mouvement en avant pour la rattraper, Meredith la retint.

— Laisse tomber, c'est inutile.

— Quelle abrutie ! lança celle-ci, furieuse. Elle nie l'évidence alors qu'elle a tout vu ! Qu'est-ce que vont penser ceux qui n'étaient pas là…

Tournant la tête vers le groupe, elle eut aussitôt la réponse à son interrogation : tous les visages reflétaient la peur. À croire que Meredith et elle avaient la peste.

— J'y crois pas ! souffla Bonnie d'un air ahuri.

— Et moi, je n'arrive toujours pas à avaler la mort de Sue, confia une voix, au premier rang.

C'était Deanna Kennedy, une de ses amies. Elle ne semblait pas aussi craintive que les autres.

— J'ai passé l'après-midi d'hier avec elle, continua-t-elle. Elle était pleine de vie, tellement heureuse. C'est pas possible…

Elle éclata en sanglots. Son petit ami l'enlaça. D'autres filles fondirent en larmes. Les garçons eux-mêmes n'avaient pas l'air fier.

Bonnie entrevit une lueur d'espoir.

— Et la liste des victimes risque de s'allonger, déclara-t-elle. Elena nous a dit que toute la ville était en danger. Elle nous a…

Sa voix faiblit. Elle se fatiguait en vain à vouloir les convaincre. Meredith avait raison : le souvenir d'Elena avait été enfoui dans les mémoires ; ils avaient relégué aux oubliettes tous les événements de l'hiver précédent.

— C'est quoi votre problème ? s'emporta-t-elle. Vous croyez vraiment que Sue s'est jetée par la fenêtre ?

— C'est-à-dire que…, commença le petit ami de Deanna. Eh bien, vous avez déclaré à la police que Vickie se trouvait dans la pièce, non ? Et juste un peu avant, vous avez entendu Sue crier : « Non, Vickie, non ! »

Bonnie n'en crut pas ses oreilles.

— Tu penses que Vickie… Non mais t'es taré ! Quelqu'un m'a agrippé la main, et ce n'était pas elle. Et Vickie n'a jamais poussé Sue par la fenêtre.

— De toute façon, il aurait fallu qu'elle ait une force incroyable pour faire ça, souligna Meredith. Ça ne peut pas être elle.

— Il paraît que les dingues sont capables de choses inouïes…, murmura quelqu'un.

— Et Vickie a un dossier psychiatrique…, ajouta un autre.

— Elena nous a déclaré que c'était un mec ! hurla Bonnie, hystérique.

Mais les visages tournés vers elle exprimaient la plus grande incrédulité. Soudain, celle-ci remarqua une présence amie.

— Matt ! Tu nous crois, toi au moins ?

Le jeune homme se tenait un peu à l'écart, les mains dans les poches. Il leva les yeux : son regard n'était pas dur et fermé comme celui des autres, mais chargé d'un désespoir résigné, ce qui n'était pas mieux. Il haussa les épaules.

— Ce que tu affirmes est sans doute vrai, lança-t-il. Mais qu'est-ce qu'on y peut ? Ce qui doit arriver arrivera.

Bonnie en resta sans voix. Tant de fatalisme la déconcertait.

— Y en a un qui te croit, c'est déjà ça, s'empressa de positiver Meredith. Bon, qu'est-ce qu'on doit faire pour vous convaincre ?

— Contactez l'esprit d'Elvis ! ironisa une voix familière qui fit écumer Bonnie de rage.

Tyler Smallwood. Il souriait de toutes ses dents. De grosses dents blanches.

— Certes, ce n'est pas aussi bien qu'un e-mail de l'au-delà…

Matt avait toujours dit que ce rictus lui donnait envie de lui mettre son poing dans la figure. Seulement ça lui était visiblement passé : il fixait le sol d'un air morne.

— La ferme, Tyler ! s'énerva Bonnie. Tu n'étais même pas là !

— Toi non plus puisque t'étais planquée dans le salon…

Bonnie regarda Tyler, ouvrit la bouche, puis la referma. Celui-ci en profita pour continuer, avec un clin d'œil à l'adresse de Dick, l'ex de l'accusée :

— Ça ne peut être que Vickie. Cette fille est une vraie tigresse. Hein, Dick ?

Il tourna les talons en lançant une dernière pique :

— À moins que Salvatore ne soit revenu…

— Connard ! hurla Bonnie.

À la seule évocation de ce nom, un vent de panique s'était levé. Des exclamations horrifiées fusèrent, et le groupe se dispersa en quatrième vitesse, sous le regard furieux de Bonnie.

— Même s'ils t'avaient cru, ça n'aurait rien changé, commenta Matt.

— Parce que tu crois que rester les bras croisés fera avancer les choses ? s'indigna Bonnie. Matt… Tu n'as vraiment pas l'air dans ton assiette.

— C'est possible. Et toi ?

— J'ai connu des jours meilleurs… Mais je n'étais pas aussi proche de Sue que d'Elena, alors… Quand elle est morte, j'ai failli péter les plombs.

Elle eut de nouveau envie de tout casser.

— C'est vraiment trop injuste !

— Tu es en colère…

— Évidemment ! Celui qui a tué Sue ne va pas s'en tenir là ! Si c'est ça la vie ! Regarder de telles horreurs se produire sans lever le petit doigt… Ce monde est ignoble !

— Peut-être, mais c'est comme ça… Tu n'y peux rien, conclut-il amèrement.

— Si, au contraire ! Je ne vais pas rester plantée là à attendre la catastrophe ! Et toi non plus !

Il la regardait d'un air incrédule : elle croyait encore au Père Noël, à son âge !

— Si on veut être pris au sérieux, reprit-elle, commençons par savoir ce qu'Elena a voulu nous dire.

À l'évocation de son ex, l'expression de Matt se fit douloureuse. Il était encore amoureux d'elle, il n'y avait aucun doute.

— Tu es prêt à nous aider ? lui demanda Bonnie.

— Si tu veux. Mais qu'est-ce que tu as l'intention de faire ?

— Trouver ce monstre avant qu'il commette un nouveau meurtre, décida-t-elle soudain.

— Et comment comptes-tu t'y prendre toute seule ?

— Et moi, je ne compte pas ? intervint Meredith. D'après Elena, il faut entreprendre un rituel pour demander de l'aide.

— Avec seulement deux ingrédients, précisa Bonnie. Elle m'a affirmé me les avoir déjà indiqués. Pourtant, je n'en ai pas le souvenir…

— Elle a aussi parlé d'influences négatives, nota Meredith. Ça me fait penser à ton rêve : tu es sûre que c'était bien Elena ?

— Oui. Notre conversation a été brouillée. Mais elle est parvenue à en reprendre le contrôle quelques secondes.

— Alors, concentre-toi sur le début du rêve… Mais votre dialogue a pu être parasité dès le début… Dans ce cas, ce qu'elle t'a dit n'avait peut-être aucun sens. Elle n'a pas fait de gestes particuliers ?

— Les cheveux ! s'écria Bonnie en portant la main à sa tête.

— Quoi ?

— Quand je lui ai demandé qui l'avait coiffée, elle m'a répondu : « Les cheveux, c'est capital. » Et hier soir, elle nous a parlé d'un ingrédient commençant par CH, mais elle n'a pas pu continuer…

— Génial ! s'enthousiasma Meredith. Le deuxième, maintenant.

— Mais je le connais aussi ! s'exclama Bonnie, toute excitée. Elena a ajouté : « Le sang est tout aussi important. »

Meredith avait l'air plongée dans une intense réflexion.

— Et le Ouija a répété le mot « sang », n'est-ce pas ? Bonnie, tu es bien sûre de toi ?

— Absolument ! C'est tout à fait le genre de trucs qu'on utilise au cours d'un rituel. Je suis certaine que je trouverai les formules appropriées dans mon livre de magie celte. Il faut juste nous représenter la personne à convoquer…

Sa mine consternée indiqua qu'un détail lui échappait.

— Je me demandais quand tu allais t'en apercevoir, déclara Matt. Laisse-moi deviner : tu ne sais pas qui convoquer, c'est ça ?

4

Meredith prit un air moqueur.

— D'après, toi, Matt, qui est la première personne qu'Elena appellerait à son aide ?

Le jeune homme s'assombrit aussitôt. Bonnie fut indignée : ce n'était pas le moment de le charrier, le pauvre ! Le sujet était encore trop sensible.

— Elena affirme que notre ennemi est extrêmement puissant, expliqua Bonnie. Et je ne vois qu'une seule personne capable d'affronter une force surnaturelle…

Matt hocha tristement la tête. La perspective de voir Stefan réapparaître ne devait pas le réjouir : même s'il avait été son ami à une époque, il n'avait toujours pas digéré qu'Elena l'ait quitté pour lui. D'autant plus que Matt avait ensuite découvert sa face cachée : fou de douleur après la mort d'Elena, Stefan avait failli tuer Tyler et cinq de ses copains. Matt ne devait plus éprouver beaucoup de sympathie à son égard.

— On a juste besoin de quelques gouttes de sang et d'une mèche de cheveux, reprit Meredith. Bonnie, tu es prête à couper une de tes boucles ?

Celle-ci secoua la tête.

— Non, non. Ces ingrédients doivent provenir de la personne à convoquer.

— Quoi ? Mais c'est ridicule ! Si on avait les cheveux et le sang de Stefan, ça voudrait dire qu'il est ici, avec nous !

— Je n'avais pas pensé à ça, admit Bonnie d'un air piteux. D'habitude, dans ce genre de rituels, on se les procure à l'avance pour les utiliser au moment voulu. Alors, c'est foutu…

— Ce que je ne comprends pas, reprit Meredith, c'est pourquoi Elena nous a demandé de faire ça si c'est impossible !

— Ça a toujours été son truc de vouloir qu'on lui rende des services plus tordus les uns que les autres, leur rappela Bonnie. Ne fais pas cette tête, Matt, tu sais mieux que moi à quel point elle t'a utilisé.

— C'est vrai, répliqua-t-il. Mais dans le cas présent, ça n'a rien d'infaisable. Je connais un endroit où Stefan a perdu beaucoup de sang, et peut-être même quelques cheveux : la crypte.

— Mais oui ! reconnut Meredith. Il a été blessé… et il s'est violemment battu. Avec un peu de chance, on trouvera tout ça là-bas… si c'est resté dans le même état…

— Je ne vois pas pourquoi quelqu'un y serait retourné, enchaîna Matt. Le mieux est d'aller nous en assurer nous-mêmes.

Voilà qui répondait aux doutes de Bonnie : leur ami avait visiblement mis de côté son hostilité envers Stefan !

— Oh, Matt ! Pour un peu, je t'embrasserais ! s'exclama-t-elle dans un élan de joie.

Les yeux du jeune homme brillèrent de manière indéfinissable : il était surpris, certes, mais une lueur de plaisir y était décelable.

— Des mots, toujours des mots ! répliqua-t-il d'un air faussement résigné.

Bonnie apprécia beaucoup cette pointe d'humeur inattendue.

— Bon, interrompit gravement Meredith. C'est pas tout ça, mais on a du pain sur la planche, et aucun de nous n'a envie d'aller inspecter la crypte de nuit, pas vrai ?

Tandis qu'ils gravissaient le chemin menant à l'église en ruine, Bonnie tentait de se rassurer : il faisait encore grand jour, après tout. Pourtant, la perspective de devoir traverser le vieux cimetière lui donnait la chair de poule. Elle se résigna à longer ces pierres tombales sinistres qui s'inclinaient dangereusement au milieu des ronces… et à faire la sourde oreille aux âmes tourmentées qui hantaient l'endroit.

— Regardez ! lança Meredith en enjambant le mur écroulé de la vieille église. La tombe est encore ouverte. On a de la chance !

Bonnie contempla mélancoliquement les effigies de marbre blanc. Honoria Fell reposait au côté de son époux, les bras croisés sur la poitrine, l'air plus triste que jamais. Il n'y avait plus d'aide à attendre de sa part : elle avait fait son possible pour sauver la ville qu'elle avait fondée. Elle avait passé le flambeau à Elena…

Le regard de Bonnie se posa sur les barreaux d'acier descendant à la crypte. Les emprunter fut un peu acrobatique, même sous l'éclairage de la lampe de Meredith. Ils atterrirent dans une pièce humide où régnait un silence de mort.

— Là ! s'exclama Meredith.

À l'endroit éclairé par Matt, au niveau de la grille séparant la salle, le sol était maculé de sang.

— Damon a été le plus grièvement blessé, observa Meredith.

Elle avait l'air parfaitement calme, mais Bonnie n'était pas dupe.

— Il devait se trouver ici, conclut-elle en désignant une large tache rouge. Elena était entre eux. Je dirais donc que Stefan se tenait par là.

Elle se baissa.

— Laisse-moi faire, proposa Matt. Tiens-moi la torche.

Il se mit à gratter le sol à l'aide d'un couteau en plastique. « Heureusement que je n'ai bu qu'un thé tout à l'heure », songea Bonnie, écœurée. Une telle quantité de sang lui donnait la nausée. Surtout que c'était celui d'un ami, qui, en prime, avait été torturé… Elle détourna les yeux, et se replongea dans ces douloureux souvenirs.

— Ça y est, annonça Matt, tirant Bonnie de ses pensées.

Il avait récolté un peu de sang séché sur une serviette en papier.

— Les cheveux, maintenant.

Ils s'accroupirent pour examiner le sol recouvert de débris, et ne furent pas longs à découvrir de longues mèches dorées. Celles d'Elena… ou de Katherine. Des cheveux noirs, légèrement ondulés, y étaient mêlés. Ceux de Stefan.

Matt se chargea de les trier minutieusement. Quand il eut terminé, la lumière filtrant par l'ouverture avait nettement baissé.

— Tyler tirera une de ces têtes quand il verra Stefan ! se réjouit Meredith.

Bonnie, l'esprit ailleurs, se raidit en entendant ce nom : un détail de leur conversation sur le parking lui revint.

— Bonnie ? demanda Meredith. Qu'est-ce que tu as ?

— As-tu dit à la police qu'on s'était cachées dans le salon ?

— Non, juste qu'on était en bas, je crois. Pourquoi ?

— Parce que moi non plus. Alors comment expliquer que Tyler le savait ? Souviens-toi, il en a parlé.

— Si je comprends bien, tu penses que Tyler est l'assassin ? Mais c'est impossible ! Il est trop bête pour avoir manigancé ça.

— Écoute-moi : à la dernière fête du lycée, il a touché mon épaule nue : il avait une grosse main moite. Exactement comme celle qui m'a agrippée hier soir.

Ni Meredith ni Matt n'eurent l'air convaincu.

— Ce qui voudrait dire que ça ne sert à rien d'appeler Stefan, commenta Matt. Je peux moi-même régler son compte à Tyler…

— Réfléchis, Bonnie, renchérit Meredith. Tyler n'est absolument pas capable de déplacer un Ouija ou de venir dans tes rêves !

Non, bien sûr. Il n'avait aucun don paranormal : dans ce domaine, il était aussi nul que Caroline ! Pourtant, Bonnie était persuadée qu'il se trouvait dans la maison ce soir-là.

— On devrait partir, suggéra Meredith. Il fait nuit. Ton père va être furax.

Le trajet du retour se fit dans un profond silence. Bonnie ne cessait de ruminer les propos de Tyler. Une fois chez elle, ils allèrent consulter les livres de magie dans sa chambre. Depuis qu'elle s'était découvert des ancêtres druides, elle s'intéressait aux rituels celtes. L'un de ces ouvrages portait justement sur celui qu'ils cherchaient.

— Il faut des bougies, de l'eau de source, une craie et de quoi allumer un feu. On trouvera ça au magasin juste à côté. On a le temps : la cérémonie doit avoir lieu à minuit.

Meredith descendit chercher le nécessaire chez le commerçant du coin. Après avoir dîné avec les parents de Bonnie, les trois amis regagnèrent sa chambre : la jeune fille traça un cercle à la craie sur le parquet et disposa les ingrédients à l'intérieur.

À minuit pile, tout était prêt. Sous le regard attentif des deux autres, elle fit un petit feu dans un bol de faïence que trois bougies allumées encerclaient. Elle planta une épingle au milieu de l'une d'entre elles, puis déposa délicatement les paillettes de sang séché dans un bol d'eau, qui prit une teinte rosée.

Elle s'empara ensuite des cheveux, qu'elle jeta dans le feu en trois pincées. Ils grésillèrent en dégageant une odeur désagréable. Puis elle ajouta trois gouttes d'eau, qui provoquèrent un sifflement.

Enfin, ses yeux se posèrent sur le livre ouvert.

D'un pas léger tu arrives
Trois fois convoqué par mon sort
Trois fois dérangé par ma flamme
Viens à moi sans délai.

Elle lut lentement l'incantation, trois fois de suite, puis attendit, les yeux fixés sur la lueur dansante des bâtonnets de cire.

— Et maintenant ? demanda Matt.

— Il faut attendre que la bougie du milieu se consume jusqu'à l'épingle.

— Et après ?

— Après ? On verra bien.

Le jour se levait sur Florence. Stefan observait la fille qui descendait l'escalier de chez lui, la main posée sur la rampe. Elle se mouvait au ralenti, en titubant.

Brusquement, elle vacilla, et se rattrapa de justesse. Stefan se précipita vers elle.

— Ça va ?

Elle tourna vers lui des yeux vides. Elle était très jolie, et portait une tenue à la mode. Ses cheveux blonds étaient savamment désordonnés. Une touriste américaine, ça ne faisait aucun doute.

— Oui… je crois…, balbutia-t-elle.

— Comment comptes-tu rentrer chez toi ? Où habites-tu ? s'enquit Stefan.

— Sur la Via dei Conti, près de la chapelle Médicis. Je fais partie du programme Gonzaga.

Une étudiante ! Elle allait forcément raconter à ses camarades sa rencontre avec ce bel Italien aux yeux noirs. Ce garçon qui l'avait amenée dans sa luxueuse maison de la Via Tornabuoni, lui avait donné à boire un vin exquis et servi un dîner aux chandelles et puis, au clair de lune, dans sa chambre ou dans le jardin peut-être, s'était penché vers elle pour la regarder dans les yeux…

Voilà comment Stefan interprétait les deux petites marques rouges sur le cou de la jeune fille. Il détourna la tête : ça le rendait malade.

— Comment tu t'appelles ? demanda-t-il.

— Rachel.

— Eh bien, Rachel, écoute-moi. Quand tu rentreras chez toi, tu ne te souviendras de rien. Tu ne sais ni où tu es allée cette nuit, ni ce que tu as vu. Tu ne te rappelles pas mon existence non plus. Répète.

— Je ne me souviens de rien, déclara-t-elle en tournant vers lui des yeux noisette.

Stefan ne buvait plus de sang humain depuis longtemps. Néanmoins, il lui restait suffisamment de pouvoirs pour accomplir une simple suggestion.

— Je ne sais pas où je suis allée cette nuit, ni ce que j'ai vu. Je ne me rappelle pas non plus ton existence.

— Parfait. Voilà de l'argent pour rentrer chez toi.

Il lui tendit une poignée de billets puis la conduisit dehors. Lorsqu'elle fut en sécurité dans un taxi, il fit demi-tour et se rendit à la chambre de Damon.

Celui-ci paressait près de la fenêtre, occupé à peler une orange. Il leva des yeux ennuyés vers Stefan.

— On frappe avant d'entrer quand on est poli.

— Tu l'as rencontrée où, celle-ci ?

Et comme son frère le regardait d'un air déconcerté, il ajouta :

— Cette fille. Rachel.

— C'est comme ça qu'elle s'appelle ? J'ai oublié de lui demander son nom. Au *Gilli.* Ou *Chez Mario.* Pourquoi ?

Stefan contenait mal sa rage.

— Il y a autre chose que tu as oublié : lui suggérer de ne pas se souvenir de toi. Tu tiens vraiment à te faire coincer, ma parole !

Damon continuait à arracher la peau de son fruit en souriant.

— C'est une chose qui ne m'arrivera jamais, petit frère.

— Et comment tu réagiras quand les gens commenceront à dire : « Mon Dieu, est-ce qu'il y aurait un monstre buveur de sang dans la Via Tornabuoni ? » Tu les tueras tous ?

Damon le fixait d'un air provocateur.

— Pourquoi pas ?

— Tu m'énerves, Damon. Tu ne crois pas qu'il serait temps d'arrêter ?

— Je suis touché que tu te soucies tant de moi.

— C'est immonde d'utiliser une fille contre son gré.

— Oh ! mais tu te trompes. Elle était tout ce qu'il y a de plus consentante…

— Parce que tu lui as parlé des conséquences, peut-être ? Les cauchemars, les visions…

De toute évidence, Damon n'était pas disposé à répondre. Stefan continua.

— Tu sais que c'est mal.

— Bien entendu.

— Et tu t'en fous ! répliqua Stefan d'un air écœuré.

Damon jeta l'orange au loin.

— Écoute-moi, petit frère : le monde est un vaste champ de bataille. Pourquoi ne pas décider d'être du côté des gagnants ? C'est bien plus amusant, je t'assure.

Stefan bouillonnait de rage.

— Comment peux-tu dire ça ? Le sort de Katherine ne t'a donc pas fait réfléchir ? Voilà comment on finit quand on choisit le camp des « gagnants ».

— À ce propos, elle est morte un peu trop vite à mon goût, répliqua Damon d'un ton glacial.

— Tu ne penses plus qu'à te venger. Et à satisfaire ton égoïsme, ajouta amèrement Stefan.

— Mais mon cher, le plaisir est tout ce qu'il y a de bon dans cette existence… avec le pouvoir, bien sûr. Tu sembles oublier que tu es un prédateur… Et puis, je ne me souviens pas t'avoir invité à Florence. Si mon mode de vie te déplaît, tu n'as qu'à partir…

Stefan, en dépit d'un pincement au cœur, s'efforça de ne pas ciller en soutenant le regard de son frère.

— Tu sais parfaitement pourquoi je reste.

Contre toute attente, Damon baissa les yeux.

Les dernières paroles d'Elena résonnèrent dans l'esprit de Stefan. Il lui avait juré de ne pas abandonner Damon, et de veiller sur lui. C'était une promesse qu'il respecterait coûte que coûte.

— Et ne prétends pas que ça t'est égal, continua-t-il. Tu peux tromper le monde entier. Pas moi.

Damon avait toujours le regard ailleurs. Stefan décida d'enfoncer le clou.

— Au fait, tu aurais pu trouver mieux que cette Rachel : certes, elle était blonde, comme Elena, mais ses yeux n'étaient pas bleus…

Il pivota sur ses talons, laissant Damon méditer sur son discours – du moins l'espérait-il. Mais il n'atteignit jamais la porte.

— Ça y est ! s'exclama Meredith lorsque la flamme parvint au niveau de l'épingle.

Bonnie retint son souffle. Un tunnel de communication s'ouvrit sous ses yeux. Elle s'y engouffra aussitôt, incapable de contrôler sa vitesse. « Oh, mon Dieu ! gémit-elle intérieurement, quand j'arriverai au bout et que je heurterai… »

Le flash de Stefan lui fit l'effet d'un coup de tonnerre. Il éprouva un besoin irrépressible d'obéir sur-le-champ au puissant appel qui l'attirait.

Il eut du mal à croire à la présence devinée derrière cette invocation.

Bonnie ?

Stefan ! C'est toi ! Ça a marché !

Bonnie ? Qu'est-ce qui se passe ?

Elena m'a demandé d'entrer en contact avec toi. On a des problèmes et on a besoin...

La communication se réduisit soudain à une onde ténue. Puis elle fut complètement rompue, laissant dans son sillage une puissante vibration.

Stefan et son frère se regardèrent, interloqués.

Bonnie expira lentement, puis ouvrit les yeux. Elle était couchée sur le dos. Les visages de Meredith et Matt la surplombaient, anxieux.

— Alors, t'as réussi ?

— Oui ! Je lui ai parlé. Il ne reste plus qu'à l'attendre… en espérant qu'il vienne.

— Tu as mentionné Elena ? s'enquit Matt.

— Oui.

— Dans ce cas, il sera bientôt là.

5

Lundi 8 juin, 23 h 15

Je ne parviens pas à dormir, alors autant écrire. J'ai attendu toute la journée que quelque chose se produise. En vain. Je ne comprends pas : le rituel a tellement bien marché. Pourquoi Stefan n'arrive-t-il pas ?

J'ai été obligée de rester à la maison après les cours : ma mère n'a pas apprécié que je rentre aussi tard samedi soir et a décrété que j'avais besoin de repos.

Dès que je ferme les yeux, le visage de Sue m'apparaît. Son père a fait l'éloge d'Elena à son enterrement. Je me demande qui le fera pour elle mercredi.

Il faut que j'arrête de penser à ça. Je vais essayer de dormir. Peut-être qu'en écoutant de la musique, j'oublierai Sue.

Bonnie rangea son journal dans la table de nuit et prit son walkman. Elle chercha une station, les paupières lourdes. La voix d'un animateur lui parvint à travers des grésillements.

— Et voici un tube des Spaniels pour les fans des fifties : *Goodnight Sweetheart*.

Bonnie se laissa glisser dans le sommeil, bercée par la chanson.

Un milkshake à la fraise, son parfum préféré, trônait devant elle, sur un comptoir étincelant. Le juke-box passait *Goodnight Sweetheart*.

Un détail détonnait dans ce décor idyllique : Elena n'aurait jamais porté une jupe en poils de caniche !

— Ce n'est pas ce que tu crois, s'empressa de déclarer celle-ci en désignant son vêtement.

Elle était assise devant une coupe glacée nappée de chocolat. Ses cheveux blonds étaient rassemblés en queue de cheval.

— Peu importe, répliqua Bonnie.

— Je sais très bien que ça te choque, s'entêta son amie. De toute façon, je ne reste pas.

— Ah bon ?

Bonnie avala une gorgée. Ce n'était qu'un rêve ! Pourtant, elle se rappelait vaguement qu'elle devait se méfier des songes. Allez savoir pourquoi…

— Je dois faire vite, reprit Elena. Il sait probablement que je suis ici. Je voulais te dire…

Elle fronça les sourcils d'un air concentré. Bonnie l'observait avec compassion.

— À toi aussi la mémoire te joue des tours…, constata-t-elle en portant de nouveau son verre à ses lèvres. Sa boisson avait un goût bizarre.

— Je suis morte trop jeune, Bonnie. Il me restait un tas de choses à accomplir. Je dois vous aider.

— Merci.

— Ce n'est pas facile, tu sais. Je n'ai pas tant de pouvoirs que ça. C'est dur de continuer à me battre.

— Tu vas y arriver, j'en suis sûre, répliqua Bonnie.

La tête lui tournait un peu. Qu'y avait-il donc dans son breuvage ?

— Je n'ai pas beaucoup de marge de manœuvre. Il déforme les choses et les rend bizarres. C'est sa façon de me combattre. Il t'observe aussi. Et chaque fois qu'on essaie de communiquer, il s'interpose.

— Oui.

Tout tournait autour d'elle.

— Bonnie, tu m'écoutes ? Il utilise ta peur pour m'empêcher de te parler.

— Oui.

— Ne le laisse pas faire. Préviens les autres. Et dis à Stefan…

Elle porta la main à sa bouche. Quelque chose tomba dans sa glace.

Une dent.

— Il est là…, murmura-t-elle d'une voix étouffée.

Bonnie fixait le contenu de la coupe d'un air horrifié : la canine s'était mêlée aux éclats d'amande dans la crème fouettée.

— Bonnie, dis à Stefan…

Une autre dent tomba, puis une autre. Les mains plaquées contre la bouche, Elena se mit à sangloter, un profond désespoir au fond des yeux.

— Bonnie, ne t'en va pas…

Mais celle-ci reculait en titubant. Le milkshake bouillonnait hors du verre en répandant un liquide rouge vif. C'était du sang. On aurait dit le crachat d'un moribond. Bonnie était au bord de la nausée.

— Dis à Stefan que je l'aime ! finit par dire Elena d'une voix de vieille femme édentée, qui fut noyée dans des sanglots convulsifs.

Enfin, la vision cessa, et Bonnie, soulagée, bascula dans le néant.

Bonnie, les yeux rivés à l'horloge, mordillait avec impatience le bout de son stylo. Elle devait encore survivre à huit jours et demi de cours ! Quel calvaire !

Un peu plus tôt, un garçon frôlé dans l'escalier avait bondi en arrière en disant : « Ne me touche pas ! Je ne veux pas mourir comme tous tes amis ! » Elle était allée se cacher aux toilettes pour pleurer. Elle en avait assez des regards accusateurs – ou pire, apitoyés ! – posés sur elle.

Lorsque la cloche sonna, elle se rua vers la sortie. Au lieu de se rendre au cours suivant, elle retourna aux toilettes pour attendre que les couloirs se vident.

Une fois tranquille, elle se hâta vers le laboratoire de langues. Elle passa devant le tableau d'affichage sans même y jeter un œil. À quoi rimaient les diplômes et les fêtes de fin d'année ? D'ici là, ils seraient peut-être tous morts.

Elle marchait tête baissée, et faillit heurter quelqu'un. Ses yeux tombèrent sur des chaussures élégantes, de marque étrangère, puis remontèrent sur un jean moulant qui mettait en valeur des cuisses musclées ; les hanches étaient étroites, et le torse viril. Quant au visage, il était digne d'une œuvre d'art : la bouche était à se pâmer, et les pommettes divinement sculptées. S'y ajoutaient des lunettes de soleil et des cheveux noirs légèrement ondulés.

Bonnie resta un moment sans voix. Elle avait oublié à quel point il était sublime. Et tout en priant pour qu'Elena ne puisse pas lire dans ses pensées, elle eut envie de lui sauter au cou.

— Stefan !

Puis, revenant sur terre, elle jeta un regard méfiant autour d'elle. Personne en vue.

— Tu es fou de te montrer ici ! s'exclama-t-elle en l'attrapant par le bras.

— J'ai cru comprendre que c'était urgent…

— Ça l'est, mais…

Sa présence dans ce lycée était tout à fait insolite. Il détonnait par son élégance et sa beauté si « exotique ». Il ne pouvait pas passer inaperçu. Bonnie tenta de le pousser vers un placard à balais, mais c'était sans compter sa force.

— Bonnie, tu disais que tu avais parlé à…

— Il faut te cacher ! Je vais chercher Matt et Meredith. On discutera après. Si quelqu'un te voit, ça sera l'émeute : il y a eu un autre meurtre.

Stefan se laissa entraîner vers le réduit sans plus de protestation.

— Je t'attends là, assura-t-il d'un air sombre.

Il ne fallut que quelques minutes à la jeune fille pour récupérer ses deux amis dans leurs classes respectives.

Ils firent sortir Stefan de l'établissement le plus discrètement possible. Pourtant, il n'était pas improbable que quelqu'un les ait aperçus. Restait plus qu'à croiser les doigts pour que la nouvelle ne se répande pas.

— Trouvons-lui une cachette sûre, lança Meredith tandis qu'ils fonçaient vers le parking.

— Pourquoi pas la pension ? suggéra Bonnie.

Elle s'arrêta net. Une voiture noire de marque italienne était garée là. L'emblème figurant un étalon lui sauta aux yeux. Une Ferrari.

— Mais… qu'est-ce qu'elle fait ici ?

— C'est celle de Damon, déclara posément Stefan.

Trois paires d'yeux effarés se tournèrent vers lui.

— Celle de Damon ? répéta Bonnie d'une voix aiguë.

Il devait l'avoir prêtée à Stefan… À moins que…

La vitre de la portière s'abaissa. Une chevelure lisse, aussi brillante que la carrosserie, des lunettes miroirs et un sourire éclatant apparurent.

— Oh mon Dieu ! souffla Bonnie.

— *Buongiorno*, lança nonchalamment Damon. Quelqu'un veut-il que je le dépose ?

— Oui, à la pension, répliqua Stefan avec impatience. Vous n'avez qu'à nous suivre, vous trois. Vous vous garerez derrière la grange.

Meredith dut arracher Bonnie à la contemplation de la Ferrari. Non pas qu'elle fût transie d'amour pour Damon. Il n'avait pas intérêt à essayer de l'embrasser comme l'autre fois ! Elle éprouvait juste la fascination d'un lapin devant un serpent venimeux. Il n'était peut-être pas aussi dangereux que Katherine, mais suffisamment pour s'en méfier. Il avait tué M. Tanner après tout… et pouvait très bien s'en prendre à quelqu'un d'autre.

Une fois dans la voiture de Meredith, les langues se délièrent.

— Stefan n'aurait pas dû l'amener, maugréa cette dernière.

— Il l'a sûrement suivi, objecta Bonnie.

Damon n'était pas du genre à être « amené » où que ce soit.

— Pourquoi ? Pas pour nous aider en tout cas.

Matt, pour sa part, semblait perdu dans ses pensées, indifférent à la tension régnant alentour. Il contemplait le ciel couvert à travers la vitre.

— Matt ? s'inquiéta Bonnie.

— Laisse-le tranquille, lui conseilla Meredith.

Bonnie eut un pincement au cœur : un de plus qui pensait à Elena ! C'était vraiment injuste ! Comme si ses deux autres soupirants ne suffisaient pas !

Ils se garèrent comme convenu derrière la grange, à côté de la Ferrari. Quand ils entrèrent, Stefan était seul. Il avait ôté ses lunettes, et, en dépit de son air grave, Bonnie ne put s'empêcher d'admirer ses yeux, d'un vert incroyable.

Il y eut quelques secondes de silence gêné. Personne ne semblait savoir par où commencer.

Enfin, Meredith s'avança vers Stefan.

— Tu as l'air fatigué…

— Je suis parti immédiatement.

Il l'enlaça dans une brève étreinte. Il n'aurait jamais fait ça à une époque, s'étonna Bonnie. Lui qui était si réservé !

Elle le serra à son tour contre elle et sentit le contact de son visage froid. Elle avait envie de pleurer, sans vraiment comprendre pourquoi : était-elle soulagée ? Ou triste à cause de tout ce qui s'était passé ? Avait-elle peur ?

Stefan et Matt se dévisageaient à présent. C'était presque drôle. Ils avaient la même expression peinée et lasse : quoi qu'il arrive, Elena serait toujours entre eux.

Enfin, Matt tendit la main à son ex-rival, qui la serra, et l'atmosphère se détendit.

— Où est Damon ? demanda Meredith.

— Il est allé faire un tour, histoire de nous laisser seuls quelques minutes.

— Quelques décennies sans lui seraient l'idéal ! lâcha spontanément Bonnie.

— On n'a pas confiance en lui, renchérit Meredith.

— Tu te trompes, riposta Stefan d'un ton ferme. Il nous aidera.

— Entre deux meurtres ? rétorqua Meredith. Tu n'aurais pas dû lui demander de venir, Stefan.

— Mais il ne m'a rien demandé, intervint une voix, derrière Bonnie.

Celle-ci sursauta, se serrant impulsivement contre Matt, qui la prit par l'épaule.

Damon eut un sourire furtif. Il avait ôté ses lunettes de soleil, révélant des yeux noirs comme la nuit. Bonnie ne put s'empêcher de l'admirer. Il était presque aussi beau que Stefan.

— Je vois qu'on a un nouveau couple, lança Damon d'un ton désinvolte.

— Pas du tout, répliqua Matt sans pour autant lâcher Bonnie.

— Alors comme ça, Stefan ne t'a pas amené ? interrompit Meredith d'une voix calme.

Damon n'avait jamais impressionné la jeune fille. Elle était bien la seule.

— Non, répondit-il sans quitter Bonnie des yeux. C'est elle qui m'a appelé.

— Moi ? fit Bonnie, interloquée.

— Parfaitement. C'est bien toi qui as orchestré ce rituel ?

— Mais…

Oh non ! Elle avait compris : les cheveux noirs… Ceux de Damon étaient certes plus fins et plus raides… Pourtant… Matt avait dû commettre une erreur dans le tri.

— Tu nous as fait venir, Bonnie, s'impatienta Stefan. On est là. Alors, maintenant, dis-nous ce qui se passe.

Ils s'assirent sur les bottes de foin, à l'exception de Damon, qui resta debout. Stefan s'était penché vers Bonnie et la regardait droit dans les yeux.

— Tu as dit… qu'Elena t'avait parlé.

Le simple fait de prononcer son nom semblait l'émouvoir au plus haut point. Les muscles de son visage se contractèrent violemment.

— Oui, répondit-elle avec un faible sourire. J'ai fait un rêve très bizarre.

Elle le lui raconta, ainsi que tous les événements qui avaient suivi. À chaque fois qu'elle évoquait Elena, le regard de Stefan s'embrasait ; quand elle en vint à la tragique soirée chez Caroline et à la mort horrible de Sue, il pâlit.

— La police est venue constater son décès, mais on n'avait pas besoin d'eux pour ça, conclut tristement Bonnie. Et ils ont emmené la pauvre Vickie, qui a replongé dans la folie. On nous a empêchées de la voir ; sa mère raccroche quand on appelle. Certains pensent que c'est elle qui a tué Sue !! En tout cas, personne ne croit à notre version…

— Elena a parlé d'un homme plusieurs fois, fit observer Meredith. Et, d'après elle, il est très puissant.

— Quelqu'un m'a agrippée chez Caroline…, précisa Bonnie.

Elle confia à Stefan ses soupçons à l'encontre de Tyler. Mais Stefan parut partager le scepticisme de Meredith à ce sujet : ça ne pouvait pas être lui.

— Et Caroline ? demanda Stefan. Est-ce qu'elle a été témoin de quelque chose ?

— Elle est parvenue à sortir, répondit Meredith. Elle a entendu les cris, comme nous, mais elle a eu trop peur pour aller voir. Il y avait de quoi.

— Alors, à part Vickie, personne ne sait ce qui s'est passé ?

— Non. Et Vickie n'est pas en état de parler…, conclut Bonnie.

Elle reprit son récit là où elle s'était arrêtée :

— Comme personne ne nous croyait, on a suivi le conseil d'Elena : convoquer par un rituel quelqu'un susceptible de nous venir en aide. On a supposé que c'était toi. Alors voilà… tu peux nous aider ?

— Je vais essayer.

Il se leva pour faire les cent pas. Puis, il s'immobilisa sans un mot. Enfin, il se tourna vers Bonnie :

— Tu crois que tu pourrais reprendre contact avec Elena en te mettant en transe ?

Ses yeux étincelaient d'un espoir désespéré, à tel point que la jeune fille hésita à refuser.

— Peut-être… mais, Stefan…

— Alors allons-y tout de suite. L'idéal serait que tu arrives à m'emmener avec toi.

Il avait l'air tellement déterminé… Elle aurait bien voulu lui faire plaisir. Mais le souvenir de son dernier rêve était insupportable. Affronter de nouveau cette horreur lui paraissait une épreuve insurmontable.

— Stefan, c'est trop dangereux. N'importe quel esprit peut entrer en moi dans ces moments-là. C'est terrifiant. Et si cet être réussit à contrôler ma volonté… Je suis désolée, Stefan, mais je ne m'en sens pas capable.

Elle crut un instant qu'il allait insister. Mais lentement la lueur d'espoir dans son regard s'éteignit.

— Vraiment désolée…

— On se débrouillera autrement, finit-il par conclure avec un sourire forcé.

Bonnie n'était pas dupe : il était infiniment déçu.

— Il faut essayer de savoir ce que cet être est venu chercher ici, reprit-il.

— Pourquoi est-ce que le Mal s'acharne encore sur nous ? gémit Bonnie.

— Ce n'est peut-être qu'une coïncidence, commenta Meredith. Nous ne sommes quand même pas assez importants pour déranger toutes ces braves créatures…, ajouta-t-elle ironiquement.

— Ce n'est pas une coïncidence, affirma Stefan.

Il observa un moment de silence, comme s'il ignorait par où commencer.

— Notre monde est plein d'espaces… différents, remplis d'énergie psychique, bonne ou mauvaise. Certains, comme le Triangle des Bermudes ou Stonehenge, ont toujours été remplis d'ondes négatives. D'autres le deviennent à partir du moment où beaucoup de sang est versé.

Il regarda Bonnie d'un air entendu.

— Les âmes du vieux cimetière…, murmura-t-elle.

— Oui. Il y a eu une bataille ici, pas vrai ?

— Pendant la guerre de Sécession, répondit Matt. La vieille église a été détruite à cette époque. Ça a été une hécatombe dans les deux camps : tous les combattants sont morts. La forêt aussi est truffée de sépultures.

— La terre est sans doute gorgée de sang, reprit Stefan. Un endroit comme celui-ci attire le surnaturel… et le Mal. C'est pour cette raison que Katherine est venue ici.

— Et maintenant un autre être a pris la relève…, fit remarquer Meredith. Comment sommes-nous censés nous y prendre cette fois ?

— Il faut d'abord savoir qui est notre adversaire. Je pense que…

Un grincement l'avait interrompu : la porte de la grange s'ouvrait. Tout le monde se crispa, sur la défensive. Mais la frêle silhouette poussant la porte du coude n'avait rien de menaçant.

Mme Flowers, la propriétaire de la pension, leur souriait, ses petits yeux noirs plissés par une myriade de rides. Elle portait un plateau.

— Vous aimeriez sans doute boire quelque chose en discutant, dit-elle d'un air réjoui.

Ils échangèrent des regards déconcertés. Comment avait-elle su qu'ils étaient ici ? Et que signifiait ce signe de bienvenue ?

— Tenez, poursuivit la vieille dame. C'est du jus de raisin maison. Il est issu de mes propres vignes.

Elle distribua un gobelet à chacun d'eux, excepté à Stefan et Damon.

— Et voici des gâteaux au gingembre tout juste sortis du four.

Elle les présenta à la ronde, mais en s'abstenant toujours d'en offrir aux deux frères.

— Quant à vous deux, leur lança-t-elle enfin, venez dans ma cave goûter mon alcool de mûre…

Bonnie aurait juré qu'elle leur avait lancé un clin d'œil.

Stefan inspira profondément.

— Euh… écoutez, Madame Flowers…

— Ta chambre est telle que tu l'as laissée, tu sais. Personne ne l'a occupée depuis ton départ. Tu peux y revenir quand tu veux…

Stefan semblait à court de mots.

— Eh bien… merci. Merci beaucoup. Mais…

— Ne t'inquiète pas, je ne dirai rien à personne. Pas un mot. Comment trouves-tu le jus de raisin ? demanda-t-elle brusquement à Bonnie.

Celle-ci se hâta d'en avaler une gorgée.

— Délicieux, déclara-t-elle sincèrement.

— N'oubliez pas de jeter les gobelets à la poubelle. J'aime que tout soit bien en ordre…

Puis elle parcourut la grange d'un regard triste.

— Quel gâchis ! soupira-t-elle. Une si jolie fille !

Elle fixait Stefan de ses yeux ronds et brillants comme deux perles d'onyx.

— C'est une tâche pour toi cette fois, mon garçon, lança-t-elle en tournant les talons.

— Ça alors ! lâcha Bonnie, médusée.

Les autres n'étaient pas moins ébahis.

— De quelle fille parlait-elle, à votre avis : Sue ou Elena ? demanda Meredith.

Leur amie avait en effet passé quelque temps dans cette grange, l'hiver précédent. Mais Mme Flowers n'était pas censée le savoir.

— Tu ne lui aurais rien dit sur nous, par hasard ? s'enquit Meredith à l'adresse de Damon.

— Que nenni, répondit-il avec un petit rictus. C'est une vieille folle, c'est tout.

— Pas tant que ça, objecta Matt. Si ça se trouve, elle a remarqué qu'on la surveillait, il n'y a pas si longtemps…

— Je ne sais pas trop quoi penser, admit Stefan. En tout cas, elle a l'air de notre côté. Et on a un abri sûr, grâce à elle.

— Et du jus de raisin, ajouta Matt avec un sourire à son adresse. T'en veux ?

— Trop aimable à toi, rétorqua-t-il d'un air faussement maussade.

Mais son regard exprimait de l'amitié. Bonnie eut l'impression fugace de les retrouver comme avant la mort d'Elena : aussi à l'aise ensemble que deux bons copains ! Elena n'avait pas complètement disparu, de toute façon. Elle était même plus que jamais présente, puisqu'elle était à l'origine de leurs retrouvailles.

Stefan avait repris son air sérieux.

— Bon, il faudrait commencer par interroger Vickie, suggéra-t-il.

— C'est impossible, rappela aussitôt Meredith. Ses parents ne le permettront pas.

— Eh bien, on fera en sorte de les éviter… Tu viens avec nous, Damon ?

— Une visite à une jolie fille ? Je ne manquerai ça pour rien au monde.

Bonnie lança un regard inquiet à Stefan.

— Je vais garder un œil sur lui, murmura-t-il tandis qu'ils sortaient.

C'était tout ce que Bonnie espérait.

6

La maison de Vickie se situait à l'angle de deux rues. Ils s'en approchèrent discrètement, sous un ciel chargé de gros nuages bleu foncé qui obscurcissaient étrangement le paysage : on se serait cru au fond de l'océan.

— L'orage se prépare, commenta Matt.

Bonnie fixait Damon : cette brusque dégradation du temps venait de lui, ça ne faisait aucun doute. D'ailleurs, elle ressentait très clairement la source d'énergie émanant de son être.

— Que diriez-vous d'une chute de neige en plein mois de juin ? lança-t-il avec un grand sourire.

Bonnie eut un petit frisson désagréable. Elle avait remarqué que Damon n'avait pas été ému le moins du monde par son discours dans la grange. Ni lorsqu'elle avait raconté la mort de Sue, ni à l'évocation d'Elena. Difficile de savoir ce qu'il éprouvait vraiment pour cette dernière. Il avait cherché à se l'accaparer par tous les moyens, mais l'avait abandonnée au milieu d'une tempête glaciale, dont elle avait failli ne pas réchapper. Bonnie avait du mal à croire qu'il cherchait à les aider.

— Là, c'est la chambre de Vickie, déclara Meredith en désignant une baie vitrée.

Stefan se tourna vers son frère.

— Combien de personnes à l'intérieur, en plus de Vickie ?

— Deux. Un homme et une femme. Elle est ivre.

« Pauvre Mme Bennett ! » pensa Bonnie.

— Fais en sorte qu'ils s'endorment, reprit Stefan.

Bonnie était fascinée malgré elle par la montée de pouvoirs qu'elle captait chez Damon. Depuis qu'elle les mettait en pratique, ses propres dons s'étaient développés : elle percevait maintenant les ondes paranormales aussi nettement qu'elle voyait la maison de Vickie ou qu'elle humait le parfum tenace du chèvrefeuille devant elle.

— Voilà, c'est fait : ils sont dans les bras de Morphée, annonça Damon.

Stefan frappa doucement au carreau.

— Elle est en transe, informa Damon.

— Et elle a peur…, ajouta Stefan.

— Vickie, c'est moi, Stefan Salvatore, murmura-t-il. Je suis venu t'aider. Laisse-moi entrer.

Sa voix était trop basse pour être perçue à travers la vitre. Pourtant, au bout d'un moment, les rideaux s'écartèrent, et un visage apparut.

Bonnie étouffa un cri : Vickie avait les cheveux emmêlés, le visage pâle comme la mort, des énormes cernes sous ses yeux fixes et vitreux, et les lèvres craquelées.

— Elle se prépare à jouer la scène de démence d'Ophélie, ou quoi ? chuchota Meredith. Tout y est, même la chemise de nuit.

— Je dirais plutôt qu'elle est possédée…, souffla Bonnie.

— Vickie, ouvre la fenêtre, ordonna Stefan.

Elle s'exécuta avec des gestes de pantin.

— Je peux entrer ? demanda Stefan.

Mais Vickie ne semblait pas le voir : son regard vide était posé sur ses amis, derrière lui.

Les reconnaissait-elle ?

— Meredith… Bonnie… Stefan ? finit-elle par murmurer. Tu es revenu ? Qu'est-ce que vous faites ici ?

— Dis-moi d'entrer, Vickie, répliqua celui-ci d'une voix hypnotique.

Après d'interminables secondes d'attente, Vickie se décida :

— Entre.

Prenant appui sur le rebord de la fenêtre, il sauta à l'intérieur, suivi de Matt et Meredith. Bonnie, gênée par sa mini-jupe, resta dehors avec Damon. Si elle avait su, elle aurait mis un jean !

— Ne reste pas là, conseilla Vickie d'un ton étrangement calme. Il est ici pour me tuer. Et il fera la même chose avec toi.

Meredith, émue, lui passa le bras autour de l'épaule.

— De qui parles-tu ? demanda Stefan.

— De l'homme qui vient dans mes rêves. C'est lui qui a tué Sue.

Ils étaient totalement déconcertés par son air détaché. C'était presque plus effrayant à voir qu'une crise d'hystérie.

— Vickie, on est venus t'aider, dit doucement Meredith. Ne t'inquiète pas. On ne le laissera pas te faire de mal. Promis.

Vickie s'écarta brusquement d'elle et se mit à la détailler de la tête aux pieds d'un air incrédule. Puis elle partit d'un immense éclat de rire, horrible, rocailleux, semblable à une quinte de toux. Bonnie crut qu'il ne cesserait jamais.

— Arrête ! ordonna Stefan.

Elle obéit dans une sorte de sanglot. Lorsqu'elle leva la tête, ses yeux étaient moins vitreux, et elle paraissait bouleversée.

— Vous allez tous mourir, hoqueta-t-elle. Il est invincible. Il tuera quiconque le défiera.

— Écoute, Vickie. Pour avoir une chance contre lui, on doit en savoir le maximum sur son compte. Et là-dessus, tu peux nous aider. Il te suffit de nous le décrire.

— Dans mes rêves, c'est juste une ombre sans visage.

— Mais tu l'as vu chez Caroline, insista Stefan.

Elle se détourna brusquement.

— Je sais que tu as peur, Vickie, reprit-il, mais c'est capital ; tu es la seule à l'avoir eu en face de toi. Aide-nous, s'il te plaît.

— Je… je ne me souviens de rien…

— Je connais un moyen de te rappeler. Tu veux bien que j'essaie ?

Au bout d'un long moment, Vickie finit par pousser un profond soupir.

— Ça m'est égal. De toute façon, ça ne sert à rien.

— Merci, dit Stefan. Tu es très courageuse. Maintenant, regarde-moi et détends-toi.

La voix du jeune homme se fit berçante jusqu'à ce que les yeux de Vickie se ferment.

— Viens t'asseoir.

Il la guida vers le lit et s'installa à ses côtés.

— Tu es calme et détendue, maintenant. Tu n'as rien à craindre. Nous allons revenir à la nuit de samedi. Tu es en haut, dans la grande chambre. Sue est avec toi. Il y a quelqu'un d'autre. Regarde-le.

— Non ! cria-t-elle en se débattant. Je ne peux pas…

— Vickie, calme-toi. N'aie pas peur, il ne te fera aucun mal. Il ne te voit pas. Écoute-moi.

Au fur et à mesure qu'il parlait, les gémissements de Vickie s'atténuèrent. Mais son expression était toujours aussi torturée.

— Regarde-le, Vickie. À quoi ressemble-t-il ?

— Au diable ! hurla-t-elle.

Meredith vint lui prendre la main.

— Mais encore… Décris-le-moi, reprit Stefan.

La bouche de la jeune fille se tordit, et ses narines frémirent comme au contact d'une horrible odeur. Elle se mit à parler de manière saccadée, visiblement au bord de la nausée.

— Il porte… un vieil imperméable… qui bat contre ses jambes. Il ordonne au vent de se lever. Il a les cheveux blond très clair, presque blancs, et les yeux très bleus… froids… comme la mort…, ajouta-t-elle après avoir humecté ses lèvres sèches.

Soudain, un éclair déchira le ciel avec fracas. Dehors, Damon leva la tête, surpris.

— Il est grand, poursuivit Vickie. Il vient vers moi en riant. Sue hurle : « Non, non ! » en essayant de me tirer en arrière. Alors, il s'approche d'elle et l'empoigne. La fenêtre est juste devant. Sue crie : « Pitié ! Non ! » Mais il la lève au-dessus de lui… et il… il… la jette au loin…, acheva-t-elle dans une note suraiguë, au comble de l'hystérie.

— Vickie, tout va bien, tenta de l'apaiser Stefan. Ce n'est qu'un souvenir. Tu es là, avec nous…

— Oh, mon Dieu ! Sue… Suuuue !

— Vickie ! Regarde-moi. Tu dois encore faire un effort. J'ai besoin d'un dernier détail. Dis-moi s'il porte un bijou bleu…

Mais Vickie s'agitait comme une démente.

— Non ! Non ! La prochaine fois, ce sera mon tour !

Tout à coup, l'hypnose parut cesser : ses yeux s'écarquillèrent, son souffle devint haletant, et elle tourna la tête vers le mur.

Le tableau qui y était accroché vibrait légèrement. Puis ce fut le tour du miroir, des flacons de parfum et des bâtons de rouge à lèvres sur la commode. Soudain, une boucle d'oreille fusa de son présentoir vertical, suivie de plusieurs autres, dans un crépitement de pop-corn qui éclate. Un chapeau de paille vola à travers la pièce ; des photos furent éjectées de leurs cadres, et des CD tombèrent avec fracas d'une étagère pour s'éparpiller par terre.

Meredith et Matt avaient bondi sur leurs pieds.

— Arrêtez ça ! Arrêtez ça ! s'époumona Vickie.

Mais, impuissants et effarés, ceux-ci ne pouvaient que contempler la débandade d'objets propulsés dans les airs. On aurait dit un tremblement de terre. Vickie hurlait de plus belle, les mains plaquées sur les oreilles.

Le tonnerre éclata de nouveau, cette fois juste au-dessus de leurs têtes. Bonnie sursauta, s'agrippant par réflexe à ce qui lui vint sous la main. À cet instant, un poster sur le mur de la chambre se déchira en diagonale, comme lacéré par un couteau invisible.

Puis, d'un seul coup, le vacarme s'éteignit, plongeant la pièce dans un silence complet. Les franges d'un abat-jour s'agitèrent légèrement. L'affiche s'était recroquevillée en deux parties inégales.

Tandis que Vickie écartait lentement les mains de ses oreilles, Matt et Meredith lançaient des coups d'œil soupçonneux autour d'eux. Bonnie, elle, disait une prière improvisée, les yeux fermés. Quand elle les rouvrit, elle se rendit compte à quoi elle s'était accrochée : au bras de Damon.

Celui-ci scrutait la chambre d'un air parfaitement calme.

— Regardez, dit-il en pointant le doigt vers le miroir.

Tous les regards se dirigèrent de ce côté. Quatre mots y étaient tracés en lettres orange vif, visiblement avec un des rouges à lèvres de Vickie :

Bonne nuit mon cœur.

— Oh, mon Dieu..., murmura Bonnie.

Stefan, se tourna vers Vickie, la mine grave et déterminée d'un soldat venant de recevoir son ordre de mission. Les yeux pleins de défi, il sortit de sa poche une plante aux grandes feuilles vertes et aux minuscules fleurs lilas.

— C'est de la verveine, expliqua-t-il avec animation. Elle vient de Florence.

Il déposa la tige dans la main de Vickie.

— Garde ça précieusement sur toi, et mets-en un peu dans chaque pièce de la maison, ainsi que dans les vêtements de tes parents. Ça les protégera. Tant que tu as cette plante avec toi, il ne peut pas contrôler ton esprit. Et... écoute-moi bien, Vickie. C'est très important.

Elle tremblait de tous ses membres. Stefan lui étreignit les mains, la forçant à le regarder.

— Surtout ne l'invite jamais à entrer. Si tu suis ce conseil, il sera incapable de franchir le seuil de cette maison. Dis à tes parents qu'ils ne doivent sous aucun prétexte laisser pénétrer un inconnu chez eux. En fait, non, c'est inutile : Damon peut se charger de le leur suggérer par transmission de pensée.

Il se tourna vers son frère, qui hocha distraitement la tête. Bonnie, prenant soudain conscience qu'elle ne l'avait pas lâché, ôta vivement sa main.

— Rien ne l'en empêchera, déclara Vickie d'un ton terriblement fataliste.

— C'est faux. Vickie, tu dois me croire. On va surveiller ta maison.

— C'est inutile. Vous ne pouvez rien contre lui.

Elle partit d'un grand éclat de rire qui s'acheva aussitôt dans des sanglots convulsifs.

— Il faut au moins essayer, répliqua Stefan en lançant un coup d'œil entendu à Meredith et Matt.

Tous deux approuvèrent.

— Ne t'inquiète pas, il y aura toujours quelqu'un posté dehors pour te protéger.

Il se leva en faisant signe à Meredith et Matt de le rejoindre près de la fenêtre.

— Il ne faut pas qu'elle reste sans surveillance, chuchota-t-il. Mais je dois m'absenter un moment, et j'ai besoin que l'un de vous m'accompagne. D'un autre côté, je ne tiens pas à ce que Bonnie ou toi, Meredith, restiez seules ici.

Il regarda Matt.

— Est-ce que tu peux…

— Je reste, dit Damon.

Tous le considérèrent avec stupeur.

— Je ne vois pas d'autre solution, continua-t-il. Personne d'autre que moi n'a les moyens de le combattre tout seul…

— Je suis encore capable de lire dans les pensées, rétorqua Stefan. Matt n'aura qu'à m'appeler.

— Eh bien, c'est ce que je ferai en cas de problème, conclut Damon. De toute façon, votre enquête commence à m'ennuyer. Je préfère encore ne pas vous suivre.

— Vickie a besoin d'être protégée, pas violée, objecta brutalement Stefan.

Un grand sourire s'épanouit sur le visage de Damon.

— Tu parles d'elle ?

Il désigna la silhouette assise sur le lit qui se balançait en fixant la tige de verveine. De ses cheveux en désordre à ses pieds nus, Vickie n'offrait pas un tableau très glamour.

— Je peux prétendre à mieux…

Il sembla à Bonnie que son regard en coin avait glissé sur elle.

— Je croyais que tu avais confiance en moi, ajouta Damon. Alors, prouve-le.

Il affichait un de ses rictus railleurs, qui appelaient au contraire à se méfier de lui. D'ailleurs, Stefan le dévisageait d'un air sceptique.

En dépit de leur expression radicalement différente, Bonnie fut frappée par leur ressemblance. Ils étaient beaux comme des dieux.

— D'accord, finit par déclarer Stefan, ignorant les yeux ronds de ses amis. Tu n'as qu'à te poster discrètement devant la maison. Je prendrai la relève à mon retour.

Si Meredith était stupéfaite, elle s'abstint de tout commentaire. Quant à Bonnie, elle s'efforça d'oublier ses craintes : Stefan devait savoir ce qu'il faisait… Du moins, il avait intérêt !

— Ne me fais pas trop attendre, dit Damon en les regardant partir, le laissant dissimulé dans l'ombre d'un noyer.

Vickie, toujours assise sur son lit, n'avait pas cessé de se balancer.

— Où on va ? demanda Meredith dans la voiture.

— Vérifier mon hypothèse, répondit Stefan.

— Selon laquelle l'assassin est un vampire ? questionna Matt, à l'arrière avec Bonnie.

— Oui, confirma Stefan.

— C'est pour ça que tu as dit à Vickie de n'inviter personne…, commenta Meredith. Les vampires ne peuvent pas entrer chez quelqu'un qui ne les y autorise pas, si j'ai bien compris. Et c'est aussi pour cette raison que tu lui as demandé si l'homme portait un bijou bleu, pas vrai ?

— Exact. Il s'agit d'un talisman nous protégeant de la lumière du jour, expliqua Stefan en montrant sa main droite.

Un anneau d'or orné d'un lapis-lazuli y brillait.

— Sans ça, les rayons du soleil nous tueraient. Si le meurtrier est effectivement un vampire, il possède quelque part sur lui une pierre comme la mienne.

Il porta la main à son cou, effleurant quelque chose sous son tee-shirt. Sans aucun doute la bague qu'il avait offerte à Elena, et reprise à sa mort.

— Alors, comment savoir si c'en est un ? s'enquit Meredith.

— Il n'y a qu'une seule façon, et ce n'est pas très agréable. Mais on est bien obligés d'en passer par là.

Bonnie redoutait le pire. Une telle expression, dans la bouche de Stefan, sonnait comme un euphémisme. Ça devait signifier « carrément pénible » …

— Et c'est quoi ? demanda-t-elle avec appréhension.

— Examiner le corps de Sue.

Sa déclaration fut suivie d'un grand silence. Même Meredith, d'un naturel imperturbable, eut l'air scandalisée. Quant à Matt, il appuya le front contre la vitre fraîche.

— Tu rigoles, j'espère ! s'écria Bonnie.

— Hélas, non.

— T'es devenu taré ! s'emporta-t-elle. De toute façon, on ne nous laissera jamais faire une chose pareille ! Qu'est-ce que tu comptes leur sortir ? « Excusez-moi, je recherche des traces de morsures sur ce cadavre » ?

— Du calme, Bonnie, intervint Meredith.

— Non, je ne me calmerai pas ! C'est une idée horrible ! En plus, la police l'a déjà examinée. Ils n'ont rien trouvé d'étrange.

— Mais ils ne savent pas s'y prendre, répliqua sèchement Stefan.

Son ton froid rappela à Bonnie ce qu'elle avait trop tendance à oublier : Stefan n'était autre qu'un prédateur. Il avait déjà vu des cadavres, et peut-être même avait-il tué. En tout cas, il buvait du sang…

— Alors ? reprit Stefan. Vous êtes toujours d'accord pour me suivre ?

Meredith ne semblait pas plus enthousiaste que son amie : elle serrait le volant d'un air terriblement crispé.

— De toute façon, on n'a pas le choix…, finit par constater Matt.

— Le corps est exposé entre sept et dix heures à la chambre mortuaire, précisa Meredith à mi-voix.

— Alors on attendra la fermeture pour être seuls avec elle, conclut Stefan.

— C'est la chose la plus ignoble que j'aie jamais faite, murmura Bonnie d'un ton misérable.

La chambre mortuaire était sombre et glacée. Stefan était parvenu à en ouvrir la porte à l'aide d'une fine plaque de métal.

Les murs étaient recouverts de panneaux de bois sombre. La pièce était encore plus lugubre dans la pénombre. Bonnie scrutait avec inquiétude les recoins sombres où elle croyait apercevoir des ombres mouvantes.

— Cet endroit me fout une de ces trouilles, gémit-elle.

— Finissons-en au plus vite, grommela Matt en braquant sa lampe sur le cercueil.

Bonnie détourna le regard, horrifiée, et essaya de se concentrer sur les couronnes de fleurs. Dehors, l'orage grondait.

— Voilà, c'est ouvert, dit Stefan.

Ce fut plus fort qu'elle : en dépit de sa répulsion, Bonnie jeta un coup d'œil à l'intérieur du cercueil.

Sue reposait sur un capitonnage blanc bordé d'un liseré de satin rose. Ses cheveux blonds brillaient. On aurait dit une princesse endormie. Seulement, elle était trop pâle et trop figée. Comme une poupée de cire.

Bonnie s'approcha malgré elle. C'était pour ne pas la faire fondre, sans doute, qu'il faisait si froid…

Stefan se pencha sur le chemisier à col montant de Sue pour lui en défaire les boutons.

— Arrête ! souffla Bonnie, outrée.

— Tu crois qu'on est ici pour quoi ? rétorqua sèchement Stefan.

Pourtant, arrivés au deuxième bouton, ses doigts se firent hésitants, comme s'il prenait conscience de l'impudeur de son geste.

Bonnie n'hésita pas longtemps.

— Laisse-moi faire, ordonna-t-elle. C'est pas un travail de mec.

Et comme Stefan ne se décidait pas à lui céder la place, elle le poussa sans ménagement. Meredith vint aussitôt la rejoindre pour l'aider à former un écran entre Sue et les deux jeunes hommes. Si elles devaient lui enlever son chemisier, elles les feraient sortir.

Éclairée par la lampe de Meredith, Bonnie, toute tremblante, ouvrit le vêtement, découvrant une combinaison blanche ornée de dentelle. Elle prit son courage à deux mains pour écarter les cheveux dorés, raidis par une couche de laque.

— Pas de morsures, constata-t-elle, tout en se félicitant de sa voix presque assurée.

— Non, admit Stefan. Mais il y a autre chose, regardez.

Il contourna Bonnie pour désigner une coupure pâle et exsangue, invisible à première vue. Elle formait une fine ligne allant de la base du cou à la poitrine, juste au-dessus du cœur. Bonnie surveillait d'un air farouche le doigt de Stefan, qui survolait la cicatrice. Il n'avait pas intérêt à la toucher !

— Qu'est-ce que c'est ? demanda Meredith.

— C'est très étrange, répondit-il. Sur un vampire, une marque comme celle-ci laisserait penser qu'il s'est entaillé pour donner son sang à un humain, car des dents ordinaires ne peuvent pas percer notre peau. Mais Sue n'est pas un vampire.

— Bien sûr que non ! s'exclama Bonnie.

Elle imagina soudain Elena penchée sur la poitrine entaillée de Stefan, et buvant… Elle frissonna, essayant de repousser cette vision.

— Tu as besoin de vérifier autre chose ? demanda-t-elle.

— Non. C'est tout.

Elle reboutonna hâtivement le chemisier, remit en place la chevelure et s'empressa de quitter la pièce, laissant ensuite Meredith et Stefan refermer le cercueil. Elle s'arrêta sur le pas de la porte, les bras serrés autour d'elle. Une main vint se poser sur son épaule. Celle de Matt.

— Je t'ai trouvée très courageuse, murmura-t-il.

— Oui, enfin…

Elle voulut hausser les épaules, et fondit brusquement en larmes.

— Je comprends, souffla-t-il en la prenant dans ses bras.

Pas « Ne pleure pas » ou « Calme-toi » ou « Ça va aller ». Juste ces deux mots dans lesquels perçait de la détresse.

— Ils lui ont aspergé les cheveux de laque, sanglota-t-elle. Sue n'en mettait jamais ! C'est horrible !

Ce détail lui semblait pire que tout.

Matt continuait de la tenir contre lui sans rien dire.

Bonnie finit par se ressaisir ; prenant conscience qu'elle se cramponnait au jeune homme comme une noyée à sa bouée, elle le lâcha.

— Je t'ai trempé ta chemise, s'excusa-t-elle en reniflant.

— Ça n'a aucune importance, la rassura-t-il d'un ton morne.

Elle recula pour le regarder : il semblait si désespéré.

— Matt, qu'est-ce que tu as ?

Les yeux perdus dans le vague, il fixait un insondable lointain.

— Ce qui est arrivé à Sue est terriblement injuste. Ce monde ne rime à rien. Une fille comme elle n'aurait pas dû mourir, de même que tous ces enfants innocents victimes de la faim, ou ces bébés phoques écorchés vifs. Comment de telles horreurs peuvent-elles se produire ? De tout façon, tout ça ne sert à rien. Tout est foutu d'avance.

Il sembla se rappeler la présence de Bonnie.

— Tu comprends ce que je veux dire ?

— Heu… Pas trop…

Elle n'était d'ailleurs pas sûre de le vouloir. Sa vision des choses était trop effrayante. Pourtant, elle ressentit le besoin de le consoler.

— Matt, je…

— Ça y est, c'est fini, annonça Stefan derrière eux.

— C'est ce que je me dis constamment, lâcha Matt en s'éloignant sans plus d'explications.

7

Stefan s'approcha de la maison avec une pointe d'appréhension. Et si Damon avait déserté son poste ? Il regrettait déjà de lui avoir fait confiance.

Mais quand il atteignit le jardin, quelque chose remua sous le noyer : son acuité décuplée lui permit de distinguer une ombre dans l'obscurité.

— Tu en as mis du temps.

— J'ai raccompagné les autres chez eux. Et j'ai dû me nourrir.

— Un animal, constata Damon avec mépris en remarquant la petite tache sur le tee-shirt de son frère. Un lapin, vu l'odeur.

— J'ai donné de la verveine à Bonnie et Meredith, on ne sait jamais, continua Stefan en faisant mine d'ignorer la remarque.

— Sage précaution, railla Damon.

Une irritation trop souvent ressentie envahit Stefan. Pourquoi son frère compliquait-il toujours tout ? Le simple fait de parler avec lui donnait l'impression d'avancer en terrain miné : c'était aussi pénible et dangereux.

— Je te laisse, conclut Damon en jetant son blouson par-dessus l'épaule. J'ai à faire.

Il lui lança un dernier sourire narquois.

— Ne m'attends pas…

— Damon…

Celui-ci tourna à peine la tête.

— … je compte sur ta prudence : on n'a pas besoin qu'une fille se mette à crier au vampire. Ou montre à tout le monde ses morsures au cou. Les gens d'ici ont déjà connu ce genre de choses et sauront où chercher.

— Je m'en souviendrai.

Le ton était certes un peu moqueur, mais c'était ce que Stefan avait entendu de plus proche d'une promesse dans la bouche de son frère.

— Damon ?

— Quoi encore ?

— Merci.

Ce fut le mot de trop. Damon pivota, une lueur menaçante dans les yeux.

— N'attends rien de moi, petit frère. Tu risques d'être déçu. Et ne t'imagines pas que tu peux me manipuler comme tes trois amis. Je suis ici pour des raisons personnelles.

Et il le planta là sans lui laisser la possibilité de répondre. De toute façon, ça n'aurait rien changé. Damon ne l'écoutait jamais. Il le méprisait. La preuve, c'était ce sobriquet de « petit frère » qu'il ne cessait d'utiliser. Comme s'il n'avait pas de prénom !

Il était visiblement d'humeur exécrable, maintenant. Il chercherait sans doute à prouver que Stefan avait eu tort de lui accorder sa confiance, sans doute de la façon la plus sournoise possible.

Stefan se laissa glisser contre le tronc de l'arbre. Perdu dans la contemplation du ciel nocturne, il se mit à réfléchir aux derniers événements. La description que Vickie avait donnée du tueur lui disait vaguement quelque chose. Quelqu'un avait dû un jour lui parler d'un individu correspondant à ce portrait. Mais il eut beau se concentrer, il ne parvint pas à se souvenir. Il était trop fatigué, trop abattu, et en manque cruel de réconfort.

Elena lui avait menti. Elle lui avait tant de fois promis qu'elle ne l'abandonnerait jamais ! Et il l'avait crue. Certes, elle n'avait pas eu le choix. Mais le résultat était le même. Il avait plus d'une fois pensé à la rejoindre. Il tenta de repousser les images du passé. En vain : elles revinrent en force.

La première fois qu'ils s'étaient embrassés. Le doux vertige quand leurs lèvres s'étaient rencontrées. Puis la spirale vertigineuse de passion qui les avait engloutis. Elena l'avait touché au plus profond de son âme, balayant toutes ses barrières. Ses subterfuges avaient volé en éclats, et il s'était senti libéré d'un seul coup du poids de ses secrets. Et il s'était rendu compte que c'était ce à quoi il aspirait depuis longtemps : qu'Elena le voie tel qu'il était, sans masque.

Pourtant, cette mise à nu n'avait pas été sans souffrances. Il se revit, surpris par elle en train de boire le sang d'un oiseau. La honte l'avait submergé ; il avait cru qu'elle se sauverait en courant, au comble du dégoût.

Mais lorsqu'il avait enfin osé croiser son regard, il fut ébloui par ce que lui renvoyèrent ses yeux : de la compréhension, du pardon, de l'amour. Il avait su à ce moment-là que leurs destins étaient scellés pour toujours.

Stefan s'accrocha aux autres souvenirs qui affluèrent, en dépit de la douleur qu'ils lui occasionnaient. Le corps souple d'Elena entre ses bras. La caresse de ses cheveux sur sa joue, légère comme une aile de papillon. La courbe de ses lèvres, leur goût. L'incroyable bleu nuit de ses yeux.

Toutes ces merveilles étaient perdues à jamais.

Pourtant, Bonnie avait communiqué avec Elena. Son âme était encore toute proche. Qui mieux que lui pourrait entrer en contact avec elle ? Ce serait un jeu d'enfant avec ses pouvoirs. Il connaissait le moyen. Fermer les yeux. Se représenter la personne que l'on voulait invoquer. Il l'imagina si bien qu'il eut l'impression de toucher sa peau, de humer son parfum. Il suffisait de l'appeler du plus profond de son être. Peu importait le danger. Il mit toute son énergie, tout son amour à lancer sa prière.

Et il sentit… le vide. Le silence. Il n'avait pas les dons de Bonnie. Ses pouvoirs ne lui étaient d'aucune utilité dans cette tentative : l'être qu'il chérissait le plus au monde restait inaccessible, muet. Il n'avait jamais éprouvé un si profond sentiment de solitude.

— Tu veux quoi ? s'étonna Bonnie.

— Des archives sur l'histoire de Fell's Church, répéta Stefan. En particulier sur ses fondateurs.

Meredith et Matt se trouvaient avec eux dans la voiture, garée discrètement derrière la maison de Vickie. La nuit commençait à tomber. Ils venaient juste d'assister à l'enterrement de Sue – à l'exception de Stefan, bien sûr.

— Ça a un rapport avec Sue, c'est ça ? demanda Meredith. Tu penses avoir trouvé la clé du mystère ?

— Peut-être, admit Stefan.

Il avait passé la journée à se torturer les neurones. S'il n'était pas capable de communiquer avec Elena, il pouvait du moins lui prouver qu'il était digne de sa confiance.

— Je pense savoir ce qui s'est passé, continua-t-il, mais je préfère ne rien dire pour le moment.

— Pourquoi ? demanda Bonnie.

Son visage offrait le plus grand contraste avec celui de Meredith : une chevelure flamboyante qui s'accordait parfaitement avec son tempérament. Car, en dépit de sa peau diaphane et de ses joues rondes de bébé, Bonnie pouvait faire preuve d'une grande ingéniosité.

— Parce que je ne veux accuser personne à tort. Ce n'est qu'une hypothèse pour l'instant. Mais vous n'aurez pas à attendre longtemps. Cette nuit, peut-être, j'aurai trouvé la preuve qui me manque.

— Va voir la bibliothécaire, Mme Grimesby, suggéra Meredith. Elle en connaît un rayon sur cette ville.

— Et il y a Honoria, ajouta Bonnie. Elle fait partie des fondateurs.

— Je croyais qu'elle avait cessé de communiquer avec toi, s'étonna Stefan.

— Je faisais allusion à son journal. Il est exposé à la bibliothèque, avec celui d'Elena.

Stefan fut surpris. L'idée que n'importe qui puisse avoir accès aux pensées intimes de sa bien-aimée ne lui plaisait pas du tout. En revanche, les écrits d'Honoria Fell pouvaient lui être précieux. Non seulement c'était une femme pleine de sagesse, mais elle possédait des dons de voyance.

— La bibliothèque est fermée à cette heure, rappela Meredith.

— Tant mieux, décréta Stefan. On pourra effectuer nos recherches tranquillement. L'idéal serait que deux d'entre vous restent ici. Meredith, tu pourrais m'accompagner…

— Je préfère pas, si tu n'y vois pas d'inconvénient. Je suis fatiguée. Je vais rentrer dès que mon tour de garde sera passé. Tu n'as qu'à y aller avec Matt.

— D'accord, répondit Stefan, un peu déçu. S'il veut bien.

Celui-ci n'émit pas d'objection.

— Dans ce cas, on y va. On se retrouve d'ici deux heures. Restez bien enfermées dans la voiture.

S'il ne se trompait pas, il n'y aurait pas d'attaque avant quelques jours. Bonnie et Meredith ne risquaient donc rien.

Le refus de Meredith l'avait étonné. La fatigue était un prétexte, c'était évident. Qu'est-ce qu'elle avait derrière la tête ?

— Au fait, où est Damon ? demanda Bonnie.

— Je ne sais pas, répondit Stefan d'un air crispé.

Il n'avait pas vu son frère depuis la veille et n'avait aucune idée de ses agissements.

— Il va finir par réapparaître, continua-t-il en sortant de la voiture. Et c'est bien ce qui m'inquiète.

Matt et lui se mirent en route en silence, évitant soigneusement les zones éclairées. Personne ne devait soupçonner la présence de Stefan. L'aide qu'il était venu apporter aux gens d'ici ne serait certainement pas considérée d'un bon œil. Il était indésirable ici et il passerait un sale quart d'heure si on lui tombait dessus.

La porte de la bibliothèque ne résista pas longtemps : ils mirent aussitôt la main sur les journaux intimes.

Stefan se fit violence pour ne pas feuilleter celui d'Elena. Le récit de ses derniers jours s'y trouvait sans doute… Ce n'était pas le moment de penser à ça.

Il se concentra plutôt sur le carnet revêtu d'une couverture de cuir, exposé à côté. L'encre pâle sur les feuilles jaunies était encore lisible, et Stefan s'habitua rapidement aux fioritures minutieuses de l'écriture.

Honoria y racontait comment elle et son mari, ainsi que les Smallwood et quelques autres familles, étaient venus s'installer dans cette région – à l'époque, une étendue sauvage. Ils avaient non seulement affronté les affres de l'isolement et de la faim, mais aussi les dangers de la faune locale. Honoria retraçait leur histoire avec une objectivité et une absence de sensiblerie remarquables.

Et, dans ces pages, Stefan trouva finalement ce qu'il cherchait. En relisant le passage révélateur, un frisson lui parcourut la nuque. Enfin, il s'adossa à sa chaise, les yeux fermés.

Il avait vu juste ! Il savait désormais, sans l'ombre d'un doute, ce qui se passait à Fell's Church. Une rage folle s'empara de lui : il eut envie de tout casser. La jolie et douce Sue avait été victime d'un rituel sanguinaire, d'une initiation obscène. Ça lui donnait des envies de meurtre.

Mais bientôt, il fut empli d'une farouche détermination. « Je te promets, Elena, que ça ne se reproduira pas. Je l'empêcherai coûte que coûte. »

Levant la tête, il croisa le regard de Matt, qui tenait le journal d'Elena ouvert. Ses yeux bleus reflétaient une profonde souffrance.

— Alors, tu as trouvé, devina-t-il. C'est grave ?

— Oui.

— Ça ne m'étonne pas, décréta-t-il, une pointe de satisfaction dans la voix, comme s'il venait de prouver qu'il avait raison.

— J'aurais pu t'épargner la peine de venir ici, continua-t-il en remettant le carnet à sa place.

Il promena son regard sur l'obscurité de la bibliothèque en faisant tinter fébrilement les pièces de monnaie dans sa poche. Il paraissait terriblement mal à l'aise.

— Pour connaître la vérité, il suffit d'imaginer le pire. On est toujours sûr de ne pas se tromper…

— Matt ?

Jusque-là, Stefan était trop préoccupé par sa lecture pour prendre conscience de l'état de Matt. Il allait affreusement mal, c'était évident, vu son air tendu et les frémissements qui parcouraient ses membres.

— Matt ? Qu'est-ce que tu as ?

— Rien.

— Tu trembles.

— Je te dis que ça va ! s'emporta-t-il en se détournant. Tu m'as juste pris la fille que j'aime, et elle est morte à cause de toi !

Stefan ne s'attendait pas à ce coup-là : il eut l'impression de recevoir une épée en pleine poitrine.

— Je suis désolé, s'excusa aussitôt Matt d'une voix étouffée.

Sa tension semblait s'être relâchée instantanément.

— J'aurais pas dû dire ça, continua-t-il.

— C'est pourtant la vérité.

Stefan laissa passer un bref silence avant de continuer :

— Il y a autre chose, pas vrai ?

Matt resta muet. Tête baissée, il raclait le sol du bout du pied. Au moment où Stefan allait abandonner, il eut une réaction.

— Comment est le monde ?

— Comment est… quoi ?

— Le monde. Tu as beaucoup voyagé. Et tu as quatre ou cinq siècles d'avance sur nous, non ? Alors, tu dois pouvoir répondre à ma question : est-ce que ça vaut la peine d'essayer de le rendre meilleur, ou n'est-il qu'un tas d'ordures voué à la pourriture ?

Stefan parut surpris par tant d'amertume.

— Et les gens, hein, Stefan ? Est-ce que la race humaine est née avec la gangrène, ou est-il encore temps de la guérir ? Elena, ajouta-t-il en tremblant, Elena… est morte pour que cette ville soit un endroit sûr où des filles comme Sue puissent vivre tranquillement. Et elle a été tuée à son tour. Tout recommence. Quoi qu'on fasse, ça ne s'arrête jamais. Qu'est-ce que tu réponds à ça ?

— Matt…

— À quoi ça rime tout ça ? Est-ce que le monde n'est qu'une gigantesque blague ? Tu comprends ce que je veux dire ?

— Oui, Matt.

Stefan passa une main lasse dans ses cheveux.

— Si tu la bouclais une minute, je pourrais te répondre.

Matt tira une chaise.

— Je t'écoute, dit-il en s'asseyant.

Son regard trahissait autant de défi que de tourment.

— J'ai vu des tas de choses horribles, Matt, et il m'est même arrivé d'y participer. En dépit de tous mes efforts, cette part sombre de moi ne disparaîtra jamais complètement. Mais souvent, j'ai l'impression que la race humaine tout entière est mauvaise, encore plus que la mienne. Et d'autres fois, il me semble que, de nos deux espèces, il n'y en a pas une pour racheter l'autre. Je ne sais pas si ça s'arrangera un jour.

Stefan planta soudain ses yeux dans ceux de Matt.

— La seule réponse à tout ça c'est : On s'en fout !

Matt en resta stupéfait.

— On s'en fout ? répéta-t-il.

— Tu as bien entendu : On s'en fout.

— Tu te fous que des gens se démènent inutilement pour faire cesser toutes ces horreurs ?

— Exactement.

Stefan se pencha en avant.

— Matt, ce n'est pas parce qu'on ne peut pas changer grand-chose au monde qu'il faut rester les bras croisés et finir par frayer avec les requins.

Matt se crispa sur sa chaise.

— Qu'est-ce que tu racontes ?

— C'est toujours ce qui arrive à ceux qui arrêtent de se battre. Regarde Damon. C'est son cas. Il ne tient qu'à toi de le rejoindre de l'autre côté de la barrière, là où vont ceux qui prétendent vouloir gagner. Et personne ne pourra t'en blâmer, parce que si tout le monde est comme ça, pourquoi tu ne le serais pas aussi ?

— Pas question ! explosa Matt en bondissant de son siège. Je ne suis pas Damon ! Je continuerai à me battre, même si ça ne sert à rien. Il faut au moins essayer !

— C'est exactement mon avis, approuva Stefan, esquissant un faible sourire. Se sentir battu d'avance n'est pas une raison pour abandonner. Il faut se lancer dans la bataille et ne jamais jeter les armes.

— Je n'en ai pas l'intention, répliqua Matt, regonflé à bloc.

Ça faisait une éternité que Stefan ne l'avait pas vu comme ça : il avait retrouvé toute sa belle énergie.

— Jamais, martela-t-il.

— Je ne sais pas si on y arrivera, mais moi aussi j'essaierai jusqu'au bout. Ça vaut la peine de tenter le coup.

Matt s'était levé. Ses yeux avaient retrouvé ce bleu limpide et vif d'autrefois.

— Bon, si tu as trouvé ce que tu cherchais, on n'a plus rien à faire ici.

— Les filles ne risquent rien pour l'instant, répliqua Stefan. Mais va quand même prendre la relève. Moi je reste encore un peu pour lire l'œuvre d'un certain Gervase de Tilbury, qui vivait au début du XIIIe siècle.

— Ça fait un bail : toi-même tu n'étais pas encore né ! le taquina Matt d'un air un peu forcé.

Ils se regardèrent un moment sans rien dire.

— Bon, bah, à tout à l'heure, lança Matt en se dirigeant vers la porte.

Brusquement, il se retourna, la main tendue vers Stefan.

— Je suis content que tu sois revenu, tu sais…

Stefan la lui serra.

— Je suis heureux de l'entendre, déclara-t-il.

Cette sympathie inattendue lui réchauffa le cœur. C'était peut-être la fin de sa solitude…

8

Seule la fenêtre de Vickie était visible depuis l'endroit où Bonnie et Meredith avaient garé le véhicule : c'était l'unique place qui n'attirait pas l'attention.

Meredith se versa un reste de café, gardé au chaud dans la Thermos, puis étouffa un bâillement.

— Tu as du mal à dormir la nuit, toi aussi ? lui demanda Bonnie.

— Oui. Pas étonnant vu les circonstances…

— Tu crois que Stefan et Matt sont en train d'avoir une discussion ?

Meredith lui lança un regard étonné, puis sourit. Elle ne s'attendait visiblement pas à ce que Bonnie devine sa manœuvre.

— J'espère, répondit-elle. Ça ferait du bien à Matt.

Bonnie acquiesça d'un signe de tête, s'enfonçant douillettement dans son siège. La voiture de Meredith était plutôt confortable…

D'ailleurs, quand Bonnie tourna la tête, son amie dormait. Il ne manquait plus que ça ! Elle contempla le fond de son gobelet avec morosité. Pas question de se laisser aller. Si elles sombraient toutes deux dans le sommeil, ce serait la catastrophe. Elle se redressa, fixant résolument la fenêtre éclairée de Vickie. En dépit de tous ses efforts, ses paupières devinrent lourdes. Elle devait absolument prendre l'air.

Elle déverrouilla la portière, qui émit un petit bruit sec en s'ouvrant. Meredith ne bougea pas. Bonnie sortit en prenant soin de l'enfermer. Elle se rendit alors compte qu'elle n'avait pas de clé. Tant pis. Elle n'aurait qu'à réveiller Meredith quand elle voudrait rentrer. Elle décida d'aller vérifier que Vickie n'avait pas de problème.

Il ne faisait pas trop frais, en dépit du ciel chargé. Les branches des saules se balançaient doucement derrière la maison. Des grillons chantaient de manière monotone, soulignant la densité du silence.

Bonnie frappa au carreau de Vickie tout en cherchant à apercevoir quelque chose entre les rideaux. Pas de réponse. Elle distingua des cheveux qui dépassaient d'un amas de couvertures, sur le lit. Vickie dormait.

Tout à coup, elle se rendit compte que les grillons avaient cessé leur sérénade. Même le vent était tombé : aucun feuillage ne bruissait plus. Bonnie tendit l'oreille, à l'affût d'une présence.

Elle n'était pas seule. Son sixième sens le lui disait. Il y avait… quelque chose… tout près… aux aguets.

Elle se tourna le plus lentement possible pour ne faire aucun bruit. On ne l'avait peut-être pas encore remarquée…

Le silence était devenu terrible, menaçant ; le sang battait dans ses oreilles. Elle n'avait qu'une peur : qu'une créature surgisse soudain de l'ombre. Un être aux mains chaudes et moites, qui devait l'observer dans un coin. Un individu à la force terrifiante, qui pourrait lui broyer les os d'un seul coup.

Le craquement d'une brindille explosa comme un coup de fusil. Elle virevolta aussitôt. Seules les ténèbres lui firent face.

Des doigts lui effleurèrent la nuque. Elle pivota de nouveau, le cœur battant à tout rompre, tétanisée d'effroi. Elle eut un tel choc en reconnaissant l'intrus que ses jambes devinrent aussi molles que celles d'une poupée de chiffon. Elle se serait écroulée par terre s'il ne l'avait retenue.

— Tu trembles, susurra Damon.

Bonnie fut incapable de répliquer quoi que ce soit. Malgré sa grande faiblesse, elle tenta de se dégager.

Il n'avait visiblement pas l'intention de la lâcher. Et lutter contre lui était aussi vain que de vouloir casser une brique à mains nues. Elle dut abandonner, s'efforçant de retrouver son souffle.

— C'est moi qui te fais peur à ce point ? murmura-t-il en souriant d'un ton réprobateur. Il ne faut pas.

Comment Elena avait-elle pu lui tomber dans les bras ? Mais sans doute n'avait-elle pas eu le choix : elle avait succombé malgré elle.

Il libéra un bras pour lui effleurer la lèvre supérieure.

— Je ne veux pas t'effrayer davantage. Je vais m'en aller, d'accord ?

Bonnie se sentait comme un lapin devant un serpent. Pourtant, il n'avait sans doute pas l'intention de la tuer. D'ailleurs, ce ne serait pas la peine : elle était sur le point de défaillir, et une étrange chaleur commençait à l'envahir.

Il fallait trouver quelque chose pour se tirer de cette situation. Ses immenses yeux noirs sans fond étaient tout ce qu'elle percevait à présent. Réfléchir… Vite…

« Elena n'apprécierait pas », fut sa seule pensée lorsque les lèvres de Damon touchèrent les siennes. Elle fut incapable de la moindre résistance : la vague brûlante l'avait submergée du bout des doigts jusqu'à la plante des pieds. Et la bouche de Damon était si fraîche, si douce. Elle n'avait qu'à se laisser aller, ça ne servait à rien d'avoir peur…

— Bon sang, qu'est-ce qui se passe ici ?

La voix brisa net le charme. Bonnie tourna la tête dans un sursaut. Matt, au bout du jardin, les poings serrés, dardait sur eux des yeux furieux.

— Éloigne-toi d'elle immédiatement.

Damon libéra aussitôt Bonnie, à sa grande surprise. Elle recula en rajustant son chemisier, un peu essoufflée. Elle était revenue à elle.

— Ça va, dit-elle à Matt. J'étais juste…

— Retourne à la voiture.

Il poussait un peu, quand même ! D'accord, il était tombé à pic, mais dans le genre grand frère protecteur, on ne pouvait pas faire plus lourd…

— Écoute, Matt…

— Je t'ai dit d'y aller, la coupa-t-il sans perdre Damon des yeux.

Meredith n'aurait jamais supporté qu'on lui parle sur ce ton. Quant à Elena… Alors pourquoi elle-même se laisserait-elle traiter ainsi ? Elle ouvrait déjà la bouche pour lui dire d'aller se faire voir lorsqu'elle prit conscience d'un détail.

C'était la première fois depuis des mois que Matt se souciait de quelque chose. Ses yeux bleus avaient retrouvé cet éclat déterminé devant lequel même Tyler Smallwood reculait. Il était redevenu lui-même !

Bonnie se mordit la lèvre. Après quelques secondes d'hésitation, elle mit son amour-propre de côté et baissa les yeux.

— Merci, souffla-t-elle en s'éloignant.

Matt était tellement furieux qu'il préféra se tenir à distance de Damon : son poing risquait de partir tout seul. Et vu le regard noir de celui-ci, ce ne serait pas une bonne chose.

— J'ai besoin de sang, déclara Damon d'un ton froid. Et tu n'as pas à t'en mêler.

Matt fut révolté par un tel manque de compassion. Il considérait le genre humain comme du bétail ! Et il avait osé poser ses sales pattes sur Bonnie. Une fille qui ne ferait pas de mal à une mouche.

— Tu pourrais au moins avoir le courage de t'attaquer à quelqu'un de ton gabarit, rétorqua-t-il avec mépris.

Damon sourit. Un courant d'air froid fit frissonner Matt.

— Comme toi ?

La mâchoire de Matt se crispa.

— Tu peux toujours essayer, répliqua-t-il au bout d'un moment.

— Avec plaisir, déclara Damon en avançant d'un pas vers lui.

Il se déplaçait avec une souplesse incroyable, qui rappelait celle d'une panthère. Matt ne put s'empêcher de penser aux bonds puissants et aux crocs acérés dont était capable un tel fauve. Il revit Tyler, couvert de sang, dans la baraque de chantier : il avait fait office de viande. C'était tout.

— Comment s'appelait ce prof, déjà ? demanda Damon d'un ton nonchalant.

La situation semblait l'amuser.

— Tanner, c'est bien ça ? poursuivit-il. J'ai fait plus qu'essayer avec lui.

— Tu n'es qu'un assassin.

Il accepta le qualificatif de bonne grâce, non comme une insulte mais comme une manière de le présenter.

— Il a voulu me poignarder. Je n'avais pas prévu de le vider de son sang, mais il m'a agacé, et j'ai changé d'avis. Toi aussi tu commences à m'énerver, Matt.

Celui-ci resta de marbre, sans cesser de fixer les yeux d'encre de son adversaire. Pourtant, son regard distillait une menace sourde qui aurait poussé n'importe qui à fuir.

Mais Matt, rempli d'une énergie nouvelle, n'avait pas l'intention de bouger, quoi qu'il arrive.

— Ne sois pas si stupide, le prévint Damon comme s'il avait lu ses pensées. Résister au moment où l'on te prend ton sang s'avère extrêmement douloureux.

Lorsque Elena lui avait planté les dents dans la gorge, il avait été loin de trouver l'expérience agréable. Et pourtant, il était d'accord. Qu'est-ce que ce devait être dans le cas contraire !

— Qu'attends-tu pour me tuer ? Ça m'est bien égal : tu ne prendras pas mon âme.

— Je n'ai jamais rien entendu d'aussi bête. Même pas dans la bouche de mon frère.

Il franchit en deux pas la distance qui le séparait de sa victime. D'une main, il le saisit par le tee-shirt et, de l'autre, le prit à la gorge.

— Tu mérites une bonne leçon.

La peur lui sourdait par tous les pores. Même s'il avait voulu s'enfuir, il en aurait été incapable. Mais aucune importance : tout ce qui comptait, c'était de ne pas avoir détalé.

Les dents de Damon étaient d'une blancheur éclatante, même dans l'obscurité. Matt imaginait déjà la violente morsure sur sa peau. Malgré tout, il n'avait toujours pas l'intention de crier grâce. Il ferma les paupières.

Une violente poussée lui fit perdre l'équilibre. Il tomba en arrière, ouvrant les yeux, stupéfait. Damon l'avait éjecté loin de lui.

— Tu es plus têtu qu'une mule, déclara-t-il. Mais je te préviens : que je ne te trouve plus son mon chemin. Tu n'imagines pas le traitement que je te réserverai dans le cas contraire. Maintenant, tire-toi. C'est mon tour de garde.

Matt se leva sans un mot, lissa tranquillement son tee-shirt et quitta les lieux tranquillement, sans même ciller sous le regard de Damon.

« J'ai gagné. Je suis encore vivant », se réjouit-il.

Il avait cru apercevoir une lueur de respect dans les prunelles de son adversaire.

Bonnie et Meredith l'attendaient dans la voiture, inquiètes.

— T'en as mis du temps, dit Bonnie. Ça va ?

— Très bien, répondit-il avec une pointe d'impatience.

Après quelques secondes de silence, il ajouta :

— Désolé pour tout à l'heure, Bonnie.

— C'est pas grave, assura-t-elle, peu désireuse de revenir sur le sujet. En tout cas, tu as l'air d'aller vraiment mieux.

Il tira de nouveau sur son tee-shirt froissé.

— Se frotter aux vampires est un bon exercice d'échauffement.

— Comment vous avez réglé ça ? demanda Meredith. À coups de poing ?

— Si on veut. Maintenant, il prend son tour de garde.

— Tu crois qu'on peut lui faire confiance ? demanda gravement Meredith.

Matt prit le temps de la réflexion.

— Oui. Ça vous paraîtra bizarre, mais je suis sûr qu'il ne touchera pas à Vickie. Et si le tueur se pointe, je lui souhaite bien du plaisir. Damon est d'humeur exécrable. Bon, il faudrait aller voir où en est Stefan.

Quand ils parvinrent aux abords de la bibliothèque, celui-ci n'était pas en vue. Ils durent faire deux fois le tour du bâtiment pour le voir apparaître, un gros volume à la main.

— Vol avec effraction, lança Meredith. Tu risques quoi pour ce genre de délit ?

— Je l'ai emprunté, rectifia Stefan, l'air offensé. Les bibliothèques servent à ça, non ? Et j'ai photocopié les pages qui m'intéressaient dans le journal d'Honoria.

— Alors, tu as trouvé ce que tu cherchais ? s'enthousiasma Bonnie. Tu vas pouvoir tout nous dire ! Allons à la pension.

Stefan parut un peu surpris d'apprendre que Damon était revenu, et encore plus qu'il s'était posté de sa propre initiative devant la maison de Vickie. Pourtant, il ne fit aucun commentaire. Matt et Bonnie préférèrent omettre leurs petites mésaventures respectives avec lui.

— J'ai quasiment résolu le mystère, déclara Stefan lorsqu'ils furent dans sa chambre. J'ai reconstitué la moitié du puzzle. Maintenant, j'ai besoin de vous pour l'autre moitié. Mais… vous n'êtes pas obligés d'accepter, ajouta-t-il en regardant Bonnie et Meredith.

Elles échangèrent un bref coup d'œil avant de se tourner de nouveau vers lui.

— Cet être a déjà tué une de nos amies et est en train d'en rendre une autre folle, déclara Meredith. Alors, tu peux compter sur nous.

— Parfaitement, ajouta Bonnie.

— J'imagine que c'est dangereux, intervint Matt.

Il s'inquiétait pour cette dernière : elle en avait déjà tellement vu…

— Effectivement, reconnut Stefan. Mais ça les concerne aussi.

Les deux amies acquiescèrent vigoureusement de la tête.

— C'est très risqué, je ne vous le cache pas. Pourtant, c'est notre seule chance. Cette histoire est un peu compliquée, alors autant commencer par le début. Tout remonte à l'époque de la fondation de Fell's Church…

Son récit se prolongea une bonne partie de la nuit.

Jeudi 11 juin, 7 heures

Je n'ai pas écrit hier soir parce que je suis rentrée trop tard. Ma mère était furax. J'imagine même pas sa réaction si elle avait su que j'avais passé la nuit avec des vampires... À élaborer, en plus, des stratégies très risquées...

Stefan nous a exposé son plan pour piéger l'assassin. Ça me rappelle ceux d'Elena, et c'est ce qui m'inquiète.

Ils paraissaient tous au point, mais, à la dernière minute, ils tournaient mal.

Après mûre réflexion, on a décidé que Meredith se chargerait de la partie la plus dangereuse. C'est plutôt logique, vu qu'elle est plus solide que moi physiquement, et qu'elle garde toujours son sang-froid. Je suis quand même un peu vexée que tout le monde ait été tout de suite d'accord, surtout Matt. À croire que je suis une incapable ! C'est vrai que je ne suis pas aussi débrouillarde que les autres, ni aussi sportive et résistante au stress, mais bon, j'ai d'autres capacités.

Quoi qu'il en soit, chacun a une mission bien spécifique. Damon, lui, se contentera de surveiller Vickie. Tout le monde lui fait confiance, maintenant, malgré l'épisode d'hier. Je ne pense pas qu'il s'attaquera à elle.

Je n'ai pas rêvé d'Elena. Heureusement d'ailleurs. C'était tellement horrible la dernière fois !

Bon, je vais m'arrêter là. Avec un peu de chance, d'ici dimanche, on aura piégé l'assassin.

J'espère juste que je n'oublierai pas mon texte.

9

— Félicitations, jeunes gens ! À vous les bancs de la fac !

Ils lancèrent tous en même temps leurs toques en l'air. Bonnie était folle de joie : Matt, Meredith et elle avaient leur bac ! Et ils avaient du mérite, vu l'année mouvementée qu'ils avaient traversée !

La jeune fille s'était attendue à une cérémonie triste et grave, étant donné la mort récente de Sue. Ce fut tout le contraire. Une frénésie joyeuse régnait, comme si tout le monde fêtait le bonheur d'être en vie… Avant le drame final.

Les élèves se dispersèrent dans le plus grand chahut, tandis que leurs parents se précipitaient pour les féliciter. Bonnie essaya de paraître naturelle devant la caméra de sa mère.

Soudain, elle aperçut la tante d'Elena, accompagnée de Robert, qu'elle avait récemment épousé. Celui-ci tenait par la main Margaret. Leurs visages s'éclairèrent en la voyant : ils s'avancèrent aussitôt vers elle.

— Oh ! madame Gilbert… je veux dire madame Maxwell… vous n'auriez pas dû, balbutia-t-elle devant les roses que tante Judith lui tendait.

Celle-ci souriait à travers ses larmes.

— Cette journée aurait été merveilleuse pour Elena. Je souhaite qu'elle le soit pour toi, ainsi que pour Meredith.

— Oh, Judith, souffla Bonnie en se jetant à son cou. Je suis tellement désolée !

— Elle nous manque tant…, répliqua la tante.

Elle s'écarta en lui adressant un dernier sourire, et s'en alla, Robert et Margaret dans son sillage. La gorge serrée, Bonnie se tourna vers la foule en liesse.

Il y avait Ray Hernandez, ce garçon qui l'avait invitée au match de fin d'année. L'ami de Tyler, Dick Carter, à quelques mètres, faisait l'imbécile, comme d'habitude. Quant à Tyler, il souriait de toutes ses dents à l'objectif de son père. Matt écoutait d'un air peu convaincu un recruteur de football de l'université James-Mason. Meredith se tenait non loin, un bouquet de roses rouges à la main, l'air pensif.

Vickie n'était pas là. Ses parents l'avaient gardée à la maison, affirmant qu'elle n'était pas en état de sortir. Ça n'avait rien d'étonnant. Ce qui l'était plus, c'était l'absence de Caroline. Sa mère avait dit à la sienne qu'elle avait de la fièvre, mais Bonnie n'était pas dupe. Caroline avait peur, c'était évident.

D'ailleurs, elle n'avait pas tort, songea Bonnie en se dirigeant vers Meredith. Elle serait sans doute la seule à ressortir indemne de ce qui les attendrait la semaine suivante.

Elle afficha une expression faussement sereine en s'approchant de son amie. Celle-ci enroulait nerveusement le ruban rouge et noir de sa toque autour des fleurs.

Bonnie lança un bref regard alentour. Elle avait bien choisi son moment !

— Attention ! Tu es en train de déglinguer ta toque !

— C'est tellement injuste qu'Elena ne soit pas là pour vivre ça.

— Je sais, c'est horrible, répliqua Bonnie. Mais s'apitoyer sur son sort ne la fera pas revenir.

— La vie est injuste, poursuivit Meredith comme si elle n'avait pas entendu. Dire qu'on est là, au soleil, notre diplôme en poche alors qu'elle se trouve sous la terre…

— Allons, Meredith, ça ne sert à rien de broyer du noir. Pense à autre chose. Écoute, après le resto avec tes parents, on pourrait aller s'incruster à la soirée de Raymond.

— Non ! rétorqua son amie avec une violence surprenante. Je ne veux aller à aucune fête ! Comment peux-tu penser à t'amuser, Bonnie ? Je ne te croyais pas aussi superficielle !

— Ben, qu'est-ce que tu veux faire d'autre ? On ne va pas rester là à se morfondre.

— Oh, mais je sais très bien comment m'occuper ! Je vais aller au cimetière déposer ça sur sa tombe. C'est elle qui aurait dû le recevoir, après tout.

Les jointures des ses doigts étaient blanches à force de serrer le bouquet.

— Arrête, Meredith ! Tu ne peux pas te rendre toute seule là-bas, surtout en pleine nuit. C'est de la folie ! Matt te dirait la même chose.

— Votre avis ne m'intéresse pas. J'irai, que ça vous plaise ou non.

— Mais enfin, Meredith, j'ai toujours cru que tu étais la sagesse incarnée.

— Et moi, je ne te pensais pas aussi égoïste. Apparemment, tu as déjà oublié Elena. Sans doute parce que tu as enfin son petit ami pour toi toute seule ?

La gifle partit, sonore. Meredith, bouche bée, plaqua la main sur sa joue endolorie. Tous les yeux étaient braqués sur elles.

— C'est la dernière fois que je t'adresse la parole, Bonnie McCullough, déclara Meredith d'un ton terriblement calme.

Puis elle pivota sur ses talons.

— Bon débarras ! lui cria Bonnie.

Lorsqu'elle tourna la tête vers l'assemblée, les regards se détournèrent vivement. Bonnie se mordit l'intérieur de la joue pour garder un visage de marbre et se dirigea vers Matt, qui s'était débarrassé du recruteur.

— Comment c'était ? murmura-t-elle.

— Parfait, lui assura-t-il.

— La baffe, c'était pas un peu trop ? C'était pas dans le scénario. Je me suis laissée emporter.

— C'était impeccable, au contraire.

Il paraissait préoccupé.

— Qu'est-ce qu'il y a ? s'inquiéta Bonnie. Quelque chose a foiré dans le plan ?

— Non, non. Écoute, Bonnie, je viens de penser à un truc. C'est bien toi qui as découvert la première le corps de Tanner ?

Bonnie fut prise au dépourvu. Elle frissonna de dégoût à ce pénible souvenir.

— Oui. Enfin, je me suis rendu compte avant tout le monde qu'il était vraiment mort. Pourquoi tu me parles de ça maintenant ?

— Attends. J'ai une autre question : est-ce qu'il aurait pu poignarder Damon ?

— Quoi ??

— Réponds-moi : est-ce que c'est possible, à ton avis ?

— Je…

Bonnie fronça les sourcils.

— Peut-être. Oui, c'est possible, puisque le couteau qu'on avait apporté pour le sacrifice était vrai. On avait d'abord envisagé d'utiliser une arme factice, mais comme Tanner était allongé à côté, on s'est dit que c'était pas dangereux pour les gamins. Et…

Sa grimace s'accentua.

— … maintenant que j'y pense, je me rappelle avoir remarqué que le couteau n'était pas tout à fait à la même place. Mais un élève aurait pu le déplacer. Matt, pourquoi cette question ?

— À cause d'un truc que m'a dit Damon, répondit Matt, l'air ailleurs.

— Ah !

Bonnie attendit vainement qu'il poursuive.

— Bon, bah, tu pourrais au moins revenir sur terre ! s'énerva-t-elle. Et prends-moi dans tes bras, ça fera plus crédible. Comme ça tout le monde sera bien sûr que tu es de mon côté et que ne risques pas de te pointer au cimetière consoler Meredith.

Matt acquiesça d'un air absent et l'étreignit brièvement.

Meredith s'était tant de fois rendue dans ce lieu qu'elle avait l'impression de revivre indéfiniment la même scène.

En un sens, tout avait commencé ici, le jour où Elena avait juré que Stefan lui appartiendrait. Bonnie et Meredith avaient promis de l'aider, et toutes les trois avaient échangé leur sang pour conclure le pacte.

C'était aussi là que Tyler avait agressé Elena. Stefan était venu à son secours : leur histoire avait commencé ainsi.

En décembre, Bonnie, Matt, Elena, Stefan, Damon, Alaric et elle-même avaient cherché le repaire de Katherine, dans l'église en ruine. Ils étaient descendus tous les sept dans la crypte ; six, seulement, en étaient ressortis vivants : quand ils avaient remonté Elena, elle était morte. La boucle était bouclée : le lieu où tout avait débuté se révélait aussi celui où tout finissait. Peut-être qu'un second épilogue se produirait cette nuit.

Meredith se mit en route. Elena avait été enterrée dans le nouveau cimetière, là où la pelouse était entretenue et les pierres tombales ornées de couronnes de fleurs. Sur sa tombe, très sobre, on lisait une courte épitaphe. Meredith se pencha pour y déposer le bouquet. Puis elle ajouta sa toque et le ruban rouge et noir dont les couleurs se confondaient dans la pénombre : il avait pris une teinte de sang séché. Elle s'agenouilla en croisant les mains, et attendit.

Le plus profond silence régnait autour d'elle. Les rangées de pierres tombales s'étendaient, lisses et légèrement brillantes. Meredith tendit l'oreille, à l'écoute du moindre bruit.

Des pas pesants s'approchèrent.

— Salut, Meredith.

La jeune fille tourna vivement la tête.

— Oh… Tyler ! Tu m'as fichu la trouille. Je croyais que c'était… Peu importe !

Les lèvres du garçon se retroussèrent en un sourire désagréable.

— Désolé de te décevoir. Ce n'est que moi…

— Qu'est-ce que tu fais ici, Tyler ? Tu n'as pas le cœur à la fête, on dirait ?

— Je pourrais te retourner la question.

Ses yeux se posèrent sur le ruban, et son visage s'assombrit.

— Mais je connais la réponse, continua-t-il. Tu es ici pour elle. « Elena Gilbert, une lumière dans les ténèbres », lut-il, sarcastique.

— C'est vrai, rétorqua-t-elle sans se démonter. « Elena » signifie « lumière ». Et elle a triomphé du Mal.

— Peut-être, concéda-t-il d'un air pensif, le regard en coin. Mais, tu sais, les ténèbres reviennent toujours.

— Comme cette nuit, murmura Meredith en levant la tête vers le ciel parsemé d'étoiles. Mais tôt ou tard, le soleil se lèvera.

— C'est bien possible. Pourtant, la lune sera là avant lui…

Tyler gloussa comme s'il venait de raconter une blague que lui seul pouvait comprendre.

— Hé ! Mais je ne t'ai jamais montré la tombe de mes ancêtres ! s'exclama-t-il soudain. C'est tout près d'ici, viens.

Il avait fait la même proposition à Elena, se souvint Meredith. En un sens, cette joute verbale l'amusait, sans qu'elle perde la raison de sa présence pour autant. Elle plongea les doigts dans sa poche, à la recherche de brins de verveine.

— Non merci, Tyler. Je préfère rester ici.

— Tu es sûre ? C'est dangereux dans le coin…

On disait que le cimetière était hanté par les âmes des soldats morts trop tôt. Meredith le regarda dans les yeux.

— Je sais.

Un nouveau rictus découvrit ses dents éclatantes.

— De toute façon, elle est visible d'ici. Regarde là-bas, cette chose rouge et brillante.

Une pâle luminosité s'étendait vaguement au-dessus des arbres.

— Je ne vois rien.

— Arrête, Meredith. Tu ne fais aucun effort. Attends que la lune se lève…

— Écoute, Tyler. Je n'ai pas de temps à perdre. Je m'en vais.

— Non, décréta-t-il.

Elle serra la verveine dans sa paume.

— J'allais te raconter l'histoire de cette tombe, continua-t-il d'une voix enjôleuse. La pierre est en marbre rouge, la seule du cimetière. Et cette sphère, au-dessus – tu la vois ? –, elle doit peser une tonne. Eh bien, figure-toi qu'elle bouge toute seule ! Oui, elle pivote chaque fois qu'un Smallwood est sur le point de mourir. Mon grand-père n'y croyait pas. Il a décidé de graver une petite marque sur le devant. Ensuite, à peu près une fois par mois, il venait vérifier. Et un jour, il a retrouvé l'encoche à l'arrière. La sphère avait effectué un demi-tour sur elle-même. Il a tout essayé pour la faire bouger, sans succès. Elle était trop lourde. Cette nuit-là, il est mort dans son lit.

— Probablement d'une crise cardiaque due à l'effort, riposta Meredith d'un ton mordant, en dépit du frisson désagréable qui lui courait dans le dos.

— T'es incroyable, toi ! Toujours parfaitement calme. Qu'est-ce qu'il faut pour que tu hurles ?

— Je m'en vais, Tyler. Ça suffit comme ça.

Il la laissa s'éloigner de quelques pas, puis lança :

— Pourtant, tu as crié l'autre nuit, chez Caroline, pas vrai ?

Meredith se retourna.

— Comment tu sais ?

— Je ne suis pas si bête, répliqua-t-il d'un air offensé. Je sais pas mal de choses que tu ne soupçonnes pas. Par exemple, ce qu'il y a dans ta poche.

Les doigts de Meredith se crispèrent sur la plante.

— Ah oui ? Et c'est quoi ?

— De la verveine. *Verbena officinalis*. Je connais quelqu'un qui s'intéresse à ces trucs-là.

Il la fixait avec jubilation.

— Et je sais parfaitement pourquoi tu t'en sers, ajouta-t-il en s'avançant.

Il promena un regard exagérément méfiant autour de lui, et posa un doigt sur la bouche.

— Chhh. Des vampires pourraient nous entendre, murmura-t-il.

Puis il renversa la tête en arrière en partant d'un grand éclat de rire. Meredith recula d'un pas.

— Tu crois vraiment que ce truc-là va te protéger ? continua-t-il. Eh bien, je vais te confier un truc.

Meredith évalua d'un coup d'œil la distance qui la séparait du chemin. En dépit de son expression imperturbable, elle n'en menait pas large.

— Tu n'iras nulle part, ma belle, décida Tyler en s'emparant de son poignet.

Il avait la main chaude et moite.

— Je te réserve une petite surprise.

Son dos était légèrement voûté, sa tête projetée en avant, et il grimaçait un cruel sourire de triomphe.

— Lâche-moi, Tyler ! Tu me fais mal ! cria-t-elle, gagnée par la panique.

Mais celui-ci ne fit que resserrer son étreinte.

— C'est un secret qui a été très bien gardé, chuchota-t-il en l'attirant à lui, son souffle brûlant lui courant sur le visage. Tu es venue ici avec une plante censée rendre les vampires inoffensifs. Mais je n'en suis pas un.

— Lâche-moi !

— Tu vas d'abord regarder là-bas, répliqua-t-il en la forçant à se retourner. La tombe est parfaitement visible maintenant.

En effet, elle se détachait nettement, toute rouge, surmontée d'un globe brillant qui ressemblait à…

— Maintenant, jette un coup d'œil par ici, ordonna-t-il en désignant l'est. Qu'est-ce que tu vois ? demanda-t-il, tout excité.

À l'endroit où il pointait son doigt, la lune s'était levée, suspendue au-dessus de la colline, parfaitement ronde. Les cratères en étaient nettement dessinés. On aurait dit un énorme ballon rouge et boursouflé.

Et c'était à cela que la sphère funéraire ressemblait. À une pleine lune ensanglantée.

— Les Smallwood ne sont pas des vampires, affirma Tyler, d'une voix étrangement caverneuse.

Un énorme rugissement la fit sursauter. Elle tourna la tête, et crut se retrouver en plein cauchemar. Elle poussa un hurlement.

— Alors qu'est-ce que tu penses de ma surprise ? Comment tu me trouves ?

Sa langue rouge dégoulinante de bave pendait entre ses canines pointues. Un grotesque museau saillait de son visage, et ses yeux jaunes étaient barrés d'une fente étroite et verticale. Il avait le cou et les joues recouverts de poils roux et hirsutes.

— Crie tant que tu veux, personne ne t'entendra.

Meredith tenta de se soustraire à son souffle chaud et à son odeur de bête. En vain. En baissant les yeux sur ses poignets prisonniers, elle découvrit, au comble de l'horreur, d'énormes griffes noires qui s'enfonçaient dans sa peau.

— Il n'y a pas que les vampires qui aiment le sang, susurra Tyler. Et j'ai envie de goûter le tien. Mais, d'abord, nous allons nous amuser un peu.

Son corps bizarrement déformé ne l'empêcha pas de l'étendre d'un geste par terre.

— Tu t'es toujours trouvée trop bien pour moi, hein ? siffla-t-il en s'allongeant sur elle. Eh bien, je vais te montrer ce que tu as raté.

Il lui avait mis le bras en travers de la gorge, bloquant l'arrivée d'air : la panique submergea Meredith. Des taches lumineuses commençaient à danser devant ses yeux. Pourvu qu'elle ne s'évanouisse pas…

— La mort de Sue a été très rapide. Tu n'auras pas cette chance.

Le museau roux de Tyler la surplombait ; elle ne pouvait quitter des yeux sa langue pendante. Mais sa vision était brouillée par les points incandescents qui se multipliaient. Elle allait tomber dans les étoiles…

— Lâche-la immédiatement, Tyler ! tonna Matt.

Celui-ci lâcha un gémissement de surprise. Le bras qui pesait sur la gorge de Meredith se souleva, et elle put enfin respirer. Des pas résonnèrent autour d'elle.

— L'envie de te donner une petite correction me démange depuis longtemps, Tyler, déclara Matt en l'agrippant par la crinière.

Son poing alla s'écraser sur son museau, faisant gicler le sang de son nez. La victime poussa un cri de rage effroyable et se jeta sur Matt, griffes en avant.

Celui-ci bascula sous la violence du choc. Meredith, encore tout étourdie, voulut se relever pour lui porter secours. Mais son corps était agité de tremblements incontrôlables.

Tyler fut soudain arraché à Matt comme une vulgaire poupée de chiffon.

— L'histoire se répète ! s'exclama Stefan.

Un instant médusé, Tyler pivota et s'enfuit à toutes jambes, évitant les tombes avec une agilité surprenante. C'était sans compter la rapidité de Stefan, qui lui coupa bientôt la route.

Pendant ce temps, Bonnie s'était agenouillée auprès de son amie.

— Meredith ? Tu es blessée ?

Celle-ci secoua négativement la tête.

— Je leur avais pourtant dit d'intervenir plus tôt, geignit Bonnie en l'aidant à se relever.

Stefan ramenait Tyler.

— J'ai toujours su que t'étais le pire des salauds, cracha-t-il en le projetant contre une tombe. Mais con à ce point… Avec la leçon que je t'avais donnée, l'envie de sauter sur les filles aurait dû te passer. Et en plus, tu t'es vanté devant témoin d'avoir tué Sue !

Les deux jeunes gens se mesurèrent du regard. C'était deux créatures des ténèbres et pourtant, ils ne se ressemblaient en rien. Les yeux verts de Stefan étincelaient de colère froide, lui donnant l'air d'un ange aux traits sévères. Quant à Tyler, il ressemblait à un animal traqué : il haletait, courbé en deux, de longs filets de sang et de salive se mêlant sur sa poitrine. Ses pupilles luisaient de haine et de peur ; ses griffes se refermaient et s'ouvraient convulsivement tandis qu'un grondement sourd lui montait de la gorge.

— Ne t'inquiète pas, je serai plus clément que l'autre fois, dit Stefan. À moins que tu essaies de t'enfuir, bien sûr. Nous allons tous monter à l'église discuter un peu. Si j'ai bien compris, tu aimes raconter des histoires. Alors, ce sera l'occasion de t'y mettre.

Tyler voulut lui sauter à la gorge, mais Stefan, resté sur ses gardes, para efficacement l'attaque. Il s'ensuivit un échange de coups durant lequel tous deux donnèrent libre cours à une agressivité trop longtemps contenue. Meredith, qui n'appréciait pas ce genre de violences, détourna la tête.

Finalement, Tyler se retrouva les bras ligotés derrière le dos par une corde en nylon. Stefan le traîna sans ménagement jusqu'à l'église.

Sur le seuil, il le poussa violemment dans le dos : Tyler atterrit à deux pas du caveau ouvert.

— Maintenant, on va parler. Et t'as intérêt à coopérer, ou tu passeras un sale quart d'heure.

10

Meredith, assise sur le muret de l'église, avait auparavant une question pour Stefan.

— Pourquoi est-ce que tu as laissé Tyler m'étrangler ?

— Je suis désolé, Meredith. J'espérais qu'il donnerait plus d'informations sur la mort de Sue après ses aveux…

— Je n'ai rien avoué du tout ! se révolta Tyler de sa voix caverneuse. Tu n'as aucune preuve contre moi.

Il avait retrouvé un semblant d'apparence humaine pendant le trajet, en dépit des ecchymoses qui le défiguraient.

— On n'est pas au tribunal, Tyler, riposta Meredith. Ton père n'est pas là pour te défendre.

— Même si on s'y trouvait, on aurait de quoi te faire inculper de tentative de meurtre, déclara Stefan.

Le regard de Tyler passa de l'un à l'autre.

— Je ne vous dirai rien.

— T'es qu'un pauvre minable, Tyler, intervint Bonnie. Et un lâche.

— Ça ne te dérange pas de t'attaquer aux filles, mais quand t'as un mec en face de toi, c'est une autre affaire, renchérit Matt.

Tyler s'obstina à garder le silence, les fixant d'un air mauvais.

— Bon, eh bien, puisque tu refuses de parler, je vais m'en charger à ta place.

Il se pencha pour attraper le gros livre emprunté à la bibliothèque, le posa sur ses genoux et l'ouvrit.

— Ce texte a été écrit vers 1210 par Gervase de Tilbury. Il est question, entre autres, des loups-garous.

— Tu ne peux rien prouver ! Tu n'as aucune…

— Ta gueule, Tyler ! Je n'ai pas besoin de preuve. Tout le monde ici a constaté ta métamorphose.

Stefan poursuivit :

— Avant de vous lire cet extrait, analysons la situation : quand je suis revenu ici après l'appel au secours de Bonnie, je me suis trouvé face à un point d'interrogation. Qui avait tué Sue ? Et pourquoi ? Tous les indices semblaient se contredire : ce n'était pas un banal meurtre. Un tueur ordinaire ne déplace pas un Ouija par télékinésie et ne fait pas sauter des fusibles à distance.

« Il ne pouvait s'agir que de quelqu'un possédant d'immenses pouvoirs psychiques. D'après les dires de Vickie, ça ne pouvait être qu'un vampire. Sauf que la victime n'avait aucune trace de morsure. Or, une telle créature n'aurait pas résisté à lui prendre un peu de sang. Surtout un tueur. Le sang est sa drogue. Mais dans ce cas, ça ne collait pas.

« Et puis, un élément m'a interpellé. Tu étais chez Caroline cette nuit-là, Tyler. Tu as commis une première erreur en agrippant Bonnie, et une seconde le lendemain, en mentionnant des détails que tu étais censé ignorer.

« Les pistes étaient brouillées. Difficile de savoir qui était l'assassin : un vampire doté d'un immense pouvoir ou un lycéen qui jouait les durs ?

« Je suis donc allé moi-même examiner le corps de Sue. Et là, stupeur : il portait une mystérieuse entaille.

Les doigts de Stefan tracèrent une ligne partant de la base de son cou jusqu'à sa poitrine.

— Elle ressemblait à la coupure que se font les vampires entre eux pour partager leur sang. Mais Sue n'en était pas un. Et elle ne se l'était vraisemblablement pas faite elle-même. Quelqu'un l'avait entaillée une fois morte.

Meredith ferma les yeux. Entendant Bonnie déglutir à côté d'elle, elle lui tendit la main.

— Mais les vampires n'ont pas besoin d'inciser leur victimes, poursuivit Stefan. Ils utilisent leurs dents. En revanche, si l'un d'eux voulait faire couler le sang pour que quelqu'un d'autre puisse boire, il ne s'y prendrait pas autrement. J'ai donc commencé à réfléchir aux diverses manières dont un être de cette espèce pouvait utiliser du sang. Nous en avons besoin pour survivre, et en manquer peut nous rendre fous. Il renforce nos pouvoirs, aussi. Mais il peut servir dans d'autres cas. Par exemple… une initiation.

« Pouvais-tu avoir été initié, Tyler ? Et si oui, pourquoi toi ? C'est alors que je me suis souvenu de petits détails te concernant et sur lesquels je ne m'étais pas arrêté à l'époque. En particulier, un élément qu'Elena m'avait appris sur ta famille. J'ai décidé de chercher d'autres informations dans le journal d'Honoria Fell.

Stefan sortit une feuille volante du livre posé sur ses genoux.

— Et les voilà, écrites de sa main. J'ai photocopié le passage où le petit secret du clan Smallwood est révélé – quand on sait lire entre les lignes…

Il se mit à lire :

— *12 novembre. Bougies faites, lin filé. Nos provisions de maïs et de sel sont maigres, juste de quoi passer l'hiver. Hier soir, une alerte : des loups ont attaqué Jacob Smallwood alors qu'il revenait de la forêt. J'ai soigné la plaie avec des myrtilles et de l'écorce de saule, mais j'ai bien peur que ça ne suffise pas tant elle est profonde. En rentrant, j'ai consulté les runes. Seul Thomas est au courant.*

« Consulter les runes est une méthode de divination, commenta Stefan. Honoria était médium. Elle évoque le problème du loup à plusieurs reprises : il semble qu'une série d'attaques se soient produites, visant surtout les jeunes filles. Voici ce qu'elle raconte quelque temps plus tard :

« *20 décembre. Problème avec le loup chez les Smallwood. Nous avons entendu des cris il y a quelques minutes. Thomas pense que c'est le moment. Nous avons fabriqué les balles hier. Il vient de charger son fusil. Nous sommes prêts à partir.*

« *21 décembre. Sommes allés chez les Smallwood la nuit dernière. Jacob sévèrement touché. Le loup a été tué.*

« *Nous enterrerons Jacob dans le petit cimetière au pied de la colline. Puisse son âme trouver enfin le repos !*

« Dans l'histoire officielle de Fell's Church, ce passage a été interprété comme ceci : Thomas Fell et sa femme se sont rendus chez Jacob Smallwood pour le débarrasser du loup qui l'avait attaqué. En réalité, il faut comprendre que c'est Jacob Smallwood, *le loup*, qui a été tué.

Stefan ferma le livre.

— Ton ancêtre s'est changé en loup-garou, Tyler, après avoir été attaqué par une créature de cette espèce. Et il a transmis le gène au fils qui naquit huit mois et demi après sa mort. Exactement comme ton père avec toi.

— J'ai toujours senti que quelque chose clochait chez toi, Tyler, intervint Bonnie.

— On en rigolait même, renchérit Meredith. Je veux dire, de ton petit côté bestial et de tes grandes dents blanches. On n'imaginait pas à quel point on était proches de la réalité !

— Les médiums, et même parfois les gens ordinaires, perçoivent ce genre de choses, concéda Stefan. Moi-même j'aurais dû le deviner tout de suite, mais, à ce moment-là, j'étais trop préoccupé. Mais, visiblement, quelqu'un d'autre – l'assassin – en a pris conscience, n'est-ce pas, Tyler ? Un homme portant un vieil imperméable t'a rendu visite. Il était grand, blond aux yeux bleus, et il a passé une sorte de marché avec toi. En échange de quelque chose, il t'apprendrait comment développer ton héritage. Comment devenir un vrai loup-garou.

« Parce que, selon Gervase de Tilbury (Stefan tapota le livre), un loup-garou qui n'a pas été lui-même mordu a besoin d'être initié. En effet, le "virus□ a besoin d'être activé. Des générations de Smallwood se sont succédé en ignorant comment réveiller la bête qui sommeillait en eux. Mais l'homme à l'imperméable connaissait le secret. Il savait qu'il suffisait de boire le sang d'une victime fraîchement tuée pour que, à la pleine lune suivante, la métamorphose ait lieu.

Stefan regarda vers le ciel. L'astre lunaire était blanc et lisse à présent.

Un air de suspicion passa sur le visage de Tyler. Puis il éclata de rage :

— Tu avais prévu ton coup, hein ! Tu m'as piégé !

— Sans blague ! lança Matt.

— Quelle perspicacité ! renchérit Meredith.

Quant à Bonnie, elle humecta son doigt pour tracer un 1 sur un tableau imaginaire, comme si elle marquait les points.

— Je savais que tu ne résisterais pas à la tentation de suivre Meredith ici, reprit Stefan. Le cimetière est l'endroit idéal pour assassiner tranquillement les braves gens. Et tu es tellement vantard qu'il y avait d'énormes chances que tu clames haut et fort tes méfaits. Je suis un peu déçu : j'espérais que tu en dirais plus sur ton initiateur. Le vampire, Tyler. Qui est-ce ? Où se cache-t-il ?

Tyler eut un sourire méprisant.

— Tu ne crois quand même pas que je vais cafter. C'est mon ami.

— Arrête, Tyler. Il t'utilise. Et c'est un assassin.

— N'aggrave pas ton cas, intervint Matt. Il t'a manipulé, et tu t'es foutu dans un sale pétrin ; si tu n'arrêtes pas la machine tout de suite, tu seras définitivement pris dans son engrenage. Alors, crache le morceau maintenant.

— Je vous dirai que dalle, s'obstina Tyler.

Les autres échangèrent des coups d'œil rageurs. La tension était montée d'un cran.

— Tu n'as visiblement rien compris, reprit calmement Meredith. Tyler, tu es complice du meurtre de Sue. Elle est morte au cours d'un rituel horrible pour que tu puisses te métamorphoser en une immonde créature. Et tu avais prévu de me tuer. Comme Vickie et Bonnie, je parie. Est-ce que tu crois qu'on aura la moindre pitié pour toi ? On ne t'a certainement pas amené ici pour te faire une fleur…

Un silence pesant suivit sa déclaration. Le rictus de Tyler avait disparu. Il les fixa tour à tour d'un air inquiet. Même le petit visage d'ange de Bonnie arborait un air implacable.

— Gervase de Tilbury mentionne quelque chose de très intéressant, ajouta Stefan d'un ton plus léger. Savez-vous qu'il existe un autre remède contre les loups-garous que les balles d'argent ? Écoutez.

Il parcourut un autre passage du livre :

— *D'éminents médecins affirment catégoriquement qu'un loup-garou amputé de l'un de ses membres retrouve son corps d'origine.* Gervase illustre son propos en racontant qu'un certain Raimbaud d'Auvergne fut guéri par un charpentier qui lui coupa une de ses pattes postérieures. En dépit de l'horrible souffrance qu'il éprouva, Raimbaud remercia l'homme pour, je cite, *l'avoir à jamais débarrassé de sa forme maudite*.

Stefan leva les yeux.

— Il me semble que si Tyler refuse de nous aider, nous n'avons plus qu'une solution.

— C'est vrai. Il est de notre devoir de le débarrasser de sa vilaine apparence, approuva Matt.

— Il faut lui sectionner un membre ! renchérit Bonnie.

— Coupons-lui le pied, proposa Meredith.

Les yeux de Tyler lui sortaient de la tête. Son teint habituellement rougeaud devint blême.

— Vous bluffez !

— Va chercher la hache, Matt, ordonna Stefan. Meredith, enlève-lui sa chaussure.

Lorsqu'elle s'approcha de lui, il lui lança une volée de coups de pieds, la visant au visage.

— Ne rends pas les choses plus pénibles, le prévint Matt en lui coinçant la tête dans l'étau de ses bras.

Le pied que Meredith découvrit était énorme et aussi moite que ses mains. Des poils drus poussaient sur les orteils. La jeune fille prit une mine dégoûtée.

— Finissons-en ! déclara-t-elle.

— Vous déconnez ! hurla Tyler, qui se débattait tellement que Bonnie vint s'asseoir sur sa jambe pour la bloquer.

— Maintenez-le fermement, commanda Stefan.

Tyler était cloué au sol. S'assurant que celui-ci voyait bien ce qu'il faisait, il ramassa une grosse branche et la posa sur le bord de la tombe. Il leva la hache et l'abattit avec force, sectionnant le bout de bois d'un seul coup.

— Elle est parfaitement aiguisée, constata-t-il. Meredith, retrousse-lui le pantalon. Ensuite, tu lui feras un garrot avec cette corde pour ne pas qu'il se vide de son sang.

— Vous n'avez pas le droit ! hoqueta Tyler. Vous n'avez pas le droit !!

— Crie tant que tu veux, Tyler. On ne risque pas de t'entendre.

— Tu ne vaux pas mieux que moi ! cracha Tyler. Toi aussi, tu as tué des gens.

— Je suis le seul à pouvoir juger de mes actes. Je n'ai pas besoin de ton avis. Tout le monde est prêt ? Tenez-le bien. Il risque de sursauter violemment quand la hache lui coupera le pied.

Tyler poussa un hurlement de terreur. Matt le tenait de façon à ce qu'il ne perde rien du spectacle : Stefan posa un genou par terre et positionna l'objet tranchant au-dessus de la cheville pour évaluer la force du coup à porter.

— Maintenant ! annonça-t-il en levant son arme.

— Nooon ! Noooon !! Je… je vais parler ! Je vais tout vous dire ! bégaya Tyler, au comble de l'hystérie.

Stefan le fixa d'un œil sévère.

— Trop tard, répliqua-t-il en abattant la hache.

Elle rebondit sur le sol avec un bruit métallique couvert par les vociférations de Tyler. Il lui fallut un certain laps de temps avant de comprendre que la lame ne l'avait pas touché. Il tourna vers Stefan des yeux exorbités en haletant de peur.

— Parle, ordonna celui-ci d'un ton glacial.

— Je ne sais pas comment il s'appelle, hoqueta-t-il, de la bave aux commissures des lèvres. Mais il correspond à ta description. Et c'est bien un vampire : je l'ai vu vider un cerf de son sang. Il m'a menti ! Il m'a dit que je serais plus puissant que n'importe qui, autant que lui, et que j'aurais toutes les filles que je voudrais. C'est une ordure.

— Il t'a fait croire que tu pourrais assassiner les gens impunément, devina Stefan.

— Oui, et il m'a affirmé que j'étais assez fort pour régler son compte à Caroline cette nuit-là. Elle le méritait après la façon dont elle m'avait largué. Je voulais la voir à genoux devant moi – mais elle a réussi à sortir de la maison, j'ignore comment. Il me laissait m'occuper de Caroline et Vickie. Seules Bonnie et Meredith l'intéressaient.

— Pourquoi t'en être pris à cette dernière alors ? demanda Stefan.

— Les choses ont changé depuis. Maintenant, j'ai le droit.

— Pourquoi ça ? s'enquit celle-ci à l'oreille de Stefan.

— Peut-être parce qu'il a atteint son but : il n'a plus besoin de toi, répondit ce dernier. Bon, Tyler, montre-nous que tu es vraiment prêt à coopérer. Dis-nous comment coincer ce type.

— Le coincer ? Vous êtes tarés ! s'exclama-t-il en partant d'un rire sardonique.

Matt lui resserra la main autour du cou.

— Étouffe-moi tant que tu veux, c'est la vérité. D'après ce qu'il dit, il fait partie des premiers vampires. Il est né avant les Pyramides. Il a conclu un pacte avec le diable. Vous pouvez lui planter un pieu dans le cœur, ça ne changera absolument rien ! Il est immortel.

Il s'esclaffa à nouveau.

— Tu dois bien savoir où il se cache, reprit Stefan. Tous les vampires ont besoin d'un repaire pour dormir. Alors ?

— Il me tuerait si je vous le disais. Et pas de la plus douce manière. Je crois qu'il me boufferait vivant. Si vous saviez ce qu'il a infligé à ce cerf avant qu'il meure…

Le rire de Tyler s'acheva dans un gémissement.

— Tu ferais mieux de nous aider avant qu'il te retrouve…, continua Stefan. Il doit bien avoir un point faible, non ?

— Cette pauvre bête… C'était horrible, geignait Tyler.

— Non, mais je rêve ! s'indigna Stefan. Tu plains cet animal alors que tu n'as même pas eu pitié de Sue !

Il s'empara de la hache, à bout de patience.

— Tu nous fais perdre notre temps, constata-t-il en levant bien haut son arme.

— Non ! Attends ! Je vais parler. Je sais quelque chose. Il y a une variété de bois qui peut le blesser – mais pas le tuer. Il a juste avoué ça, sans préciser de quelle espèce il s'agissait. Je jure que c'est vrai !

— C'est tout ? Un peu maigre comme information…

— Bon, bon d'accord. Il a aussi dit où il comptait aller ce soir. Vous pourrez peut-être arriver à temps.

— Accouche, Tyler !

— Chez Vickie. Vous l'arrêterez peut-être en vous grouillant.

Le sang de Stefan se figea dans ses veines. Ils auraient dû s'y attendre !

— Damon la protège, rappela Matt. Pas vrai, Stefan ?

— Normalement, oui. Si les choses tournent mal, il est censé m'appeler.

— Il faut y aller tout de suite ! lança Bonnie, paniquée.

Stefan lâcha aussitôt son arme, qui alla ricocher par terre avec fracas.

— Hé ! détachez-moi au moins ! gémit Tyler. Je ne peux pas conduire les mains ligotées ! Il va revenir ! S'il vous plaît…

Ils bondirent vers la voiture sans écouter ses implorations. Meredith démarra en trombe. Le pied au plancher, elle ne se soucia ni des feux ni des stops. Pourtant, au fond d'elle-même, elle n'avait qu'une envie : faire demi-tour et rouler dans la direction opposée.

Car, en dépit de son calme apparent, à l'intérieur, c'était un vrai volcan. Elle avait toujours été très douée pour feindre la sérénité.

Ils atteignirent Birch Street.

— Oh, mon Dieu ! s'écria Bonnie. Non ! Non !

— Vite, il n'est peut-être pas trop tard ! s'exclama Stefan en jaillissant du véhicule en marche.

À l'arrière, Bonnie éclata en sanglots.

11

Meredith pila derrière une des voitures de police garées dans la rue tous feux allumés. La maison des Bennett était éclairée de la cave au grenier.

— Restez là toutes les deux ! ordonna Matt en bondissant à la suite de Stefan.

— Non ! cria Bonnie en essayant de le retenir.

L'horrible pressentiment qui l'avait assaillie dès que Tyler avait mentionné Vickie ne l'avait pas quittée : c'était trop tard. Et Matt risquait d'y passer à son tour.

— Verrouille les portes et ne bouge pas d'ici, lança Meredith.

— Pas question ! J'en ai marre que tout le monde me dise ce que je dois faire ! se révolta Bonnie.

La vue brouillée par les larmes, elle parvint à détacher sa ceinture de sécurité. Personne ne l'empêcherait de sortir d'ici !

Diverses personnes fourmillaient devant la maison, courant un peu partout ; une femme cria ; des voix crépitaient des radios, dans les véhicules de police. Bonnie et Meredith se dirigèrent vers l'arrière du bâtiment, où se trouvait la chambre de Vickie.

Quelque chose clochait sur la façade, sans que Bonnie comprenne tout de suite quoi. Les rideaux flottaient dans le vent… Pourtant, le panneau central d'une baie vitrée ne s'ouvre jamais…

Bonnie eut l'explication en entendant le crissement sous ses pieds, dans l'allée : des débris de verre jonchaient le sol. La fenêtre n'était pas ouverte, mais brisée.

— Elle l'a invité à entrer ! cria-t-elle, partagée entre la fureur et le désespoir ! Mais pourquoi ?

— Reste ici, conseilla Meredith. Je vais voir.

— Arrête de me dire ça ! Je n'ai pas peur. Je le hais trop !

Attrapant le bras de son amie, elle s'avança avec elle.

Le trou béant se rapprochait derrière les rideaux, qui ondulaient doucement : on devinait l'intérieur de la chambre. Meredith poussa soudain Bonnie de côté pour passer seule la tête dans l'ouverture. De toute façon, cette dernière n'avait pas besoin de ses yeux pour savoir ce qui s'était passé dans cette pièce : elle devinait clairement qu'une vague de violence inouïe, comparable à la chute d'une météorite, ou bien à un monstrueux incendie, s'y était abattue. Et l'être responsable de ce carnage n'avait pas achevé sa besogne depuis longtemps : l'air était encore tout vibrant de sa haine.

Meredith se détourna du cratère, pliée en deux par des haut-le-cœur. Bonnie, prenant son courage à deux mains, les ongles lui entrant dans la chair à force de serrer les poings, se pencha à son tour.

Elle fut d'abord assaillie par une forte odeur cuivrée. L'atmosphère en était lourdement chargée, au point que son palais en fut empli : elle eut l'impression de s'être coupé la langue. C'était exactement le même goût. Celui du sang.

Les pulsations sourdes dans ses oreilles couvraient la chanson qui montait de la chaîne. Ses yeux, aveuglés par la lumière, ne distinguaient qu'une seule chose : le rouge vif qui s'étalait partout. Le bleu azur de la chambre avait entièrement disparu sous cette couleur : le papier peint, l'édredon, le sol, tout était éclaboussé de larges taches pourpres.

Il y eut un déclic, et le CD revint au début. Bonnie reconnut alors le morceau. C'était *Goodnight Sweetheart*.

— Espèce de salaud, gémit-elle en se cramponnant au rebord de la fenêtre. Je te hais ! Je te hais !

Meredith repoussa ses cheveux en arrière d'une main tremblante et inspira profondément, luttant pour donner l'illusion qu'elle encaissait le coup.

— Fais gaffe, dit-elle à Bonnie. T'es en train de te couper la main. Montre-moi ça.

Celle-ci ne s'était même pas rendu compte qu'elle serrait convulsivement un morceau de verre. Elle tendit la paume à son amie mais, au lieu de lui laisser examiner sa blessure, lui étreignit la sienne.

Car Meredith faisait peur à voir : elle avait le regard fiévreux, les lèvres exsangues et tremblantes. Pourtant, tous les muscles de son visage étaient tendus dans une dernière tentative pour sauver les apparences.

— Vas-y, murmura Bonnie. Pleure, Meredith. N'importe qui aurait craqué à ta place. Il n'y a pas de honte à avoir.

Meredith la regarda sans rien dire, puis ébaucha un pauvre sourire.

— Je n'y arrive pas… C'est pas dans ma nature, tu sais. Allez, montre-moi ta main.

L'arrivée de Matt ne laissa pas le temps à Bonnie d'insister. Il parut stupéfait de les voir.

— Qu'est-ce que…, commença-il.

Ses yeux se posèrent sur la fenêtre.

— Elle est morte, annonça Meredith.

— Je sais.

Il avait une mine affreuse, lui aussi.

— Les flics me l'ont dit. Ils sont en train d'emmener le corps…

— C'est notre faute, se lamenta Meredith. On lui avait promis de…

Elle n'eut pas la force de continuer.

— La police sera bien obligée de nous croire, maintenant, commenta Bonnie, désireuse de trouver un point positif dans ce malheur.

— Tu te trompes, Bonnie, affirma Matt. Ils pensent que c'est un suicide.

— Un suicide ?? répéta Bonnie d'une voix suraiguë. Mais c'est n'importe quoi ! Il n'ont pas vu la chambre…

— Étant donné ses antécédents psychiatriques, ils sont persuadés qu'elle s'est donné la mort… sans doute avec des ciseaux.

— C'est pas vrai ! se désespéra Meredith.

— Ils prétendent qu'elle a dû s'en vouloir d'avoir tué Sue.

— Quelqu'un est entré par effraction dans cette maison ! s'indigna Bonnie. C'est évident !

— Pas tant que ça, objecta Meredith d'une voix lasse. Le verre est tombé dans le jardin. On a donc cassé la vitre de l'intérieur…

Et voilà le second détail qui ne collait pas.

— Il l'a probablement fait en sortant, avança Matt.

Ils se regardèrent, impuissants.

— Où est Stefan ? demanda enfin Meredith.

— Quand il a appris sa mort, il est parti précipitamment dans cette direction. J'allais à sa recherche. Il ne doit pas être loin…

— Chhh ! souffla Bonnie.

Un semblant de calme était revenu autour d'eux. Imitant leur amie, Matt et Meredith tendirent l'oreille : un murmure de voix monta du fond du jardin.

— … alors que tu étais censé la surveiller.

— C'est lui ! chuchota Matt. Il est avec Damon. Allons-y.

— Et dire que je te faisais confiance ! cria Stefan.

Bonnie ne l'avait jamais vu aussi furieux.

— Et tu n'es même pas intervenu ! poursuivit-il, ignorant le groupe qui venait d'apparaître. Pourquoi tu n'as pas bougé ? Tu ne m'as même pas appelé !

Damon, le visage fermé et les yeux étincelants, avait perdu toute nonchalance. Il ouvrit la bouche, mais Stefan ne lui laissa pas le temps de s'exprimer.

— J'aurais dû m'en douter, d'ailleurs. Les autres m'avaient prévenu…

— Ah, oui ? fit Damon en glissant un regard mauvais vers Bonnie.

Un frisson la parcourut.

— Stefan, attends, intervint Matt. Je crois que…

— Pourquoi je ne les ai pas écoutés ? ragea Stefan sans prêter attention à son ami. J'aurais dû veiller moi-même sur elle… Je lui avais promis qu'elle serait en sécurité. Elle a dû mourir en pensant que je l'avais trahie !

La culpabilité le défigurait.

— Si j'étais resté là…

— Tu serais mort aussi ! s'écria Damon. Il t'aurait brisé en deux comme une vulgaire brindille. Tu ne sais pas à quel être nous avons affaire.

— Et ça aurait mieux valu ! s'écria Stefan. J'aurais préféré mourir avec elle !

Il fit un violent effort pour se maîtriser, sans pouvoir toutefois éteindre les éclairs dans ses yeux. Lorsqu'il reprit la parole, ce fut d'une voix calme où perçait une colère froide.

— Qu'est-ce qui s'est passé, Damon ? Étais-tu en train de courir après une autre fille, ou juste trop indifférent ?

Damon, l'œil aussi noir que celui de son frère, encaissa l'insulte sans broncher.

— Je penche plutôt pour la seconde hypothèse : ça t'a sans doute amusé, continua Stefan en s'avançant vers lui d'un air menaçant. Oui, c'est sûrement ça : tu as dû prendre un malin plaisir à le regarder faire…

Stefan se retrouva soudain par terre, terrassé par le coup de poing de Damon. La scène s'était passée tellement vite que Bonnie mit quelques secondes à réagir, contrairement à Matt, qui avait aussitôt bondi sur ses pieds pour s'interposer entre eux.

C'était un geste courageux, mais stupide, songea confusément Bonnie. Stefan contemplait le sang sur la main qu'il avait portée à sa bouche. Voyant Damon revenir à la charge, elle se précipita vers lui pour le relever. Matt, accroupi devant Stefan, fit un bouclier de son corps, la main levée.

— Arrêtez, les mecs ! cria-t-il.

Stefan voulut se jeter sur Damon. Bonnie le retint par la manche.

— Arrête, Stefan ! supplia-t-elle.

Meredith vint lui agripper l'autre bras.

— Damon, laisse tomber ! ordonna Matt.

Ils étaient dingues, tous les trois, de chercher à les séparer : qu'est-ce qu'ils pouvaient contre deux vampires fous de rage ? Ils allaient les tuer, rien que pour ne plus les entendre. Damon écraserait Matt comme une mouche…

Mais celui-ci s'immobilisa, fixant la main levée de Matt. Tous les autres se figèrent à leur tour, guettant une réaction, le souffle court. Les bras lui retombèrent brusquement le long du corps, ses poings se desserrèrent, et il inspira profondément.

— Tu peux penser ce que tu veux, déclara-t-il d'un ton glacial. Je m'en vais. Et cette fois, petit frère, si tu me suis, je te tue.

— Il n'y a pas de risque, rétorqua hargneusement Stefan.

Damon ramassa son blouson et le défroissa, fixant Bonnie d'un air absent. Il s'apprêtait à partir lorsqu'il pivota vers Stefan.

— Je t'avais prévenu, le sermonna-t-il d'une voix tranchante. Souviens-toi de ce que je t'ai dit à propos des gagnants. J'espère que ce qui s'est passé te servira enfin de leçon.

— Effectivement : j'ai appris ce qu'il en coûte de te faire confiance. Je ne veux plus jamais te revoir.

Damon disparut sans plus de commentaire.

Bonnie lâcha le bras de Stefan. Celui-ci se releva, fit quelques pas, puis resta là, le dos tourné. Il semblait avoir retrouvé son calme.

Bonnie chercha quelque chose à dire pour le réconforter. Mais on ne pouvait que reconnaître les torts de Stefan : ils avaient eu beau le mettre en garde contre son frère, rien n'y avait fait. Il s'était obstiné à vouloir s'y fier… Pourtant, ils auraient dû insister davantage. Finalement, ils avaient capitulé par facilité, parce qu'ils avaient désespérément besoin d'aide. Et Stefan payait le premier les conséquences de cette erreur : à la fureur qu'il ressentait à l'encontre de son frère s'ajoutait une immense culpabilité. Le pire, c'était qu'ils ne sauraient jamais ce qui s'était vraiment passé ce soir-là, maintenant que Damon était parti – même si ça valait mieux pour tout le monde.

La jeune fille fut soudain tirée de ses réflexions par une brusque reprise d'activité : des voitures démarraient, une sirène se mit en marche, et des portières claquèrent. Meredith, la main sur le front, gardait les yeux fermés. Le regard de Bonnie passa de Stefan à la maison silencieuse. Elle se sentit soudain complètement vidée, abattue de fatigue et de chagrin. Elle n'avait qu'une envie : se réfugier au fond de son lit.

Soudain, elle se souvint de quelque chose :

— Tyler !

Comme ils la regardaient tous sans avoir l'air de comprendre, elle ajouta :

— On l'a laissé dans l'église. Et… il est notre seul espoir, maintenant. On a besoin de lui.

Ils se précipitèrent aussitôt dans la rue déserte, s'engouffrèrent dans leur véhicule, et roulèrent jusqu'au cimetière. Quand ils atteignirent leur but, Tyler n'y était plus.

— Il a dû partir à pied. Sa voiture est toujours là, fit remarquer Matt.

À moins que quelqu'un l'ait emmené… Aucune trace par terre ne permettait de confirmer l'une ou l'autre des hypothèses.

Meredith alla s'asseoir sur le muret, et Bonnie s'affaissa par terre, découragée. Ils avaient échoué d'un bout à l'autre, laissant la victoire à leur adversaire. Quant à Stefan, il semblait porter le monde sur ses épaules.

Ils reprirent la route, cette fois, en direction de la pension. Bonnie, le regard perdu dans la nuit, ruminait de sombres pensées. Stefan était leur unique protecteur, désormais. Et s'il se décourageait…

Une idée lui traversa soudain l'esprit. C'était certes embarrassant, effrayant même, mais ça s'imposait comme une nécessité. Un regard coulé vers Stefan renforça sa résolution : il avait les traits affreusement tirés et l'air absent.

La Ferrari était toujours garée derrière la grange – apparemment abandonnée par Damon. De toute façon, il n'en avait pas besoin : ses puissantes ailes de corbeau lui suffisaient.

Bonnie entra dans la pension, le temps de décrocher le téléphone pour prévenir ses parents qu'elle dormait chez Meredith. Cela faisait partie de son plan.

Stefan prit congé d'eux et gravit les marches menant à sa chambre. Comme Matt s'apprêtait à partir, Bonnie l'arrêta.

— Tu peux me rendre un service ?

Il se retourna brusquement, l'air méfiant.

— C'est exactement les mots qu'employait Elena pour me demander quelque chose d'impossible…

— Je voudrais juste que tu t'assures que Meredith rentre bien chez elle.

— Tu ne viens pas avec nous ?

Bonnie leva les yeux vers l'escalier.

— Non. Je vais rester un peu. Stefan me ramènera. Je veux lui parler de quelque chose.

Matt afficha une mine stupéfaite.

— Ah bon ? Et de quoi ?

— Je ne peux rien te dire maintenant. Tu feras ce que je te demande, d'accord ?

— Mais… Bon, O.K. Même si tout ça ne me rassure pas… Je suis crevé, de toute façon. À demain.

Il s'éloigna en cachant mal son agacement. Bonnie en resta perplexe. Pourquoi le fait qu'elle parle à Stefan l'inquiétait-il ? Elle n'avait pas le temps de réfléchir à cette énigme. Elle se dirigea vers l'escalier et monta d'un pas résolu.

Le plafonnier de la chambre était dépourvu d'ampoule : Stefan avait allumé une bougie. Il était allongé sur le lit, une jambe pendant à l'extérieur, les yeux clos. Peut-être endormi. Bonnie, inspirant profondément pour se donner du courage, entra sur la pointe des pieds.

— Stefan.

Il ouvrit les paupières.

— Je croyais que tu étais partie, s'étonna-t-il.

— Eux, oui. Pas moi.

Comme il était pâle ! Elle se lança :

— Stefan, j'ai pensé à un truc. Voilà, il ne reste plus que toi pour nous défendre contre l'assassin. Tu dois donc absolument reprendre des forces. Et… eh bien, il m'a semblé que peut-être… tu sais… tu pourrais avoir besoin de…

Sa voix s'éteignit. Elle se mit à triturer nerveusement le mouchoir qui bandait sa main blessée. La coupure saignait toujours.

Stefan avait suivi son geste du regard. Il leva la tête et lut une confirmation dans ses yeux. Il y eut un long silence.

Enfin, il secoua négativement la tête.

— Mais pourquoi ? insista-t-elle. Stefan, franchement, tu n'as pas l'air bien du tout… Tu ne nous seras pas d'une grande aide si tu… Enfin, tu vois ce que je veux dire… Et ça ne me dérange pas. Et puis ça ne doit pas être si douloureux que ça. Et…

Elle s'interrompit, à court d'arguments. Le silence de Stefan était éloquent.

— Tu ne veux vraiment pas ? insista-t-elle en dépit de son embarras. Donne-moi au moins une raison.

— Parce que j'ai fait une promesse, expliqua-t-il doucement. Celle de ne plus jamais traiter quiconque comme de la nourriture. Quant à échanger mon sang avec quelqu'un autre, c'est hors de question : ça a trop de signification pour moi, et depuis qu'Elena…

Il ne put achever sa phrase tant il était ému.

— Il n'y aura jamais qu'elle, c'est ça ? demanda Bonnie.

— C'est ça.

Il était si épuisé qu'il ne parvenait plus à contenir sa souffrance : son regard tourmenté faisait peine à voir. Bonnie en eut le cœur serré. À une époque, elle s'était demandé si Matt parviendrait à oublier Elena, et, finalement, il s'en était remis. Mais Stefan… Elle avait bien peur qu'il ne fasse jamais son deuil. Sans elle, il serait toujours l'ombre de lui-même. La voir, lui parler, ne serait-ce qu'une minute, lui redonnerait peut-être un semblant d'énergie.

Et c'est bien ce que Bonnie comptait offrir à Stefan, sans se démonter de son premier refus : ce cadeau-là, il aurait du mal à y résister.

— Est-ce que tu voudrais voir Elena ? proposa-t-elle d'une voix émue.

Un silence pesant s'ensuivit. Elle alla s'asseoir sur le lit et, de plus en plus gênée, contempla les ombres dansantes sur le mur. Finalement, elle coula un regard vers Stefan.

Il avait refermé les yeux ; la respiration saccadée, il semblait résister de toutes ses forces à la tentation. En vain. Elena l'avait toujours irrésistiblement attiré.

Il considéra enfin Bonnie, le visage grave, la bouche pincée ; mais il avait retrouvé des couleurs, comme s'il frémissait d'espoir.

— C'est très risqué pour toi, Bonnie.

— Je sais.

— Et si un esprit malveillant en profitait pour te posséder ? Je ne pourrais peut-être pas te protéger contre lui…

— C'est possible. Mais, je sais à quel point c'est important pour toi…

Il lui pressa la main avec ferveur.

— Merci, Bonnie.

— Pas de quoi, dit-elle gauchement, en se sentant rougir.

Comme il était beau ! Il avait des yeux… à se damner ! Elle retira ses doigts à regret et se tourna vers la bougie.

— Je vais essayer d'entrer en contact avec elle en me mettant en transe. Après, il faudra que tu arrives à capter notre communication. Tu crois que c'est faisable ?

— Je pense, confirma-t-il en cessant enfin de l'observer de ses yeux brillants. Ce ne sera pas trop difficile de pénétrer dans ton esprit. Je sentirai quand tu seras prête.

— Parfait. Alors, allons-y.

Elle se tourna vers la bougie pour en fixer la flamme dansante. La pièce disparut lentement de sa conscience ; son regard, puis tout son être, se perdirent dans la lueur aveuglante qu'elle contemplait, jusqu'à ce qu'elle soit enveloppée de lumière. Elle passa à travers et pénétra dans l'obscurité.

La chambre funéraire était glaciale. Bonnie jeta des regards inquiets autour d'elle, mal à l'aise de se retrouver là sans savoir pourquoi. Elle tenta de rassembler ses souvenirs : quelqu'un d'autre aurait dû l'accompagner. Mais qui ? Elle chercha désespérément les signes d'une présence.

De la lumière provenait de la pièce voisine. Elle s'y dirigea. Sur le seuil, son pouls s'accéléra. La pièce était remplie de grands chandeliers allumés. En leur centre se trouvait un cercueil blanc au couvercle ouvert.

Bonnie s'en approcha malgré elle à pas lents, comme tirée par un fil invisible. Pour rien au monde elle ne voulait découvrir ce qu'il contenait. Et pourtant, elle n'avait pas le choix. Quelque chose l'attendait dans cette boîte.

La douce lueur des bougies inondait la pièce entière. Elle avait l'impression de flotter sur un îlot de lumière. C'était très agréable, mais ce n'était pas ce qui la ferait changer d'avis : elle refusait de regarder.

Au bout d'une éternité, elle atteignit le cercueil. Il était tapissé de satin blanc. Et vide. Elle le ferma fébrilement, puis s'y appuya en poussant un soupir de soulagement.

Soudain, percevant un mouvement du coin de l'œil, elle pivota.

Elena !

— Tu m'as fait peur !

— Je t'avais dit de ne pas venir ici ! lui reprocha aussitôt son amie.

Elle avait les cheveux dénoués, répandus sur les épaules comme une flamme d'or pâle, et portait une robe blanche légère qui renvoyait intensément la clarté des candélabres. On aurait dit une bougie vivante tant son corps irradiait de lumière. Elle avait les pieds nus.

— Je suis venue pour..., bredouilla Bonnie, incertaine.

Elle s'efforçait de retrouver la mémoire. C'était sa transe après tout, elle devait se souvenir.

— ... pour permettre à Stefan d'entrer en contact avec toi.

Les yeux d'Elena s'écarquillèrent, ses lèvres frémirent. Bonnie reconnut l'expression de tourment intense, de désir inassouvi, qu'elle venait de surprendre sur le visage de Stefan.

— Oh ! fit Elena.

Son regard s'emplit de tristesse.

— Mais, Bonnie... c'est impossible.

— Pourquoi ?

Des larmes perlaient au coin de ses paupières.

— Et si tout se déformait ? S'*il* venait pour...

Elle porta la main à sa bouche. Bonnie se rappela alors son dernier rêve, et les dents qui tombaient comme autant de gouttes d'eau.

— Je ne supporterais pas que Stefan assiste à une chose pareille, murmura Elena. S'il me voyait dans cet état... Je ne contrôle rien ici. Je ne suis pas assez forte pour ça. Bonnie, ne le laisse pas venir. Dis-lui à quel point je suis désolée. Dis-lui...

Elle ferma les yeux, laissant les larmes rouler sur ses joues.

— D'accord..., se résolut Bonnie, sur le point de pleurer, elle aussi.

Elena avait raison. Elle tenta d'atteindre Stefan, en espérant pouvoir trouver des mots de réconfort. Mais à peine eut-elle établi le contact avec lui qu'elle comprit son erreur.

— Stefan, non ! Elena ne veut...

C'était inutile : son esprit, bien plus puissant que le sien, s'était déjà engouffré dans la brèche ; bien qu'il eût compris la situation, rien ne semblait pouvoir l'arrêter. Bonnie, impuissante, le sentit se rapprocher à toute allure, puis prendre forme quelque part derrière elle. Elle fit volte-face : les cheveux de jais, le visage grave, les yeux verts et farouches comme ceux d'un oiseau de proie apparurent devant elle.

Alors, comprenant qu'elle ne pouvait plus rien pour eux, elle les laissa seuls.

12

— Oh, non…, fit une voix pleine de détresse, aussi douce qu'un souffle.

Stefan n'aurait jamais espéré l'entendre de nouveau. Elle résonnait, si familière à ses oreilles… Des frissons le parcoururent de la tête aux pieds. Il pivota en direction du son, l'esprit vide, incapable d'endiguer le flot d'émotions déferlant sur lui.

Il ne discerna d'abord qu'un océan de lumière. L'effet était le même que le jour de son arrivée à Fell's Church : à son approche, il avait perçu une lueur dorée, vibrante de passion et de vie, qui l'avait attiré comme un aimant.

Elena… C'était bien elle.

Scrutant le halo lumineux avec avidité, il attendit. Elle émergea lentement, avançant d'un pas hésitant auquel il resta suspendu, le cœur battant à tout rompre.

Elena…

Il la contempla comme s'il la découvrait pour la première fois : sa chevelure d'or pâle flottant autour de son visage ; sa peau blanche au grain parfait ; sa mince silhouette qui, pour l'instant, le tenait à distance, la main levée en signe de protestation.

— Stefan, murmura-t-elle, d'un timbre tourmenté.

Il fut partagé entre la joie de l'entendre prononcer son nom et la compassion : il eut envie de se précipiter vers elle pour la rassurer, la bercer dans ses bras et calmer son inquiétude.

— Stefan… s'il te plaît… Je ne peux pas…

Elle était si proche à présent qu'il distinguait les paillettes d'or dans ses yeux bleus. Ils étaient humides de larmes.

— Tu ne veux pas me voir ? demanda-t-il, se méprenant sur leur signification.

— Ce n'est pas ça… C'est toi qui ne dois pas me voir.

Stefan fut si soulagé de n'être pas rejeté qu'il écouta à peine le reste de son discours.

— Oh, Stefan ! Tu n'imagines pas à quel point il est puissant. Il peut nous surprendre à tout instant…

Il s'avança, la main tendue vers la sienne. Elle tenta de se dérober, ses lèvres s'entrouvrirent, sa respiration s'accéléra. De plus près, sa peau semblait rayonner de l'intérieur, comme si une flamme brillait en dessous. Les larmes lui scintillaient au bord des cils, tels des diamants.

Même si ses yeux protestaient encore, elle n'eut pas la force d'ôter sa paume lorsqu'il la pressa contre la sienne. Ils se regardèrent longuement, jusqu'à ce que, vaincue, elle murmure tendrement son nom. Il entrelaça ses doigts aux siens, et de l'autre main, lui effleura le visage. Elle ferma les paupières comme pour mieux savourer sa caresse. Sa joue était humide. Est-ce qu'il rêvait ? Le contact de sa peau paraissait pourtant si réel ! Il essuya ses pleurs du bout du pouce avec un plaisir indicible. La tendresse qu'il retenait depuis si longtemps s'était libérée d'un seul coup. Il n'avait qu'une envie : la couvrir de caresses.

Il avança d'un pas pour la serrer enfin contre lui : il eut l'impression de tenir un ange dans ses bras, un être de feu et d'air qui frémissait sous son étreinte. Les yeux toujours clos, elle lui tendit ses lèvres.

Leur baiser lui fit l'effet d'un immense feu dans tout le corps. La carapace qu'il s'était construite depuis sa mort fut ravagée par l'incendie : il éclata en sanglots, l'enlaçant de toutes ses forces dans l'espoir fou que leurs corps et leurs âmes se fondent en un seul être. Plus rien ne les séparerait. Jamais.

Ils pleuraient tous deux sans cesser de s'embrasser, les bras graciles d'Elena noués autour de son cou à lui ; leurs corps se reconnaissaient comme s'ils ne s'étaient jamais quittés. Le goût salé de ses larmes l'enivrait de douceur.

Il savait confusément qu'il devait rester sur ses gardes. Pourtant, le premier contact avec sa peau soyeuse avait balayé toute raison. L'univers pouvait bien se désintégrer, peu lui importait, du moment qu'il la tenait bien à l'abri dans ses bras.

Seulement, Elena tremblait. Et ce n'était pas que de plaisir, mais de crainte aussi. Qu'à cela ne tienne : il serait son bouclier ; il se sentait assez fort pour terrasser n'importe quel adversaire. À l'idée que quelqu'un puisse s'en prendre à elle, un grondement sourd monta de sa gorge, et il lança des coups d'œil autour d'eux.

— Si quelqu'un ose te faire du mal…, commença-t-il.

— Personne ne peut rien contre moi.

Elle pencha légèrement la tête en arrière pour croiser son regard.

— C'est pour toi que j'ai peur, Stefan. Il est capable de tant de choses… Et ce qu'il te montrerait est si effrayant… Oh, Stefan ! Va-t'en avant qu'il arrive. Je t'en supplie…

— Demande-moi n'importe quoi, mais pas ça…

L'ennemi devrait lui passer sur le corps pour la séparer d'elle.

— Stefan, ce n'est qu'un rêve, insista désespérément Elena dans un nouveau flot de larmes. Nous avons l'impression de nous toucher, c'est tout ; et nous n'avons pas le droit d'être ensemble, tu sais.

Mais Stefan s'en moquait : l'illusion qu'il était en train de vivre ressemblait tant à la réalité ! Même en songe, il ne renoncerait pas à Elena. Pour rien au monde. Aucune puissance du ciel ou de l'enfer ne le forcerait à…

— Erreur, mon cher ! lança une voix inconnue.

À l'évidence, c'était celle d'un redoutable tueur. Son instinct le lui disait.

Lorsque Stefan se retourna vers lui, les paroles de Vickie lui revinrent instantanément : « Il ressemble au diable ! »

L'individu était terriblement beau. Il portait le vieil imperméable que sa victime avait mentionné. Sale et négligé, il ressemblait à n'importe quel vagabond, mis à part sa très haute taille et son regard clair et pénétrant, d'un bleu électrique. Il avait les cheveux ébouriffés, d'un blond presque blanc, et arborait un grand sourire qui donnait le frisson.

— Salvatore, je présume, dit-il en faisant la révérence. Qui est venu rejoindre la belle Elena. Seulement, elle est morte. Le destin ne peut donc pas vous séparer ?

Il paraissait jeune, un peu moins que Stefan, néanmoins. Pourtant, celui-ci savait qu'il n'en était rien.

— Stefan, pars maintenant, ou il te poursuivra même en dehors du rêve, murmura Elena.

Mais Stefan ne la lâcha pas.

— Quel acte de bravoure ! s'exclama l'homme en applaudissant à tout rompre.

Il vacilla légèrement, comme un ivrogne.

— Stefan, je t'en supplie..., continua Elena.

— Tu ne peux nous quitter maintenant, reprit l'homme. Nous n'avons même pas été présentés.

Les mains enfoncées dans les poches, il s'avança de quelques pas.

— Tu ne veux pas savoir qui je suis ?

Elena laissa retomber sa tête sur l'épaule de Stefan dans un geste de désespoir. Celui-ci lui posa une main protectrice sur les cheveux.

— Je n'attends que ça, répliqua-t-il en plongeant son regard dans celui de son adversaire.

— Ce que je ne comprends pas, c'est pourquoi tu n'es pas venu me le demander directement au lieu d'enquêter auprès de n'importe qui, lança l'homme en se grattant la joue. Personne d'autre que moi ne peut te répondre. Je suis là depuis tellement longtemps...

— C'est-à-dire ? demanda Stefan sans se laisser impressionner.

— Si tu savais..., répondit-il d'un air nostalgique. Je croquais déjà dans de jolies gorges blanches quand tes ancêtres construisaient le Colisée. J'ai fait partie de l'armée d'Alexandre. J'ai combattu à Troie. Je suis très vieux, Salvatore. Aussi loin que je me souvienne, je portais une hache en bronze.

Stefan hocha la tête d'un air entendu : il connaissait l'existence de ces tout premiers vampires qui n'avaient été mordus par personne. Leur origine remontait à la nuit des temps. Nul ne savait comment ils étaient parvenus à cet état. Mais leurs pouvoirs étaient légendaires.

— J'ai participé à la chute de l'Empire romain, poursuivit-il d'une voix lointaine. Ils nous traitaient de barbares ! Ils n'avaient rien compris ! Rien ne vaut la guerre, Salvatore ! L'Europe était sujette à de multiples bouleversements à cette époque. C'était passionnant d'observer tout ça, c'est pourquoi je m'y suis installé. C'était comme un immense terrain de jeu pour moi. Mais les gens, curieusement, ne semblaient pas à l'aise en ma présence. Ils me brandissaient des croix au nez, quand ils ne s'enfuyaient pas en poussant des cris.

Il avait l'air désolé.

— Mais un jour, une femme est venue me supplier de l'aider. C'était une domestique au service d'un baron, et sa petite maîtresse était mourante. Elle voulait que je tente le tout pout le tout. Et…

Un immense sourire lui apparut sur le visage.

— … c'est ce que j'ai fait. C'était une bien jolie petite personne.

Stefan avait resserré son étreinte autour d'Elena. Comment n'avait-il pas deviné ? Alors, c'était lui le responsable de tous leurs malheurs !

— C'était Katherine, devina-t-il. Tu es le vampire qui l'a transformée…

— Pour lui sauver la vie, précisa l'homme en articulant chaque syllabe, comme si Stefan n'avait rien compris. Et c'est ta douce amie présente ici qui lui a repris ce précieux don…

Stefan se tortura les méninges pour retrouver le nom de cet homme, dont Katherine lui avait parlé. Ses paroles lui revenaient : elle s'était réveillée en pleine nuit pour voir cet individu que sa femme de chambre, Gudren, avait amené. Elle fut terrorisée en reconnaissant celui que tous les villageois prenaient pour un sorcier. Il s'appelait Klaus.

— Je suis Klaus en effet, souffla son interlocuteur comme s'il avait lu dans ses pensées. C'est du moins comme ça qu'elle m'appelait. Elle est revenue vers moi le jour où deux jeunes Italiens l'ont laissé tomber. Elle leur avait pourtant tout donné, jusqu'à la vie éternelle. Quelle ingratitude ! Je n'ai jamais compris leur acte.

— Ça ne s'est pas du tout passé comme ça, murmura Stefan entre ses dents.

— Mais ce qui m'a le plus surpris, c'est qu'elle n'est jamais arrivée à vous oublier. Toi, en particulier. Elle ne cessait de nous comparer, toujours à mon désavantage. J'ai essayé de lui mettre un peu de plomb dans la cervelle, ça n'a jamais vraiment marché. J'aurais peut-être dû la tuer… Pourtant, je m'étais habitué à elle. Au moins, elle était agréable à regarder, et savait s'amuser. Je lui ai enseigné l'art de la mise à mort. Elle en a tiré beaucoup de plaisir. Vers la fin, elle s'est mise à dérailler, mais qu'importait ? Je ne la gardais pas pour son intelligence.

Même si les sentiments de Stefan pour Katherine s'étaient complètement éteints, il se surprit à haïr cet homme pour l'avoir avilie.

— Moi ? mon cher ? devina-t-il d'un air indigné. C'est toi qui l'as poussée à la vengeance, et c'est ta petite amie qui l'a réduite en poussière. D'ailleurs, depuis, celle-ci s'est envolée vers des sphères supérieures, hors de mon atteinte. Pourquoi ne descends-tu pas nous rejoindre ?

— Si seulement je pouvais, murmura Elena en lui jetant un regard haineux.

— Oh, mais ce n'est pas si grave… Tes amies m'ont consolé. Sue était si gentille, pas vrai ?

Il se pourlécha les lèvres.

— Et je me suis bien régalé avec Vickie. Elle avait un corps d'une délicatesse exquise, très mûr pour une fille de dix-sept ans.

Stefan fit un pas en avant.

— Arrête, Stefan ! le retint Elena. C'est son territoire ici, et ses pouvoirs sont considérables.

— Exact. Je suis chez moi. Dans ce monde de rêves…

Il afficha de nouveau son sourire extatique. On aurait dit un fou.

— … là où tes pires cauchemars prennent forme, continua-t-il. Par exemple, veux-tu découvrir à quoi ressemble ta douce amie sans maquillage ?

Elena étouffa un gémissement désespéré. Stefan la serra plus fort contre lui.

— Depuis combien de temps est-elle morte, déjà ? Six mois environ ? Sais-tu ce qui arrive à un corps enterré depuis ce temps-là ?

Klaus se passa de nouveau la langue sur la bouche, à la manière d'un chien.

Elena, agitée de tremblements, tenta de se libérer de l'étreinte de Stefan. En vain.

— Ne t'inquiète pas, lui chuchota-t-il à l'oreille.

Puis, s'adressant à Klaus :

— Tu fais fausse route. Je ne suis pas du genre à tressaillir à la vue du sang : la mort m'est familière. Elle ne m'effraye pas.

— Ah oui ? Mais est-ce que tu l'aimes ? La puanteur, la pourriture, le jus de la chair décomposée, est-ce que ça t'excite ?

— Stefan, laisse-moi m'en aller, je t'en supplie…, sanglota Elena en le repoussant des deux mains, le visage détourné pour ne pas qu'il la voie.

— Les rêves ne me font pas peur, affirma Stefan. Tu ne peux rien contre moi.

Elena commença à se métamorphoser entre ses bras. Ses cheveux, qui lui effleuraient la peau, devinrent aussi rugueux que les poils d'un balai. Elle parut se recroqueviller sur elle-même.

— Dans certains sols, la peau se tanne comme du cuir, lui assura Klaus avec une joie perverse.

— Stefan, ne me regarde pas…, gémit Elena.

Celui-ci repoussa sa chevelure pour lui caresser la joue et, ignorant la rugosité sous ses doigts, fixa Klaus d'un air de défi.

— Mais le plus souvent, elle se décompose, tout simplement. Quelle pitoyable façon de disparaître ! La peau, la chair, les muscles, les organes : tout retourne à la terre…

Le corps d'Elena se ratatinait de plus en plus. Il ne l'en serra que plus fort, fermant les yeux, en se concentrant sur sa haine envers Klaus. Ce n'était qu'une illusion…

— Stefan…, fit la voix d'Elena, aussi légère qu'un bout de papier emporté par le vent.

Elle resta un instant suspendue dans l'air, puis s'évanouit. Stefan ne tenait plus qu'un tas d'os.

— Et voilà tout ce qui reste : un grand puzzle de plus de deux cents pièces. Avec leur jolie boîte, si pratique pour les ranger…

De l'autre côté de la pièce, le cercueil blanc, éclairé par les candélabres, s'ouvrit tout seul.

— Qu'est-ce que tu attends pour la déposer à sa place, Salvatore ?

Stefan tomba à genoux, contemplant le squelette blanchi entre ses bras. Il savait bien que tout cela n'était qu'une affreuse vision imposée par Klaus. Il déposa délicatement ce qui subsistait d'Elena sur le sol puis releva la tête vers son ennemi.

— Ce n'est pas Elena, affirma-t-il avec mépris.

— Bien sûr que si.

Étendant les mains, Klaus se mit à déclamer :

— *J'ai connu une femme, belle dans sa parure d'os...*

— Arrête !

Se concentrant de toutes ses forces, Stefan tenta de faire taire la voix de Klaus dans son esprit. Combattre son influence lui demanda un effort surhumain : il eut l'impression de grimper une colline en poussant devant lui un énorme rocher. La sueur lui dégoulinait sur le front. Mais là où ils reposaient, les os commencèrent à frémir, et une lueur dorée les auréola.

— *Des haillons, des os et une touffe de cheveux... l'idiot les appelait sa belle dame...*

Le halo se propageait entre les fins bâtonnets, comme pour leur donner vie : une fois la forme enveloppée de lumière, elle se redressa.

Stefan essuya la sueur qui lui coulait dans les yeux.

— *Les mouches bourdonnaient sur ce ventre putride, / D'où sortaient de noirs bataillons / De larves, qui coulaient comme un épais liquide...*

Les cheveux dorés d'Elena s'étaient reconstitués sur ses épaules. Les traits se dessinèrent lentement sur son visage, sous le regard émerveillé de Stefan : les cils fournis, le petit nez, la bouche fraîche comme deux pétales de rose. Puis un voile de lumière vint la vêtir.

— *Et pourtant vous serez semblable à cette ordure, / À cette horrible infection...*

Dans un dernier sursaut, Stefan parvint à se dégager de l'emprise de la voix. Un souffle fit bouger la poitrine d'Elena, et ses yeux s'ouvrirent. Elle lui sourit, éperdue d'amour.

— Stefan…, murmura-t-elle en le couvant d'un regard admiratif.

Klaus avait enfin cessé de déclamer.

— Voici Elena, lança Stefan en se tournant vers lui. Elle ne se trouve pas dans la coquille vide qu'elle a abandonnée dans la terre, mais ici, devant nous, que tu le veuilles ou non.

Il tendit la main pour que la jeune fille y pose la sienne. À peine se touchèrent-ils que le pouvoir de celle-ci coula en lui comme un élixir. Ils faisaient face à Klaus avec un indicible sentiment de victoire. Stefan ne s'était jamais senti aussi fort.

Klaus, qui avait d'abord observé la scène sans rien dire, éclata soudain. Le visage déformé par la fureur, il lança sur eux une monstrueuse vague d'énergie qui vint les prendre dans un gigantesque tourbillon. Les bougies s'éteignirent, balayées par la tornade. Le rêve était en train de se briser autour d'eux.

Stefan, agrippé à Elena, tentait de la garder près de lui, tout en rassemblant ses pouvoirs pour contrer l'attaque.

— Stefan ! appela-t-elle par-dessus le tumulte assourdissant.

La transmission de pensée prit le relais :

Écoute-moi, Stefan. Seule une de ses victimes pourra te dire...

Le vacarme était devenu insupportable, comme si un raz de marée monstrueux s'apprêtait à engloutir la terre entière. Stefan, sentant Elena se détacher de lui, tendit les bras vers elle avec un cri de désespoir. En vain. Son affrontement avec Klaus l'avait vidé. Il sombra dans l'inconscience, englouti par l'obscurité.

Bonnie avait assisté impuissante à la scène. À partir du moment où elle s'était écartée pour laisser Stefan et Elena se retrouver, elle était devenue un témoin invisible, sans aucune prise sur les événements.

Quand la colère de Klaus s'était déchaînée, elle avait eu si peur que la transe s'était brutalement interrompue : violemment éjectée hors du rêve, elle s'était retrouvée dans la chambre de Stefan.

Celui-ci venait de l'y rejoindre : il gisait à terre, livide et immobile. Lorsque Bonnie, affolée, entreprit de le tirer vers le lit, sa poitrine se souleva brusquement, comme si l'air venait de s'engouffrer d'un coup dans ses poumons.

— Stefan ? Ça va ?

— J'ai perdu le contact… je n'ai pas réussi à la retenir…, bredouilla-t-il au comble du désespoir.

— Je sais.

Elle s'agenouilla en face de lui et lui posa les mains sur les épaules dans un geste de réconfort.

— Je suis désolée.

Il releva brusquement la tête, les pupilles si dilatées que ses yeux paraissaient noirs.

— Klaus ! lança-t-il dans un cri de haine. Tu l'as vu ?

— Oui, dit Bonnie. C'est un fou furieux…

Stefan se redressa.

— Oui, et il faut l'arrêter.

— Mais comment veux-tu t'y prendre ? Il est invincible !

Depuis qu'elle avait vu Klaus, Bonnie était beaucoup moins sûre d'elle. Terriblement effrayée, même.

— Tu n'as pas entendu ce qu'a dit Elena ?

— Non, il y avait un tel vacarme.

— Mais alors…

Le regard de Stefan devint lointain.

— … lui non plus, peut-être…, marmonna-t-il pour lui-même. Il n'essayera pas de nous arrêter.

— Comment ça ?

— Elena m'a dit que si nous retrouvons une ancienne victime de Klaus on pourrait le maîtriser.

— Qu'est-ce que tu veux dire ?

— Lorsqu'un vampire boit le sang de sa proie, il arrive que leurs esprits se joignent brièvement. Celle-ci peut donc accéder à sa conscience. C'est ce qui a dû se passer, et Elena le sait.

— Tout ça est bien beau… mais il y a un hic, déclara Bonnie d'un ton morne. Qui aurait pu survivre à une attaque de Klaus ?

— Quelqu'un qu'il aurait transformé en vampire, évidemment.

— Oh ! Oh ! Alors, il suffirait de le trouver… mais où ?

— Sans doute en Europe.

Stefan s'était mis à faire les cent pas, plongé dans une intense réflexion.

— Il a probablement laissé pas mal de victimes là-bas… Je dois y aller.

Bonnie fut consternée par cette décision.

— Oh non, Stefan ! Ne nous abandonne pas ! Je t'en prie !

Il s'immobilisa enfin pour se tourner vers elle.

— Je n'en ai pas envie non plus. Après tout, il y a sans doute une autre solution du côté de Tyler. De toute façon, je ne partirai pas avant samedi. Et si j'y suis obligé, il faudra t'y résoudre, Bonnie.

Un long silence s'ensuivit. La jeune fille retint ses larmes du mieux qu'elle pût, déterminée à se montrer raisonnable. Elle n'allait pas se mettre à pleurer comme une gamine ! Soutenant le regard de Stefan, elle acquiesça lentement de la tête.

13

Vendredi 19 juin, 23 h 45

Cette semaine a été la plus longue de ma vie ! Enfin les vacances... mais demain, Stefan s'en va. Il dit qu'il ne nous laissera pas sans protection... N'empêche qu'il nous lâche !

Tyler est introuvable. Sa voiture a disparu du cimetière, mais il n'est pas revenu en cours.

Quant à Klaus, je le déteste. Il est aussi taré que Katherine – et encore plus cruel. Quand je pense à ce qu'il a fait à Vickie... Ça y est, j'ai encore envie de pleurer. C'est vraiment le pire des sadiques. En plus, le jour de l'anniversaire de Meredith ! Enfin, il ne devait pas connaître ce détail. Quoique... Il semble tout savoir, tout maîtriser. Il n'a même pas d'accent ! Et il connaît tout de notre culture, y compris les chansons des années cinquante. Il vit peut-être ici depuis longtemps...

Bonnie s'arrêta net. Dans le cas où cette dernière hypothèse s'avérait fondée, plus besoin d'aller chercher ses victimes en Europe. Et... s'il avait commis intentionnellement son premier crime le jour de l'anniversaire de Meredith ?

Elle se leva d'un bond, décrocha le téléphone et composa le numéro de son amie. Une voix d'homme ensommeillée lui répondit.

— Bonsoir, monsieur. C'est Bonnie. Je peux parler à Meredith ?

— Mais… tu as vu l'heure ?

— Excusez-moi. J'ai quelque chose d'urgent à lui dire à propos d'un examen. S'il vous plaît…

Le père de son amie eut un soupir résigné.

— Je vais la chercher.

Au bout de quelques minutes, un petit bruit l'informa que quelqu'un décrochait un autre combiné.

— Bonnie ? s'étonna Meredith. Qu'est-ce qui se passe ?

— Rien. Enfin…

La jeune fille se méfiait : le téléphone n'avait visiblement pas été raccroché par son premier interlocuteur, qui écoutait peut-être…

— C'est au sujet de… ce problème sur lequel on a calé. Tu saisis ? On cherchait qui pouvait nous aider. Eh bien, je crois que j'ai trouvé.

— Ah bon ?

Meredith avait apparemment compris qu'elle devait parler en langage codé :

— Et… c'est qui ? Il habite loin ?

— Non, c'est un proche voisin. Très proche, même. Il y a tout lieu de penser qu'il s'agit de quelqu'un de ta famille…

À l'autre bout du fil, le silence s'éternisa, à tel point que Bonnie se demanda si son amie était toujours là.

— Meredith ?

— Je réfléchis. Tu es sûre que ce n'est pas une coïncidence ?

— Absolument ! affirma Bonnie. Disons que l'histoire se répète intentionnellement, si tu vois de quoi je parle…

— Oui…, murmura Meredith d'un air remué. Il nous reste à convaincre cette personne de nous aider…

— Tu crois qu'elle voudra ?

— Je ne sais pas. Certains individus stressent énormément à l'approche des examens. Il leur arrive de se refermer complètement sur eux-mêmes…

Bonnie s'assombrit. Elle n'avait pas pensé à cette éventualité : et si la victime était incapable de parler ?

— On peut toujours essayer ! répliqua-t-elle avec un enthousiasme forcé. Demain, d'accord ?

— O.K. Je passe te prendre à midi. Bonne nuit, Bonnie.

— Bonne nuit, Meredith. Excuse-moi encore.

— Non, tu as bien fait de m'appeler. Comme ça, les événements ne se répéteront pas indéfiniment. Salut.

Une fois le téléphone raccroché, Bonnie reprit son journal.

Demain, nous allons voir le grand-père de Meredith, écrivit-elle.

— Comment n'y ai-je pas pensé ! maugréa Stefan dans la voiture qui les emmenait à West Virginia, où était interné le vieil homme.

— Heureusement que Bonnie est là ! s'exclama Matt.

En dépit de sa nervosité, celle-ci rougit sous le compliment.

— Tu ne pouvais pas deviner, Stefan, intervint Meredith, les yeux fixés sur la route. Tu ignorais que la première attaque avait eu lieu le jour anniversaire de celle de mon grand-père. Et ni Matt ni moi n'avions entendu Klaus parler : on ne pouvait donc pas en déduire qu'il vivait là depuis longtemps. Seule Bonnie avait toutes les informations… C'était pas si sorcier, finalement.

Celle-ci lui tira la langue dans le rétroviseur. Meredith haussa un sourcil.

— Je dis ça pour pas que tu prennes la grosse tête, c'est tout…

— Aucun risque : la modestie est l'une de mes grandes qualités.

— Moi, en tout cas, tu m'as scié ! déclara Matt.

L'intéressée se tortilla sur la banquette, cramoisie.

Bonnie n'avait jamais vu un endroit aussi glauque. Elle eut beau s'efforcer de dissimuler son horreur, Meredith comprit ce qu'elle ressentait et arbora en réponse un expression de fierté exagérée. C'était sa façon de cacher son humiliation. Les parents de la jeune fille considéraient l'aïeul comme une véritable plaie. À tel point qu'ils ne le mentionnaient jamais. Meredith allait pour la première fois dévoiler cet être honteux à ses amis. Bonnie admirait son courage : elle les précédait d'un pas ferme dans les couloirs sans paraître s'émouvoir.

Le lieu n'était ni sale ni plein de gens délirants. Au contraire, les patients avaient l'air propre et bien soigné. Mais il y avait cette odeur d'hôpital, ces chaises roulantes vides abandonnées dans les coins, et ces regards hagards qui donnaient envie à Bonnie de s'enfuir à toutes jambes. Dans l'entrebâillement d'une porte, une vieille femme exposait un crâne rose sous de maigres touffes de cheveux blancs ; sa tête était posée sur une table, à côté d'une poupée en plastique nue. Bonnie, choquée par la vision, tendit la main à la recherche d'un soutien : elle trouva celle de Matt qui cherchait la sienne. Ils suivirent Meredith ainsi, sans lâcher leur étreinte.

— C'est là, annonça leur amie.

À l'intérieur, un vieillard à la chevelure parsemée de quelques fils bruns fixait le néant : des yeux chassieux striés de rouge perçaient son visage parcheminé.

— Grand-père, murmura Meredith en s'agenouillant près de sa chaise roulante. C'est moi, Meredith. Je suis venue te demander quelque chose d'important.

Il ne cilla même pas.

— Il nous reconnaît parfois, expliqua-t-elle sans trahir la moindre tristesse. Mais pas ces temps-ci.

— Laisse-moi essayer, dit Stefan.

Il se pencha vers l'homme et se mit à lui parler d'une voix douce, apaisante, comme il l'avait fait avec Vickie.

Les yeux voilés, imperturbablement rivés sur le vide, ne clignèrent pas cette fois non plus. Seules les mains noueuses posées sur les accoudoirs tremblaient légèrement.

Comme les tentatives renouvelées de Stefan et de Meredith restèrent vaines, Bonnie essaya à son tour. Elle se concentra pour établir un contact avec l'étincelle de vie qu'elle devinait prisonnière de ce corps inerte. Elle n'eut pas plus de chance que les autres.

— Désolée, déclara-t-elle. Ça ne sert à rien.

— On n'a qu'à revenir plus tard, suggéra Matt.

Mais Bonnie était au désespoir : Stefan allait partir en Europe ; il n'y aurait pas de prochaine fois. Le cœur lourd, elle laissa Matt l'entrainer hors de la pièce, à la suite de Stefan. Elle jeta un regard en arrière pour s'assurer que Meredith les suivait… et poussa un cri.

Derrière son amie, qui se tenait face à la porte, la mine accablée, se dressait son grand-père, les yeux écarquillés et la bouche béante. Il semblait prêt à fondre sur elle.

Stefan et Matt bondirent vers la jeune fille pour la soustraire à une éventuelle attaque. Pourtant, le vieil homme ne bougea pas : il contemplait un point au-dessus de leurs têtes. Enfin, des sons aussi stridents qu'une sirène d'alarme franchirent ses lèvres :

— Vampiiiire ! Vampiiire !

Des infirmières accoururent aussitôt, augmentant le vacarme de leurs exclamations. Mais aucune ne parvint à le faire taire.

— Vampiiiire ! Vampiiire ! continuait-il de hurler comme s'il voulait ameuter le quartier.

Bonnie était horrifiée : est-ce qu'il ne désignait pas Stefan ?

— S'il vous plaît, il faut vous en aller maintenant, leur dit une aide-soignante. Je suis désolée…

On les expédia dehors, en dépit de la résistance de Meredith.

— Grand-père ! appela-t-elle.

— Vampire ! s'entêtait à gémir celui-ci.

Et puis, soudain, il ajouta :

— Du bois de frêne ! Vampire ! Du bois de frêne !

La porte se referma violemment.

Meredith, pétrifiée, retint ses larmes à grand-peine. Bonnie se cramponnait au bras de Matt. Même Stefan avait l'air remué.

— Je croyais vous avoir demandé de partir, clama l'infirmière qui venait de faire irruption dans le couloir.

Ils l'ignorèrent, tout à leur stupeur : ils venaient de prendre conscience des dernières paroles du malade.

— Tyler disait qu'une seule sorte de bois pouvait le blesser..., commença Matt.

— Du bois de frêne ! termina Stefan.

— La première chose à faire, c'est trouver où il se cache, déclara celui-ci sur le trajet du retour.

Il avait pris la place de Meredith au volant. Celle-ci, très éprouvée, s'était révélée incapable de conduire.

— Nous devons rester prudents et procéder par étapes, poursuivit-il d'un ton où perçait une détermination à toute épreuve. Il ne faudrait surtout pas éveiller sa méfiance.

Ils avaient tous les nerfs à vif, comme s'ils avaient ingurgité des dizaines de tasses de café chacun. Depuis qu'ils avaient quitté l'hôpital, Bonnie ne pouvait se défendre d'un étrange pressentiment : celui d'une catastrophe imminente. Elle sentait que les tous les événements survenus depuis l'anniversaire de Meredith convergeaient vers un terrible épilogue.

« Cette nuit, pensa-t-elle avec une épouvantable certitude. La veille du solstice. »

— La veille de quoi ? s'étonna Matt.

Elle avait parlé tout haut sans même s'en rendre compte.

— La veille du solstice d'été, répondit-elle. C'est aujourd'hui.

— Laisse-moi deviner. Encore une histoire de druides, hein ?

— Oui, avoua la jeune fille. Comme tous les jours de changement de saison, celui-ci est dédié à la magie. Enfin, c'est pareil pour toutes les autres fêtes, par exemple Halloween. À ce moment-là, la frontière entre les mondes visible et invisible s'amenuise : les fantômes apparaissent, et toutes sortes de choses étranges se produisent.

— De toute façon, quelque chose va forcément arriver, fit remarquer Stefan en s'engageant sur la route menant à Fell's Church.

À part Bonnie, aucun d'entre eux ne voyait à quel point le dénouement était proche.

En arrivant à la pension, ils trouvèrent Mme Flowers tranquillement occupée à tailler ses rosiers. Un délicieux parfum d'été flottait dans l'air.

Ils se jetèrent sur elle pour lui demander où trouver un frêne.

— Doucement, doucement, dit-elle d'un air déconcerté en les examinant sous son chapeau de paille. Un frêne, dites-vous ? Il y en a un derrière les chênes au fond. Hé, une minute…, ajouta-t-elle.

Mais ils s'étaient déjà précipités vers l'endroit indiqué. Stefan coupa aussitôt une grosse branche à l'aide du couteau de Matt. Bonnie se demanda depuis combien de temps il se baladait avec ce truc… et la tête que ferait la vieille dame en les voyant revenir avec cet énorme bout de bois.

Celle-ci les regarda passer sans rien dire. Mais au moment où ils allaient entrer dans la maison, elle leur cria :

— Un colis est arrivé pour toi, mon garçon.

Stefan tourna la tête.

— Pour moi ?

— Il y a ton nom dessus. Et une lettre avec. Je les ai trouvés sur le perron tout à l'heure. Ils sont dans ta chambre.

Bonnie croisa le regard stupéfait de ses amis. Ça ne lui disait rien qui vaille !

— De qui ça vient, tu crois ? demanda-t-elle à Stefan dans l'escalier menant à sa chambre. Personne ne sait que tu es ici…

Elle s'interrompit net : son pénible pressentiment avait refait surface. Elle eut beau le repousser, il s'entêtait à revenir à la charge comme une mouche intempestive.

Le colis trônait bien en évidence sur le bureau du locataire. C'était un grand paquet plat, enveloppé d'un papier marron. Une enveloppe beige, sur laquelle le nom de Stefan se détachait, était posée dessus.

Le tracé chaotique ne laissait aucun doute sur l'expéditeur : c'était la même écriture que celle sur le miroir. Ils fixaient tous l'objet comme s'ils s'attendaient à le voir exploser. Stefan avança lentement la main.

— Attention ! prévint Meredith.

Bonnie partageait ses craintes : et si le colis crachait un gaz empoisonné ou se transformait en une dangereuse créature munie de griffes et de crocs ?

L'enveloppe carrée dont Stefan s'empara était élégante. Elle rappelait celles utilisées pour les grandes occasions ; elle était digne de renfermer une invitation royale. Mais, à y regarder de plus près, des traces de doigts sales en maculaient la surface, et les bords se révélaient carrément crasseux.

Stefan la tourna plusieurs fois avant de l'ouvrir. Il en sortit une épaisse feuille de papier à lettres qu'il déplia avec précaution, sous le regard intrigué de ses compagnons.

— Mais… il n'y a rien dessus ! s'exclama Matt.

En effet, aucune inscription n'était visible, ni d'un côté ni de l'autre. Stefan s'obstinait néanmoins à contempler le papier d'un air concentré. Meredith s'approcha alors du paquet : il était assez plat pour être vide. Elle s'apprêtait à le déballer, lorsque le grondement de Stefan l'arrêta net.

Sur la missive que celui-ci tenait, des lettres étaient en train d'apparaître. Noires, aux jambages exagérément étirés vers le bas, elles semblaient être gravées par un couteau invisible à mesure qu'on les lisait.

Stefan,

Réglons cette histoire en gentlemen. J'ai la fille. Rejoins-moi à la tombée de la nuit à la vieille ferme, dans la forêt. Nous discuterons juste toi et moi. Si tu viens seul, je la laisserai partir. Sinon, je la tuerai.

Nulle signature ne concluait le message. Ces seuls mots apparurent à la fin :

Que cela reste entre nous.

— La fille ? Quelle fille ? s'enquit Matt, perplexe.

Meredith déchira d'un geste vif l'emballage du carton. Il contenait un foulard vert pâle imprimé de feuilles de vigne. Bonnie se souvenait parfaitement où elle l'avait vu. Une série d'images lui revirent en mémoire : des confettis, des cadeaux, des orchidées et un gâteau au chocolat.

— Caroline…, murmura-t-elle, horrifiée.

Ces deux dernières semaines avaient été si étranges, si différentes de sa vie ordinaire de lycéenne qu'elle en avait oublié l'existence de sa camarade. Celle-ci avait fui la ville, croyant ainsi se mettre à l'abri. Pourtant, Meredith l'avait prévenue : ce déménagement était inutile ; où qu'elle aille, il la suivrait.

— Il nous a encore eus ! gémit Bonnie. Dire que pendant qu'on allait voir ton grand-père, il…

— Il savait sûrement qu'on rechercherait une de ses victimes, renchérit Meredith. Et maintenant, on est foutus. À moins que…

Une lueur d'espoir passa dans ses yeux.

— Et s'il avait simplement récupéré le foulard à la soirée d'anniversaire ?

— Non, affirma catégoriquement Bonnie.

Son puissant pressentiment l'avertissait que Klaus ne bluffait pas. Il détenait bel et bien leur camarade en otage.

— Qu'est-ce qu'on va faire ? reprit-elle, désemparée.

— En tout cas, certainement pas ce qu'il veut ! éclata Matt. « Régler ça en gentlemen », ricana-t-il. Ce type se fout de nous ! Hors de question d'entrer dans son jeu !

— Je suis bien d'accord, approuva Meredith. Il essaie de nous séparer. On ne tombera pas dans le piège.

Tout à leur indignation, ils ne remarquèrent pas la réaction de Stefan. Seule Bonnie avait gardé un œil sur lui : après avoir calmement replié la lettre, il l'avait remise dans l'enveloppe, indifférent à ce qui se passait autour de lui. L'expression de son regard était effrayante.

— On ne va pas se laisser manipuler, martelait Matt. Hein, Stefan ?

— J'irai dans la forêt à la tombée de la nuit.

Matt hocha la tête, continuant sur sa lancée.

— Bonne idée : tu feras diversion, et nous trois, pendant ce temps, on…

— Vous rentrerez, l'interrompit Stefan en le regardant fixement. Vous coucher.

L'ordre les laissa un long moment bouche bée.

— Eh bien, on ne risque pas de le coincer en restant au lit, commenta enfin Meredith. À moins qu'il ait la courtoisie de nous rendre visite…

Cette pointe d'humour inattendue eut le mérite de relâcher la tension.

— Stefan, je comprends ta réaction, se risqua Matt. Mais…

Celui-ci lui coupa de nouveau la parole :

— Klaus a raison : cette affaire ne concerne que nous deux. Et puis, si vous m'accompagnez, il tuera Caroline. J'irai donc seul.

— T'es complètement taré ! s'emporta Bonnie, au comble de l'hystérie. Tu signes ton arrêt de mort ! Tu ne peux pas faire ça !

— Ah oui ?

— On ne te laissera pas…

— Tu te crois peut-être capable de m'en empêcher ? répliqua-t-il d'un ton tranchant.

Un nouveau silence s'abattit, pénible. Stefan avait pris une expression fermée, distante, et une attitude crispée ; on aurait dit qu'il s'apprêtait à bondir sur elle. Bonnie avait l'impression d'avoir un étranger devant elle. Elle détourna la tête pour ne plus voir son air menaçant.

Matt changea de tactique.

— Il n'y a pas de quoi s'énerver. Retrouvons notre calme et discutons.

— Je n'ai rien d'autre à ajouter. J'y vais, et vous restez là. C'est tout.

— D'accord, tu es le plus fort, déclara Meredith d'une voix posée. Mais après tout ce qu'on a traversé ensemble, tu nous dois quand même des explications.

— Tu disais que ce combat nous concernait tous, reprit Matt. Pourquoi avoir changé d'avis ?

— Parce que j'ai découvert que Klaus était l'assassin. C'est ma faute s'il est là.

— Qu'est-ce que tu racontes ? s'indigna Bonnie. Tu n'y peux rien si Elena a tué Katherine !

— C'est à cause de moi que Katherine est retournée vers Klaus. C'est comme ça que tout a commencé. Et sans moi, Caroline n'aurait jamais voulu se venger d'Elena en frayant avec Tyler. Je suis responsable de ce qui lui arrive.

— Tu dis n'importe quoi ! hurla Bonnie. Klaus nous hait tous ! Il ne te fera aucun cadeau. À nous non plus d'ailleurs !

— Je sais, admit Stefan en attrapant la branche posée contre le mur.

Il sortit le couteau de sa poche pour en tailler l'extrémité en pointe.

— C'est ça ! Tu te crois invincible, ou quoi ? lança Matt, furieux. C'est vraiment débile ! Tu cours te jeter dans la gueule du loup !

Il s'avança vers lui.

— On ne te laissera pas faire une connerie pareille…

— Arrête, Matt, intervint Meredith. Ça ne sert à rien.

Elle soutint tranquillement le regard de Stefan.

— Puisque tu ne veux pas entendre raison… laisse-nous au moins t'aider.

Sans se départir de son calme, elle commença à déboutonner son col. Même si elle avait eu la même attitude une semaine auparavant, Bonnie fut indignée. Meredith n'avait donc aucune pudeur ? Au moins, elle-même avait eu la décence de lui proposer en privé. Puis elle se rendit compte de sa stupidité. En public ou non, qu'est-ce que cela changeait ?

Elle se tourna vers Matt : la mine ébahie qu'il afficha d'abord laissa place à cet air obstiné et fonceur qui, à une époque, terrifiait les entraîneurs des équipes de foot adverses. Elle répondit d'un hochement de tête déterminé à son coup d'œil interrogateur : tandis qu'elle tirait la fermeture Éclair de son coupe-vent, il ôta son tee-shirt.

Stefan les observa, gêné.

— C'est hors de question, finit-il par dire.

— Ne sois pas idiot ! cingla Matt.

En dépit de la tension qui régnait, Bonnie ne put s'empêcher de glisser un œil admiratif vers son torse nu.

— On est trois, ajouta-t-il. Ça n'aura aucune conséquence sur notre santé.

— J'ai dit non ! Je n'ai besoin de l'aide de personne, et surtout pas pour combattre le mal par le mal. Je croyais que tu comprendrais ça !

— Mais tu vas mourir si tu y vas ! hurla Matt.

— Il a raison, Stefan ! renchérit Bonnie en pressant le poing sur la bouche.

La prémonition prenait une telle ampleur en elle qu'elle n'avait plus la force de la chasser : elle tressaillit violemment en entendant les paroles de leur défunte amie dans son esprit.

— Vous vous souvenez de ce qu'a dit Vickie ? « Il tuera quiconque le défiera », articula-t-elle douloureusement. C'est vrai. Je le sens, Stefan.

L'espace d'un instant, elle crut qu'il allait l'écouter. Ses traits se durcirent de nouveau.

— Ce n'est pas votre problème. C'est à moi de m'en charger.

— Mais s'il n'y a aucun moyen de le vaincre..., insista Matt.

— Ce n'est pas ce qu'a dit Bonnie ! rétorqua Stefan.

— Qu'est-ce que tu racontes ? cria Matt. C'est exactement ses propos !

Lorsque Matt perdait son calme – ce qui était rarement le cas –, il n'avait plus aucune maîtrise de lui.

— Stefan, j'en ai marre de...

— Moi aussi ! gronda celui-ci sur un ton que Bonnie ne lui connaissait pas. J'en ai ras-le-bol de vous tous, de vos engueulades, de votre lâcheté – et de vos prémonitions ridicules !

— Je pensais qu'on formait une équipe..., continua Matt.

— Eh bien, plus maintenant. Vous n'êtes qu'une bande d'écervelés. Même après ce qui vous est arrivé, au fond, vous n'aspirez qu'à une chose : retrouver vos petites vies bien tranquilles, dans vos petites maisons bien paisibles, pour finir bien tranquillement de votre belle mort ! Nous n'avons aucun point en commun. J'ai composé avec vous uniquement par nécessité. À présent, c'est terminé !

Il les fixa un à un avant de reprendre, en appuyant sur chaque mot :

— Je n'ai besoin de personne. Ne vous avisez pas de me suivre ou je vous tue.

Il leur jeta à chacun un dernier regard brûlant de haine avant de tourner les talons.

14

— Il a pété les plombs ! lâcha Matt en contemplant la porte que Stefan venait de franchir.

— Je ne crois pas, objecta Meredith. Il nous a insultés dans un but bien précis : nous tenir à l'écart pour le laisser agir seul. De là à nous tuer si on le suit, je ne sais pas…

Bonnie étouffa un rire.

— Il a dû s'inspirer de Damon. C'est bien le genre de crasses qu'il aurait balancées !

— Il a osé nous traiter de « bande d'écervelés » ! cita Matt, un peu calmé. Au fait, un truc m'échappe. Jusqu'à présent, il a tenu compte de tes prémonitions, Bonnie. Alors pourquoi s'entête-t-il à vouloir se battre s'il sait qu'il n'a aucune chance ?

— Bonnie n'a pas dit que Klaus était invincible, mais que celui qui l'affronterait mourrait, fit remarquer Meredith. C'est bien ça, Bonnie ?

Celle-ci perdit instantanément sa bonne humeur pour se concentrer : « Il tuera quiconque le défiera. » Mais son cerveau tournait à vide.

— Tu sous-entends que Stefan a l'intention de se battre contre Klaus en sachant pertinemment qu'il n'en réchappera pas vivant ? s'indigna Matt, vibrant de colère. Il veut se sacrifier, c'est ça ?

— Comme l'a fait Elena, ajouta Meredith. Et peut-être… pour la rejoindre.

— Non, déclara Bonnie en secouant la tête.

Si elle avait une certitude, c'était bien celle-là.

— Ce n'est pas dans ses intentions, j'en suis sûre. Elena est un cas à part. Elle est morte très jeune, laissant derrière elle un tas de choses inachevées. Elle s'est vraiment sacrifiée. Cette notion ne signifie rien pour Stefan, vu qu'il a cinq siècles. Ce n'est pas un âge prématuré pour mourir. Et puis, rien ne garantirait qu'il se retrouve avec Elena : il pourrait aller ailleurs… à moins qu'il ne disparaisse, tout simplement. Il est pleinement conscient de tout ça, aucun doute là-dessus. À mon avis, il veut juste tenir sa promesse : arrêter Klaus coûte que coûte.

— Essayer au moins…, murmura Matt d'une voix lointaine.

Lui aussi avait fait un serment.

— … même s'il sait qu'il perdra…, acheva-t-il.

Il pivota brusquement vers ses amies.

— Je vais le rejoindre.

— Je préfère ça, commenta Meredith.

— Euh…, hésita Matt. Je suppose qu'il est inutile de vouloir vous convaincre de rester ici ?

— Après ton joli discours sur le travail d'équipe ? En effet, tu n'as aucune chance.

— C'est bien ce que je craignais. Dans ce cas…

— … on fonce ! conclut Bonnie.

Ils s'emparèrent de toutes les armes qui leur tombèrent sous la main : le canif de Matt, un poignard à manche d'ivoire déniché dans les affaires de Stefan, et un couteau de cuisine.

Mme Flowers avait déserté le jardin. Le ciel mauve pâle avait pris une lueur abricot à l'ouest, là où le soleil se couchait. C'était ce soir que commençait la nuit la plus courte de l'année. Cette pensée fit frissonner Bonnie.

— Cette vieille ferme dans la forêt ne peut être que celle des Francher, affirma Matt. Là où se trouve le puits dans lequel on a retrouvé Stefan.

— Ça paraît logique, approuva Meredith. Il utilise probablement le tunnel pour passer sous la rivière. À moins qu'il ne soit assez puissant pour traverser l'eau sans problème…

Mais Bonnie se souvint d'un détail : plus une créature était maléfique, plus ce genre d'entreprises se révélait difficile pour elle.

— Le souci, c'est qu'on ne sait rien sur les pouvoirs de ces premiers vampires, objecta Bonnie.

— Il faudra donc redoubler de prudence, conclut Matt. Je connais bien cette forêt : Stefan empruntera le chemin le plus praticable. Je suggère que nous prenions l'autre.

— Pour qu'il ne nous surprenne pas ?

— Pour passer inaperçus aux yeux de Klaus. Il faut avant toute chose délivrer Caroline : tant qu'il détient ce moyen de pression sur Stefan, il garde l'avantage. Il attend Stefan après la tombée de la nuit. On y sera avant.

Matt s'engagea dans un étroit sentier, imperceptible au premier coup d'œil, qui se perdait entre les chênes. La forêt, particulièrement dense en cette saison, pouvait s'avérer un vrai labyrinthe. Bonnie espérait que Matt saurait s'orienter.

Les oiseaux diurnes lançaient leurs derniers trilles. Bonnie, gênée par des papillons qui lui effleuraient le visage, finit par trébucher sur un tas de champignons couverts de limaces. Heureusement qu'elle avait mis un jean, cette fois !

Matt s'arrêta soudain et se tourna vers les jeunes filles.

— On approche, chuchota-t-il. On va atteindre une sorte de promontoire d'où l'on observera Klaus sans qu'il nous voie. Essayez de ne pas faire de bruit.

Bonnie plaça un pied devant l'autre le plus lentement possible. Heureusement, le tapis de feuilles humides absorbait les sons. Au bout d'un moment, Matt se mit à plat ventre, leur faisant signe de l'imiter. Bonnie s'efforça de se convaincre que les bestioles gluantes délogées par ses mains n'avaient rien de répugnant. Pas plus que les toiles d'araignées qui venaient lui coller au visage. Elle n'était plus une gamine…

— On y est, souffla Matt dans un murmure.

Bonnie rampa à sa hauteur : la maison en ruine des Francher se tenait à quelques mètres devant eux. La haute cheminée se dressait solitairement au milieu de quelques pans de murs enfouis sous les ronces.

— Caroline est là, chuchota Meredith.

On distinguait en effet sa silhouette appuyée contre les ruines ; sa robe vert pâle se détachait dans l'obscurité. Une bande blanche lui barrait le visage. Un bâillon, comprit Bonnie. Les bras derrière le dos et les jambes étendues laissaient supposer qu'elle était ligotée. La pauvre ! En dépit de tous les coups bas – et pas des moindres ! – qu'elle avait inventés pour leur nuire, Bonnie ne put s'empêcher de la plaindre. Quoi de plus terrible que d'être kidnappée par un vampire dément qui avait assassiné deux de vos camarades, d'être amenée dans une forêt, ligotée et abandonnée, votre vie dépendant d'une autre créature qui avait tout lieu de vous haïr ?

— Regardez..., dit Matt à mi-voix. Il y a quelqu'un d'autre...

En effet, un mouvement indiquait une présence : Klaus apparut, son imperméable flottant autour de lui. Il se pencha vers sa victime, qui se recroquevilla, essayant vainement de s'écarter de lui. Il laissa éclater un rire qui fit sursauter Bonnie, la poussant à se baisser derrière un écran de fougères.

— Où est Stefan ? s'enquit-elle. Il fait quasiment nuit maintenant.

— Il a peut-être changé d'avis, supposa Matt.

— Je ne crois pas..., répliqua Meredith en scrutant la pénombre.

Suivant la direction de son regard, Bonnie découvrit le jeune homme : il se tenait à la lisière de la clairière, comme jailli de nulle part. Même Klaus ne l'avait pas vu arriver. Il ne cherchait pourtant ni à se dissimuler ni à cacher le pieu qu'il portait sur l'épaule ; il observait la scène en silence, avec un sang-froid et un maintien d'une extrême noblesse, attendant patiemment que son ennemi remarque sa présence.

Celui-ci finit par pivoter vers lui, et se figea, visiblement étonné de s'être fait surprendre. Puis il lâcha un rire tonitruant en ouvrant grands les bras.

— Salvatore ! Tu tombes à pic ! Je pensais justement à toi !

Stefan le toisa lentement de la tête aux pieds.

— Tu m'as demandé de venir, dit-il. Je suis là. Alors, laisse partir la fille, comme promis.

— J'ai dit ça, moi ? demanda-t-il, ébahi.

Puis il secoua le crâne en gloussant.

— Je n'en ai pas le souvenir… mais parlons d'abord.

Stefan prit un air entendu, comme s'il s'attendait à la réaction de Klaus. Il saisit le pieu et le manipula avec aisance.

— Je t'écoute.

— Pas aussi inconscient que ça, chuchota Matt avec respect. Il n'est pas pressé de mourir…

Klaus effleura les cheveux de Caroline.

— Si tu te rapprochais ? On ne serait pas obligés de crier…

— Je t'entends parfaitement.

— Bien envoyé ! souffla Matt.

Bonnie n'avait pas quitté Caroline des yeux : elle ne cessait de gigoter, se balançant d'avant en arrière. Était-elle en proie à une crise de nerfs ? Ses mouvements saccadés de tête étaient vraiment curieux : c'était comme si elle se démenait pour atteindre le ciel. Bonnie jeta un coup d'œil au-dessus d'elle : la lune déclinante brillait. Puis son regard glissa sur l'arbre qui surplombait Stefan. Son cœur s'emballa : le feuillage bruissait légèrement, en dépit de l'absence de vent. Stefan, totalement concentré sur Klaus, n'était pas conscient du danger.

Oubliant toute prudence, Bonnie se dressa hors de sa cachette en criant :

— Stefan ! Attention, au-dessus de toi !

Celui-ci bondit aussitôt de côté, évitant de justesse l'être qui plongeait sur lui. Bonnie reconnut sans peine les dents blanches de Tyler.

Klaus s'était tourné vers elle d'un bloc, la dardant d'un regard assassin. Pendant un bref instant, elle le fixa, pétrifiée. Puis un éclair déchira le ciel, pourtant parfaitement dégagé.

La scène se passa si vite que Bonnie n'eut pas le temps d'avoir peur, juste celui d'apercevoir le rayon lumineux qui percuta la paume levée de Klaus, laquelle se referma comme pour s'en imprégner. Enfin, il le lança sur elle.

En dépit des hurlements de Stefan, qui l'exhortait à fuir, Bonnie fut incapable de bouger. Quelqu'un l'agrippa pour la tirer violemment de côté. Tel un fouet géant, l'éclair frappa juste au-dessus de sa tête, dégageant une puissante odeur d'ozone. La jeune fille atterrit face contre terre puis roula sur elle-même. Croyant devoir la vie à Meredith, elle voulut la remercier. Mais en se tournant, elle découvrit Matt.

— Ne bouge pas d'ici, lui cria-t-il avant de s'éloigner en courant.

Décidément ! On ne cesserait jamais de la traiter comme une gamine ! L'ordre eut pour effet de la catapulter sur ses pieds : elle se retrouva emboîtant le pas à Matt sans savoir ce qu'elle faisait.

Les événements qui suivirent s'enchaînèrent à folle allure. Klaus s'était retourné vers Stefan, qui se battait avec Tyler. La forme de loup-garou de celui-ci ne l'empêcha pas d'être projeté au sol.

Pendant ce temps, Meredith s'était approchée subrepticement de Caroline. Elle coupa les liens retenant ses poignets grâce au poignard de Stefan, puis la traîna de l'autre côté de la cheminée, où elle s'attaqua à la corde qui lui entravait les pieds.

Un bruit de branches s'entrechoquant fit pivoter Bonnie. Klaus, armé d'un bout de bois aussi pointu que celui de Stefan, combattait férocement son adversaire. Soudain, la jeune fille étouffa un cri : Tyler rampait derrière Stefan, prêt à bondir. Matt, tête baissée, chargea aussitôt l'ennemi, lui infligeant un plaquage digne de ses plus grands matchs. Tyler se propulsa sur le côté, son assaillant cramponné à lui.

Bonnie ne savait plus où poser les yeux. Tout allait trop vite : tandis que Meredith sciait les cordes de Caroline, Matt, transgressant les règles du football, s'acharnait violemment sur Tyler ; de son côté, Stefan faisait virevolter son pieu avec une dextérité époustouflante – à croire qu'il avait reçu un entraînement spécial ; Klaus, lui, riait à gorge déployée, visiblement grisé par les coups, de plus en plus rapides et précis, qu'ils s'assenaient l'un l'autre.

Matt semblait en difficulté à présent, tentant d'échapper aux morsures de Tyler. Bonnie, affolée, chercha une arme autour d'elle, oubliant le couteau de cuisine dans sa poche. Ses yeux s'arrêtèrent sur une branche, qu'elle ramassa aussitôt pour se porter au secours de son ami.

Une fois près d'eux, elle hésita, de peur de blesser Matt : les deux adversaires ne cessaient de rouler sur le sol. Celui-ci eut de nouveau l'avantage, l'espace d'une seconde : il chevaucha Tyler. Bonnie sauta sur l'occasion pour brandir son bâton. Mais avant même qu'elle ait pu s'en servir, Tyler la vit, replia les jambes et, mû par une force surhumaine, envoya Matt valdinguer en arrière. La tête de celui-ci heurta un arbre avec un bruit que Bonnie ne devait jamais oublier : celui d'un melon trop mur qui explose. Il glissa le long de l'arbre puis s'immobilisa.

Bonnie en resta tétanisée. Elle aurait voulu se précipiter vers Matt, mais Tyler lui barrait la route – la respiration bruyante, de la bave mêlée de sang coulant sur le menton. Elle leva la branche d'une main tremblante, les yeux fixés sur Matt, toujours inerte. Était-il encore vivant ? Elle réprima un sanglot et tourna le regard vers Tyler. Ça n'avait aucun sens ! Ce garçon était dans le même lycée qu'elle. Elle avait même dansé avec lui, une fois ! Comment pouvait-il l'empêcher de secourir Matt ? Pourquoi voulait-il les tuer tous ?

— Tyler, s'il te plaît..., commença-t-elle dans l'intention de le persuader.

— Toute seule dans la forêt, petite fille ! gronda-t-il d'une voix rauque.

Bonnie comprit alors qu'elle n'avait pas affaire à un camarade de classe mais à un animal répugnant, dont les pupilles étroites reflétaient une extrême cruauté.

— On aurait dû t'avertir, poursuivit-il avec un rictus sadique. Quand on se promène seule dans les bois, on risque de rencontrer le Grand Méchant...

— Abruti ! termina-t-on à sa place.

Meredith venait d'apparaître au côté de Bonnie, au grand soulagement de celle-ci. Elle était armée du poignard de Stefan, dont la lame luisait sous la lune.

— C'est de l'argent, Tyler, prévint-elle en le brandissant. Je crois savoir qu'il a un effet particulier sur les loups-garous... Tu veux qu'on essaie ?

Bonnie n'en croyait pas ses yeux : la jeune fille qui se dressait devant ce monstre n'avait plus rien de la Meredith qu'elle connaissait ; sa réserve et son calme habituels s'étaient évanouis pour laisser place à une férocité guerrière. En dépit de son sourire, elle avait l'air hors d'elle.

— Oui ! cria Bonnie, dont la peur s'était envolée.

Ensemble elles étaient fortes. Le bras vibrant d'une énergie décuplée, Bonnie eut soudain envie de frapper Tyler si fort qu'elle lui décollerait la tête.

Celui-ci prit conscience qu'il n'aurait pas le dessus, face à ces tigresses. Il recula lentement, se recroquevilla puis se retourna pour prendre la fuite. Elles se lancèrent aussitôt à ses trousses et l'encerclèrent. On aurait dit qu'ils s'amusaient tous les trois à reproduire le système solaire : Tyler tournant sur lui-même, les deux jeunes filles gravitant autour de lui, cherchant une ouverture pour l'attaquer.

Au moment où Tyler se jetait sur elle, Meredith lança un coup d'œil furtif à Bonnie, qui le frappa de toutes ses forces. Le choc fut si violent qu'elle ressentit une affreuse douleur dans le bras. Tyler s'effondra comme un oiseau abattu en plein vol.

— J'ai réussi ! hurla-t-elle en envoyant la branche en l'air.

Mais son amie ne s'était pas relevée, la jambe coincée sous le corps lourd de Tyler. Elle vint la dégager.

— On a réussi ! On a…

Les mots se figèrent dans sa bouche.

— Meredith !

— Ça va, ne t'inquiète pas, la rassura celle-ci d'une voix altérée.

Les griffes de son assaillant lui avaient labouré la cuisse jusqu'à l'os. Son jean lacéré laissait voir la chair à vif sur une grande surface.

— Oh mon Dieu ! gémit Bonnie en découvrant la gravité des blessures.

Il fallait immédiatement appeler un médecin.

— Trouve quelque chose pour me faire un garrot, suggéra la victime.

Elle était blanche comme un linge et perdait quantité de sang. Bonnie cherchait désespérément de quoi stopper l'hémorragie quand quelque chose atterrit à côté d'elle : une corde en nylon. Elle leva les yeux.

— Ça ira avec ça ? s'enquit Caroline.

Elle claquait des dents, et ses cheveux humides de sueur et de sang lui collaient au visage. Elle vacilla, puis tomba à genoux.

— Tu es blessée aussi ? s'inquiéta Bonnie.

Caroline secoua la tête, puis se plia en deux, prise d'un violent haut-le-cœur. Bonnie aperçut alors les marques sur son cou. Elle n'avait pas le temps de s'occuper d'elle pour le moment : le cas de Meredith était plus urgent.

Elle noua la corde en haut de la cuisse de son amie, bien contente de se rappeler les leçons de sa sœur Mary, infirmière : « Un garrot ne doit pas être trop serré, ni être maintenu trop longtemps ; sinon la gangrène peut s'installer. »

— Bonnie… occupe-toi de Stefan maintenant…, souffla Meredith d'une voix à peine audible.

Elle s'affaissa en arrière, les paupières mi-closes.

Bonnie baissa les yeux sur ses mains : elles étaient rouges de sang, tout comme ses vêtements et une partie du sol. Matt gisait sous l'arbre, toujours inconscient. Tyler, lui, risquait de reprendre ses esprits d'un instant à l'autre : elle ne pouvait pas les abandonner. Désemparée, elle se tourna vers Caroline qui frissonnait de tout son corps, le visage inondé de sueur.

— Écoute, Caroline.

Elle ramassa l'arme avec laquelle elle avait assommé Tyler et la lui glissa dans la main.

— Reste ici avec Matt et Meredith. Il faut que tu desserres le garrot toutes les vingt minutes environ. Et si Tyler se met à remuer, mets-lui un bon coup sur la tête avec ça, d'accord ? C'est le moment de prouver ce que tu as dans le ventre… O.K. ?

Elle la fixait droit dans les yeux.

— Qu'est-ce que tu vas faire, toi ?

Bonnie jeta un regard vers la clairière en guise de réponse.

— Non, gémit Caroline en l'agrippant par le bras.

Ses ongles étaient cassés et ses poignets meurtris.

— Reste ici, je t'en supplie. Tu ne peux rien…

Bonnie se dégagea pour se diriger vers la forêt. Mais au fond d'elle-même, elle savait que Caroline avait raison. Pourtant, il fallait au moins essayer.

Jusqu'ici, Stefan et Klaus avaient échangé des coups d'une telle précision, d'une telle maîtrise que leur combat ressemblait à un fascinant ballet de mort. L'équilibre des forces rendait le spectacle grandiose.

À présent, Stefan prenait le dessus : Klaus, à genoux, s'arc-boutait en arrière pour échapper au pieu de Stefan. On aurait dit un contorsionniste cherchant inutilement à dépasser ses limites ; la stupeur et la crainte se lisaient sur ses traits. Alors qu'il semblait sur le point de se briser en deux, il esquissa un sourire inattendu.

Puis il se redressa, repoussant son assaillant, qui banda les muscles pour tenter de le contrer. Klaus, son rictus de dément s'épanouissant à vue d'œil, regagnait du terrain. Il se releva tout à fait, inexorablement, tel un hideux pantin surgissant de sa boîte au ralenti. Son visage était fendu par un immense sourire, comme celui d'un chat de dessin animé prêt à fondre sur sa proie.

Ce fut au tour de Stefan de grogner et de ahaner, dents serrées. Il lutta vaillamment. En vain : il finit par se retrouver couché sur le dos, son propre bâton en travers de la gorge, Klaus appuyant dessus de tout son poids.

— Je suis fatigué de jouer, petit, déclara celui-ci.

Il se redressa pour jeter son arme.

— Il est temps de mourir, poursuivit-il.

Il arracha son pieu à Stefan, puis le brisa d'un coup sur ses genoux pour prouver qu'il était le plus fort, et que la partie était finie. Il se débarrassa de l'un des bouts de bois et se mit à frapper Stefan avec l'autre, déchiqueté en des dizaines d'échardes. Il l'abattait avec nonchalance, encore et encore, sans s'émouvoir des cris de sa victime.

C'étaient des hurlements de souffrance tels que Bonnie n'en avait jamais entendus : si le frêne était le seul bois capable de tuer Klaus, tous se révélaient mortels pour Stefan. Chaque coup dont son ennemi l'affligeait lui ôtait un peu plus la vie. Le visage de Klaus, éclairé par la lune, était déformé par une expression de pure jouissance. Tuer lui procurait un immense plaisir.

Bonnie fut incapable d'émettre un son, de faire un geste : le monde vacillait autour d'elle. Elle n'était qu'une gamine finalement… Elle ne parvint même pas à détourner le regard pour se soustraire à l'issue fatale. C'était impossible, incroyable, et pourtant, cela arrivait, sous ses yeux.

Klaus brandit de nouveau la branche au-dessus de sa tête et, la mine extatique, commença à la baisser. Son geste se figea : une lance venait de se ficher dans son dos, oscillant comme une flèche géante. Il lâcha son arme, son sourire s'effaça, et il se tint immobile, bras tendus, pendant une seconde, puis pivota. Le pieu tremblota.

Bonnie, stupéfaite, entendit clairement la voix froide et arrogante qui s'éleva :

— Écarte-toi de mon frère.

15

Klaus poussa un terrible rugissement. On aurait dit celui d'un dinosaure blessé. Du sang jaillit de sa bouche. Il chercha inutilement à attraper le pieu enfoncé dans son dos : celui-ci était profondément logé dans sa chair. Damon n'avait pas raté son coup.

Il s'avança vers Klaus sans précipitation ; les mouvements félins de son corps trahissaient son intention : achever son ennemi. Bonnie, pétrifiée, n'eut pas la force de s'enfuir à toutes jambes, comme elle en avait envie.

— Écarte-toi de mon frère, martela-t-il sans lâcher son ennemi des yeux.

Klaus, grondant toujours, avait renoncé à ôter le bâton.

— Imbécile ! rugit-il. Je te l'ai déjà dit : ça ne sert à rien de nous battre !

— Écarte-toi de mon frère… avant que je t'arrache le cœur, souffla Damon d'une voix sourde.

L'énergie montait en lui comme un raz de marée. Bonnie, retrouvant l'usage de ses membres, se mit à reculer.

— Tu l'auras voulu ! hurla Klaus, écumant de rage.

La menace n'eut aucun effet sur Damon, qui continuait d'avancer, les yeux fixés sur sa poitrine. Klaus, ramassant le pieu de sa victime, se rua sur l'intrus. Sa force paraissait intacte : l'attaque fut d'une violence inouïe ; Bonnie ferma les yeux. Elle les rouvrit en entendant un battement d'ailes : un corbeau s'élevait dans le ciel, laissant dans son sillage une plume solitaire. Klaus s'éloigna, puis disparut dans la nuit.

Un silence de mort s'abattit sur la forêt.

Bonnie, reprenant lentement ses esprits, se dirigea vers Stefan, d'abord en marchant, ensuite en courant. Il n'ouvrit pas les yeux à son approche. Elle s'agenouilla à ses côtés, étrangement calmée, comme quelqu'un qui, luttant depuis longtemps dans l'eau glacée, ressent les premiers symptômes d'hypothermie. Hurler ou piquer une crise de nerfs était au-dessus de ses forces, tant la réalité lui paraissait insoutenable, inconcevable. Stefan se trouvait dans un état horrible. Elle n'avait jamais vu pareilles blessures. Pas même chez M. Tanner. Rien de ce que lui avait appris Mary ne pourrait réparer le désastre. Même un chirurgien ne pouvait plus rien pour lui.

Levant les yeux, elle aperçut des ailes tourbillonner confusément dans le halo de la lune. Damon se matérialisa devant elle.

— Il faut peut-être lui donner du sang, non ? demanda-t-elle d'une voix éteinte.

Damon ne sembla pas l'entendre. Ses prunelles noires comme l'encre avaient pris une expression de douceur inhabituelle. Il s'agenouilla près de son frère.

— Stefan ?

Bonnie ferma les yeux. Damon lui-même craignait pour sa vie ! Mon Dieu ! C'était fini. Il n'y avait plus aucun espoir… Stefan allait mourir ; Meredith et Matt étaient gravement blessés ; et Klaus pouvait revenir d'un instant à l'autre…

Elle ouvrit les paupières : Damon était livide ; ses grands yeux inquiets lui donnaient un air impuissant, rendant son visage terriblement juvénile.

— Klaus ne va pas tarder, dit-elle calmement.

Elle ne ressentait plus aucune peur à son encontre. Le prédateur s'était évanoui en lui, laissant la place à un individu désemparé.

— Je sais.

Il tenait la main de Stefan, tentant de lui transmettre une partie de ses pouvoirs. Mais Bonnie savait pertinemment que ça ne suffirait pas.

— Si on essayait de lui faire boire du sang ? répéta-t-elle, plus fort cette fois.

— Peut-être…

— Non…, murmura une voix faible.

Stefan venait d'ouvrir les yeux.

— Ne sois pas ridicule, Stefan, le gronda Damon.

— J'ai promis…, répliqua obstinément son frère.

Damon s'apprêtait à riposter – sans doute pour le menacer de lui rompre le cou s'il n'acceptait pas – lorsque Stefan ajouta :

— De toute façon, c'est inutile.

Dans le silence qui suivit, Bonnie prit pleine conscience de la brutalité de ses propos : au milieu de cette horrible forêt où le monde ordinaire semblait avoir disparu, il n'y avait plus de place pour les illusions et les faux-semblants. Seule la vérité avait un sens. Et Stefan n'était pas dupe.

Il fixait toujours son frère, qui dardait sur lui des yeux furieux.

— C'est comme si j'étais déjà mort, lâcha Stefan.

Bonnie assistait, impuissante, à l'ultime combat de leurs volontés opposées.

— Pars avec Bonnie et les autres tant qu'il est temps.

— On ne t'abandonnera pas ! intervint celle-ci.

— Allez ! gronda Stefan. Damon, Klaus va revenir à la charge d'un moment à l'autre… À quoi ça sert de sacrifier ta vie et la leur ?

— Je me fous de ce qui peut bien leur arriver, siffla Damon.

Bonnie ne fut même pas offensée : c'était la pure vérité. Une seule vie comptait pour lui : la sienne.

— Non, Damon. Tu ne peux pas te soustraire à mon dernier vœu : promets-moi de les aider.

— Stefan…, murmura Bonnie, au désespoir de voir les forces de son ami le quitter.

— Promets…, exigea-t-il dans un spasme de douleur.

Les secondes s'égrenèrent, interminables. Enfin, Damon parla :

— Je te le promets, assura-t-il à contrecœur.

Il lâcha la main de son frère pour se lever.

— Viens, ordonna-t-il à Bonnie.

— Mais… on ne va pas le laisser…

— Si.

Ses traits avaient perdu toute vulnérabilité.

Même si l'attitude de Damon prouvait sa loyauté envers Stefan, Bonnie ne parvenait pas à abandonner celui-ci à son sort. C'était au-dessus de ses forces.

— Tu viens, maintenant, siffla Damon en la tirant par le bras.

La jeune fille voulut résister. Soudain, un claquement retentit, semblable à celui d'un gigantesque fouet, stoppant net ses atermoiements. Un flash aussi puissant que la lumière du jour l'obligea à plisser les yeux.

Lorsqu'elle put distinguer quelque chose, elle s'aperçut que des flammes s'élevaient d'un trou noir, à la base d'un arbre.

Klaus était de retour avec une arme redoutable : la foudre. Il brandissait comme un lugubre trophée le pieu sanglant qu'il était parvenu à arracher de son dos. On aurait dit qu'il commandait à la foudre grâce à son bâton. Un deuxième sifflement se produisit : le ciel pur fut déchiré par un éclair, qui illumina les lieux comme le soleil au zénith. Un arbre s'embrasa, puis un autre… Puis ce fut au tour des deux chênes de chaque côté de Bonnie : ils explosèrent avec un tel fracas que la jeune fille fit un bond en arrière. Damon, violemment ébloui, dut se protéger les yeux. Enfin, il se rua vers Klaus ; il fut foudroyé en pleine course. Bonnie poussa un hurlement : une brume de chaleur et une odeur de brûlé se dégageaient du jeune homme. Il s'écroula face contre terre, immobile. De petites volutes de fumée s'élevaient de son corps.

Tétanisée, Bonnie se tourna vers Klaus. Il traversait la clairière en se pavanant, tenant son pieu ensanglanté comme un club de golf. Lorsqu'il passa près de Damon, il se pencha en souriant.

— Je m'occuperai de toi plus tard…, lui promit-il.

Il pivota ensuite vers Bonnie.

— … après t'avoir réglé ton compte.

Il lui fallut un instant pour comprendre qu'il s'adressait à Stefan, et non à elle.

— Je ne vais faire de toi qu'une bouchée, Salvatore, rugit-il, ses yeux d'un bleu électrique glissant sur le corps de Stefan.

Bonnie, en dépit de sa terreur, se laissa tomber à genoux près de Stefan, résolue à le protéger des assauts du monstre. Si c'était ainsi que devait s'achever l'histoire… Elle préférait mourir que de regarder son ami se faire tuer. Klaus parut enfin remarquer sa présence : il fronça les sourcils comme s'il venait de trouver une limace dans sa salade. La lueur dansante des flammes sur son visage accentuait son expression de dégoût.

— Écarte-toi.

— Non.

Ce seul mot signait son arrêt de mort. Sa vie finirait sous ce ciel d'été constellé d'étoiles, dans cette clairière illuminée par le brasier des arbres ; jadis, les druides en enflammaient de semblables pour invoquer les morts…

— Bonnie… va-t'en…, murmura Stefan.

— Non.

Si elle ne pouvait le sauver, il lui restait cet acte de bravoure. Elle aurait tellement voulu faire plaisir à Elena…

— Fous le camp, prévint une nouvelle fois Klaus.

— Non.

Elle devait lui tenir tête jusqu'au bout pour épargner à Stefan de finir déchiqueté par ses crocs. Cela ne changerait pas grand-chose, mais c'était tout ce qu'elle avait à lui offrir.

— Bonnie…, souffla Stefan.

— Tu n'as pas l'air de comprendre qui je suis, fillette, le coupa Klaus. J'ai été le compagnon du diable en personne. Si tu t'écartes, je me montrerai clément, et tu mourras rapidement.

Bonnie secoua la tête. Alors, Klaus renversa la nuque en arrière et éclata de rire. Un peu de sang jaillit de sa bouche.

— Comme tu voudras, reprit-il. Vous partirez ensemble.

Elle était prête. Cette nuit était la dernière. Une nuit peu ordinaire, puisque c'était celle du solstice d'été… Un des rares moments de l'année où la frontière entre les deux mondes disparaît presque… Elle eut un sursaut.

— L'heure des adieux est venue, annonça Klaus.

Il n'était plus temps d'entrer en transe ! Elle lança un appel désespéré :

— Elena ! Elena !

Klaus recula de manière inattendue. Ce nom pouvait-il l'inquiéter ? Il se figea, aux aguets, comme s'il s'attendait à ce que Bonnie reçoive une réponse.

Retrouvant espoir, celle-ci rassembla toute son énergie pour entrer en contact avec son amie. En vain. Rien ne troubla la quiétude de la nuit, à part le crépitement des flammes. Klaus, rassuré, fit de nouveau face à ses victimes, et sourit.

Une nappe de brume rampa au ras du sol. Bonnie en resta ébahie : un tel phénomène était impossible avec ce feu ; ce devait être de la fumée. Mais ça n'y ressemblait pas vraiment… Soudain, le nuage se mit à tournoyer, puis à s'élever dans l'air pour prendre forme humaine… Une autre apparut à quelques pas. Puis une troisième, puis une multitude.

Klaus avait perdu son rictus. Bonnie, muette de stupeur, se tourna vers Stefan, le regard interrogateur.

— Les âmes tourmentées…, souffla celui-ci.

Alors Bonnie comprit : elles s'étaient levées de leur tombe à la faveur du solstice. C'était les soldats de la guerre de Sécession morts au champ de bataille. Ils étaient tombés si nombreux que le vieux cimetière n'avait pas suffi à les contenir tous : la forêt elle-même s'était transformée en vaste fosse commune. Et ils répondaient par centaines à son appel au secours…

Bonnie discernait des visages pâles aux contours brumeux. Le bleu et le gris des uniformes se mêlaient : les troupes de l'Union et les Confédérés, jadis ennemis, étaient rassemblés devant eux. Des détails attirèrent son regard : un pistolet fiché dans un ceinturon ; la lame d'une épée ; des chevrons sur une manche ; une barbe noire broussailleuse ; une autre blanche, longue et parfaitement taillée ; le tambour pendant sur la cuisse d'une petite silhouette aux prunelles vides.

— Mon Dieu ! s'exclama-elle, au comble de la terreur.

Car cette vision semblait donner réalité à ses pires cauchemars. Elle avait tant de fois rêvé du vieux cimetière et des esprits qui le hantaient ! Ainsi, le songe dans lequel des créatures indistinctes émergeaient de fosses obscures… La seule différence, c'était que celles qui se tenaient devant elles tournoyaient au lieu de ramper. Toutes les présences inquiétantes qu'elle croyait ressentir dans ce lieu sinistre n'avaient donc rien d'illusoire ! Les esprits de ceux qui avaient péri ici vivaient bel et bien dans l'ombre…

Ils étaient en colère. Bonnie, d'autant plus effrayée, saisit la main de Stefan. L'armée de brume avait un chef : une silhouette flottait en avant des autres, à quelques mètres de Klaus. Sa forme, encore indéfinie, luisait comme la flamme pâle d'une bougie. Elle se mit à briller plus intensément, d'un éclat irréel, éblouissant. Bonnie cligna des paupières. Stefan, lui, fixait avidement la clarté, les yeux grands ouverts, sans paraître éprouver aucune crainte. Il esquissa même un faible sourire.

Klaus avait lâché son pieu. L'être de lumière était suspendu au-dessus d'eux tel un ange du Jugement dernier. Des cheveux blonds flottaient dans son dos. Elena…

— Elle est venue…, murmura Bonnie.

Stefan la contemplait d'un air extatique.

— Éloigne-toi d'eux, ordonna Elena à son amie.

Ses paroles étaient parvenues à la fois aux oreilles et à l'esprit de Bonnie, dans un carillonnement de cloches.

— C'est fini pour toi, Klaus, continua-t-elle.

Bonnie remarqua pour la première fois le trou qu'avait laissé le pieu dans son dos. Il bomba le torse, et du sang jaillit de sa plaie.

— Si vous croyez me faire peur ! hurla-t-il.

Il pivota sur lui-même pour défier les formes blafardes.

— Vous êtes morts ! ricana-t-il. Des poussières ! Vous ne pouvez rien contre moi !

— Tu te trompes, objecta Elena de sa voix cristalline.

— Je suis un des premiers vampires. Sais-tu ce que ça signifie ?

Il fit de nouveau volte-face, ses yeux d'acier brillant farouchement à la lueur des flammes.

— Je suis immortel ! Vous appartenez tous au royaume des morts, mais moi, je suis invincible !

Son dernier mot fut lancé avec une telle force qu'il se répercuta en écho aux quatre coins de la clairière : invincible… invincible… invincible… invincible…

Elena laissa passer quelques secondes avant de répliquer :

— Pas tout à fait.

Elle s'adressa alors aux formes qui l'entouraient :

— Acceptez-vous que cet être répande encore le sang ici ?

Un voix lui répondit, caverneuse, et Bonnie frissonna comme si un filet d'eau glacé lui courait dans le dos :

— Je dis qu'il y a eu assez de morts.

C'était un colonel de l'Union, comme l'indiquait la double rangée de boutons sur sa veste.

— Beaucoup trop même, renchérit une autre voix, pareille au roulement lointain d'un tambour – un Confédéré tenant une baïonnette, cette fois.

— Il est temps de faire cesser tout ça ! tonna un vieil homme en uniforme clair.

— Ça ne peut plus durer, intervint la silhouette au tambour.

— Plus de sang versé ! entonnèrent d'autres. Plus de tuerie !

— Plus de sang ! rugit la foule en chœur.

— Vous ne pouvez rien contre moi. Vous ne me tuerez pas !

— Attrapons-le, les gars !

L'ordre était venu d'on ne sait où. Cependant, tous y obéirent, Confédérés et soldats de l'Union confondus. Ils se rassemblèrent en un nuage sombre qui déferla sur Klaus comme une immense vague. En dépit d'une féroce contre-attaque, il fut bientôt submergé, englouti, avalé. La brume noire finit par s'élever en tournoyant, telle une tornade d'où s'échappaient des cris étouffés :

— Je suis immortel ! Je suis immortel !

Le nuage s'éloigna dans la nuit, une longue file de spectres dans son sillage.

— Où l'emmènent-ils ? demanda Bonnie.

— Là où il ne pourra plus nuire, répondit Elena d'un air sévère qui découragea celle-ci de poser d'autres questions.

Un gémissement aigu retentit soudain. Bonnie se retourna : Tyler, de l'autre côté de la clairière, fixait avec horreur Elena et les quelques spectres qui restaient. Il n'avait pas quitté sa forme animale.

— Ne les laissez pas m'emmener, supplia-t-il.

Sans attendre de réponse, il pivota vers le rideau rougeoyant qui lui barrait la route. Il hésita un instant, puis s'élança à travers les flammes pour rebondir sur le sol, roulant sur lui-même afin d'étouffer les langues de feu ; enfin, il se releva et disparut dans la forêt.

Délivrée de cette vision, Bonnie se rappela Matt et Meredith. Celle-ci, la tête sur les genoux de Caroline, observait la scène. Quant au jeune homme, il était toujours allongé, immobile.

Elena s'approcha de Stefan, qui ne cilla pas, en dépit de l'intense lumière qui émanait d'elle. Au contraire, il la fixait en souriant.

— Il ne fera plus de mal, désormais. Grâce à toi.

— Vous y êtes tous pour quelque chose.

— Tu vois, j'ai tenu ma promesse.

— Oui.

Bonnie considérait d'un mauvais œil la tournure que prenait la discussion : elle ressemblait trop à un adieu. Ses propres paroles lui revinrent en mémoire : et s'ils ne se retrouvaient jamais, même dans la mort ? Et si Stefan retournait au néant ? Elle refusait qu'il parte. Elena, sous sa forme fantomatique, ressemblait tellement à un ange… Peut-être en avait-elle les pouvoirs ?

— Elena, aide-le, je t'en prie…, demanda-t-elle en tremblant.

L'expression de celle-ci ne fit qu'accroître sa détresse : elle avait le regard triste et doux d'Honoria Fell, celui de quelqu'un d'impuissant face à la cruauté du monde.

— Je peux tenter quelque chose, répliqua Elena. Mais j'ignore s'il y consentira.

Elle posa à nouveau les yeux sur le jeune homme.

— Stefan, je suis en mesure de réparer le mal de Klaus. Hélas, pas celui de Katherine…

L'esprit confus de Bonnie se débattit un moment pour comprendre. Quelles blessures irrémédiables Katherine lui avait-elle infligées ? Il s'était depuis longtemps remis de son attaque, dans la crypte. Enfin, elle saisit : c'était Katherine qui avait transformé Stefan en vampire…

— De toute façon, c'est trop ancien. Si tu me rendais mon état premier, je ne serais plus qu'un tas de cendres…

Elena approuva d'un air grave.

— Est-ce ce que tu acceptes mon aide ?

— Pour continuer à vivre dans les ténèbres…

Sa voix n'était plus qu'un souffle, et ses yeux verts se perdirent au loin. Bonnie eut envie de le secouer, de l'obliger à accepter ce cadeau. Elle n'osa pas, de peur qu'il se braque et affirme le contraire. Soudain, une idée lui vint.

— Pour continuer d'essayer, murmura-t-elle en les fixant tour à tour.

Un sourire s'ébaucha sur les lèvres brillantes d'Elena.

— Oui, acquiesça finalement Stefan. J'accepte ton aide.

Elle se pencha pour l'embrasser : une lumière se mit à couler d'elle à lui, telle une rivière étincelante. Son corps tout entier brilla à l'unisson de celui de la jeune fille. Bonnie imagina le sillon en fusion lui courant dans les veines pour accomplir son œuvre de guérison. Sous la chemise en lambeaux, la peau du jeune homme devint lisse, intacte. Bonnie, les yeux écarquillés d'émerveillement, ne put s'empêcher d'avancer la main : les affreuses blessures avaient disparu.

Soulagée, elle laissa échapper un bref éclat de rire avant de reprendre une mine grave.

— Elena… Meredith aussi mériterait qu'on s'occupe d'elle…

Son amie s'avança aussitôt vers celle-ci, qui la salua d'une voix faible.

Elena l'embrassa, répandant sur elle sa lumière. Lorsqu'elle s'éteignit, Meredith se leva, guérie. Elena fit de même avec Matt, qui se réveilla, l'air désorienté mais alerte, puis avec Caroline, laquelle cessa de trembler pour se redresser.

Enfin, elle se dirigea vers Damon, gisant toujours par terre. Le halo plana au-dessus de sa tête, une main étincelante se tendit pour lui caresser les cheveux, puis la jeune fille se pencha et lui déposa un baiser sur la joue.

Damon remua, s'assit et secoua la tête. Lorsque son regard croisa celui de sa sauveuse, il se figea un instant. Enfin, il se leva, muet, sans la quitter des yeux.

Elle retourna vers Stefan, dont la silhouette se découpait sur les flammes qui ne cessaient de croître. Elles rougeoyaient si intensément qu'elles éclipsaient à présent la lueur d'Elena. Il était temps de tenter d'éteindre l'incendie ou ils finiraient tous en cendres.

— Voilà un dernier cadeau, annonça-t-elle.

Une petite pluie fine et régulière se mit à tomber : le feu ne fut pas long à mourir. L'atmosphère se remplit de fraîcheur, faisant presque oublier les horreurs qui venaient de se produire. Bonnie offrit son visage aux gouttes, un sourire extatique sur les lèvres. L'averse finit par se calmer, et elle se tourna vers Elena : celle-ci contemplait Stefan avec une indicible tristesse.

— Il est minuit, déclara-t-elle. Je dois partir.

Le caractère irrévocable de cet adieu apparut clairement à Bonnie. Cette fois, Elena rejoindrait un endroit où aucune transe ni aucun rêve ne pourrait l'atteindre.

Stefan s'en doutait aussi.

— Reste encore un peu, juste un instant, l'implora-t-il en tendant la main vers elle.

— Je suis désolée…

— Elena, attends, j'ai quelque chose à te dire…

— Je ne peux pas ! lâcha-t-elle dans un cri de souffrance. Stefan, c'est impossible, pardonne-moi.

Une force semblait la tirer en arrière pour la propulser loin d'eux, dans une dimension invisible. Peut-être là où Honoria Fell s'était rendue une fois sa tâche achevée. Pour reposer en paix.

Pourtant, les yeux d'Elena exprimaient un profond désespoir, s'accrochant à ceux de Stefan. Le bras qu'elle lui tendit n'atteignit jamais le sien. C'était déjà trop tard…

— Elena ! cria Stefan.

— Stefan ! hurla-t-elle à son tour, les deux mains déployées vers lui.

Elle reculait inexorablement. Bonnie étouffa un sanglot. C'était trop injuste ! Pourquoi devaient-ils se séparer, eux qui aspiraient juste à vivre ensemble ?

Voilà comment Elena se trouvait récompensée de son sacrifice !

— Stefan, appela Elena, d'une voix lointaine, cette fois.

La lumière qui l'auréolait déclinait lentement. Enfin, elle s'éteignit, laissant la clairière obscure et silencieuse.

Les derniers spectres l'avaient suivie : il ne restait plus personne. Même la lune et les étoiles disparaissaient derrière une épaisse couche nuageuse.

Stefan, le visage ruisselant de larmes, fixait le point où Elena venait de s'évanouir. Ses traits exprimaient un tel tourment, un tel désir inassouvi, que Bonnie en fut profondément ébranlée.

— Ce n'est pas juste, murmura-t-elle.

Elle leva les yeux vers le ciel pour crier sa révolte :

— Ce n'est pas juste !

Stefan tourna lui aussi le regard vers la voûte céleste : il fouilla les nuages à la recherche d'une ultime trace de lueur dorée, d'une infime étincelle qui aurait trahi sa présence. En vain. Alors, un hurlement de détresse pareil à celui d'une bête à l'agonie jaillit de sa poitrine :

— Elenaaaa !

16

Bonnie ne sut jamais expliquer clairement ce qui se passa aussitôt après. La terre trembla sous ses pieds, Damon s'élança vers son frère, qui poussait toujours son cri inhumain, et une explosion de lumière se produisit.

Bonnie en fut violemment aveuglée. Elle crut un instant que le soleil s'était levé brusquement pour voler en éclats. Pendant quelques secondes, elle ne distingua qu'un tourbillon de couleurs. Puis, une silhouette blanche apparut, semblable à un fantôme, mais en plus dense. Un petit être recroquevillé. La vue de Bonnie devait lui jouer des tours : on aurait dit le corps mince et nu d'une jeune fille aux cheveux d'or. Elle aurait juré que c'était Elena. Mais elle avait une peau laiteuse et rosée parcourue de frissons : elle ne ressemblait guère à l'être de lumière qui venait de les quitter, ni à celle, pâle et d'une beauté surnaturelle, qu'elle avait été avant de mourir. Cette Elena-ci avait l'air déconcerté, et jetait des coups d'œil ahuris autour d'elle.

On avait dû lui accorder quelques minutes supplémentaires pour faire ses adieux… Mais pourquoi ?

— Bonnie ? appela la jeune fille d'une voix effrayée, sans nulle trace de carillon.

Les genoux de l'intéressée flanchèrent. Comment un tel miracle avait-il pu s'accomplir ? Elle devait rêver, ce n'était pas possible…

Elena tendit des doigts hésitants vers l'herbe. Gagnant peu à peu en assurance, elle en saisit un brin, puis le reposa pour effleurer la terre. Enfin, elle s'empara d'une pleine poignée de feuilles humides, les porta à son visage et les huma. Elle tourna la tête vers Bonnie, lâchant le contenu de sa paume, qui retomba en pluie.

Agenouillées face à face, elles se contemplèrent longuement. Puis, Bonnie avança une main tremblante vers son amie, dont la paume vint à sa rencontre. Elles se frôlèrent. Bonnie ne rêvait donc pas ! Elle se jeta sur Elena en poussant un cri de joie : elle la palpa frénétiquement, comme une aveugle, avec un plaisir incrédule. C'était bien elle, en chair et en os, mouillée par l'herbe humide et tremblante de froid !

— Elena, tu es là ! exulta-t-elle. Je te touche !

— Je te touche aussi ! jubila Elena en retour. Je suis là !

Elle plongea de nouveau les mains dans l'herbe.

— Je sens la terre !

Elles auraient continué à s'extasier indéfiniment si Meredith ne s'était pas manifestée : elle les avait d'abord contemplées en silence, les yeux écarquillés, blême. Puis une exclamation stupéfaite s'échappa de ses lèvres.

— Meredith ! s'écria Elena en ouvrant les bras.

Celle-ci, qui avait toujours fait preuve d'un sang-froid extraordinaire dans les occasions les plus terribles, semblait sur le point de s'évanouir.

— Regarde ! C'est bien elle ! lui assura Bonnie. Touche-la !

Meredith restait pétrifiée.

— C'est impossible…

— Mais si ! C'est vrai ! Regarde ! Regarde !

Bonnie était devenue hystérique. Elle en avait pleinement conscience, d'ailleurs, mais ça lui était égal.

— C'est vrai ! C'est vrai ! claironna-t-elle. Viens voir, Meredith !

Celle-ci finit par lâcher un autre cri de stupeur avant de s'élancer vers Elena. Elle passa l'index sur sa peau, appuya légèrement et sentit la résistance de la chair. Puis elle scruta ses traits et éclata en sanglots incontrôlables.

Elle pleura longuement, la tête sur l'épaule nue d'Elena. Bonnie les étreignait toutes deux tendrement.

— Il faudrait peut-être la couvrir, fit une voix.

Bonnie leva les yeux : Caroline avait entrepris d'ôter sa robe. Elle acheva cette tâche avec un aplomb impressionnant, se retrouvant en petite culotte comme si c'était parfaitement naturel.

Meredith et Bonnie aidèrent Elena à enfiler le vêtement : celle-ci semblait si frêle ; on aurait dit une enfant qui n'avait pas encore appris à s'habiller.

— Stefan, murmura-t-elle soudain.

À l'écart entre Damon et Matt, il n'avait cessé de la dévorer du regard, comme en proie à un mirage.

La jeune fille se leva pour s'avancer vers lui d'un pas chancelant. Elle tanguait comme une petite sirène apprenant à utiliser ses toutes nouvelles jambes. Enfin, il s'élança vers elle ; elle se mit à courir à son tour, et ils se jetèrent dans les bras l'un de l'autre, s'étreignant de toutes leurs forces.

Enfin, Elena s'écarta pour le contempler, prenant son visage entre ses mains. Elle éclata d'un rire vibrant de bonheur en enfouissant les doigts dans la chevelure de Stefan. Ils s'embrassèrent.

Bonnie les observait, souriant et pleurant à la fois. Elle avait beau être crasseuse et trempée, elle ne s'était jamais sentie aussi heureuse de toute sa vie. Elle avait envie de sauter de joie et de gambader comme une folle.

Elena s'arracha à Stefan pour se tourner vers ses amis, le visage aussi radieux que lorsqu'elle flottait dans les airs sous sa forme d'ange. Elle méritait parfaitement son prénom : une lumière dans les ténèbres, c'était bien ce qu'elle incarnait.

— Mes amis, murmura-t-elle.

L'émotion ne lui permit pas d'en dire plus. Elle tendit alors les bras vers eux, et ils se pressèrent autour d'elle, essayant de l'embrasser tous à la fois, y compris Caroline.

— Elena, je suis désolée, balbutia cette dernière.

— C'est oublié, maintenant, la rassura-t-elle en la serrant contre elle.

Puis elle saisit la paume de Matt, qu'elle porta à sa joue.

— Matt…, souffla-t-elle.

Il lui sourit, ses yeux bleus baignés de larmes.

Une ombre se projeta soudain sur leur petit groupe, leur cachant la lune.

— Damon, appela la jeune fille, le regard débordant de tendresse, en lui faisant signe d'approcher.

Pourtant, celui-ci s'avançait en arborant une expression plus insondable que jamais. Stefan lui tendit à son tour une main qu'il fixa sans rien dire. Il reporta ses pupilles sur leurs deux visages irradiant de joie puis sur leurs deux paumes : elles étaient déployées comme une promesse d'alliance, de chaleur, d'humanité. Son propre visage n'exprimait rien.

— Allez, Damon, viens, l'encouragea Matt.

— Je ne suis pas comme vous, déclara-t-il enfin.

— Je n'en suis pas si sûr, rétorqua Matt. La preuve : tu as tué M. Tanner dans un geste de légitime défense. L'aurais-tu supprimé autrement ? Et puis, je sais que tu n'es pas revenu ici à cause du rituel de Bonnie : je suis certain de ne pas m'être trompé quand j'ai trié les cheveux. Tu n'es pas si méchant que tu veux le faire croire… La seule chose que j'ignore, c'est pourquoi tu as laissé Vickie se faire tuer.

— Parce que je n'avais pas été invité ! répliqua aussitôt Damon.

Bonnie se remémora la scène. Stefan, devant la maison de Vickie, avait soufflé à la jeune fille : « Invite-moi à entrer ! » Mais personne n'avait réitéré l'invitation auprès de Damon. Et il était resté à l'extérieur…

— Comment Klaus est-il entré alors ? pensa tout haut Bonnie.

— Sans doute grâce à Tyler, suggéra Damon. Ce devait être la condition de son initiation. Et Klaus a vraisemblablement pénétré chez Vickie avant même que tu nous appelles à l'aide, Bonnie. Et la nuit du drame, il n'a rencontré aucune difficulté pour s'introduire dans la maison et tuer Vickie sans que je soupçonne quoi que ce soit.

— Pourquoi tu n'as pas prévenu Stefan ? demanda Matt.

Son ton n'avait rien d'accusateur. C'était une simple question.

— Parce qu'il n'aurait rien pu faire ! J'ai compris immédiatement de quelle nature était votre ennemi : un des premiers vampires ! Un être invincible ! Il aurait tué Stefan, voilà tout. Quant à la fille, c'était de toute façon trop tard…

Il avait prononcé cette dernière phrase d'un air froid, et lorsqu'il tourna les yeux vers Elena et Stefan, ses traits s'étaient durcis.

— Vous voyez, on ne se ressemble pas.

— Peu importe, décréta Stefan, la main toujours tendue à côté de celle d'Elena.

— Et tu vois, les gagnants ne sont pas toujours les mauvais…, fit remarquer Matt.

— Damon…, commença Bonnie.

Il se tourna lentement vers elle, et l'espace d'une seconde, elle crut voir ses yeux briller du même éclat que lorsqu'il s'était agenouillé, tremblant de peur et d'émotion, auprès de son frère blessé. Quelque chose palpita furtivement en lui : un mélange de nostalgie, de confusion, de peur et de colère. L'instant d'après, les boucliers se levèrent de nouveau, et le regard noir redevint opaque.

S'approchant d'Elena, il enleva son blouson pour lui en couvrir les épaules, sans la toucher.

— Tu dois avoir froid, dit-il simplement.

Il jeta un dernier coup d'œil à Stefan, puis s'enfonça dans la nuit. Peu après, un battement d'ailes vint briser le silence.

Les doigts de Stefan rejoignirent ceux d'Elena. Il posa la tête sur son épaule sans cesser de fixer l'endroit où son frère avait disparu.

Bonnie lutta pour ne pas se remettre à pleurer. Une main lui saisit le bras. Elle tourna la tête : Matt… Elle se surprit à le contempler : même trempé et maculé de terre, il était craquant ! Elle lui sourit. Quel prodigieux miracle d'être encore en vie et d'avoir retrouvé Elena ! Sa joie explosa soudain : elle s'empara des mains du jeune homme et l'entraîna dans une danse folle. Ils tournoyaient, riant aux éclats comme des enfants. Ils étaient vivants, pleins d'énergie, et c'était l'été !

— Tu te rends compte, Caroline ! cria-t-elle en l'entraînant avec elle. Ton souhait a été exaucé : nous voilà tous réunis !

Meredith, oubliant sa réserve, se joignit à eux. La clairière résonna de leurs cris une bonne partie de la nuit.

Jeudi 21 juin, 7 h 30

Oh ! J'aurais tant de choses à raconter... Mais à quoi bon ? C'est tout simplement incroyable... Autant aller me coucher.

PAPIER À BASE DE
FIBRES CERTIFIÉES

Le Livre de Poche s'engage pour
l'environnement en réduisant
l'empreinte carbone de ses livres.
Celle de cet exemplaire est de :
400 g éq. CO_2
Rendez-vous sur
www.livredepoche-durable.fr

Composition réalisée par JOUVE - 45770 Saran

Achevé d'imprimer en février 2014 en France par
CPI BRODARD ET TAUPIN
La Flèche (Sarthe)
N° d'impression : 3004221
Dépôt légal 1re publication : mars 2014
LIBRAIRIE GÉNÉRALE FRANÇAISE
31, rue de Fleurus – 75278 Paris Cedex 06

20/8887/6